河出文庫

シャーロック・ホームズ全集⑦

恐怖の谷

アーサー・コナン・ドイル

小林司／東山あかね 訳

［注・解説］O・D・エドワーズ／高田寛 訳

河出書房新社

恐怖の谷 ◇ 目次

はじめに

日本語に訳されたシャーロック・ホームズ物語は多種あるが、その六十作品すべてを独りの訳者が全訳された延原謙さんの新潮文庫は特に長い歴史があり、多くの人に読みつがれてきた。彼の訳文は典雅であり、原文の雰囲気を最もよく伝えていたが、敗戦後まもなくの仕事であったから、現代の若い人たちには旧字体の漢字を読むことができないなどの不都合が生じてきた。そこで、ご子息の延原展さんが当用漢字ややさしい表現による改訂版を出された。こうして、親子二代による立派な延原訳が、個人による全訳としては存在している。

しかしながら、私どもシャーロッキアンとしては、これまでの日本語訳では満足できない面があった。どんな点に不満なのかを記すのは難しいが、一例を挙げれば、かもし出される雰囲気である。たとえば、言語的に、また、文法的に正しい訳文であってても、ホームズとワトスンや刑事などの人間関係が会話に正しく反映されていなくては困る。また、ホームズの話し方が「……だぜ」「あのさー……」などというのと、

「……だね」「それでね……」というのとでは品格がまるで違ってしまう。さらに、表現を中学生でも読めるように、なるべくわかりやすく簡潔な日本語にしたいと思った。

新訳を出すもう一つの目的は、注釈をつけることであった。既にベアリング・グールドによる大部な注釈書（ちくま文庫）が存在していたが、これはあまりにもシャーロッキアン的な内容であった。事件がおきた月日を確定するために、当日の実際の天候記録を参照するなどである。もっと偏りのない注釈を私どもの手で付けようとして準備を進めていたところへ、英国のオックスフォード大学出版部から学問的にこれ以上のものを望むことができないほどすばらしい注釈のついたシャーロック・ホームズ全集が一九九三年に刊行された。そこで、屋上屋を重ねる必要はないので、私どもの案をやめて、オックスフォード版の注釈を訳出することにした。先に、グールドの注釈を全訳し、その後ロンドンに二年近く住んでおられた高田寛さんが幸いにもその大役を引き受けてくださったので、私どもが訳した本文以外の部分はオックスフォード版から高田さんに訳していただいた。ご覧になればわかるとおり、今回のホームズ全集は小林・東山・高田の合作である。いくつかの点だけに、小林・東山による注を追加したが、オックスフォード版と意見を異にした場合もある。

この全集の底本について述べておきたい。底本に何を選ぶかについては、いろいろな考え方がある。ドイルが最初に連載した「ストランド・マガジン」。それを基にして単行本九冊にまとめた各初版本。それを合本にして、短編集（一九二八年初版発行）と長編集（一九二九年初版発行）という二巻本の形にして約七十年間も一貫して刊行し続け、ドイルが最も信頼をおいていたと言われるジョン・マリ版。新たに発掘された原稿などにも当たって、厳密に著述順に編集し直したオックスフォード版。それらには微妙な違いがあり、そのうちのどれを選ぶか。注釈をオックスフォード版から採っているのであるから、本文もオックスフォード版から採るのが当然であろう。しかし、著作権の問題があって、全集予告パンフレットにもあるように、最初はジョン・マリ版に基づくことにして『緋色の習作』の翻訳を進めてきた。しかし、著作権に触れないことがわかったので、『シャーロック・ホームズの冒険』以降は、急遽本文の翻訳もオックスフォード版に基づくことに方針を切り替えた。この点、予告とは異なったのでご了解をいただきたい。

この巻には、長編《恐怖の谷》（原題"The Valley of Fear"）を収めた。「ストランド・マガジン」の一九一四年九月号から一五年五月号まで連載されたものである。

イラストはフランク・ワイルズによるものを三十一点、雑誌掲載のままに転載した。最初の一点（一五頁）は、ドイルが激賞したと言われている、評判の高いものである。

　また、ホームズ時代の貨幣、通貨の価値についても、問い合わせが多いので、第4巻以後は、およその現在の日本円換算値を記すことにした。諸物価の研究により、一応、一ポンド二万四〇〇〇円として算出してある。
　最後に、M・Dというのは医学士（医学部卒業生）の称号にすぎないし、当時の医学教育の実情を検討しても、ワトスンは医学博士号を取得していなかったと考えられるので、一貫して「ドクター・ワトスン」を「ワトスン博士」でなしに「ワトスン先生」と訳したことをお断りしておきたい。この点と、固有名詞の表記その他で私どもは高田寛さんと意見を異にする場合があったが、そのままにしてある（マリとマレイ、マグワイアとマガイア、など）。

小林司／東山あかね

シャーロック・ホームズ全集⑦

恐怖の谷

小林司／東山あかね訳

第一部
バールストンの悲劇

第1章 警告

「ぼくが考えるに……」わたしは言った。

「ぼくがそうすべきなのだ」シャーロック・ホームズはいらいらと言った。

わたしは自分のことをがまん強さでは誰にも負けない人間だと思ってはいるが、この人を皮肉るような言葉で話の邪魔《じゃま》をされて、気分を害した。

「まったく、ホームズときたら」わたしはきつく言った。「君には時々がまんがならないね」

彼は自分の考えに没頭《ぼっとう》していたので、このわたしの抗議にすぐには反応しなかった。

彼は頬づえをつき、目の前の朝食には手もつけずに(1)、封筒から取り出したばかりの紙きれを見つめていた。それから、封筒そのものをも手にとり、陽の光にかざして、表がわだけでなしに、折り返し部分もじっくりと調べた。

「これはポーロック(2)の筆跡だ」彼はじっくり考えながら言った。「彼の字は二回しか見たことがないが、これはたしかにポーロックの筆跡だ。上に特別な飾りがついた、

534 C2 13 127
36 31 4 17 21
41 Douglas
109 293 5 37
Birlstone 26
Birlstone 9
13 171

ギリシャ文字の『e』(3)に特徴《とくちょう》がある。けれども、ポーロックからの手紙だとすれば、なにか特に重要なことにちがいない」

彼はわたしに向かってというより、自分自身に話しかけていたのだが、彼の言葉に興味がわいて、わたしのいらいらした気分は消えてしまった。

「それで、ポーロックというのは何者かね？」(4)わたしは尋《たず》ねた。

「ワトスン、ポーロックというのはペンネームで、単なる符号《ふごう》にすぎない。けれども、そのかげには、策略《さくりゃく》に富んだ、とらえどころのない個性が存在しているんだ。この前の手紙で、彼はこの名前が自分のものではないと率直《そっちょく》に書いてきて、この大都市の大勢の人間の中で、自分を探しだすことができるかと、挑戦してきた。ポーロックは彼自身が重要だというのではなく、彼が関係している大物のために重要なんだ。たとえば、サメを先導するブリモドキ、(5)ライオンについてまわるジャッカルというように、何でもいい、手ごわいものと一緒にいるちっぽけなものを思い描いてみるといい。手ごわいだけではないのだ、ワトスン、悪い、この上なく悪いのだ。そこで、彼とぼくとがつながる。ぼくがモリアーティ教授(6)の話をするのを聞いたことがあるだろうね？」

「有名な科学的犯罪者、悪党の間で有名なのは……」

「ぼくが赤面するほどだ、と言いたいのだろう、ワトスン」ホームズは抗議するようにつぶやいた。

「いや、ぼくは、『一般大衆の間で無名なのと同じくらい悪者仲間では有名なのだ』と言おうとしたのだ」

「みごとだ、なかなかのものだ(7)！」ホームズは叫んだ。「思いがけない時に、まじめなのか冗談なのかわからないようなユーモア(8)を言うようになったね、ワトスン。これからは気をつけるようにするよ。しかし、モリアーティを犯罪者と呼ぶと、法律的には侮辱罪《ぶじょくざい》になってしまうよ(9)。そこがこの問題の偉大なところで、驚異でもあるのだ(10)。史上最大の陰謀家《いんぼうか》、あらゆる悪事の組織者、暗黒街を治める頭脳、この頭脳は国の運命を決めたかもしれず、また、そこねたかもしれなかった。それがあの男だ。しかし、彼は世間の疑惑にさらされることなく、批判されることもない。彼の手口は巧妙《こうみょう》で、表にたたないようにしているから、いま君が言ったことに対して、彼は君を法廷《ほうてい》に(11)引きずりだし、人格を傷つけられた慰謝料《いしゃりょう》として、君のまる(12)一年分の年金を取り上げることもできるのだ。彼は『小惑星の力学』の有名な著者であることは知っているね。この本は純粋数学のきわめて高度なもので、科学評論家のなかで、誰も批評できなかったといわれている。こういう人物を悪く言えるだろうか？　口の悪い医者と、中《ちゅう》傷《しょう》された教授。こんなところが君たちの役まわりさ。それが天才というものだよ。けれども、もしぼくが小悪党たちにわずらわされることがなくなったら、きっと彼をつかまえてみせるよ」

「ぼくもその時に立ち会いたいね!」わたしは熱をこめて叫んだ。「ところで、今はポーロックの話だったね」

「そう、そのとおり。この、ポーロックと名乗っている男は、大事なものにつながっている鎖《くさり》の、中心から少し離れたところのひとつの環《わ》だ。ここだけの話だけれど、彼はしっかりした環ではない。ぼくがためしてみたかぎりでは、あの鎖のなかでただ一つの弱い環だ」

「そして、鎖は、その一番弱い環よりは丈夫であることはないということだ」

「そのとおりだよ、ワトスン。そこでポーロックがとても重要になってくる。彼にまだ残っている、正しいことをしたいという気持ちと、巧妙な方法で時々送っている十ポンド紙幣《しへい》(約二四万円)の効果がうまくあがったのか、一、二回、重要な情報を前もって知らせてくれたことがある。犯罪を罰するというよりも、犯罪を予期し、未然《みぜん》に防ぐという意味で、非常に重要だった。暗号を解く鍵《かぎ》さえあれば、この通信も、ぼくがいま言ったような性質の情報だということがわかるにちがいないよ」

ホームズはもう一度、まだ手をつけていない皿の上に、紙切れを広げた。わたしは立ち上がり、かれの肩越しにのぞきこんでみると、次のような奇妙な文字が書いてあった。

「これをどう考えるのかね、ホームズ?」

534　C_2　13　127　36　31　4　17　21　41
ダグラス(13)　109　293　5　37　バールストン(14)
26　バールストン　9　127　171

「秘密の情報を伝えようとしているのはたしかだね」

「けれども、鍵がない暗号文など役に立たないだろう？」

「今のところは、何の役にも立たないね」

「どうして、『今のところは』と言うのかな」

「それはね、私事広告欄《らん》の謎めいた文章を読み解くように(15)、簡単に解ける暗号もたくさんあるのだ。この種の単純な方法は、頭を疲れさせずに、楽しませてくれる。けれども、これは違う。これは、あきらかに、ある本のあるページにのっている単語をさしている。どの本の、どのページかを教えてもらうまでは、ぼくは何もできない」

「しかし、『ダグラス』と『バールストン』と書いてあるのはなぜだろうか？」

「それはもちろん、問題のページにこれらの単語がのっていないからさ」

「それなら、なぜどの本かを知らせてこないのだろうか？」

「生まれつき抜け目のない君なら、ワトスン、まあ、そういうもちまえの賢さが、君がみなから好かれるところなのだけど、まさか暗号と鍵を一つの封筒に入れたりしないだろう。もし、まちがったところに届けられたら、おしまいだ。別々に送れば、両方がまちがって同じ所に誤配《ごはい》されないかぎり、実害は起こらない。そろそろ第二便が届く頃だ、詳しく説明した手紙がくるか、おそらく、この数字が言っている本そのものを送ってくるにちがいない⑯」

ホームズの予想は数分もしないうちに当たった。給仕のビリーが、待ちかまえていた手紙を持ってきた。

「同じ筆跡だ」ホームズは封筒を開けながら言った。「それに署名もある」手紙を開きながら、愉快そうに付け加えた。「さあ、前に進むよ、ワトスン」

しかし、手紙を読んでいるうちに、彼の眉《まゆ》が曇ってきた。

「おやおや。ぼくたちの予想はまったくはずれてしまった、ワトスン。あのポーロックがひどい目に遭《あ》わなければいいが」

「親愛なるホームズ様」と彼は書いている。「この件にはもう関わらないことにします。危険すぎます。彼はわたしを疑っています。わたしにはわかるのです。暗号の鍵をお教えするつもりでこの封筒の宛《あ》て名をちょうど書いたところに、彼が不意にわたしのところにやってきました。なんとか隠すことはできました。しかし彼に見られていたら、わたしには困ったことになったでしょう。ただ、彼の目はわたしを疑っています。どうか、暗号文は焼き捨ててください。今となってはあなたにとって何の役に

も立たないものですから——フレッド・ポーロック」(17)

ホームズはしばらくこの手紙を指でひねりながら、暖炉《だんろ》の火を見つめてすわっていた。

「結局のところ」彼はようやく言った。「なんでもないのかもしれない。ただの罪の意識のせいだけかもしれないね。自分は裏切り者だと思っているから、相手の目の中に疑惑を読み取ってしまったのかもしれない」

「その相手と言うのは、モリアーティ教授のことかね?」

「そう、まちがいなく。ああいう連中が『彼』という時は、誰のことかわかりきっている。彼らにとっては、一人の支配的な『彼』がいるだけだからな」

「ところで、彼に何ができるというのかね?」

「そう! それは大きな問題だ。(18)相手がヨーロッパでも一流の頭脳で、暗黒街のすべての力が後ろについているとしたら、できることは無限にある。いずれにしても、われらが友ポーロックはすっかりおじけづいてしまったようだ。手紙の筆跡と、あやうく見つかる寸前に書いたという封筒の宛て名とを見くらべてみたまえ。宛て名のほうははっきりと、力強く書かれているのに、手紙はほとんど判読できない」

「それならなぜこういう手紙をよこしたのだろうか。放っておいてもよかったのに」

「それは、もし彼が書かないでいたら、ぼくが彼のことを探り始めるのではないかと心配したからだ。そうすれば、おそらく彼にとってやっかいなことになる」

「なるほど、そのとおりだ」わたしは言った。「もちろん」――わたしは最初の暗号文を取り上げ、まゆをひそめた――「この紙きれのなかに重大な秘密が隠されているかもしれないのに、人の力では解くことができないというのは、くやしいかぎりだね」

シャーロック・ホームズは手をつけてない朝食をわきへよせると、深く物思いにふけるときにはいつもそうするように、味気ないパイプに火をつけて、口にくわえた。「どうだろうか！」[19]彼は椅子《いす》の背にもたれかかり、天井をながめながら言った。「君のマキャヴェリ的知性ではつかめなかった点があるのではないかな。問題を純粋に論理的に見てみよう。この男が暗号のもととして使っているのは本である。これがぼくたちの出発点だ」

「いささか、あいまいなものだね」

「それでは、そこから範囲がせばめられるかどうかためしてみよう。精神を集中して考えてみれば、これはそれほど不可解なものではなさそうだよ。この本に関してどういうてがかりがあるだろうか」

「なにもないよ」

「そうかな、いやそうでもないさ。暗号文の最初は５３４という大きな数字[20]だね。

５３４が、暗号文の示す特定のページを示しているという仮定に基《もと》づいてすすめよう。そこで、すぐにぼくたちがもとめる本は厚い本ということになる。これはじゃっかんの進歩ではないか。この分厚い本の特徴について、ほかには何か手がかりがないだろうか？　次の記号はC_2だ。ワトスン、これは何だと思う？」

「第二章（Chapter 2）だよ、まちがいない」

「それはありえない、ワトスン。ページが指定してあれば、第何章かということはどうでもいいことではないか。それに、第二章で五三四ページだとしたら、第一章の長さは莫大なものだ」

「段《コラム》（Column）の数だ！」わたしは叫んだ。

「すばらしい、ワトスン。今朝は冴《さ》えてるねえ。これが段《コラム》の数でないはずがない。とすると、左右二段組みの、分厚い本が浮かんでくる。一段一段もけっこう長い。それは指定された単語の一つの数字が２９３となっていることからわかる。これで、推理できる全部だろうか」

「そうだと思うけど」

「君は自分の力を過小評価しているよ。もう一回ひらめいてみないかな、ワトスン。もうひと押しだ。その本がありふれたものでないならば、彼は現物をぼくに送ってきたはずだ。そうしないで、計画は途中で駄目になったけれど、彼はこの封筒で暗号の鍵の手がかりを知らせるつもりだった。手紙にそう書いてある。ということは、ぼくがその本を手軽に見つけられると考えたというわけだ。彼はその本を持っている。しかも、ぼくも持っていると彼が考えている。つまり、ワトスン、それはまったく普通の、ありきたりの本なのだ」

「君が言うとおりだね」

「だから、捜査の範囲は、二段組みで、分厚くて、ありふれた本を探せばいいということになる」

「聖書だ！」わたしは勝ち誇《ほこ》ったように叫んだ。

「いいね、ワトスン、すばらしい。しかし、ちがう。まあ、満点とは言えないね。もし、ぼくなら、ほめられるにしても、いくらなんでもモリアーティの手下の身近にありそうもない本の名前をあげたりはしないね。それに、聖書には版がいろいろあるから[21]、二人が持っている本が同じページ付けだとは限らないだろう。しかし、これはあきらかに、版が一つしかない本だ。彼の持っている本の五三四ページと、ぼくの持っている五三四ページが完全に一致することを、彼は確信しているのだ」

「そういう条件にあてはまる本はほんの少ししかない」

「そのとおりだ。だからこそ、そこに救いがあるのさ。ぼくたちが探し求めているものは、誰もがもっていると思われる、版が一つしかない本にしぼられてきた」

「『ブラッドショー鉄道案内書』(22)だ！」

「それは無理だよ、ワトスン。『ブラッドショー』に使われている言葉は、正確で簡《かん》潔《けつ》だけれども、限られている。そこから単語を選んで、普通の手紙を送るのはかなり難しい。『ブラッドショー』ははずそう。辞書も同じ理由で候補からはずせる。とすると何が残るだろうか？」

「年鑑《ねんかん》だ！」

「すばらしい、ワトスン！　君はきっと言い当てると思ったよ。年鑑だ！　『ホイッティカー年鑑(23)』があてはまるかどうか見てみよう。これはよく使われている本だし、必要なページ数もある。二段組みだ。初めのほうの語彙《ごい》は少ないが、後にいくにつれ語彙は増えていたと思う」彼は机の上からこの年鑑を手にとった。「さてと、五三四ページの二段目。ここは英国領インドの貿易と資源について書いてあるところのようだ。単語を書き取ってくれたまえ、ワトスン。十三番目の言葉は『マラタ』だ。あまり幸先《さいさき》の良い始まりではなさそうだ。一二七番目は『政府』。ぼくたちにもモリアーティ教授にもあまり関係のなさそうな単語だが、少なくとも意味は通る。さあ、先へ行こう。マラタ政府がどうだというのだ？　ああ！　つぎの言葉は『豚《ぶた》の毛』だ。おしまいだ、ここまでにしよう」

彼は冗談めかして言ったが、もじゃもじゃの眉がぴくぴくふるえ、彼が失望して、いらいらしていることがわかった。わたしはどうすることもできず、がっかりして座ったまま暖炉の火を見つめていた。長い沈黙はホームズが突然発した叫び声で破られた。ホームズは本棚に突進すると、別の黄色い表紙の本を手にもどってきた。

「ワトスン、ぼくたちは最新情報を追いかけ過ぎていたよ」彼は叫んだ。「世の中の一般の人より先走りしすぎていたために、当然の代償《だいしょう》を払ったというわけだ。今日は一月七日だから、ぼくたちは何の疑いもなく新しい年鑑だと思ってしまった。でも、ポーロックは古い版の年鑑から単語を選んだにちがいない。説明の手紙を書いていれば、その中でポーロックはそう指示していたはずなんだ。さて、五三四ページには何があるかな。十三番目は『そこに』か。見込みがありそうだ。一二七番目は『ある』――『そこにある』」――ホームズの目は興奮《こうふん》で輝き、単語を数える彼の細くて神経質そうな指はかすかにふるえていた――「『危険』。は、は！　しめた！　これを書き取ってくれたまえ、ワトスン。『危険あり――おそらく――それは――非常に――早く――くる』ここで『ダグラス』という名前が入る――『今は――バールストン――バールストン館の――金持ちで――田園――に住んでいる――バールストン――館が――バールストン――確信――それは――せまっている』ここまでだ、ワトスン！　純粋に理論的に考えてきた、その結果をどう思うかい？　もし八百屋に月桂樹《げっけいじゅ》の冠がおいてあるなら、ビリーを買いにやりたいところだ」

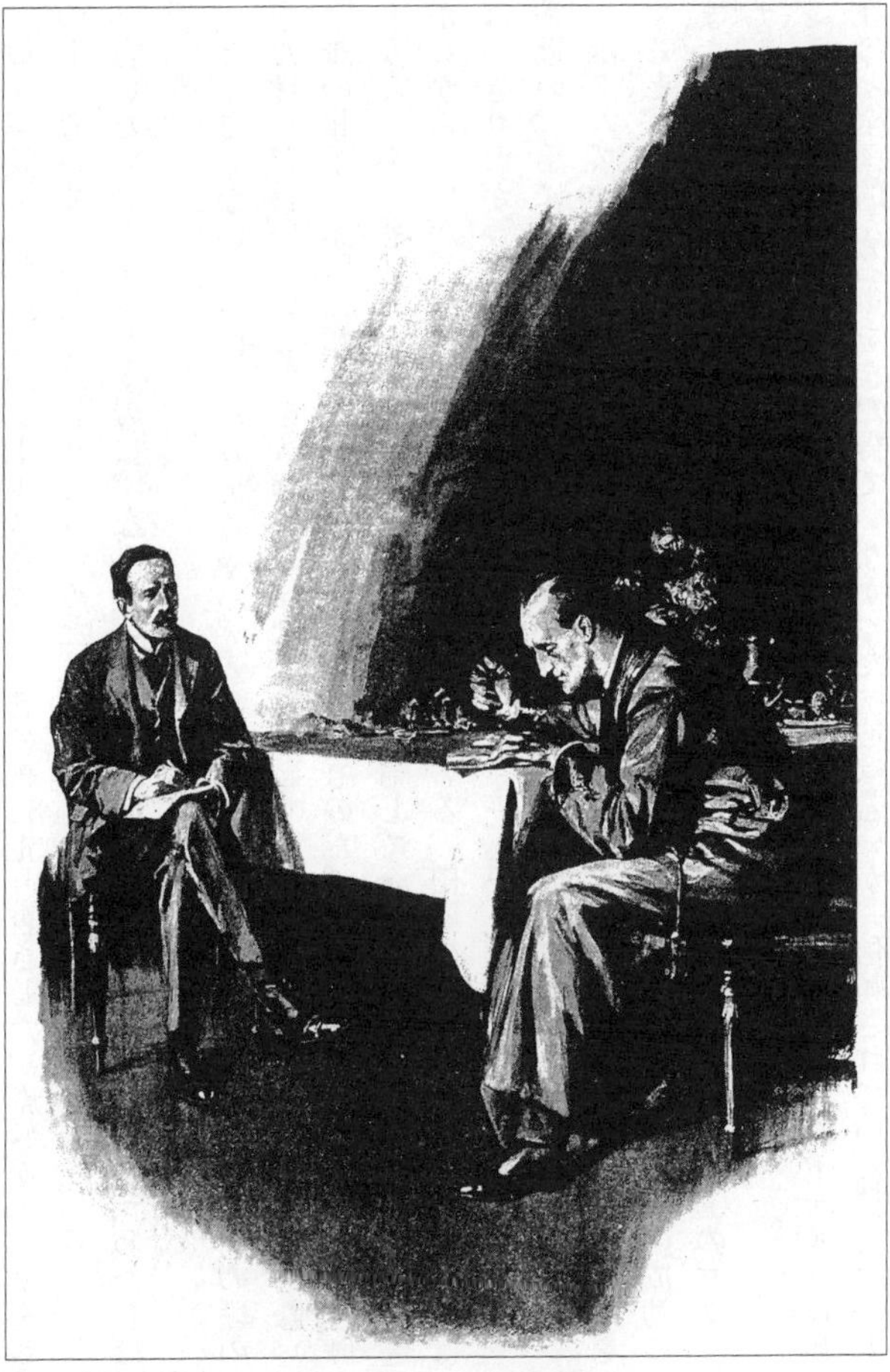

彼が解読し、わたしがフールスキャップ判[24]の紙に走り書きした、奇妙な伝言文を膝《ひざ》の上に置いて、わたしはじっと見つめた。

「言いたいことを表わすのに、なんと奇妙で、遠回しな方法なのだろう!」わたしは言った。

「とんでもない、彼はかなりよくやってくれたよ」ホームズは言った。「一つの段の中だけで、言いたいことを表わす単語を探そうとしても、全部見つかるとは限らない。手紙の相手の頭脳に頼らなくてはならなくなるものだ。彼の言いたいことははっきりわかる。ある悪巧《わるだく》みが、ダグラスという人物に対して企《くわだ》てられている。この男が何者かわからないが、手紙に書いてある所に住んでいる、田園の金持ちの紳士だ。彼にははっきりわかっているのだ——『確信(confidence)』は『確信する(confident)』に一番近い、手に入る単語だった——それがさしせまっていることが」

ホームズは自分が望んだ水準以下の仕事をすると落ち込んで悲しむが、良い仕事をすると、真の芸術家のようにあの純粋な喜びを味わうのだ。ホームズが自分の成功にまだ含み笑いをしていると、ビリーがドアを開け、スコットランド・ヤードのマクドナルド警部[25]を部屋に案内してきた。

これは一八八〇年代終盤の、年はじめの頃の事件で、アレック・マクドナルドは現在ほど全国的な名声をまだ得ていなかった。彼は若いが、信頼されている警官の一人で、担当したいくつかの事件で頭角をあらわしていた。背の高い、骨太の体格からは、彼が並み外れた力の持ち主であることが見てとれ、大きな頭蓋骨《ずがいこつ》と濃い眉の奥できらきら輝いている、深くくぼんだ目は、豊かな知性をはっきりと物語っていた。口数が少なく、きちょうめんな男で、性格は頑固《がんこ》、アバディーンなまりが強かった。(26) これまでに二回、ホームズは彼を助けて、事件を解決したことがある。ホームズ自身の報酬《ほうしゅう》は事件を解くという知的喜びだけだった。だから、アマチュアの同業者に対する、このスコットランド男の愛情と尊敬は深く、困ったことがあると、素直にホームズに相談して、その気持ちをあらわした。平凡な頭脳は自分以上のものを理解できないが、才能のあるものは即座に天才を知るものだ。そして、マクドナルドは、その才能と経験においてすでにヨーロッパで抜きんでていた人物に、助けを求めても恥ずかしくはないことを知るだけの、自分の職業にふさわしい能力を持っていた。ホームズは友を求めるたちではないが、この大男のスコットランド人には寛大《かんだい》で、彼の姿を見ると笑顔で迎えた。

「早起きですね、マックさん」彼は言った。「三文《さんもん》の得をするといいですね。でも、なにか事件がおきたからいらっしゃったのではないかと心配しているのですが」

「『心配』と言わずに、『期待』とおっしゃられたほうが、事実に近いと思うのですがね、ホームズさん」警部は抜け目なくニヤリと笑って答えた。「そうですね、うすら

寒い朝の冷気を払うには、ちょっとしたふるさと流の起きぬけの一杯もいいかもしれませんね。いいえ、タバコは結構です、どうも。先を急いでいるものですから。事件には早く取りかかることが重要ですからね。こういうことは誰よりもあなた自身がご存じでしたね。しかし――しかし――」

警部は突然話すのをやめ、テーブルの上の紙きれをあきれかえった表情で、じっと見つめていた。それはわたしが謎めいたメッセージを走り書きした紙だった。

「ダグラスですって！」彼はつかえながら言った。「バールストン！　これは何です、ホームズさん？　なんてこった、魔術だ！　一体全体この名前をどこで手に入れたのですか？」

「これはワトスン先生とわたしがたまたま解読した暗号です。しかし、どうして――この名前がどうかしたのですか？」

警部は驚いて、頭がくらくらするというように、われわれ二人を交互にながめた。

「まさにこの名なのですよ」彼は言った。「バールストン館のダグラス氏が今朝、惨殺《ざんさつ》されたのです」

第2章　シャーロック・ホームズ氏の講義

わが友が存在するのは、こういう劇的《げきてき》な瞬間のためだ。この驚くべき知らせに彼がショックを受けた、とか、興奮《こうふん》したと表現するのは言い過ぎだろう。変わったところはあっても、冷酷《れいこく》なところは少しもない性格だが、長いこと過剰《かじょう》な刺激を受けてきたために、感覚が麻痺《まひ》していることはまちがいない。けれども、彼の感情がにぶっているとしても、彼の知的理解力は非常に活発だった。警部の、この短い報告を聞いた時、わたしは恐怖を感じたが、ホームズにはそのようなようすは少しもなかった。それより、彼の顔には、過飽和《かほうわ》溶液から結晶《けっしょう》が固まっていくのを見ている化学者のような、穏やかで、関心を含んだ落ち着きがあらわれていた。

「すばらしい！」彼は言った。「すばらしいです」

「驚かれてはいないように見えますが」

「興味深いとは思いますが、まったく驚いてはいませんよ、マックさん。なぜ驚かなければいけないのですか。わたしはある重要な筋から、ある人物に危険がせまっていることを警告する匿名《とくめい》の連絡をもらった。一時間もしないうちに、この危険は現実のものとなり、その人物は亡くなった。興味深いとは思いますが、ご覧《らん》のとおり、驚いてはおりません」

ホームズは、手短かに、警部に手紙と暗号のことを説明した。マクドナルド警部は両手で頬づえをついてすわっていた。眉《まゆ》をよせて、砂色の濃いまゆは、黄色のもじゃもじゃしたかたまりになっていた。

「これから、バールストンへ行くつもりでした」彼は言った。「わたしと一緒にいらっしゃるお気持ちがあるかを――あなたとご友人に――うかがいにきたのです。でも、あなたのお話から察するに、ロンドンにいたほうが良いお仕事ができそうだ」

「そうは思いません」ホームズは言った。

「やめてください、ホームズさん！」警部は叫んだ。「この一両日、新聞はバールストンの謎と書き立てるでしょう。しかし、犯罪がおこらないうちに、犯罪を予言した男がロンドンにいるというのなら、何も謎などないではないですか？　われわれはただその男をつかまえればいいだけだ。そうすればすべて解決です」

「なるほど、マックさん。しかし、どうやってこのポーロックと名乗る男をつかまえようというのですか」

マクドナルド警部は、ホームズが手渡した手紙をひっくり返してみた。

「投函《とうかん》はカンバーウェル——たいして役に立たない。名前は、偽名だということだし、たしかに、たいした手がかりはありませんね。彼に金を送ったことがあると言いませんでしたか？」

「二回ほど」

「でも、どういう方法で？」

「カンバーウェル局留で、手紙を送りました」

「誰が取りにくるか、見ようとはしなかったのですか？」

「ええ」

　警部は驚き、少々あきれたようであった。

「それはまたどうしてですか？」

「わたしは約束はいつも守ります。彼が初めてわたしに手紙を書いてきた時、彼のことをさぐりまわらないと約束したのです」

「あなたは彼の背後に誰かいると思っているのですか？」

「思っているどころではなくて、わかっているのです」

「あなたが話しておられた、あの教授のことですか？」

「そうそのとおり」

　マクドナルド警部は笑い、わたしのほうを見て、目をしばたたいてみせた。

「ホームズさん、率直に言いますが、ＣＩＤ（ロンドン警視庁犯罪捜査部）では、あなたはこの教授に少しばかり入れあげすぎだと思っています。(27) わたし自身この件について少し調査をしました。彼は、たいへんりっぱな、学問のある、有能な人物のようです」

「彼の才能を認めていただけたのはうれしいですね」

「それは認めないわけにはいきません。あなたのご意見をうかがった後、特別に彼に会うことにしました。日蝕《にっしょく》のことでおしゃべりをしました――どうしてそういう話になったのかはわかりませんが――しかし、彼は、反射鏡付きのランタンと地球儀を取り出して、たちどころに説明しました。本も貸してもらいましたが、正直言って、これはわたしの理解を超えていました。わたしもアバディーンではりっぱな教育を受けたのですがね。細面《ほそおもて》の顔、銀髪、重々しい話し方から、りっぱな牧師さんといった感じでした。別れる時に、わたしの肩に手を置いてくれたのですが、それはまるで、冷たくて、つらい世の中に出ていく息子を祝福する父親の手のようでした」

ホームズはクスクス笑い、両手をこすり合わせていた。

「すごい！」彼は言った。「すごいですねえ！　わが友マクドナルド、教えてくれたまえ。この楽しく、感動的な会見は、教授の研究室で行なわれたのでしょうね？」

「そうです」

「すてきな部屋だったでしょう?」

「はい、非常に――なかなかりっぱな部屋でした、ホームズさん」

「君は、彼の書斎机《しょさいづくえ》の前にすわりましたか」

「そのとおりです」

「君は太陽に向かってすわっていて、彼の顔は逆光になっていたでしょう」

「はい、夕方でしたけど、そう言えば。でも、ランプがわたしの顔に向けられていたと思います」

「そうでしょう。ところで、教授の頭の上の絵に気がつきましたか」

「そこのところはぬかりはありませんよ、ホームズさん。おそらく、これはあなたから学んだのですが。はい、絵は見ました――両手で頭をささえ、横目でこちらを見ている、若い女の絵でした」(28)

「あれはジャン・バプティスト・グルーズ(29)の作品です」

警部は興味があるふりをしようとした。

「ジャン・バプティスト・グルーズは」ホームズは両手の指先を合わせると、椅子《いす》に深々ともたれて続けた。「一七五〇年から一八〇〇年にかけて活躍《かつやく》した、フランスの画家です。もちろん、わたしは画家として活躍した時期のことを言っているのです。現代の批評家のほうが、彼の同時代の批評家よりも彼を高く評価しているようですね」

警部の目がぼんやりし始めた。

「そういうことよりもっと大事な——」彼は言った。

「大事な話をしているのです」ホームズは彼をさえぎって言った。「ぼくが言おうとしていることはすべて、あなたがバールストンの謎とよぶものと、直接の、そして重大な関係があるのです。実際それはある意味で、謎の中心といえるものでもあるのです」

マクドナルドは弱々しく笑い、助けを求めるように、わたしを見た。

「あなたの頭の回転が速すぎて、ついていけません、ホームズさん。あなたは鎖《くさり》の環《わ》を一つ、二つぬかしていて、わたしにはその隙間《すきま》をうめることができないのです。一体全体、この今は亡き画家と、バールストンでの事件の間にどういう関連があるというのですか?」

「あらゆる知識が探偵には有用になります」ホームズは言った。「一八六五年、『子羊を抱く少女』というグルーズの絵は、ポルタリースの競売で、四〇〇〇ポンド（約九六〇〇万円）は下らないという値がつきました。[30] こういうささいな事実でさえ、君に何か考えさせることになるでしょう」

まさにそうなったようであった。警部は正直に興味を顔に表わした。

「念のために言えば」とホームズは続けた。「教授の給与は信頼のおける参考資料によって確認されています。それは年間七〇〇ポンド（約一七〇〇万円）です[31]」

「それでは、どうして買えたのでしょうか」

「そのとおり。どうして買えたのかねえ」

「おお、これはすごい」警部は考えこんで言った。「全部話して下さい、ホームズさん。聞きたくてわくわくします。すばらしい」

　ホームズは笑った。彼は心から賞賛されると、いつもきげんがよくなるのだった――これこそ真の芸術家の特性だ。

「バールストンはどうするのです」と彼は尋《たず》ねた。

「まだ時間があります」警部は懐中《かいちゅう》時計を眺めながら言った。「玄関に馬車を待たせてありますし、ヴィクトリア駅まで二十分もかからないでしょう。ところで、この絵のことですが――いつかのお話では、ホームズさん、あなたはモリアーティ教授にはまだ会ったことがないということですよね」

「そう、まだ会ったことはありません」

「それなのに、どうして部屋の様子を知っているのですか？」

「まあ、それと、会うのとはまったく別の話です。彼の部屋には三回行ったことがあります。二回はそれぞれ口実をもうけて彼を待っていたのですが、彼が来る前にわたしは帰りました。もう一回は、そう、これは警察の刑事さんにお話しするのははばかられるのですが。この時わたしは勝手に彼の書類を眺めさせてもらいました。まったく予想外の結果を得ました」

「何か彼の名誉を傷つけるようなものを見つけたのですか?」

「まったく何も見つかりませんでした。それで驚いたのです。しかし、今はあの絵の意味することがおわかりのようですね。あの絵を持っているということは、彼はたいへんな金持ちということになる。どのようにしてその金を手に入れたのかです。彼は独身です。弟はイングランド西部で駅長をしています。(32)教授としての年俸《ねんぽう》は年間七〇〇ポンド。それでいて彼はグルーズを所有している」

「ということは?」

「意味するところはまったく明らかです」

「彼には大きな収入があり、それは非合法な手段で手に入れているに違いないと、あなたはおっしゃりたいのですね」

「そのとおりです。もちろん、そう考えるほかの理由もあります——たくさんの細い糸が、はっきりとではないが、くもの巣の中心にむかって集まっていて、そこにはじっと動かない毒を持った生き物が身をひそめているのです。グルーズのことを持ち出したのは、あなたが実際にご覧になったものだから、わかりやすいと思ったのです」

「なるほど、ホームズさん、あなたのお話はおもしろい。いや、それ以上で、すばらしいとでも言いましょうか。そこで、できることならもっとはっきりさせてみようではありませんか。文書偽造《ぎぞう》ですか、それともにせ金造り、泥棒《どろぼう》ですかね。金の出所はどこでしょう？」

「ジョナサン・ワイルドのことを読んだことがありますか」

「はい、名前は聞いたことがあるような気がします。小説のなかの人物ではなかったですかね。わたしは小説のなかの探偵はあまり問題にしないのですよ。奴らは何をしてもその方法を決して明らかにしない。インスピレーションで動いているだけで、仕事ではありませんよ」

「ジョナサン・ワイルドは探偵でも、小説の登場人物でもありません(33)。彼は犯罪の元締めで、前世紀、そう一七五〇年頃の人間です」

「とすると、わたしには関係ない人物ですね。わたしは実際的なことを好む人間です」

「マックさん、あなたの一生で一番実際的なことを教えてさしあげましょう。それは三ヶ月間家に閉じこもって、一日十二時間、犯罪記録を読むことです。歴史は繰り返すといいます。モリアーティ教授でさえもそうだ。ジョナサン・ワイルドはロンドンの犯罪者たちの陰の力で、彼は自分の頭脳と組織力を十五パーセントの手数料で彼らに売り渡していた。時がうつり、過去は車輪が回るように繰り返される。一度あったことは二度ある。モリアーティについて、君が興味をもつような話を二、三してあげましょう」

「それはさぞかしおもしろい話でしょうね」

「わたしはモリアーティの鎖の最初の環が誰かを偶然知りました。この鎖の端にはこの悪に走ったナポレオンとも言うべきモリアーティがいて、もう一方には、百人におよぶならず者、すり、恐喝者《きょうかつ》、トランプ詐欺師《さぎし》がいて、その間にはありとあらゆる犯罪者がいる。彼の参謀長《さんぼうちょう》は、セバスチャン・モラン大佐(34)で、モリアーティ同様、超然《ちょうぜん》としていて、よく守られていて、法の網《あみ》にかからない。教授が大佐にどれだけ支払っていると思いますか」

「いくらですか？」

「年に六〇〇〇ポンド(約一億四〇〇〇万円)。頭脳に対する支払いです。これは首相の年俸を上まわっています。これで、あなたにもモリアーティの収入や、彼の仕事の規模がどのようなものかがわかったでしょう。もう一つ。最近モリアーティが振り出した小切手をいくつか追跡してみました——毎日の生活の支払いをする、ごくふつうの、問題のない小切手です。ところが、六つの別々の銀行から振り出された小切手だった。君はこの事実にどういう印象を持ちますか」

「変ですね、たしかに。それで、あなたはどう思われますか？」

「これは自分の財産についてあれこれ噂《うわさ》になりたくないということだと思います。彼は持っているものを誰にも知られたくない。彼は銀行の口座を二十は持っていると思う——莫大な財産は、海外の、おそらく、ドイツ銀行かクレディ・リヨネ銀行に預けてあるでしょう。いつか、一、二年暇《ひま》ができたら、モリアーティ教授のことを研究してみるといいですね」

マクドナルド警部は、話を聞いているうちに、興味をかきたてられたようで、話に夢中になってしまったが、彼の実際的なスコットランド人の知性が働いて、いま抱えている事件のことをはっと思い出したようであった。

「とにかく、彼のことはそのくらいにしておいて」と、彼は言った。「いろいろおもしろい逸話《いつわ》を聞いているうちに、話が横道にそれてしまいましたね、ホームズさん。とにかくいま重要なのは、教授と今回の犯罪の間にはなにか関連があるという、あなたのご意見です。ポーロックなる男の警告からそれがわかったということですね。このほかに、今回の事件に役に立つもので、何かわかることはあるでしょうか？」

「犯罪の動機について少しわかるかもしれません。あなたの最初の話から考えると、それは不可解なあるいは、少なくとも説明のつかない殺人事件です。しかし、犯罪の陰に、わたしたちがそうでないかと疑った人物がいるとすれば、二つの異なる動機が考えられます。まず、第一に、モリアーティは鉄のむちで彼の手下を支配しています。彼の規律はきびしい。彼の掟《おきて》にある罰はひとつだけ。それは死。そこで考えられるのは、この殺された男——このダグラスという男は何かで首領《しゅりょう》を裏切り、彼の迫りつつある運命を大犯罪人の手下の一人が知ったということです。処罰が実行され、死の恐怖を身に沁みて感じるように、手下たち全員にそれが知らされる」

「まあ、それもひとつの考えですね、ホームズさん」

「もう一つの動機は、モリアーティのいつもの仕事の一つで、彼が企《くわだ》てたということです。何か盗まれたものはありませんでしたか?」

「そういう報告はまだ聞いていません」

「もし盗まれていれば、最初の仮説はだめになり、二番目の仮説が有望になります。モリアーティは手に入れたものの分け前をもらうという契約で実行したか、頭金をもらって行なったかでしょう。どちらも可能です。そのどちらにしろ、あるいはなにか第三の可能性があるのかもしれませんが、解決を求めるなら、それはバールストンにあるでしょう。わたしたちの相手となるこの男のことはよく知っていますが、自分と事件のつながりを示すような手がかりを、彼がここロンドンに残しているはずがない」

「それでは、バールストンへ行かねば！」マクドナルドは椅子から飛び上がって、叫んだ。「何ということだ！　予定より遅くなった。お二方、五分さしあげますので、準備してください。五分だけですよ」

「それで充分です」ホームズはパッと立ち上がると、急いで部屋着を外出着に着替えながら言った。「マックさん、道々事件について全部話してください」

この「全部」はがっかりするほどわずかだったが、それでも目の前の事件は熟練者がじっくり考える価値のあるものだということを確信させるのに充分だった。ホームズは顔を輝かせ、やせた手をこすり合わせながら、短いが、驚くべき事件の詳細に耳を傾けていた。これまでの、何週間も続いたつまらない長い時間は過去のものとなり、ついに、すばらしい能力にふさわしい目標があらわれた。このすばらしい能力というものは、使っていないときは所有者にとってはもてあましものなのだ。かみそりのように鋭い頭脳も働いていなければにぶくなり、さびついてしまう。シャーロック・ホームズの目は輝き、青ざめた頬には赤みがさし、自分を必要とする仕事ができたことで、顔全体が、内側からの光で、生き生きと輝いていた。馬車の中では、身をのりだし、サセックスでわたしたちを待っている事件についてマクドナルドが語る簡単な説明を熱心に聞いていた。警部自身も、彼の説明によると、その朝早く牛乳列車《ミルク・トレイン》(35)で届けられた走り書きの情報しかもっていなかった。地元の警官のホワイト・メイスン(36)とは個人的に親しかったので、マクドナルドは地方の警察がスコットランド・ヤードの援助を求める、通常の場合よりずいぶん早くに、連絡を受けていた。ロンドンの専門家が出動を依頼される頃には、だいたい手がかりはすっかり薄れてしまっているものなのだ。

「拝啓《はいけい》　マクドナルド警部殿」彼がわたしたちに読んでくれた手紙はこう始まっていた。「正式な捜査依頼は別便で届きます。これはあなた個人宛《あ》てのものです。バールストンへは朝何時の列車でおいでになれるか電報をください。わたしがお迎えに行くか、わたしが忙しければ他のものを伺わせます。これは難事件です。すぐにお出かけください。もしホームズ氏をお連れいただけるなら、是非そうしてください。この事件にはあのかた独自のやり方で何かを見つけられるでしょう。もし死体がなければ、全部が劇的効果をねらって仕組まれたと思ってしまうでしょう。本当にこれは難事件です！」

「あなたの友達は頭は悪くないようですね」ホームズが言った。

「ええ。ホワイト・メイスンは、わたしが見るところでは、非常に有能な男です」

「それで、ほかには？」

「あとは会ってから、彼が詳しく話してくれるでしょう」

「では、ダグラス氏のこととか、彼が惨殺《ざんさつ》されたことをどうやって知ったのですか？」

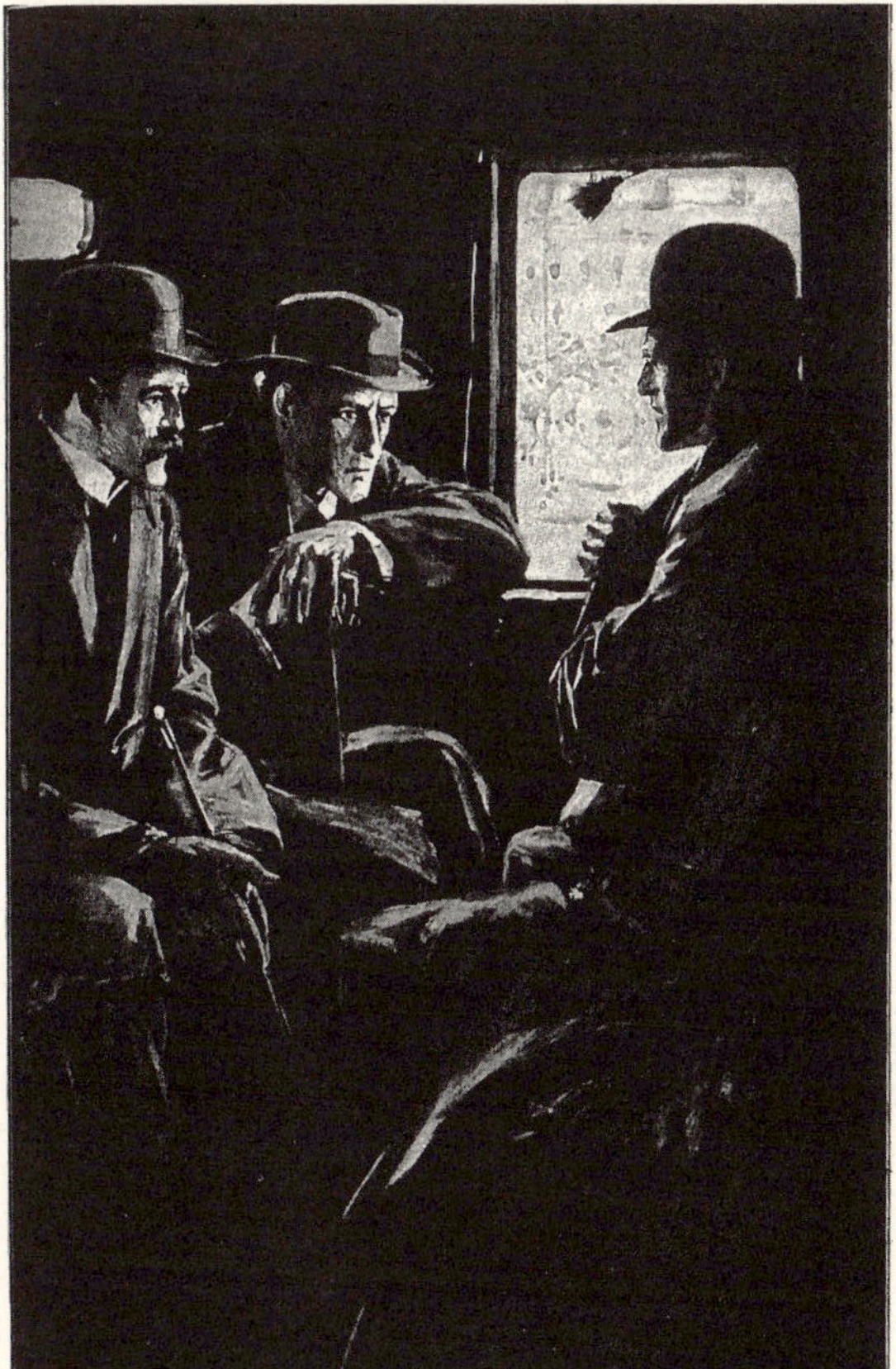

「それは同封の公式報告書にありました。そこには『惨殺』とは書いてありませんでしたがね。それは公式用語として認められていませんから。ジョン・ダグラスという名前が書いてありました。散弾銃《さんだんじゅう》で頭を撃たれているとなっています。それから通報があった時刻も載《の》っています。昨日の真夜中頃です。それから事件はまちがいなく殺人であること、逮捕されたものはまだいない、そして、事件は非常に複雑で、異常な様相《ようそう》を呈《てい》している、とありました。現在のところわかっているのはこれで全部です、ホームズさん」

「それでは、よろしければ、この問題はここまでにしましょう、マックさん。不充分な資料をもとに早まった推理を立てるのは、わたしたちの職業には命取りですからね。今のところでは、確かなのは二つのことだけです。ロンドンにいる優秀な頭脳とサセックスの死体。われわれが探るのは、この二つの間の鎖なのです」

第3章　バールストンの悲劇

　さて、しばらくの間お許しをいただいて、わたしのようなとるにたらない人間は黒《くろ》衣《こ》に徹《てつ》して、(37)わたしたちが現地に到着する前におきた事件を、後から手に入れた知識をもとに説明したいと思う。そうすることによってはじめて、読者に事件の関係者や、彼らの運命を左右することになった奇妙な舞台背景を理解させることができると思うからである。

　バールストンは、サセックス州の北の端にある、半木造の小さな家が寄り集まった、こぢんまりとした古い村である。何世紀もの間、この村は変わらずに、昔のままだったが、ここ二、三年の間に、村の絵のような景色と環境は多くの金持ちを魅了《みりよう》し、彼らの別荘がまわりの森から姿をのぞかせるようになった。これらの森は、地元では、ウィールド森林地帯のいちばん端に位置していると考えられている。この大森林はだんだんにまばらになり、北の白亜《はくあ》の丘陵《きゆうりよう》に達している。増加した人口の要求を満たすために、小さな店がたくさんでき、いずれバールストンが古い村から、近代的な町に成長する見込みはある。いずれにせよ、いちばん近くて大きな町のタンブリッジ・ウエルズ[38]は東へ十か十二マイル（約一六〜一九キロメートル）行ったケント州との境にあるから、今でもこの町はこのあたり一帯の中心となっている。村の中心から約半マイル（約八〇〇メートル）行ったところの、ブナの木で有名な、昔からの庭園の中に、バールストンの古い領主館《マナー・ハウス》がある。この由緒《ゆいしょ》ある建物の一部の起源は、第一次十字軍[39]の時代までさかのぼる。ウィリアム赤顔王から与えられた領地[40]の中央に、フーゴー・ド・カプス[41]が要塞《ようさい》を建てたのだ。この部分は一五四三年、火災により消失したが、その時の煙で黒くなった土台石のいくつかは、ジェイムズ一世の時代に中世の城の廃墟《はいきょ》にレンガ造りの領主館を建てる時に使われた。たくさんの破《は》風《ふ》と、小さなダイヤモンド型の窓のある領主館は、ほとんど十七世紀初めに建てられた時のままであった。戦争に明け暮れた先祖たちを守ってきた二重の堀のうち、外側の堀は干上《ひあ》がらせ、ささやかな家庭菜園となっていた。内側の堀はまだそのままで、深さはわずか二、三フィート（約六〇〜九〇センチ）だが、幅は四十フィート（約一二メートル）で、屋敷全体をぐるりと取りまいていた。小さな川が堀に流れ込み、堀の外へ流れ出ていたので、一面の堀の水は濁《にご》ってはいても、どぶのようになったり、不潔《ふけつ》になったりはしなかった。一階の窓は水面から一フィート（約三〇センチ）のところにあった。屋敷に入るにははね橋を渡らなくてはならないが、鎖《くさり》と巻き上げ機は永いことさびついて壊れたままだった。しかし、領主館の新しい主人は非常に精力的な人物で、これを修理して、はね橋をつり上げられるようにしただけでなく、実際毎晩はね橋をつり上げ、毎朝下ろしていた。このように昔の封建時代の習慣を復活させることにより、領主館は夜の間、島のようになったのである——この事実は、やがてイングランド中の関心を集めることになる事件にきわめて深い関係を持つことになるのであった。

屋敷は何年間か住む人がなく、絵に描いたような廃墟と化すだろうと心配されていた時、ダグラス一家が所有することになった。一家といっても、たった二人、ジョン・ダグラスとその妻がいるだけであった。ダグラスは性格の点でも外見の点でも、目立った人物であった。年齢は五十歳くらい、あごの張ったいかつい顔に、白髪まじりの口ひげ、灰色の目はとくに鋭かった。針金のように細いが、元気いっぱいの体は、若々しい強さと活発さを保っていた。彼は誰にでも愛想よく、親切だったが、態度はいささかぞんざいで、サセックスの地方社交界より、はるかに下のクラスの暮らしをしてきたのではないかという印象を与えていた。教養ある隣人たちからは、好奇心とよそよそしさで見られていたが、村人の間ではすぐに、非常な人気者となった。村のためには何でも気前よく寄付をし、村人たちの喫煙《きつえん》可能な音楽会や、ほかの集まりにも出席し、すばらしく声量豊かなテナーの持ち主だったので、頼まれればすぐにすばらしい歌を披露した。彼はたいへんな金持ちのようで、カリフォルニアの金鉱で資産家になったという噂《うわさ》であった。彼自身や妻の話から、人生のある時期をアメリカで過ごしたことがあるのは確かだ。彼は気前のよさと、飾らない態度から好印象を持たれていたが、まったく危険をかえりみない人間だという評判もとって、ますます人気は高まった。馬に乗るのは下手なのに、競技会という競技会には顔をだし、一番の乗り手とはりあって、見事に落馬するのだった。牧師館が火事になった時は、恐れ知らずだと有名になった。地元の消防団がもう駄目だとあきらめたのに、建物のなかに再び入り、家財を持ち出したのだ。このようにして、五年の間に、領主館のジョン・ダグラスはバールストンではかなり有名になっていた。

彼の妻もまた、彼女と知り合いになった者の間では人気があった。もちろん、イングランドの流儀では、その土地に暮らし始めたよそ者を、紹介なしに訪問する人間は少ないし、たまのことではあった。彼女は内気な性格で、見たところ、夫や家事に夢中になっているようで、このことは彼女にとってさしたることではなかった。夫人はイングランド人で、当時妻を亡くして独身だったダグラス氏とロンドンで知り合ったということだ。彼女は、背が高く、ほっそりとし、黒い髪の美しい女性で、夫より二十歳ほど若かったが、この不釣り合いな年齢差は二人の暮らしの満足さを損《そこ》なうものではなかった。しかし、彼らをよく知るものたちは、二人の間の信頼関係はどうやらあまり完全ではないようだと、ときどき話していた。それは、妻が夫の過去などについて話したがらない、というよりは、夫の過去についてほとんど知らされていなかったらしいのだ。二、三の、めざとい人たちの観察と噂話によると、ときどきダグラス夫人には神経過敏《かびん》なようすが見られるという。外出中の夫の帰りが格別遅かったりすると、彼女は強い不安を示すのだそうだ。あらゆるゴシップが歓迎される、静かな田園地帯では、領主館の女主人のこの特徴《とくちょう》はあれこれ言われずにすむはずがなく、この事件がおこると、それは特別な意味を持ち、人々の記憶の中で大きくふくらんでいった。

ところで、この屋敷にはもう一人の人物がいた。といっても、住んでいるのではなく、時々訪問して泊まっていくだけだったが、これから話す奇妙な事件が起きた時、ちょうど滞在していたので、名前がみなに注目されることになった。それは、ハムステッドのヘイルズ館に住む、セシル・ジェイムズ・バーカーだった。彼は領主館では歓迎される訪問者で、たびたび来ているので、背の高い、ゆったりとした体つきの彼の姿は、バールストン村の大通りではなじみのものだった。彼はまた、ダグラス氏の新しいイングランドでの生活の中で、彼の隠された過去を知る、唯一の友人ということで、いっそう注目されていた。バーカー自身、まぎれもなくイングランド人であるが、話している内容から、彼が初めてダグラスに会ったのはアメリカであり、そこで親しくつきあっていたのははっきりしていた。彼はなかなかの財産家のようで、独身だという噂だった。年は、ダグラスより若く、せいぜい四十五歳、背が高く、姿勢のよい、胸の厚い男で、きれいにひげをそり、プロボクサーのような顔つきで、眉《まゆ》は黒く、太く、きりっとしていた。意志の強そうな黒い目は、強い腕力の手助けがなくても、敵の群れの中を進んでいけるだろうと思わせる力強さがあった。彼は乗馬も狩りもしなかったが、パイプを口にくわえ、古い村のまわりをぶらぶらしたり、美しい田園を領主館の主人と、彼が留守なら女主人と馬車で走ったりして、日を過ごしていた。「のんきで、気前のいい紳士です」と執事のエイムズは言った。「ですが、あの方に逆らうようなまねはしたくないですね」バーカーはダグラスとは心を通わせる親密な関係だったが、夫人ともかなり親しく、そのために一度ならず夫のほうがいらいらして、使用人たちでさえ彼が気分を害しているのがわかるほどであった。これが、惨劇《さんげき》が起きた時に、使用人以外で屋敷にいた三番目の人物である。古い屋敷のその他の住人については、大所帯のなかから、きちょうめんで、信頼できる、有能なエイムズと、夫人を助けて家事をしていた、ふっくらして、明るい、アレン夫人のことをあげておけばいいだろう。ほかの六人の使用人は、一月六日の夜の事件には何の関係もない。

最初の急報が届いたのは、十一時四十五分だった。非常に興奮《こうふん》したセシル・バーカーが、サセックス州警察管区の、ウィルスン巡査《じゅんさ》部長を主任とする、地元の小さな警察に、氏が警察の入り口に駆《か》けつけ、狂ったようにベルを鳴らし続けた。領主館で恐ろしい悲劇が起こり、ジョン・ダグラス氏が殺された。息をきらせながら、ようやくこう伝えると、彼は屋敷へ引き返していった。巡査部長は、急いで州警察に重大事件がおこったことを知らせる手続きをとり、すぐにセシル・バーカー氏を追いかけて、現場に到着したのは、十二時を少し過ぎたところだった。

巡査部長が領主館に到着した時の屋敷の状況は、はね橋が下ろされ、窓という窓には明りがともり、屋敷全体が混乱と恐怖におちいっていた。青ざめた顔の使用人たちは玄関ホールにかたまっているし、おびえた様子の執事は手をもみながら玄関に立っていた。セシル・バーカーだけが平静を保っているように見えた。彼は玄関に一番近いドアを開けて待っていて、自分について来るように巡査部長に手招きをした。ちょうどその時、村の開業医で、きびきびした、有能なウッド医師(42)が到着した。三人の男はそろって惨劇の舞台となった部屋へ入っていった。続いてすっかりおびえた執事が入ると、この恐ろしい光景がメイドたちの目にふれないようにと、ドアを閉めた。

死体は部屋の中央に、両手両足を広げ、あお向けで倒れていた。寝間着《ねまき》の上にはピンクの部屋着を着ているだけであった。足にカーペット地のスリッパをはいていた。医者は死体の横にひざまずき、テーブルの上にあったハンド・ランプをかざした。犠牲者を一目見ただけで、医者の役目はないことがすぐにわかった。男の傷はひどいものだった。男の胸の上には奇妙な武器が置いてあった。引き金から一フィート（約三〇センチ）のところで銃身が切り取られた散弾銃《さんだんじゅう》である。この銃が至近距離で発射され、男は顔に散弾をまともに浴び、頭部をこなごなに吹き飛ばされたことは明らかだった。引き金は針金で止められていて、散弾は一斉に発射され、破壊力が増すようになっていた。

地方の警官は突然自分の身に降りかかった大きな責任にとまどい、困っていた。

「上司が来るまで何も触らないように」すさまじい頭部をおそるおそる見ながら、彼は声をひそめて言った。

「今までのところ何も触っていません」セシル・バーカーがこたえた。「わたしが保証します。発見した時のままです」

「それはいつのことですか？」巡査部長は手帳を取り出した。

「ちょうど十一時半でした。わたしはまだ寝間着になっていませんでした。寝室の暖《だん》炉《ろ》のそばにすわっていた時、銃声を聞きました。それほど大きな音ではなく、はっきりしない、こもったような音でした。急いで駆け降りました。部屋の中に入るまでに三十秒もかからなかったでしょう」

「ドアは開いていましたか？」

「はい、開いていました。気の毒に、ダグラスが今ご覧《らん》のように倒れていたのです。

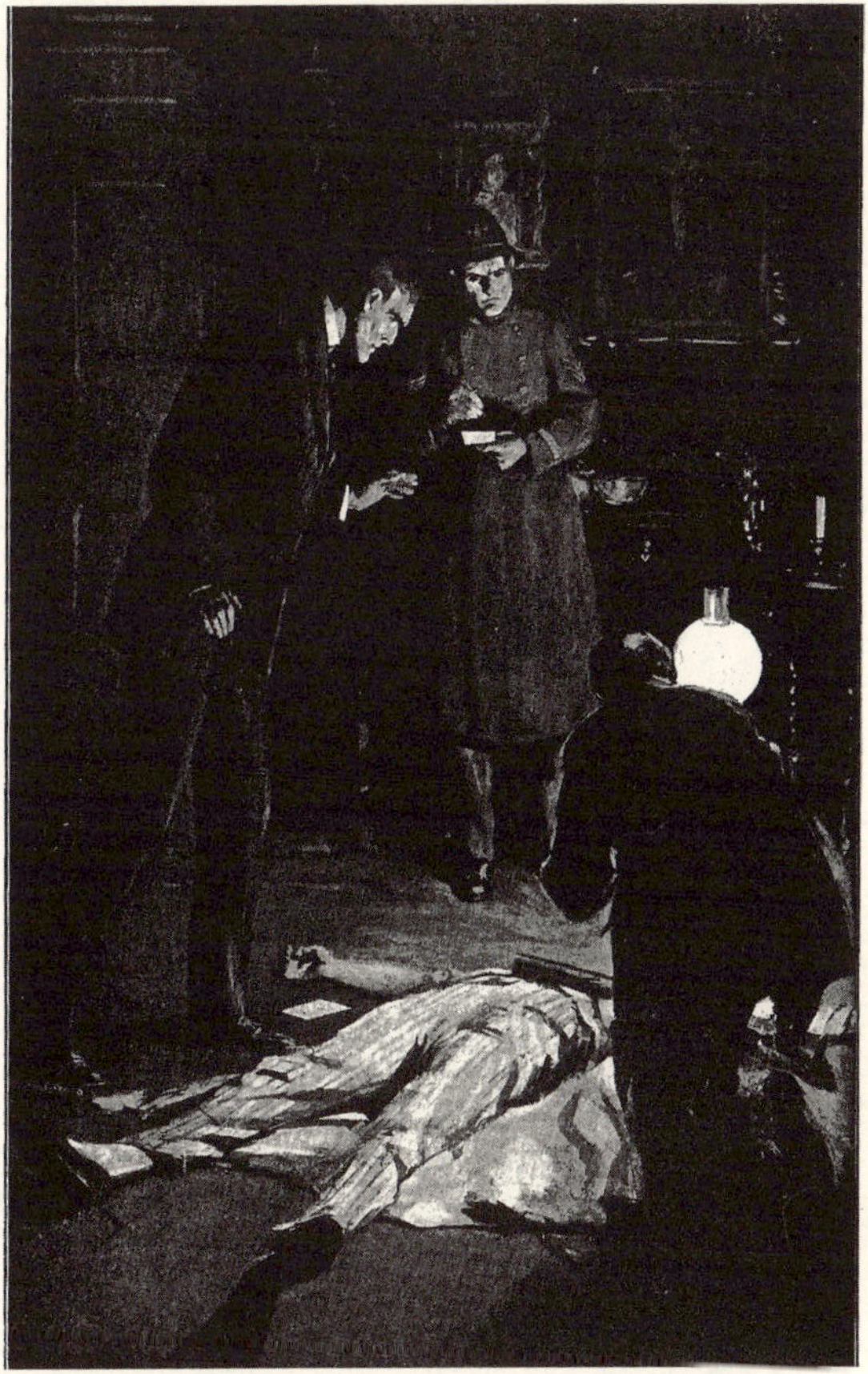

彼の寝室用のろうそくがテーブルの上で燃えていました。数分後に、部屋のランプをつけたのはこのわたしです」

「誰も見ませんでしたか？」

「はい。ダグラス夫人がわたしの後から階段を降りてくるのが聞こえたので、わたしは急いで部屋を飛び出し、この恐ろしい光景を彼女に見せないようにしました。家政婦のアレン夫人が来て、彼女を連れていってくれました。エイムズが来たので、二人でもう一度部屋の中へ戻りました」

「はね橋は一晩中上げたままだと聞いていますが」

「はい、わたしが下ろすまでは上がっていました」

「それでは、もしこれが殺人だとすると、犯人はどのようにして逃げたのだろう。逃げられないでしょう。ダグラス氏は自分自身で銃を射ったに違いない」

「わたしたちもまずそれを考えました。しかし、こちらへ」バーカーはカーテンを開け、菱形《ひしがた》のガラスをはめた、細長い窓がいっぱいに開かれているのを示した。「これをごらんください！」彼はランプをかざして、木製の窓わくの上の、靴底の跡のような血のしみを照らした。「誰かがここから逃げたのです」

「誰かが堀を渡って逃げたとおっしゃるのですか？」

「そのとおりです」

「では、事件から三十秒以内にあなたが部屋にいらしたのなら、彼はまさにそのとき堀の水の中にいたということになります」

「わたしはまちがいなくそうだと思います。すぐに窓に駆け寄っていたらよかった。しかし、ご覧のとおり、カーテンが邪魔《じゃま》をして、そんなことは考えつかなかったのです。そのとき、ダグラス夫人の足音が聞こえましたから、わたしは彼女を部屋に入れさせまいと思いました。それはあまりにむごいことですから」

「ほんとうにひどい！」ぐしゃぐしゃの頭部とそのまわりのありさまを見ながら医者が言った。「こんなにひどい傷は、バールストンの列車衝突事故以来はじめてだ」

「しかし、わたしが考えるに」巡査部長は言った。彼の、のんびりとした、牧歌的《ぼっかてき》な常識には、開いた窓のことがまだ気になるようだった。「犯人が堀を歩いて渡って逃げたというあなたのお話はけっこうですが、わたしがお尋《たず》ねしたいのは、もし橋が上がっていたのなら、犯人はどうやって屋敷の中へ入ったのかということです」

「ああ、それは問題だ」バーカーが言った。

「橋が上げられたのは何時ですか？」

「六時近くでした」執事のエイムズがこたえた。

「わたしの聞いたところでは、ふつうは日没に上げられるということだった。とすると、この季節だと六時というより、四時半頃だと思いますが」

「奥様のお客様がお茶にお見えでした」エイムズが言った。「お客様がお帰りになるまで橋を上げることができませんでした。それから、わたしが自分で巻き上げました」

「それではこういうことになる」巡査部長が言った。「もし誰かが外から入って来たとする。もしあなたの説明のとおりならば、その人物は六時前に橋を渡ってしのび込み、ダグラス氏が十一時過ぎにこの部屋に来るまで、ずっと隠れていたというわけですね」

「そのとおりです。ダグラス様は毎晩お休みになる前に屋敷を見回り、火の用心が完全かどうかを見回られました。それでこの部屋へお出でになったのです。男はずっと待っていて、旦那様を撃ったのです。それから、窓から逃げ出し、銃を置いていったのです。わたしはこう推理いたします。こう考えなければ、つじつまがあいません」

巡査部長は死体のそばの床に落ちていた、一枚のカードを取り上げた。V・Vという頭文字と、その下に341という数字が乱暴にインクで書きなぐってあった。

「これは何だろう?」かれはカードをかざしながら尋ねた。

バーカーは興味深そうにながめた。

「まったく気がつきませんでした」彼は言った。「犯人が残していったに違いないですね」

「V・V　341とはどういう意味なんだろう」巡査部長は太い指でカードをもてあそんでいた。

「V・Vは誰かの頭文字かもしれない。ウッド先生、手に持っているのは何ですか?」

それは、暖炉の前の敷物の上にころがっていた、かなり大きなハンマーで、しっかりした、職人が使うようなものであった。セシル・バーカーが暖炉の上の真鍮釘《しんちゆうくぎ》の箱を指差した。

「昨日、ダグラスさんが額を掛《か》け替えていました」彼は言った。「あの椅子《いす》の上に乗って、上のほうに大きな額を掛けているのをこの目で見ました。それでハンマーがあった説明がつく」

「もとの敷物の上に戻しておいたほうがいい」巡査部長は困り果てたようすで、混乱した頭をかきむしりながら言った。「この事件の真相をつかむには、警察の最高の頭脳が必要でしょう。いずれ、ロンドンから専門家が来ることになるでしょうな」彼はハンド・ランプをかかげて、部屋の中をゆっくり歩きまわった。「おや!」彼は、窓のカーテンを一方に寄せると、興奮して叫んだ。「このカーテンを引いたのは何時ですか」

「ランプに火が入る時でした」執事が言った。「おそらく四時少しまわったころかと思います」

「誰かがここに隠れていたのは確かだ」彼がランプの明りをかざすと、泥だらけの靴の跡が部屋の隅にはっきり残っていた。「バーカーさん、これであなたの推理が正しいと言わざるをえませんね。男はカーテンが引かれた四時すぎ、橋があげられる六時前に屋敷に忍び込んだようだ。この部屋に入り込んだのは、入り口から一番初めの部屋だからでしょう。ほかに隠れる場所がないから、このカーテンの後ろにひょいっと入ったのだ。これですべてがはっきりしたようだ。男の目的は盗みだったが、偶然ダグラス氏が入ってきて、見つかったので、ダグラス氏を殺して逃げたというところですな」

「わたしもそう思います」バーカーが言った。「しかし、こんなことをしていると、貴重な時間が無駄になりませんか？　男が逃げてしまう前に、ここらあたりをくまなく探し始めたらどうでしょう」

巡査部長はしばらく考えていた。

「朝の六時まで列車はないから、鉄道で逃げることはできない。もし、濡《ぬ》れねずみのまま、歩いて逃げようとすれば、きっと人目につくでしょう。いずれにしろ、誰かに交替してもらうまでは、わたしはこの場から離れられません。それに、あなたがたも事情がはっきりするまではここにいてください」

医者はランプを持って、くわしく死体を調べていた。

「この印は何でしょう」彼は尋ねた。「これは事件と何か関係があるのでしょうかな」

死体の右腕は部屋着から突き出ていて、ひじのあたりまでめくれていた。ひじと手首のちょうど真ん中あたりに、丸の中に三角の、奇妙な茶色の印があった。ラード色の皮膚《ひふ》の上に、あざやかなレリーフのように浮き出ていた。

「これは刺青《いれずみ》ではありませんね」医者は眼鏡越しにじっと見ながら言った。「こういうものは見たことがありません。この男は、ちょうど牛のように、焼き印を押されたのです[43]。この印にはどういう意味があるのでしょう」

「その意味はわかりませんが」セシル・バーカーが言った。「しかし、この十年の間にわたしは何度も、ダグラスにこの印がついているのを見たことがあります」

「わたしもあります」執事が言った。「旦那様が袖《そで》をまくりあげた時によく、この印を見ましたが、何だろうといつも不思議に思っていました」

「とにかく、それは事件とは関係ないでしょう」巡査部長は言った。「いずれにしろ、これは奇妙な事件です。この事件のすべてが変だ。えっ、今度は何ですか」

執事は驚きの声をあげ、死体の突き出た手を指差していた。

「結婚指輪が盗まれています！」彼は息をのんだ。

「何ですって！」

「はい、そうです！　旦那様はいつも左手の小指に、飾りのない、金の結婚指輪をはめていらっしゃいました。(44)細工《さいく》をしていない金の塊がついた指輪をその上にして、薬指には、蛇《へび》がからんだ形の指輪をされていました。金塊《きんかい》と蛇のは、したままです。でも、結婚指輪がなくなっています」

「彼の言うとおりです」バーカーが言った。

「それでは」巡査部長が言った。「結婚指輪はこの下にしていたのですか？」

「いつもそうでした！」

「それでは、殺人犯が誰にせよ、このあなたがたが金塊指輪と呼ぶ指輪をまずはずして、それから結婚指輪をぬいた。そのあと、金塊指輪をもう一度戻したというのですね」

「そうです」

善良な、地方の巡査部長は頭をふった。

「この事件は、ロンドン警視庁の力を早く借りたほうがよさそうだ」彼は言った。「地元のホワイト・メイスンは頭のきれる男で、地方の事件で手を焼いたことはない。まもなくここへ来て、われわれを助けてくれるだろう。けれども、いずれはロンドンに頼らざるをえない。とにかく、正直に言って、これはわたしのような人間の手には負えない事件ですよ」

第4章　暗闇

明け方の三時、バールストンのウィルスン巡査部長《じゅんさ》の緊急要請《ようせい》にこたえて、サセックス州警察の捜査主任が、軽二輪馬車《フィト・ドッグカート》に乗って、本署から到着した。早足で駆《か》けてきた馬は苦しげに息を切らせていた。彼は、五時四十分の列車でスコットランド・ヤードへ報告を送り、十二時にはわたしたちを出迎えるために、バールストン駅に立っていた。ホワイト・メイスン氏は、穏やかで、人当たりのいい人物であった。ゆったりしたツイードの背広を着て、健康そうな赤い顔は、きれいにひげを剃《そ》ってあった。太りぎみの体格、ゲートルをまいたたくましいがにまたは、小さな農家の農夫か隠居した猟場の番人のようには見えても、とにかく地方の有能な犯罪捜査官とは思えなかった。

「正真正銘の難事件ですな、マクドナルドさん」彼は繰り返し言った。「新聞記者が事件を知ったら、ハエのようにここへ群がってくるでしょう。彼らがあちこちつつき始めて、いろいろな手がかりをめちゃめちゃにしてしまわないうちに、調査を終えてしまいたいと思います。こういう事件はわたしの記憶にはありませんでした。あなたが手ごたえを感じるものもいくらかはあるでしょう、ホームズさん、ですね。それから、あなたにも、ワトスン先生。事件解決にはお医者さんの意見を聞かなくてはならないでしょうから。お部屋はウェストヴィル・アームズにとってあります。ほかに宿屋がないものですから。でも、清潔《せいけつ》で、快適なところだということです。お荷物はこの男に運ばせます。どうぞ、こちらへ」

このサセックスの捜査主任は元気がよくて、親切な人物だった。十分後にわれわれは宿屋に到着していた。そして、また十分後には宿屋《イン》の特別談話室《パーラー》(45)に腰をおろし、前章で簡単に述べた事件について、手短かに説明を受けていた。マクドナルドは時々メモを取っていたが、ホームズは、珍しい、貴重な花を観察している植物学者(46)のように、驚きつつもうやうやしく称賛《しょうさん》の表情を浮かべて、熱心に聞いていた。

「珍しい!」話が終わると彼は言った。「非常に珍しい! これほどに風変わりな事件にはお目にかかったことはありません」

「そうおっしゃると思っていましたよ、ホームズさん」うれしそうにホワイト・メイスンは言った。「サセックスはそれほど時代遅れなところではありませんよ。今朝三時と四時の間に、ウィルスン巡査部長から事件を引き継ぐまでの状況は今お話しししたとおりです。まあまあ、年寄り馬にむち打って、大急ぎで駆けつけましたよ。しかし、結局のところはそれほど急ぐ必要はなかったのです。急いですることは何もなかったのです。ウィルスン巡査部長は事実をすっかり調べ上げていました。わたしはそれを確認・検討して、二つ三つ付け加えただけです」

「何を付け加えたのでしょうか?」ホームズが熱心に尋《たず》ねた。

「そうですね、まずハンマーを調べました。あそこにいたウッド先生が手伝ってくれました。争いに使われた形跡は何もありませんでした。ダグラス氏がハンマーで自分の身を守ろうとして、マットの上に落とす前に、犯人の体に何か傷でも残したのではないかと思ったのですが、何のしみもありませんでした」

「もちろん、それは何の証明にもなりません」マクドナルド警部が言った。「ハンマーを使った殺人で、ハンマーに何の跡も残っていなかった事件はたくさんありますよ」

「そのとおりです。ハンマーが使われなかったという証拠にはなりません。ただ、血のしみでもあれば、何か助けになるだろうと思っただけです。とにかく、しみは何もなかったのです。次に、銃を調べました。弾薬は大粒の散弾《さんだん》である鹿玉《しかだま》で、ウィルスン巡査部長が指摘したとおり、引き金は針金で結ばれていて、後ろの引き金をひけば、弾が二発同時に発射されるようになっていました。誰がしたにせよ、これを仕組んだ人間は、絶対に相手をしとめると心を決めていたにちがいありません。切りつめられた銃の長さは二フィート（約六〇センチ）もなかったので、コートの下に隠して簡単に持って歩けます。製造会社の名前は完全な形では見つかりませんでしたが、二つの銃身の間の溝にPENと印刷された文字が残っていました。名前の残りの部分はのこぎりで切り取られていました」

「『P』が大文字で、頭に飾りがついていて——『E』と『N』は小文字でしたか」ホームズが尋ねた。

「そのとおりです」

「ペンシルヴァニア小銃会社ですね。有名なアメリカの会社です」ホームズが言った。ホワイト・メイスンは、地方の開業医が、自分にはさっぱりわからない問題を一言で解決する、ハーリ街の専門医をながめるような目でわたしの友人を見つめていた。

「これはおおいに参考になります、ホームズさん。それに違いないでしょう。見事です——すばらしい！　世界中の銃製造会社の名前を全部覚えていらっしゃるのですか？」

ホームズは手を振ってその話題を終わらせた。

「あれはアメリカ製の散弾銃に違いない」ホワイト・メイスンは続けた。「アメリカのある地域では、短く切りつめた散弾銃を武器として使っているということを読んだことがあるような気がします。銃身の名前がなくても、そうではないかと思っていました。すると、屋敷に忍び込み、主人を殺した男はアメリカ人だということになりますね」

マクドナルドは首を振った。「それは早計《そうけい》ですよ」彼は言った。「外部から誰かが屋敷に侵入したという証拠はまだないのですから」

「あります。窓が開いていたこと、窓わくの上の血、奇妙なカード、部屋の隅の靴の跡、銃」

「どれも後から細工《さいく》できることばかりですよ。ダグラス氏はアメリカ人だった。そうでなくとも、アメリカに長く住んでいた。バーカー氏もそうだ。アメリカ人の仕業《しわざ》だということを説明するために、アメリカ人を外から持ち込む必要はない」

「でも執事のエイムズが――」

「彼がどうしたのです？　彼を信頼できますかね」

「サー・チャールズ・チャンドスのもとで十年間働いていた。岩のように堅い男です。ダグラスが五年前に領主館を手に入れて以来働いています。彼は、こういう銃は屋敷の中では見たことがないと言っています」

「あの銃は隠せるようになっている。そのために銃身が切りつめられているのですよ。どんな箱の中にも入ります。この銃が屋敷にはなかったと、どうしてはっきり言えますか？」

「まあ、とにかく、彼はそのようなものは見たことがないと言っています」マクドナルドはスコットランド人らしくがんこに頭を振った。「第一ぼくは、屋敷に誰かが入り込んだということはまだ納得できねえ」彼は言った。「かんげえてもみてくだせえ」彼は議論に熱中するとますますアバディーンなまりが出てくる。「かんげえてもみてくだせえよ。この銃が外から屋敷に運びこまれ、ああいう変なことがすべて外からきた人間がやったことだとすると、どういうことになるのか。いや、そんなことは無理だ。まったく常識はずれだ。ホームズさん、これまでの話を聞いてどう思われますか?」

「まず、あなたの考えをうかがいましょう、マックさん」ホームズはいちばん公平な態度で言った。

「その男は、仮にそんな男がいたとしてですが、やつは泥棒《どろぼう》なんかではない。指輪の件とかカードは、ある個人的理由による計画的殺人であることを示している。ここまではいい。さて、ここに人を殺そうと堅く決心して屋敷に忍び込んだ男がいるとします。分別のある男なら、屋敷は堀で囲まれているから、逃げるのがむずかしいだろうということはわかっているはずだ。だったら、凶器として何を選ぶだろう? いちばん音がしないものがいい。そうすれば、目的を達した後、窓から急いで抜け出し、堀を歩いて渡り、あとはゆうゆうと逃走できる。これならわかる。しかし、よりによって、屋敷中の人間が全速力で現場に駆けつけて、堀を渡り切る前に見つかってしまうとわかっているのに、わざわざ一番大きな音がする凶器を持ち込むなんてことを納得できますか？　こんなことが信じられますかい、ホームズさん？」

「なるほど、しっかりした説明でした」わたしの友人は考え込みながら答えた。「たしかに、まだいろいろ確かめなくてはならない点があります。ところでホワイト・メイスンさん、お尋ねしますが、犯人が堀からはいあがった形跡があるかどうか、堀の向こう岸をすぐに調べましたか？」

「なんの跡もありませんでした、ホームズさん。けれども、あそこは石垣《いしがき》になっているので、あまりあてになりません」

「足跡も、何かの痕跡もなしですか？」

「何もありませんでした」

「ほう！　さてと、ホワイト・メイスンさん、これからすぐ屋敷へ行ってよろしいですか？　何かちょっとしたてがかりになるようなものがあるかもしれませんから」

「そう申し上げようと思っていたところです、ホームズさん。ただ、お出かけの前に事情をひととおりわかっていただいたほうがいいと思ったものですから。それで、何か気がつかれたことがありましたら……」ホワイト・メイスンは疑わしそうにアマチュア探偵をながめた。

「ホームズさんとは以前一緒に働いたことがあります」マクドナルド警部は言った。「公明正大に行動する方です」

「いずれにしても、わたしが考える公明正大さですが」ホームズは笑いながら言った。「わたしが事件を調べるのは、正義を守り、警察の仕事を助けるためです。わたしが警察という組織から離れてしまったとすれば、それは警察のほうがまずわたしから離れたからです。わたしには警察の手柄《てがら》を横取りする気持ちはありません。それと同時に、ホワイト・メイスンさん、わたしは自分のやりかたで捜査し、結果は自分がいいと思った時に、少しずつではなく、完全な形で報告することを、お願いしておきます」

「あなたにお出でいただけてほんとうに光栄です。わかったことはすべてお知らせします」ホワイト・メイスンはていねいに言った。「まいりましょう、ワトスン先生。その時が来たら、あなたのご本にみな登場させていただきたいですね」

わたしたちは、両側に枝を刈《か》り込んだニレの木がならんでいる、古風な、村の通りを歩いていった。遠くに、雨風にさらされ黒ずみ、苔のついた古代の石柱が二本立っている。そのてっぺんにのっているのは、バールストンのカプス家の、後ろ足で立ち上がるライオンが風化した姿だった。イングランドの田園独特の、樫の木がまわりにある芝生を見ながら、曲がりくねった馬車道を少し歩いていく。すると突然その道が折れ曲り、高くはないが、横に広い、黒ずんだ暗褐色《あんかつしょく》のレンガの、ジェイムズ一世風の館がわたしたちの前に現われた。両側に、刈り込んだイチイの木の古風な庭があった。近づいてみると、木製のはね橋と、寒い冬の陽射しをあびた水銀のように、静かに光る、美しく、広い堀がみえた。古い領主館には、三百年という歳月が流れていた。子どもの誕生があり、帰郷《ききょう》があり、舞踏会《ぶとうかい》が開かれ、狐狩《きつねが》りの集まりのあった長い年月だ。それなのに今、このいまわしい事件が、この由緒《ゆいしょ》ある屋敷に影を落とすとは、何とも奇妙なことだ。だが、この珍しくとがった屋根や、古風に張り出した破風《はふ》は、気味の悪い、恐ろしいたくらみにふさわしい舞台だった。深くはめ込まれた窓や、くすんだ色の水に洗われた正面を見ていると、この悲劇にこれ以上ふさわしい場所はないように、わたしは感じた。

「あの窓です」ホワイト・メイスンが言った。「はね橋のすぐ右側のです。昨晩発見した時のまま開けてあります」

「人が通るには狭いようですね」

「まあ、とにかく太った男ではなかったのでしょう。ホームズさん、あなたに推理して、教えていただくまでもありません。しかし、あなたかわたしなら何とか抜けられそうですね」

ホームズは堀端まで歩いて行き、向こう側をながめた。それから、石垣とその向こうの草地を調べた。

「わたしがしっかり調べました、ホームズさん」ホワイト・メイスンが言った。「そこには何もありません。だれかが堀から上がった形跡はありません。それに第一、犯人が跡を残したりするでしょうか？」

「そうですね。残さないでしょう。堀の水はいつも濁《にご》っているのですか？」

「だいたいこういう色です。小川が土を運んで来るのです」

「深さは？」

「両端で二フィート（約六〇センチ）、真ん中が三フィートです」

「そうすると、男が堀を渡っている途中で溺《おぼ》れたという可能性は考えなくていいですね？」

「はい。子どもでも溺れようがありません」

わたしたちが橋を渡っていくと、風変わりな、節くれだった、ひからびた人物——執事のエイムズが出迎えてくれた。かわいそうに彼はショックから顔は青ざめ、体は震えていた。村の巡査部長は背が高く、堅苦しい、陰気な人間で、運命の部屋でまだ不寝番を続けていた。医者はもういなかった。

「何か新しい進展はあったかね、ウィルスン巡査部長？」ホワイト・メイスンが尋ねた。

「何もありません」

「ではもう帰っていいよ。ご苦労でした。必要なときには呼びますから。執事は外で待たせておいてくれたまえ。セシル・バーカー氏、ダグラス夫人、それから家政婦に、あとで少しお話をうかがいたい、と伝えておくように執事に言っておいてください。さて、みなさん、まずわたしの考えを述べさせていただいて、そのあとでみなさんのお考えをうかがいたいと思います」

この地方の専門家には感心した。彼はしっかりと事実を把握《はあく》し、冷静で、明晰《めいせき》な、常識的頭脳を持っているので、この職業でかなりの成功をおさめるだろう。ホームズはいつもは警察の説明にはいらいらするのだが、そういうようすもなく熱心に彼の話を聞いていた。

「これは自殺か他殺か、これが第一の問題です。自殺だとすれば、この男はまず結婚指輪をはずし、それを隠したということになる。それから、彼は部屋着のまま階下に降りてきて、誰かが自分を待ち伏せしていたと思わせるために、部屋の隅のカーテンの後ろに泥をつけ、窓を開け、血をつける――」

「そんなことはありえない」マクドナルドが言った。

「そうですね。自殺説は問題外だ。それでは殺人が行なわれたということになる。われわれが決めなくてはならないのは、それは内部の人間の仕業か、あるいは外部の人間によるかということです」

「さあ、あなたの考えをうかがいましょう」

「どちらの場合も難しい点がありますが、いずれにしても、どちらかにちがいないのです。まず、誰か、屋敷の内部の一人あるいは複数の人間の犯行だということにしましょう。犯人は、あたりは静かだが、まだ誰も寝ていない時刻に彼を階下に来させる。そして、犯人は、みなに何がおこったかを教えたいかのように、いちばん風がわりで、いちばん音のうるさい凶器で犯罪を犯す。屋敷の中では見たことのない武器です。こんなことはありそうにもないことではありませんか？」

「そのとおりです」

「そして、銃の音を聞いた後、家じゅうの者が——セシル・バーカー氏は自分が一番だと言っているが、彼だけではなくてエイムズもほかのみんなも全員が——現場に駆けつけるまで一分もかかっていないというのは、全員の一致した意見です。それほど短い間に、犯人は部屋の隅に足跡を残し、窓を開け、窓わくに血のあとをつけ、死んだ男の指から結婚指輪をとり、あれこれやってのけたというのですか？　それは不可能だ！」

「はっきりした説明ですね」ホームズは言った。「わたしも同感です」

「それでは、犯行は外部の人間の仕業であるという説に戻ることになります。それもいくつか大きな問題点はありますが、不可能ではありません。犯人は四時三十分から六時の間に屋敷に入り込んだ。つまり、夕暮れと橋が上げられるまでの間ということになります。屋敷には客があったので、ドアは開いていて、犯人が入り込むのを妨げるものはなかった。彼は普通の強盗だったかもしれないし、あるいはダグラス氏に個人的恨《うら》みをもっていたのかもしれない。ダグラス氏は生涯《しょうがい》の大半をアメリカで過ごしているし、この散弾銃はアメリカ製の武器のようだから、個人的恨みの説のほうが有力だ。この部屋がいちばん近くだったからここに忍び込んで、カーテンの後ろに隠れた。そこに十一時すぎまでひそんでいた。そしてそこへダグラス氏が入ってきた。二人が話をしたとしても、それは短いものだった。というのは、ダグラス夫人は、夫が出て行ってから銃声が聞こえるまではほんの二、三分だったと言っているからです」

「ろうそくからもわかりますね」ホームズが言った。

「そのとおりです。ろうそくは新しいもので、半インチ（約一・五センチ）も燃えていない。ダグラス氏は襲《おそ》われる前にろうそくをテーブルの上に置いたに違いありません。さもなければ、もちろん、彼が倒れた時にろうそくも横に落ちているはずです。このことから、彼は部屋に入ってすぐに襲われたのではないことがわかります。バーカー氏が駆けつけて、ランプをつけ、ろうそくを消した」

「それははっきりしていますね」

「さて、これからこの線に沿って、事件を再現してみましょう。ダグラス氏が部屋に入ってくる。ろうそくを置く。男がカーテンの後ろから出てくる。この銃を持っている。彼は結婚指輪をよこせと要求する。その理由はわからないが、そうだったはずだ。ダグラス氏が指輪をしかたなく差し出す。そして、血も涙もなく一撃でか、あるいはダグラスが敷物の上のハンマーをつかんで、争っているうちなのかもしれないが、彼はダグラスをこんなひどい方法で撃ち殺した。犯人は銃を下に落とし、それから、意味はわからないが、この奇妙な『V・V　341』というカードも落としていく。それから、窓から逃げ出し、堀を渡っている、ちょうどその時にセシル・バーカーが現場に駆けつけ、犯行を発見する。これでいかがでしょう、ホームズさん？」

「とてもおもしろいですが、すこし納得できないところもあります」

「君、そんなのはまったくばかげている、ほかの考えがもっとだめだというのでなければね」マクドナルドが叫んだ。「誰かがこの男を殺した。それが誰であれ、別のやり方だったということはちゃんと証明できる。なぜ、そうやって逃げ道を断ち切ってしまったのかだ。どうして、音を立てれば逃げられないのに散弾銃を使ったんだ。さあ、ホームズさん、ホワイト・メイスンさんの説には納得がいかないとおっしゃったのですから、今度はあなたの考えを聞かせてください」

ホームズはこの長い議論の間、真剣な目を右へ左へと向け、額《ひたい》にしわを寄せて考えごとをしつつ、一言でも逃すまいと、熱心に話を聞いていた。

「意見を言う前に、あと二、三確かめておきたいことがあります、マックさん」彼は死体の横にひざまずいて言った。「おやおや、これはほんとうにひどい傷だ。ちょっと執事を呼んでいただけますか？ ……エイムズ、君はこの奇妙な印、丸の中に三角の焼き印がダグラス氏の前腕にあるのをよく見たということだね？」

「たびたび見ました」

「どういう意味か、何も聞いたことがないのかね？」

「はい、ございません」

「あれは、押された時には、とても痛かったはずだ。焼き印に違いない。さて、エイムズ、ダグラス氏のあごの角に、小さな絆創膏《ばんそうこう》が貼《は》ってある。生前に貼ってあったかどうか、覚えているかい？」

「はい。昨日の朝、旦那様はひげをそられた時に切られたのです」

「そういうことは前にもあったかね？」

「長い間そういうことはありませんでした」

「なかなか意味深長だ！」ホームズが言った。「もちろん、たんなる偶然かもしれないが、彼が危険を予感する理由があって、神経質になっていたことを示すものかもしれない。エイムズ、昨日のご主人の行動で、何かいつもと変わったことがなかったか、気がつかなかったかい？」

「旦那様は少し落ち着きがなく、興奮《こうふん》しているように見うけられました」

「ほう！　襲われたことは彼にとってまったく思いがけないものではなかったのかもしれないというわけだ。われわれの捜査も少し進歩したかもしれないな？　何か質問したいことは、マックさん？」

「いいえ、ホームズさん。あなたにおまかせします」

「それでは、次にこの『Ｖ・Ｖ　３４１』というカードにうつりましょう。粗末な厚紙だが、こういう紙を屋敷の中で見たことがあるかね？」

「いいえ、ありませんでした」

ホームズは机のところへ行き、それぞれのインクびんから少しずつインクを吸い取り紙の上にたらした。「この部屋で書かれたものではない」彼は言った。「ここのは黒だが、あれは紫《むらさき》がかっている。太いペンで書かれたものだが、ここにあるペンは細いものばかりだ。だから、ほかの所で書かれたものにちがいない。エイムズ、この書き込みに何か心当たりはないかね？」

「まったくございません」

「君はどう思いますか、マックさん？」

「ある種の秘密組織のような印象を受けます。それは前腕にある、この印も同じで

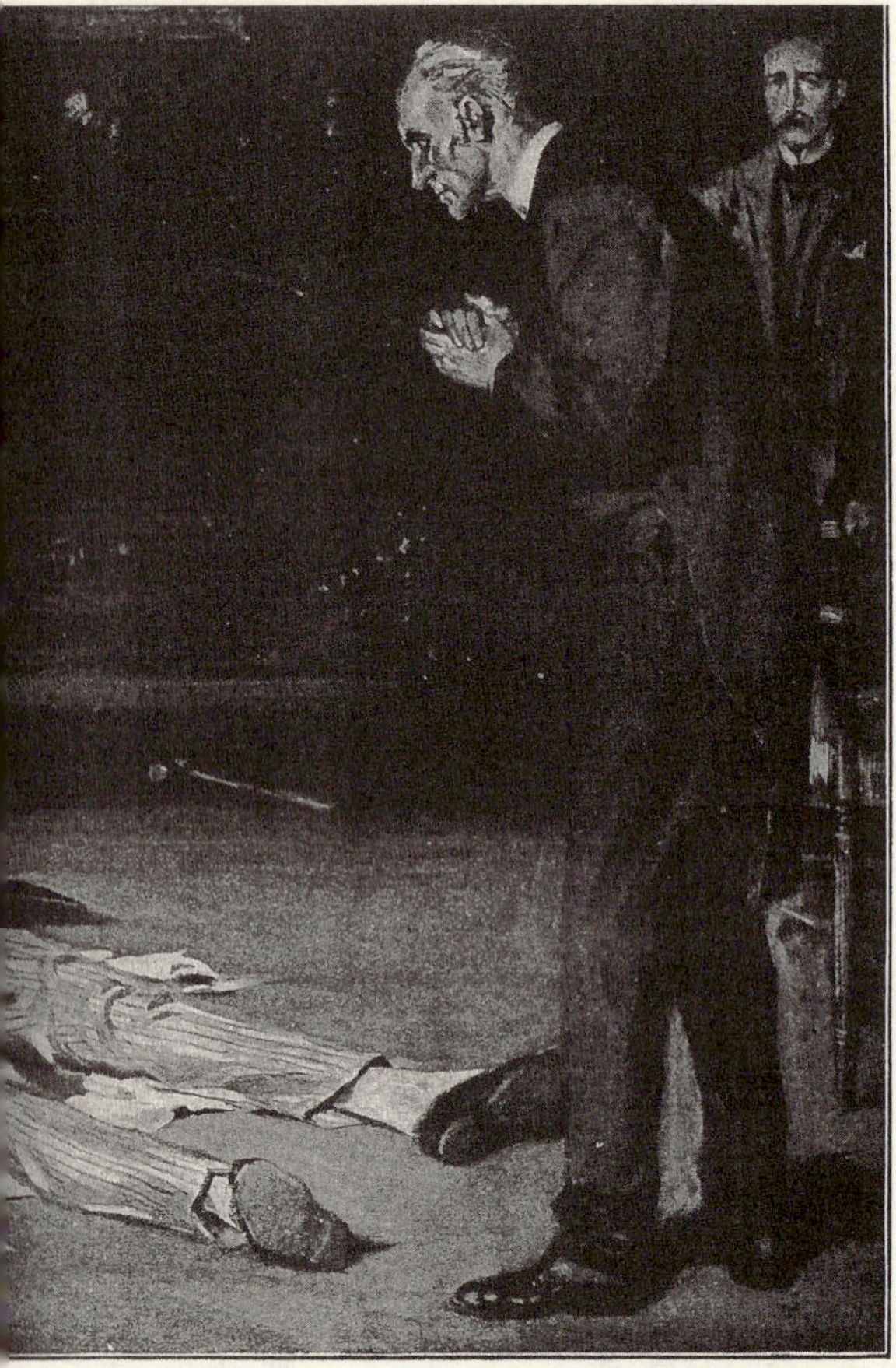

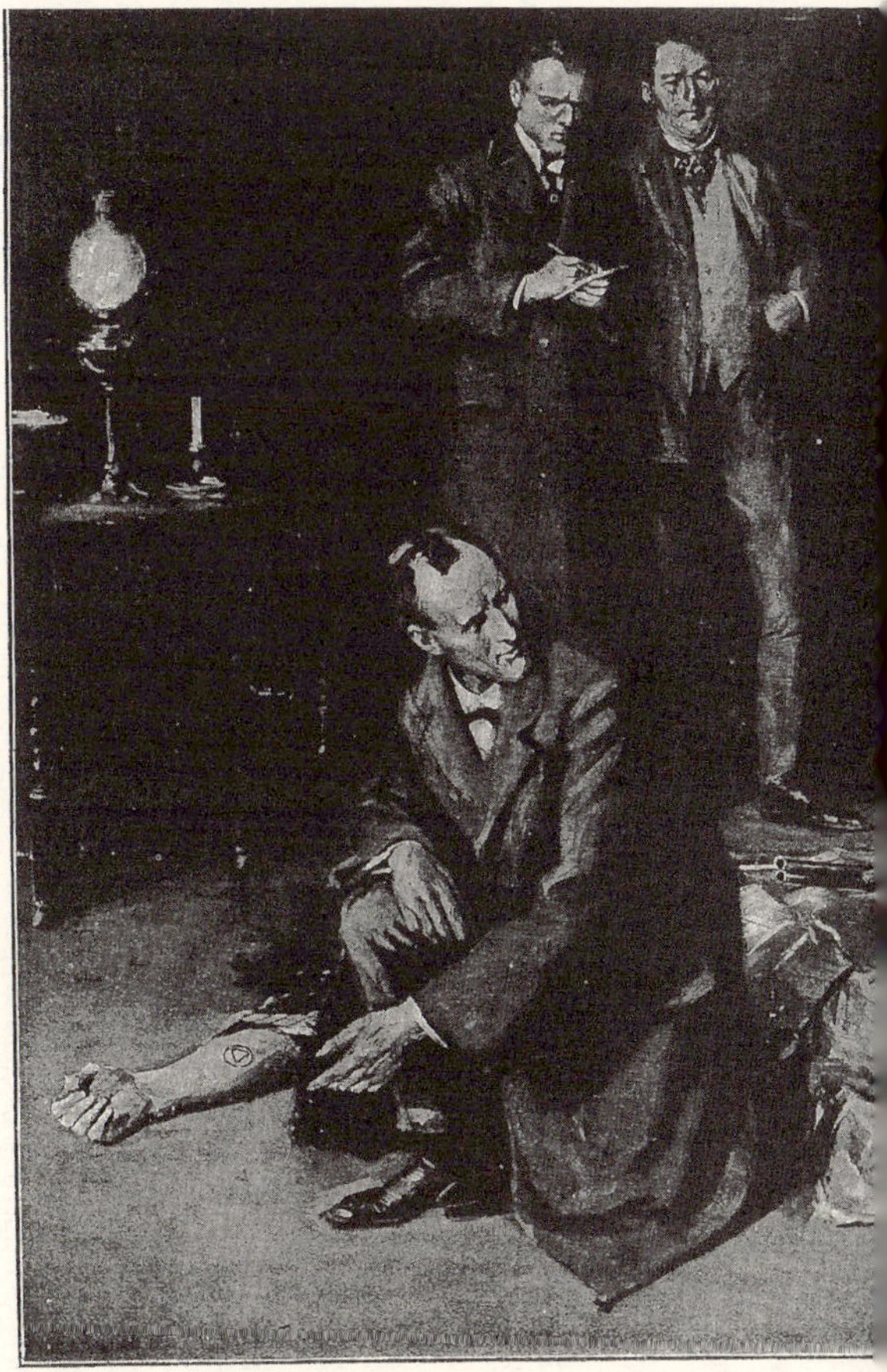

す」

「それでは、その仮説をもとに、考えを進め、問題がどれだけ解けるかを見てみよう。ある秘密結社から命令を受けた者が屋敷に忍び込み、ダグラス氏を待ち受け、この銃を撃って、彼の頭をほとんど吹き飛ばし、死体の横にカードを残してから、堀を歩いて渡って逃げた。カードのことが新聞に載《の》れば、結社のほかの仲間たちに復讐《ふくしゅう》が行なわれたことが伝わる。すべてつじつまがあっている。しかし、いろいろ武器がある中で、どうしてこの銃なのだろうか」

「まったく」

「それから、なくなった指輪のことは?」

「そうですね」

「それに今もって逮捕されないのはなぜでしょうか。もう二時を過ぎています。夜が明けてから、四十マイル（約六四キロメートル）以内の巡査は一人残らず、濡《ぬ》れねずみのよそ者を探しているはずでしたね?」

「そのとおりです、ホームズさん」

「彼が近くに隠れ場所を持っているか、着替えを用意しているのでなければ、見逃すはずはない。けれども、これまでのところ、見つかってはいない」ホームズは窓のところに行き、窓わくについた血の跡をルーペで調べていた。「これはたしかに靴の跡だ。とても幅広だ——扁平足《へんぺいそく》というものだろう。だが奇妙なのは、部屋の隅の、泥で汚れた足跡が、わかる限りではもっと格好のいい足の跡のように見えることだ。まあ、かなり不鮮明になっているけれど。サイド・テーブルの下にある、これは何だろう？」

「ダグラス様のダンベルです」エイムズが言った。

「ダンベル。それが一つしかない。もう片方はどこだろうか」

「存じません、ホームズ様。ずっと一つだけだったのかもしれません。何ヶ月もダンベルに気がつきませんでした」

「片方だけのダンベル——」ホームズが真面目な調子で言ったが、ドアを強くノックする音がして、邪魔《じゃま》されてしまった。背の高い、日焼けした、頭のよさそうな、ひげをきれいに剃った男が顔をのぞかせた。話に聞いていたセシル・バーカー氏だとは容易に想像できた。彼は意志の強そうな目を動かして、探るように、わたしたちの顔を見渡した。

「お話を邪魔して申しわけありません」彼は言った。「ただ、早くお知らせすべきだと思いまして」

「逮捕の知らせがあったのですか？」

「いいえ、そうだとよかったのですが。しかし、自転車を見つけました。犯人は自転

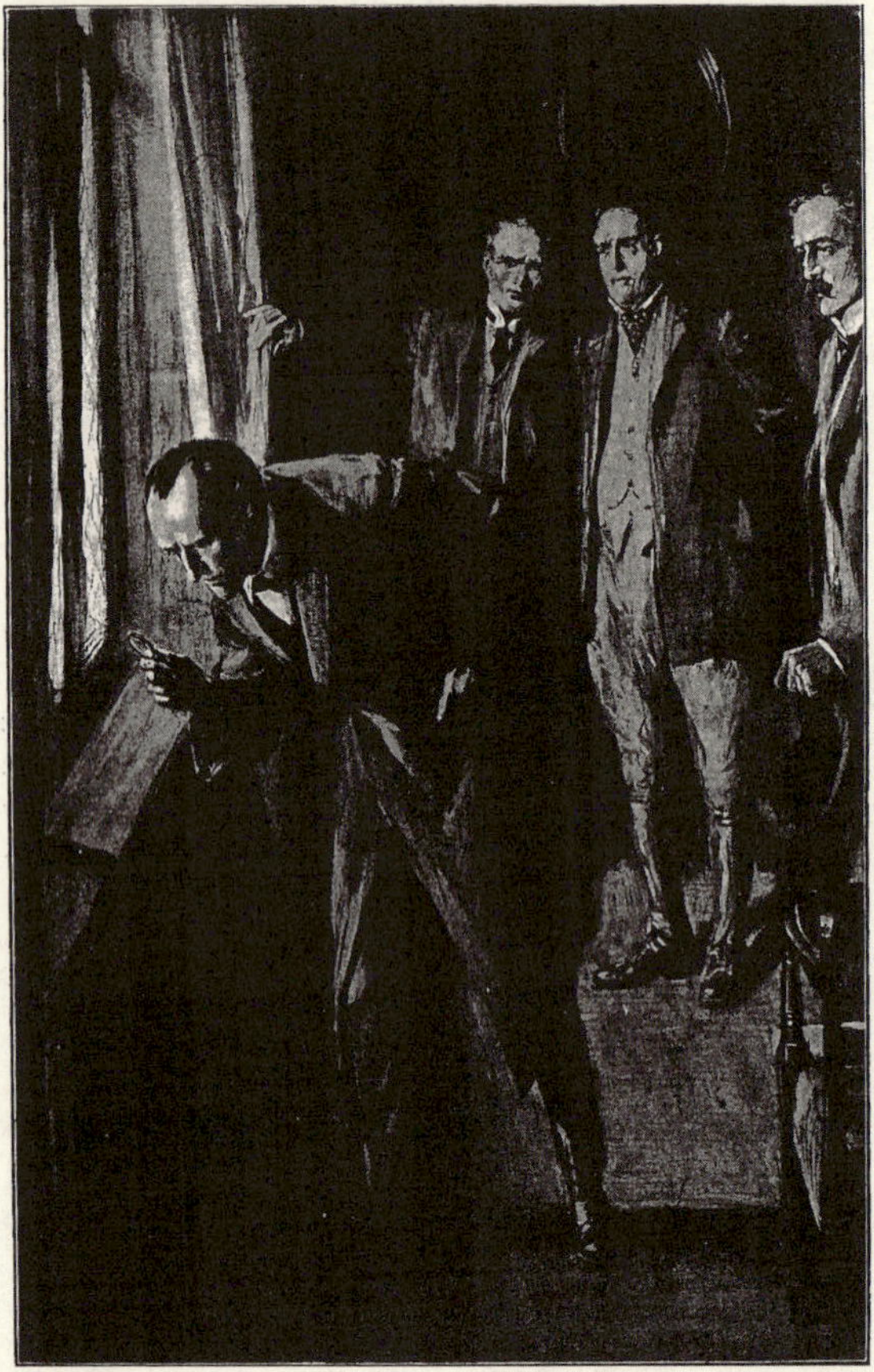

車を置いていったようです。どうぞ来て見てください。玄関のドアから百ヤード（約九一メートル）と行かないところです」

出て行くと、三、四人の馬扱い人と野次馬たちが、常緑樹《じょうりょくじゅ》のしげみに隠されていた自転車を引き出して、馬車道で調べているところだった。よく使い込まれたラッジ・ホイットワース製で、長い旅をしてきたらしく、泥で汚れていた。スパナと油入れがはいったサドルバッグが残っていたが、持ち主を示す手がかりはなかった。

「もし番号がついていて、登録されていれば」警部が言った。「これは警察にとって大助かりだったのですがね。まあ、見つかっただけでもよかったと思わなくてはいけません。彼がどこへ行ったかわからなくても、どこから来たかはわかりそうだ。しかし、一体どうして彼は自転車を置いていったのだろうか。自転車なしでどうやって逃げおおせたのだろうか？　事件の見当はまったくつかないようですね、ホームズさん」

「そうですかね」わたしの友人はじっと考えて答えた。「そうでしょうかね」

第5章　劇中の人々

「書斎《しょさい》の調査はおすみですか？」ホワイト・メイスンが屋敷に戻ってから尋《たず》ねた。

「今のところは」警部がこたえ、ホームズもうなずいた。

「それでは、屋敷の人間の証言をお聞きになりますか。食堂を使えるね、エイムズ。まず君から始めよう。知ってることを聞かせてくれたまえ」

執事の説明は、簡単ではっきりしたものであり、嘘《うそ》はないと思われた。彼は五年前、ダグラス氏が初めてバールストンに来たときに雇《やと》われた。ダグラス氏はアメリカで財産を成した、金持ち紳士だと思っていた。彼は親切で、思いやりのある雇主だった。もっとも、かつてつかえていた人たちほどではなかったらしい。何もかもを手に入れることはできないものだ。ダグラス氏が何かを心配していた様子はなかったし、むしろ誰よりも勇敢《ゆうかん》だった。彼は毎晩はね橋を上げるように指示したが、それは古い屋敷の昔からの習慣で、彼は古くからの習慣を守ろうと考えていたからだ。ダグラス氏はめったにロンドンへ出かけることも、村を離れることもなかった。ただ、あの事件の前日、タンブリッジ・ウェルズへ買い物に行った。その日、ダグラス氏は少し落ち着きがなく、興奮《こうふん》しているようであった。怒りっぽく、いらいらしているようで、めずらしいことであった。あの夜、まだ寝ておらず、屋敷の裏手の食器室で、銀食器を片づけていた時に、けたたましくベルが鳴った。彼は銃声は聞いていない。それは当然で、食器室と台所は屋敷の一番奥にあって、途中にいくつかのドアがあって閉まっているし、長い廊下がある。家政婦もベルが激しく鳴ったので自分の部屋から出てきた。二人で一緒に屋敷の表のほうへ行った。階段の下まで来た時、ダグラス夫人が降りてくるのを見た。しかし、彼女は急いでいなかった。夫人はとくに動揺《どうよう》しているとは見えなかったらしい。夫人がちょうど階段の一番下まで降りてきた時、バーカー氏が書斎から飛び出して来て、ダグラス夫人を押しもどし、自分の部屋に戻るように頼んだ。「どうぞお願いです、部屋に戻ってください！」彼は叫んだ。「気の毒にジャックは死んでいます。手のほどこしようはありません。どうぞ戻ってください！」

階段の上で何か説得されて、ダグラス夫人は戻っていった。悲鳴をあげることはなかった。叫んだりしなかったのだ。家政婦のアレン夫人が二階へ連れていき、彼女に付き添《そ》って寝室にいた。彼とバーカー氏は書斎に戻り、そこで見たものは、警察が見たとおりだった。その時、ろうそくは点《とも》っていなかったが、ランプがついていた。二人で窓から外を見たが、暗くて何も見えなかったし、何も聞こえなかった。それから

玄関ホールへ飛び出し、彼は巻き上げ機をまわして、はね橋を下ろし、バーカー氏が警察へ知らせに走った。

以上が執事の証言の要点だ。

家政婦のアレン夫人の証言は、話した限りでは、同僚《どうりょう》の執事の話を裏書きするものであった。彼女の部屋はエイムズが働いていた食器室より屋敷の表側に近い所にあった。寝る準備をしていた時、ベルが大きな音で鳴っているのに気がついた。彼女は耳が少し遠い。それで銃声が聞こえなかったのかもしれないが、いずれにしろ書斎からは遠く離れていた。何かドアをばたんと閉めたような音を聞いた覚えがある。それはずっと前、ベルが鳴るより少なくとも三十分は前だった。エイムズが表に走って行ったとき、彼女も一緒だった。バーカー氏が、真っ青な顔で、興奮して書斎から出てくるのを見た。彼は階段を降りて来たダグラス夫人を押しとどめた。部屋に戻るように頼み、彼女はそれを聞き入れたが、夫人が何と言ったかは聞きとれなかった。「奥様を上にお連れしてくれ。そばについていてください！」彼はアレン夫人に言った。それで彼女は夫人を寝室に連れて行き、一生懸命になぐさめた。夫人はとても興奮していて、体中震えていたが、階下へ行こうとすることはなかった。部屋着のまま、両手に顔をうずめ、寝室の暖炉《だんろ》のそばに座っていた。アレン夫人は夜の間ほとんど彼女のそばにいた。その他の使用人については、みんな眠っていて、警察が来る直前まで事件のことは知らないでいた。彼らは屋敷の一番奥で寝ているから、おそらく何も聞こえなかったのだろう。

これが家政婦の説明であった。こちらからの質問に対しては、悲しみと驚きに打ちひしがれていて、これ以上聞き出すことはできなかった。

続いてセシル・バーカー氏が証言した。前の晩のできごとについては、すでに警察に話したことに付け加えるものはほとんどなかった。個人的に、犯人は窓から逃げたと確信していた。彼の意見では、血が残っていたことが、その確たる証拠だという。その上、橋が上がっていたのだから、ほかに逃走手段はない。暗殺者がどうなったか、自転車がもし犯人のものだとして、どうして乗っていかなかったのかはわからない。堀は深さが三フィート（約九〇センチ）もないのだから、溺《おぼ》れ死ぬことは絶対にありえない。

彼は殺人について自分なりにはっきりとした意見をもっていた。ダグラスは無口な男で、人生のある時期については決して語らなかった。彼は非常に若い時期にアイルランドからアメリカへ移住し、かなり成功した。バーカーが初めて彼に会ったのはカリフォルニアで、そこで二人は共同でベニト・キャニオンというところに鉱区《こうく》を買い、成功した。事業はうまくいっていたが、ダグラスは突然すべてを処分して、イギリスへ帰ってしまった。その当時、彼は妻を亡くしていて、独り身だった。その後バーカーも財産を金に換《か》えて、ロンドンに住むようになった。こうして二人は再びつきあうようになった[47]。ダグラスにはいつも危険がつきまとっているという印象があった。そして、突然カリフォルニアを去ったことも、イングランドのこのようなさびしい所に家を借りたのも、この危険と関係があるといつも思っていた。ある秘密結社のようなもの、ある執念深い組織が彼を殺すまでしつこくあとを追いかけているという感じがしていた。ダグラスはその結社がどんなものか、どうして恨《うら》まれることになったのかは決して言わなかったが、彼の話のはしからそう感じていた。ただ、カードの記号が何か関係あるような気がする。

「カリフォルニアではダグラス氏とどのくらい一緒だったのですか?」マクドナルド警部が尋ねた。

「五年間でした」

「彼は独身だったと、おっしゃいましたね」

「奥さんは亡くなっていました」

「初めの奥さんがどこの出身か聞いたことがありますか?」

「いいえ。ただ、ドイツ[48]系だと彼が言っていた記憶があります。写真を見たことがありますが、たいへんな美人でした。わたしが彼に会う一年前にチフスで亡くなっています」

「カリフォルニアの前は、アメリカのどの地域で暮らしていたか、思いあたることはありませんか？」

「シカゴの話をするのは聞いたことがあります。あの町のことをよく知っていて、そこで働いていたようでした。炭鉱や鉄鉱の話をしたことがあります。若い頃はよく旅をしたようでした」

「政治に関係していたとか？　あなたのいう秘密結社は政治と関係があるものでしょうか？」

「いいえ、彼は政治には関心がありませんでした」

「犯罪組織だとは思いませんでしたか？」

「めっそうもない。あれほど真っ正直な男は知りません」

「カリフォルニアの生活で何か奇妙な点はありませんでしたか？」

「彼は、山奥の鉱区でひっそりと働くのがいちばん好きでした。ほかの連中がいる所へは、できるだけ行かないようにしていました。それではじめて、誰かが彼を追いかけているのではないかと思ったのです。そして、急に彼がヨーロッパへ帰った時に、それを確信しました。きっと何か危険を感じたのだと思います。彼が出て行って一週間もしないうちに、男が五、六人、彼のことをたずねてきました」

「どういう男たちでしたか？」

「かなり人相の悪い連中でした。鉱区へ来て、彼の居場所を知りたがっていました。彼はヨーロッパへ行ってしまい、どこにいるか知らないと言ってやりました。彼らがろくな奴でないことは、ひと目見てすぐにわかりました」

「アメリカ人でしたか――カリフォルニアの人間だったですか」

「カリフォルニアの人間かどうかはわかりませんが、アメリカ人にはまちがいありません。彼らは鉱夫ではありません。[49]何者かわかりませんが、帰ってくれてほっとしましたよ」

「それが六年前のことですか？」

「ほとんど七年になりますね」

「それで、あなた方はカリフォルニアで五年間一緒だったのですから、事件のはじまりは少なくとも十一年以上前にさかのぼることになりますね？」

「そうです」

「これほど長い間忘れずにいたというからには、よほど深い恨みだったに違いありませんね。その原因はけっして単純なことではないでしょう」

「それで、彼の人生に暗い影を落とすことになったのだと思います。彼の頭から消えることはなかったでしょう」

「けれども、自分の身に危険がせまっていて、それが何であるかわかっているのなら、警察に保護を求めるのではないでしょうか?」

「それはおそらく、防ぎようのない危険だったのかもしれません。ひとつお話ししておきますと、彼はいつも武器を持っていました。回転式連発拳銃《レヴォルヴァー》をいつもポケットに入れていたのです。ただ、不幸なことに、昨晩は部屋着になっていて、寝室に置いてきてしまったのでしょう。橋が上がってしまえば、安全だと思ったのではないでしょうか」

「いろいろなできごとをもう少し年代を追って整理してみたいと思います」マクドナルドが言った。「ダグラスがカリフォルニアを離れてから、まる六年はたっている。あなたはその翌年に彼のあとにつづいたわけですね」

「はい、そうです」

「そして、ダグラス氏が結婚したのは五年前。すると、ちょうど彼が結婚する頃あなたは戻ってきたことになりますね」

「およそ一ヶ月前でした。わたしが新郎の付き添い人を務めました」

「ダグラス夫人を結婚前からご存じでしたか?」

「いいえ。わたしは十年間イングランドを離れていましたから」

「しかし、結婚したあとではよくお会いになっていますね?」

バーカーはきつい目で警部を見た。

「わたしはその後よく彼には会いました」彼はこたえた。「わたしが彼女に会ったのは、友人を訪ねれば、その奥さんにも会わないわけにはいかないからです。もし何か特別な関係があると疑っておいでだとしたら……」

「何も疑ってはおりませんよ、バーカーさん。事件に関係があるかもしれないことは何でもうかがっておかなくてはならないのです。気を悪くしないでください」

「そういう質問は気にさわりますね」バーカーは腹立たしげにこたえた。

「われわれが欲しいのは事実だけです。事実を明らかにすることは、あなたのためであり、みなのためでもあるのです。ダグラス氏は夫人とあなたとの交際を、心から認めていましたか？」

バーカーはさっと青くなり、大きくて、たくましい手をぶるぶると握り締めた。

「何の権利があってそういう質問をするのですか！」彼は叫んだ。「あなたが調べている事件と何の関係があるというのですか？」

「もう一度お尋ねします」

「それでは、わたしは答えることを拒否します」

「拒否しても構いませんが、それがすなわちひとつの答えになるということはおわかりでしょうね。隠すことが何もないなら、拒否しないのではないでしょうか」

バーカーは顔をしかめ、太くて、黒い眉《まゆ》をよせてじっと考えながら、しばらく立っていた。それから、笑いを浮かべながら顔をあげた。

「まあ、みなさんはただきちんと義務を果たしておられるだけなのでしょうから、それならばわたしにはそれを邪魔《じゃま》する権利はありません。ただこの件でダグラス夫人を悩ませないでいただきたい。彼女はすでに充分つらい思いをしているのですから。あのダグラスには一つだけ欠点がありました。それは嫉妬《しっと》深いということです。彼はわたしを気に入ってくれていました。彼ほど友情にあつい男はいないでしょう。そして彼は妻を深く愛していた。彼はわたしがここへ来るのを喜んでいて、よくわたしを招いてくれました。それでも、夫人とわたしが話していたり、親しくしていると、嫉妬心がわいて、かっとなってひどいことを言ったりしました。そのため、わたしは一度ならず、もう絶対に来るものかと思ったものです。そのたびに彼は後悔していると手紙を書いてきて、来てくれと頼むので、わたしは来ずにはおられませんでした。しかし、みなさん、これだけは信じてください。これほどに情愛があり、誠実な妻を持った男はほかにいません。また、わたし以上に忠実な友もほかにはありません」

熱っぽく、感情のこもった言葉だったが、マクドナルド警部はこの話題をやめなかった。

「ご存じでしょうが」彼は言った。「死体から結婚指輪が抜き取られているのです」

「そうらしいですね」バーカーは言った。

「『らしい』とはどういう意味ですか？　それが事実なのはご存じでしょう」

バーカーは混乱して、迷っているようだった。

「わたしが『らしい』と言ったのは、彼が自分ではずしたかもしれないと思ったからです」

「はずしたのが誰であれ、指輪がないという事実だけでも、結婚生活とこの悲劇との間に何か関連があるのではないかとは、誰でも考えるのではないでしょうかね」

バーカーは広い肩をすくめた。

「それは何とも言えません」彼は答えた。「けれども、もしどういう形でも、その事実が夫人の名誉《めいよ》に関わるかもしれないとほのめかそうとしてるのでしたら」――彼の目がちょっと光り、やっとの思いで気持ちを落ち着かせて言った――「まあ、それはまったくの見当違いだ、というだけです」

「今のところこれ以上お尋ねすることはありません」マクドナルドは冷静に言った。

「ささいなことですが、ひとつおききします」シャーロック・ホームズが言った。「あなたが部屋に入った時、テーブルの上にはろうそくが一本ついていただけでしたね」

「はい、そうです」

「その明りだけで恐ろしいできごとがおきたことがわかったのですね？」

「そのとおりです」

「すぐにベルを鳴らして、助けを求めたのですか」

「はい」

「すぐに来ましたか?」

「一分もかかりませんでした」

「しかし、彼らが到着した時には、ろうそくは消されていて、ランプが点っていたと言っている。これはとても注目すべきことのようですが」

ここでもまたバーカーはためらいのようすをみせた。

「注目すべきことだとは思いませんが、ホームズさん」すこし間をおいてから彼が言った。「ろうそくの明りではよく見えなかったので、まずもっと明るくしようと考えたのです。テーブルの上にランプがあったのでそれをつけました」

「そして、ろうそくを吹き消したのですか?」

「そのとおりです」

ホームズはそれ以上質問しなかった。バーカーはじっくりとわたしたちを一人一人見てから、その目つきにわたしは何か挑戦的なものを感じたのだが、わたしたちに背を向けると、部屋を出て行った。

マクドナルド警部はダグラス夫人に部屋へお伺いしたいという内容のメモを届けた

が、夫人は食堂でお会いするという返事だった。そして彼女が入ってきた。三十歳くらいの背の高い、美しい女性だった。控《ひか》え目で、とても落ち着いていて、わたしが予想していた、取り乱した、悲劇のなかの人間とはまったく違っていた。さすがに大きなショックを耐えぬいた人のように、顔は青ざめ、やつれていたが、態度は落ち着いており、テーブルの端に置かれた美しい形の手は、わたしの手と同様に震えてはいなかった。悲しげで、うったえるような目で、妙に、なにか問いたげにわたしたちを見まわしていた。その問いたげな目つきが、突然どっと言葉になった。

「何かおわかりになりましたでしょうか?」彼女が尋ねた。

その質問には期待というより、不安が底にあったと思ったのはわたしの想像しすぎだったのだろうか。

「あらゆる手を打っております。奥様」警部が言った。「何事もおろそかにはしておりませんから、どうぞご安心ください」

「お金はおしみません」彼女は感情のこもらない、平板《へいばん》な調子で言った。「できるだけのことをしてくださいませ」

「事件について何か手がかりになるようなことがあれば、お聞かせください」

「お役に立てるかどうか、とにかく、わたくしが知っていることは何でもお答えいたします」

「セシル・バーカーさんのお話では、奥様は実際にはご覧《らん》になっていない――とのことですが、事件がおこった部屋には一度もお入りになっていないということですね？」

「はい。階段のところでバーカーさんに押しとどめられたのです。部屋に戻っていてほしいと言われました」

「なるほど。銃声を聞かれて、すぐ降りていらしたのですね」

「部屋着を着てから、降りてまいりました」

「バーカーさんに階段のところで止められたのは、銃声を聞いて、どれくらい経ってからのことでしたか？」

「二分くらいだったかもしれません。あのような場合ですから、時間のことはよくわかりません。彼はこれ以上行かないようにと懸命に止めました。わたくしにできることは何もないとおっしゃるのです。それで、家政婦のアレン夫人がわたくしを二階へ連れていってくれました。何か恐ろしい夢のようです」

「ご主人が階下へ行かれて銃声がするまで、どれくらいの時間だったか、おわかりになりますか？」

「いいえ、わかりません。化粧室のほうから出ていきましたので、彼が降りていったことには気づきませんでした。夫は火事を心配して、毎晩屋敷の見回りをしていました。神経質に心配したのは、わたしが知るかぎり、この点だけです」

「それはちょうどわたしがお尋ねしたかったことです、奥様。あなたはイングランドでのご主人しかご存じないわけですね？」

「はい。結婚してまだ五年しか経っておりませんので」

「アメリカでおきたことで、そのために危険がふりかかるというような事件について、ご主人が何か話されていたことはありませんでしたか」

ダグラス夫人は答える前に真剣に考えていた。

「はい」彼女はようやく答えた。「夫に危険がつきまとっていることはいつも感じておりました。夫はそのことをわたくしとは話したがりませんでした。それはわたくしを信用していなかったからではございません——わたくしたちは愛し合い、深く信頼しあっていました——わたくしを心配させたくないという夫の思いやりからでした。知ってしまえばわたくしがそれについてくよくよ考えてしまうと思ったのでしょう。それで黙っていたのです」

「それではどのようにしてそれがわかったのですか？」

ダグラス夫人の顔に一瞬ほほえみが走った。

「一生秘密を抱えつづけられる夫がいるでしょうか。彼を愛する妻が何も気づかずにいることがあるでしょうか。いろいろなことからわかりました。アメリカでの暮らしのあるできごとについて話したがらないこと。ある種の用心をすること。彼がふともらした言葉。ふいに訪れた、見知らぬ人間を見るときの目つき。彼には強力な敵がいて、その敵があとを追っていると夫は信じていて、その敵に対していつも用心していることを、わたくしは確信していました。ですから、ここ数年来、夫の帰りが予定より遅いと心配でたまりませんでした」

「少しお尋ねしますが」ホームズが言った。「あなたの注意を引いたのは、どのような言葉でしたか」

「『恐怖の谷』という言葉です」夫人が答えた。「わたくしが尋ねた時に夫が使った言葉です。『ぼくは恐怖の谷にいた。そして今もまだそこから抜け出していない』『わたしたちは恐怖の谷から出ることはできないのですか？』夫がいつもより深刻なように見えたので、尋ねました。『ときどき、決して出られないのではないかと思うことがある』夫はそう答えました」

「もちろん、恐怖の谷の意味をお尋ねになりましたでしょうね？」

「はい。でも夫は顔をもっとくもらせ、頭を振りました。『わたしたちのうちの一方があの谷の影にはまってしまったのは、本当に不幸なことだ』夫は言いました。『どうか、君の上にその影がささないように』それは夫が住んだことがあり、なにか恐ろしいことが夫の身におこった実在の谷です——それは確かなのです——しかし、それ以上はわかりません」

「ほかに何か名前を言ったことはありませんか?」

「あります。三年前、猟《りょう》で事故に遭《あ》い、熱にうかされて、うわごとを言ったことがありました。そのとき何度もつぶやいていた名前があります。怒ったり、恐れたりしながらつぶやいていました。それはマギンティという名前、たしかマギンティ支部長(50)でした。元気になってから、マギンティ支部長《ボディマスター》というのは誰なのか、どんな団体《ボディ》の主人《マスター》なのかと、尋ねてみました。『ぼくの主人《マスター》ではないよ、ありがたいことだ!』夫は笑いながら答えました。それ以上は聞き出すことはできませんでした。でも、マギンティ支部長と恐怖の谷には何らかの関連があることはまちがいございません」

「もうひとつ」マクドナルド警部が言った。「あなたとダグラス氏はロンドンの食事付き下宿屋でお会いになって、そこで彼と婚約されたのでしたね? お二人の結婚には何かロマンスとか、秘密とか、怪しげなことがおありでしたか?」

「ロマンスはありました。結婚にロマンスはつきものですわ(51)。でも怪しいことなどひとつもございません」

「ご主人に競争相手はありませんでしたか?」

「いいえ。わたくしはどなたともおつきあいしておりませんでした」

「お聞きとは存じますが、ご主人の結婚指輪が抜き取られています。そのことで何かお心あたりのことはありませんか。昔の敵がご主人の居場所をつきとめて、結婚指輪

を盗んだ。どういう理由がありえたとお考えでしょうか」

ほんの一瞬だが、かすかな笑みが夫人の唇に浮かんで、消えたのをわたしは確かに見たような気がした。

「わたくしは、何とも申し上げられません」彼女は答えた。「たしかに、まったく、考えられないようなことでございます」

「それでは、これでお引き取りいただいて結構です。こういう時にお手間をおかけして申し訳ありません」警部が言った。「また、いろいろとお尋ねすべき点が出てくるかと思いますが、それはその時におうかがいしたいと思います」

彼女は立ち上がった。その時また、あの探るような目つきでわたしたちを見渡すのに気がついた。「わたくしの証言はこの人たちにどんな印象を与えたのだろうか」言葉にすればこういう目だった。そして、頭を下げると彼女はしずしずと部屋から出ていった。

「美しい女性だ——非常に美しい」マクドナルドはドアが閉まると考え深そうに言った。「あのバーカーという男がここへよく出入りしていたのは確かだ。彼は女にもてそうな男だ。死んだダグラスが嫉妬深かったと言っている。それに、おそらく何に嫉妬していたのかも彼が一番よく知っていたのでしょう。それから、この結婚指輪の件です。これは見逃せない。死んだ男から結婚指輪を取っていく人間——あなたはいったいどうお考えですか、ホームズさん？」

　わたしの友人は両手で頭をかかえ、じっと考えにふけっていた。そして立ち上がると、ベルを鳴らした。

「エイムズ」執事が入ってくると彼は言った。「今、セシル・バーカー氏はどこにおいでかね」

「見てまいります」

　彼はすぐに戻り、バーカー氏は庭にいるとこたえた。

「エイムズ、昨夜書斎でバーカー氏と一緒になった時、彼が何を履《は》いていたか覚えていますか」

「はい、ホームズさま。寝室用のスリッパをお履きでした。警察を呼びに行かれる時にブーツをお持ちいたしました」

「それでそのスリッパは今どこにあるだろうか」

「玄関ホールの椅子《いす》の下にございます」

「ありがとう、エイムズ。どの足跡がバーカー氏のもので、どれが外からのものか知らなくてはならないからね」

「はい。スリッパは血で汚れておりましたが、わたくしのものもそうでした」

「部屋の状況から考えればまったく当然のことだ。ありがとう、エイムズ。用があるときはベルを鳴らします」

しばらくしてわたしたちは書斎に戻った。ホームズはホールからカーペット地のスリッパを持ってきた。エイムズが言ったとおり、両足とも底は血で黒ずんでいた。「奇妙だ」窓ぎわの明るいところでスリッパをていねいに調べていたホームズがつぶやいた。「まったく奇妙だ！」

猫が飛びかかる時のようなすばやさで前屈《まえかが》みになると、ホームズは窓わくの上の血痕《けっこん》にスリッパの片方を押しつけた。それはぴったり一致した。彼は黙ったまま仲間たちに笑いかけた。

警部は興奮のあまり顔色が変わってしまった。故郷《こきょう》のなまりが、せきを切ったように出てきた。

「これは！　なんということだ！」彼は叫んだ。「おや！　間違いねえぞ！　バーカーは自分で窓に足跡をつけたんだ。靴の跡にしちゃあでえぶ広い。あんたが扁平足《へんぺいそく》って言ったのを覚えていますぜ。これで説明がついた。だけんど、ホームズさん、これはいってえどうだってんですかい？――どうなっているんですかい？」

「そう、どういうことでしょうかね」わたしの友人はじっと考えて、同じ質問を返した。

ホワイト・メイスンはくすくす笑い、ロンドン警視庁の警部が一本とられたことに

満足して、太った両手をこすりあわせた。

「だから難事件だと申し上げたでしょう！」彼は叫んだ。「これはまさしく難事件なのです！」

第6章　夜明けの光

三人の探偵たちは詳しく調査しなくてはならないことがたくさんあったので、わたしはひとりで村の宿屋《イン》の質素《しっそ》な部屋へ帰ることにした。けれども、その前に屋敷の横にある風変わりな、古い庭を散歩することにした。奇妙な形に刈《か》り込んだイチイの老木の並木が庭のまわりをとりまいていた。内側にはきれいな芝生が広がり、中央には古い日時計があった。全体に心をなごませ、落ち着かせる雰囲気があり、わたしのいささかいらだった神経にはありがたかった。そういう非常に平和な雰囲気の中では、人は、書斎《しょさい》に血まみれの、大の字に横たわった死体があったことなどを忘れるか、あるいはあれは風変わりな悪夢だった、くらいに思えるものだ。しかし、庭をぶらぶらしながらそのゆったりした穏やかさのなかで心をなぐさめようとした時、奇妙な事が起こり、わたしを惨劇《さんげき》に引き戻し、不愉快な印象を残すことになった。

庭のまわりにイチイの木が植わっていると先に述べたが、屋敷からいちばん遠く離れた庭の端のところは木がびっしりと植えられ、生け垣のようになっていた。生け垣の向こう側には屋敷のほうから来る人には見えない位置に石の腰掛《こしか》けがあった。その場所に近づいた時、人の声がするのに気がついた。低い調子で何か言っている男の声と、それにこたえて、女性が軽く笑う声が聞こえてきた。そう思っているうちに、生け垣のはずれに来て、見ると声の主はダグラス夫人とバーカーであった。彼がわたしに気づくより早く、わたしは二人の姿を目にした。彼女のようすにいささかわたしはショックを受けた。食堂ではおとなしく、慎《つつし》み深かったのに、見せかけの悲しみは、今は彼女から消えていた。彼女の目は生きている喜びで輝き、顔は相手が言った言葉がおもしろかったのか、まだ笑っていた。彼は両手の指を組み、ひじを膝《ひざ》について、前にのりだすような姿勢で座っていた。相手にこたえるように、くっきりと、整《ととの》った顔に笑みをうかべていた。すぐに――といっても少し遅すぎたが――わたしに気がつくと、彼らはまじめそうな顔つきになった。急いで二言、三言二人で交わすと、バーカーが立ち上がり、わたしのほうへ歩いてきた。

「失礼ですが」彼は言った。「ワトスン先生でいらっしゃいますか？」

わたしは、今の自分の気持ちをはっきりとあらわすように、冷たく頭を下げた。

「きっとそうだと二人で話していました。シャーロック・ホームズさんとあなたの友情は有名ですから。もし、よろしかったらこちらへいらして、ダグラス夫人と少しお話しくださいませんか？」

わたしはむっつりしたまま彼についていった。床の上にころがっている、頭を砕《くだ》かれた男の死体がわたしの目に焼きついていた。それなのに、ここでは惨劇から数時間も経っていないのに、彼の妻と彼の親友が、彼のものであった庭の植え込みのかげで一緒に笑っている。わたしはよそよそしく彼女に挨拶《あいさつ》した。食堂では彼女の悲しみを自分のことのように悲しんだ。しかし、今は、彼女の訴《うった》えるようなまなざしに、無感動な目でこたえた。

「わたくしのことを冷たい、薄情《はくじょう》な人間だと思ってらっしゃるのではございませんか」彼女は言った。

わたしは肩をすくめた。

「それは、わたしには関係のないことです」わたしは言った。

「いつかわたくしのことはわかってくださるでしょう。もし、あなたが知っていてくだされば――」

「ワトスン先生に知っていていただく必要はありませんよ」バーカーが急いで言った。「これは、いま先生がご自身でおっしゃったように、まったく関係ないことなのですから」

「そのとおりです」わたしは言った。「それでは失礼して、わたしは散歩を続けさせていただきます」

「お待ちくださいませ、ワトスン先生」彼女は哀願《あいがん》するような声で叫んだ。「ひとつだけ質問にお答えくださいませ。あなたほど正確にお答えくださるかたはほかにいらっしゃいません。そして、それはわたくしにとって、とても大事なことなのです。あなたはホームズさんのこと、あの方と警察との関係について誰よりもよくご存じでいらっしゃいます。ある事がホームズさんにこっそり知らされた場合、あの方はそれを警察に絶対に知らせなくてはならないのでしょうか」

「そうだ、そのことです」バーカーが熱心に言った。「独自の立場で調査されているのか、あるいは完全に警察に協力しているのかです」

「そのようなことを自分の口からあれこれ言ってよいのかわたしにはわかりません」

「お願いです。どうぞお願いいたします。お教えください、ワトスン先生。そうしてくだされば、わたくしたち——わたくしはたいへん助かるのです」

彼女の声には誠実な響《ひび》きがあったので、すぐにわたしは彼女の軽率《けいそつ》な行為を忘れ、感動して彼女の気持ちに従《したが》ってしまった。

「ホームズは独自に調査しています」わたしは言った。「彼は誰に命令されているのでもなく、自分の判断で行動しているのです。それと同時に、当然ですが、同じ事件を捜査している警察にたいしても忠実でありたいと思っています。それが犯罪者に正義を行なうための助けになるのなら、なにも隠し事をしないでしょう。これ以上申し

上げることはありませんが、もしさらに充分な説明が必要でしたら、ホームズ氏に直接お尋《たず》ねください」

そう言って、わたしは帽子をあげてあいさつをし、立ち去った。彼らは目隠しの生け垣の向こうに座ったままだった。生け垣のはずれを曲がるとき振り返ってみると、二人はまだ熱心に話し合っていた。二人はわたしの方をじっと見つめていたから、わたしとのやりとりが話題になっていることは明らかであった。

「あの二人から、うちあけ話を聞くのはごめんだね」見たことをホームズに報告すると彼は言った。彼は午後ずっと二人の仲間と領主館にいて、五時頃戻ると、わたしが彼のために注文しておいたハイ・ティーにとびついた。(52)「うちあけ話はごめんだね、ワトスン。共謀《きようぼう》殺人で逮捕ということになったら、おおいにやっかいなことになる」

「そうなると思うかね？」

彼はすこぶる上機嫌で、気分がよさそうだった。

「ねえ、ワトスン。この四個めの卵を食べ終わったら、状況を全部教えてあげよう。とはいっても見通しがたった、というわけではないがね。とにかく、ぼくたちはなくなったダンベルを追跡しなければならないのだ」

「ダンベルだって！」

「ねえ、ワトスン、事件の解決が紛失《ふんしつ》したダンベルにかかっていることが君にはわかっていない、などと言わないでほしいね。そう、まあ、がっかりすることはない。ここだけの話だけれど、マック警部も、あの地元の有能な警察官も、このことが大事だということに気がついていないようだ。ダンベルが片方しかない、ワトスン。ひとつのダンベルでトレーニングしているスポーツマンなんていないだろう。片側だけが発達した姿を思い浮かべてみたまえ――背骨がまがってしまうよ。ぞっとするね、ワトスン、ぞっとするね」

彼は口いっぱいにトーストをほおばり、わたしの頭が混乱しているのをみながら、いたずらっぽく目を輝かせていた。彼の旺盛《おうせい》な食欲を見れば、捜査がうまくいっていることは確信できた。難問を前に頭を悩ませている時は、禁欲主義者のように、じっと精神を集中させ、やせて鋭い顔はますますけわしくなり、食べることなどにまったく注意をむけずに日夜をすごすことが彼の常であったからだ。ホームズはようやくパイプに火をつけ、古い、村の宿の炉《ろ》ばたにすわって、事件についてゆっくりと、思いつくままに話し出した。よく考えてから話すというより、話しながら考えているようだった。

「嘘《うそ》なのだよ、ワトスン――とてつもなく大きな、真っ赤な図々しい嘘なのだ――ぼくたちがこの事件の発端《ほったん》でまず出会ったのがそれだ。そこがぼくたちの捜査の出発点だ。バーカーの話はぜんぶ嘘だ。しかも、それをダグラス夫人が正しいと裏づけている。したがって彼女も嘘をついていることになる。二人は共謀して嘘をついているのだ。そこで当然こういう問題がでてくる――なぜ彼らは嘘をつくのか、彼らが懸命に隠そうとしている真実は何なのだろう。ワトスン、君とぼくの二人で嘘の後ろに隠された真実を探りだしてみようではないか。

嘘をついていることがどうしてわかるのか。それは彼らは絶対に真実でありえないことを、不器用に組み立てているからだ。考えてもみたまえ、彼らの話によると、殺人者は犯行の後、一分そこそこの間に、ほかの指輪の下にはめていた指輪を死体の指から抜き取り、ほかの指輪を元に戻している。犯人ならそんなことをしたとは思えないが。それから、あの奇妙なカードを犠牲者の横に置いている。これはまさしく不可能だよ。ワトスン、君には反論があるかもしれないね。ぼくは君の判断力はおおいに尊敬しているから、まさかとは思うけれど、指輪は殺される前に抜き取られたのかもしれない、と主張するかもしれないね。ろうそくが短い間しか燃えていなかったことから考えると、犯人とのやりとりは長いものではなかったことがわかる。聞くところによると、ダグラスは大胆不敵な性格だったらしいから、そんなにあっけなく結婚指輪をわたすだろうか。第一そういう男が、結婚指輪を渡してしまうとは考えられない。いや、違うね、ワトスン。犯人はランプをつけたまま、しばらく死体のそばにいたのだ。それは絶対まちがいない。しかし、銃で撃たれたのが死因であることはあきらかだ。とすると、銃は証言されている時刻より早く発射されていなくてはならない。けれども、こういうことをまちがえるはずはない。したがって、ぼくたちは銃声を聞いた二人の人物、男はバーカーで女はダグラス夫人というわけだが――この二人の共謀という問題に直面することになる。そのうえ、窓わくの血痕《けっこん》は警察にまちがった手がかりをあたえるために、バーカーがわざとそこに残したのだということになれば、状況は彼にますます不利になることは君も認めるだろうね。

そこで、ぼくたちは犯行が実際に行なわれた時刻をつきとめなくてはならない。とにかく十時半までは使用人たちが家の中を動き回っていたのだから、犯行はそれ以前でないことはたしかだ。十一時十五分前にエイムズを除いて全員が各自の部屋へさがっている。そのエイムズは食器室にいた。今日の午後君が帰った後、ぼくはちょっとした実験を試みたのだ。そして、マクドナルドが書斎でどんなに音をたてても、ドアがみんな閉まっていたら、食器室にいるぼくにはまったく聞こえないことがわかった。けれども、家政婦の部屋では違っていた。こちらのほうが廊下のそれほど奥ではないので、書斎で非常に大きな声をあげれば、かすかに声が聞こえた。非常に近い距離からもし発射されていれば、今回の場合はそうだったと思うのだが、その場合は散弾銃《さんだんじゅう》の音は何かで包まれたように、はっきりしない音になるはずだ。発射音はそれほど大きくなかったかもしれないけれど、静かな夜だから、アレン夫人の部屋にならじゅうぶん届いたはずだ。彼女は自分でも言っているが、いささか耳が遠い。ところがそれでも彼女は、騒《さわ》ぎが始まる三十分前にドアをばたんと閉めるような音を聞いたと証言している。三十分前に聞こえたということは十一時十五分前ということだ。彼女が聞いたのが銃の発射音で、それが実際に殺人が行なわれた時刻であることにまちがいないだろう。もしそうならば、バーカー氏とダグラス夫人が実際に殺人を犯したのではないとして、銃声を聞いて下へ降りてきた十一時十五分前から、ベルを鳴らして、使用人たちを呼んだ十一時十五分までの間、彼らはいったい何をしていたのだろうか。何をしていたのか、どうしてすぐにベルを鳴らさなかったのかだ。これがぼくたちがぶつかっている問題で、その答えさえわかれば、問題解決へ少しは前進するはずなのだ」

「ぼくは確信するね」わたしは言った。「二人はぐるなのだ。彼女は夫が殺されて数時間もたたないうちに、ふざけて笑っていられるような、薄情な人間だ」

「そのとおりだ。彼女の事件の説明を聞いただけでも、妻として感心できないね。ワトスン、君も知っているように、ぼくはこころから女性を賛美するわけではないけれど、少しでも夫を愛しているのなら、誰かに言われたからといって、夫の死体をそのままにしておくような妻はほとんどいないということを、人生経験から学んでいるよ。ワトスン、もしぼくが結婚するようなことがあったら、ぼくの死体がほんの数ヤード

のところに横たわっている時に、家政婦に連れられてその場から離れたりしない感情を彼女に仕込んでおきたいものだね。あれはまずい演出だった。よくあるように、女性らしく泣きわめかなかったことは、経験の浅い探偵にさえ、おかしいと思わせたにちがいない。この一件だけでも、前もって手はずを整えたたくらみだと、ぼくにはすぐにわかっただろう」

「それでは、君はバーカーとダグラス夫人が殺人犯だと考えてまちがいないと言うのかね」

「君の質問は単刀直入だね、ワトスン」ホームズはパイプをわたしに向かって振りながら言った。「ズバリと切りこんできたね。もしその質問を言い換《か》えて、ダグラス夫人とバーカーが殺人について本当のことを知っていて、二人で共謀してそれを隠そうとしているのかというものなら、ぼくは誠意をもって答えられる。彼らが隠そうとしている、ということはたしかだ。しかし、彼らが犯人か、という君の質問にはそれほどはっきりぼくは答えられない。そこで、しばらくこの点について考えてみようではないか。

この二人が婚外恋愛の関係にあって、邪魔《じゃま》になる夫を始末しようと決心したと仮定してみよう。これはなかなか大胆な仮定だがね。使用人やほかの人たちに慎重に尋ねてみたが、どうしてもその関係を裏書きすることができなかった。その反対に、ダグラス夫妻はおたがいに愛し合っているという証拠はたくさんあった」

「そんな悪人ではないと思うけどね」わたしは庭で見た、美しい笑顔を思い出しながら言った。

「まあ、少なくともそういう印象だった。しかし、二人は、みなをあざむいて、夫を殺そうと共謀する、非常にずるがしこい二人組だということにしてみよう。たまたまその夫はいつも危険におびやかされている……」

「それは二人がそう言っているにすぎないのでは……」

ホームズは考え込んだ。

「そうだね、ワトスン。君は彼らの言うことは最初からぜんぶ嘘だという考えなのだね。君の考えだと、脅迫《きょうはく》とか、秘密結社とか、恐怖の谷、ボスのマック何がしとか、なにもかもが存在しなかったというわけだ。なるほど、それもおもしろい、大胆な意見だね。そうするとどうなるかな。彼らがこの話を作りだしたのは犯罪を説明するためだった。そして外部の人間がいたことを証明するために屋敷のまわりにある大庭園に自転車を残し、この考えをもっともらしく見せた。窓わくの血痕も同じ目的のためだ。それから死体の上のカードも同様で、これは屋敷のなかで用意されたのかもしれない。すべて君の説にあてはまるね、ワトスン。けれども、ここに、どうしても、ひとつだけしっくりしない、やっかいな点があるのだ。いろいろな武器があるなかで、どうして短く切りつめた散弾銃なのだろうか。しかもアメリカ製というのはなぜだろうか。銃の発射音を聞いても誰かが駆《か》けつけてこないと、どうして確信できたのだろうか。アレン夫人がドアのばたんと閉まる音を不審に思ってようすを見にきたりしなかったのは、まったくの偶然だったではないか。君が犯人だとするあの二人はどうしてこういうことをしたのだろうか、ワトスン」

「ぼくには説明できないと、白状するほかないね」

「それから、まだあるよ。もし妻とその愛人が夫を殺そうとするのなら、これみよがしに夫の結婚指輪を死体から抜くなどということをして、自分たちの罪を公表するようなことをするだろうか？　そういうことがありうるだろうか、ワトスン」

「いいや、それはありえないことだ」

「それからもう一点、もし自転車を隠しておくことを考えついたとしても、逃亡者にとって何より必要なものが自転車なのだから、どんなに頭の悪い探偵でも、当然これはごまかしだとわかってしまうような見えすいた手段だ。それをあえてするなどありえないね」

「ぼくにはどうにも説明がつかないよ」

「しかし、人間の頭で説明できないことが重なり合うということはありえないよ。頭の体操のつもりで、正しいかどうかは言わずに、どういうことがおこりうるのかを考えてみよう(53)。これは単なる想像にすぎないことは認めるけれども、しばしば想像が真実の母ということがあるからね。

このダグラスという男の人生には何かやましい秘密、ほんとうに恥ずべき秘密があったと仮定してみよう。このために誰か復讐者《ふくしゅうしゃ》、それは誰か外からきた人間だろう、に彼は殺されたことになる。この復讐者は、正直言って今もってぼくには説明できないのだが、何か理由があって死体から結婚指輪を抜き取る。血の復讐の原因はおそらくダグラスの最初の結婚にあって、それで指輪は抜き取られたのかもしれない。この復讐者が逃げ出す前にバーカーとダグラス夫人が部屋に来た。殺人者はもし自分をつかまえようとすれば、もっとおそろしいスキャンダルが公《おおやけ》になるぞといって二人を脅《おど》した。彼らはこの考えを受け容《い》れて、犯人を逃がすことを選んだ。このために二人はおそらくはね橋を下ろした。これはほとんど音をたてずにできるはずだ。そして、そのあと再び橋を巻き上げた。彼は逃げおおせた。さらに、何らかの理由で自転車に乗るよりも歩いたほうが安全に逃げられると考えた。そこで自分が安全に姿を消すまで見つからないような所に自転車を置いていった。ここまでのところは可能な範囲内だろうか」

「そうだね」わたしは遠慮《えんりょ》がちに答えた。

「ワトスン、どういうことがおきたにしろ、ぼくたちが忘れてはいけないのは、それが非常に異常だということだね。さて、それでは、ぼくたちの仮定を続けてみよう。必ずしも婚外恋愛関係がある必要はないが、この二人は犯人が去ってしまってから、自分たちが殺人を犯したのでも、黙認したのでもないことを証明するのが難しい立場におちいったことに気がついたのだ。そこで彼らはあわてて、まずい手を打った。窓わくの上にバーカーの血のついたスリッパで血痕を残し、犯人がどうやって逃げたか示そうとした。銃声を聞いたのはまちがいなく二人だけだった。そこで、彼らはこういう時に当然そうするように、ベルを鳴らして人を呼んだのだが、それはたっぷり三十分経ってからだった」

「これをどのように証明しようというのかい？」

「そうだね、もし外部からの人間がいるなら、追跡してつかまえられるかもしれない。これがなにより効果的な証明だね。しかし、そうでなければ、そう、科学の力はまだ消耗《しょうもう》しつくされたわけではないのだからね。あの書斎で一晩、ぼくが一人で過ごしてみればおおいに役に立つことがあると思っているのだ」

「一晩、ひとりでかい」

「ぼくはそろそろそこへ出かけるよ。あの尊敬すべきエイムズと打ち合わせしてあるのだ。彼はバーカーのことを全面的に信頼しているわけではない。あの部屋の中に座り、そこの雰囲気がぼくにインスピレーションを与えてくれるかどうか確かめてみるつもりだ。ぼくは『土地の霊』というものの存在を信じているのでね。わが友ワトスン、君は笑っているね。さてと、どうなるかな。ところで君はあの大きなこうもり傘(54)を持ってきただろうか」

「ここにあるよ」

「よかったら貸してもらえないだろうか」

「もちろんだよ。でも、もし危ないことがあるのなら、頼りにならない武器だが」

「別に危険なことではないよ、ワトスン、もし、そうならば君に応援を頼むよ。とにかく傘は借りていく。今は警部たちがタンブリッジ・ウェルズから戻るのを待つだけだ。彼らは自転車の持ち主がいないかどうか探しているところだ」

マクドナルド警部とホワイト・メイスンが戻ってきたのはもう日も暮れてからだった。彼らは捜査はおおいに進展したと言って、大得意で帰ってきた。
「なんとまあ、わたしは外部からの人間がいるかどうか疑っていたのですがね」マクドナルドが言った。「でも、そんな疑いはもういらない。われわれは自転車の持ち主がわかったし、その男の人相もわかった。まあ、大収穫ですよ」
「どうも先が見えてきたようですね」と、ホームズが言った。「お二人に心からおめでとうと、申し上げます」
「とにかく、ダグラス氏が前日、タンブリッジ・ウェルズに出かけた日から不安そうだったという事実からわたしは始めてみました。それで、彼が何らかの危険を感じたとすればそれはタンブリッジ・ウェルズでだったということになります。だから、もし男が自転車で来たとすれば、考えられるのはタンブリッジ・ウェルズからということになるわけです。自転車を持っていって、ホテルを回ってみせて聞き込みをしました。するとイーグル・コマーシャルの支配人がすぐにそれは二日前から泊まっているハーグレイヴ[55]のものだと認めたのです。この自転車と小さなかばんが彼の持ちもの全部でした。宿帳にはロンドンから来たと書いてありましたが、住所はありませんでした。かばんはロンドン製で、中に入っているものも英国製でしたが、その男はうたがいなくアメリカ人でした」

「ほう、ほう」ホームズは上機嫌で言った。「わたしが座ったまま、わが友と理屈をこねまわしている間に、あなたはたしかにしっかりした仕事をされたようだ。これは実行が大事だという教訓ですね、マックさん」

「はい、そのとおりです、ホームズさん」警部は満足そうに言った。

「けれども、このこととあなたの論理とがすべて一致しているのですかな」わたしは言った。

「一致するかもしれないし、しないかもしれない。とにかく最後まで聞かせてもらいましょう、マックさん。この男の身元を示すものは何もなかったのですか？」

「ほとんどありませんでした。身元がわからないように注意深く用心していたのは確かです。書類も手紙も残っていませんでしたし、衣類にはネームもついていませんでした。この地方の自転車旅行用地図が寝室のテーブルの上にあっただけです。彼は昨日、朝食のあと、自転車でホテルを出たきり、われわれが問い合わせるまで、何の音《おと》沙汰《さた》もありませんでした」

「そこがわたしにはわからないところなのです、ホームズさん」ホワイト・メイスンが言った。「もし、その男が自分のことで騒いで欲しくないと思ったのなら、ホテルに戻ってきて、目立たない旅行者としてホテルにいるのではないでしょうか。こんなことをすれば、ホテルの支配人は警察に報告して、彼の失踪《しっそう》が殺人と関係があると考えられるのはわかっているはずです」

「ふつうならそうでしょうね。しかし、とにかくこれまでのところ、彼はつかまっていないのだから、彼の考えたとおりになっているということです。それで、彼の人相というのは、どういうものですか」

マクドナルドは自分のノートを見た。

「われわれが聞き出したことは、ここに書いてきました。誰もが彼のことを気にしていなかったようなのですが、それでもポーター、フロント、客室係の意見をとりまとめるとまあこういうところです。背の高さは五フィート九インチ（約一七五センチ）、年齢は五十歳くらい、髪の毛は少し白髪まじりで、口髭《くちひげ》は灰色がかっていて、かぎ鼻で、顔つきについては全員がこわくて、近寄りがたかったといっています」

「なるほど、顔つきを除いてはダグラスそっくりですね」ホームズは言った。「彼も五十すぎで、髪の毛、口髭ともに灰色、そしてほぼ同じくらいの背の高さだ。ほかに何かありましたか」

「厚手の灰色の背広に青い布製のダブルの上着《リーファー・ジャケット》を着ていました。その上から丈《たけ》の短い、黄色のオーバーを着て、やわらかい縁なし帽子をかぶっていたそうです」

「散弾銃についてはどうでしたか」

「それは長さが二フィート（約六〇センチ）もないものです。かばんにすっぽり入ったでしょうし、オーバーの下に隠して運ぶのも簡単だったでしょう」

「それで、あなたは事件全体との関係をどうお考えなのですか」

「そうですね、ホームズさん」マクドナルドが言った。「男をつかまえればですがね、人相を聞き出して五分もしないうちに電報で知らせておきました。われわれとしてももっとはっきりした判断が下せるはずですが。しかし、今の時点でも、われわれの捜査はおおいに進展しましたよ。ハーグレイヴというアメリカ人が自転車に乗って、かばんを持って二日前にタンブリッジ・ウェルズに来た。そして、そのかばんの中には切りつめた散弾銃が入っていて、犯罪を犯す目的をもっていた。昨日の朝、彼は、オーバーの下に銃を隠し、この地をめざして自転車に乗って出発した。われわれの捜査では、到着してからの彼を誰も目撃していない。けれども、庭園の門へ行くのに村を通る必要はないし、道路には自転車に乗った人達がたくさんいる。おそらく彼は自転車を、それが発見された月桂樹《げっけいじゅ》のしげみにすぐに隠し、たぶんダグラス氏が出てくるのを待って屋敷を見張りながらそこにひそんでいた。散弾銃は家の中で使うには奇妙な武器だから、彼は家の外で使うつもりだった。その場合にはあきらかに利点がある。撃ちそこなうことはないし、銃声もイングランドの狩猟地域ではよく聞こえるものだから、誰もとくに注意を払わないでしょうからね」

「これはよく筋のとおった説明だ！」ホームズが言った。

「ところが、ダグラス氏は現われなかった。そこで彼は次にどうしただろうか。彼は自転車を置いたまま、夕闇の中を屋敷に近づいた。はね橋は下りていて、あたりに誰もいなかった。もし誰かに会ったら言い訳をするつもりで、彼は賭《か》けに出たのだ。幸いなことに誰にも会わなかった。屋敷に入って最初に目にはいった部屋に忍び込み、カーテンのうしろに身を隠した。そこからはね橋が上げられるのをみて、逃げ道は堀を渡るしかないことを知った。十一時十五分すぎまで待っていた。ダグラス氏がいつもの夜の見回りで、その部屋に入ってきた。男は彼を撃ち、計画どおり逃走した。自転車はホテルの人たちが証言すれば、自分に不利な手がかりになると考えて、自転車は残したまま、なんらかの方法でロンドン、あるいは用意してあった安全な隠れ家へ逃げた。これでどうでしょうか、ホームズさん？」

「そうですね、マックさん、それなりによくできていて、とてもはっきりしています。これがあなたのお考えの結論ですね。わたしの結論を言うと、犯行は報告された時間より三十分前に行なわれたということです。ダグラス夫人とバーカー氏は共謀して何かを隠そうとしています。犯人が逃げるのを助けたか、あるいは少なくとも犯人が逃げる前に彼らは部屋に到着した、そして犯人が窓から逃げたという証拠をでっちあげたのです。そして、おそらく橋を下ろして犯人を逃がした。これが事件の前半部分のわたしの解釈です」

二人の刑事は首を振った。

「いや、ホームズさん、もしそれが本当とすると、われわれはひとつの謎を解決したと思ったら、また別の謎にはまったようなものです」ロンドンから来た警部が言った。

「そして、ある意味ではもっと難しい謎にですよ」ホワイト・メイスンがつけ加えた。

「夫人はこれまでアメリカへ行ったことはありません。それなのに、どういう関係があってアメリカ人の殺人者をかばうようなことになったのでしょうか？」

「たしかに難しいことは認めます」ホームズが言った。「今夜、わたしは自分でちょっとした調査をするつもりです。それが事件解決という共通の目的に何らかのお役に立つかもしれませんね」

「われわれもお手伝いしましょうか、ホームズさん」

「いえ、いえ！　暗闇とワトスン先生の傘があればいいのです。わたしに必要なのは簡単なものです。それからエイムズです。忠実なエイムズ、彼がわたしのためにひとはたらきしてくれるはずです。あれこれ考えてもわたしの考えは必ずひとつの根源的な疑問に戻ってきます。スポーツマンがどうして、片方のダンベルという、あまりにも不自然な道具を使って、肉体を鍛《きた》えようとするのかという、その疑問にです」

　ホームズが一人での調査を終えて戻ってきたのは、その夜も遅くなってからであった。わたしたちはベッドが二つある部屋に泊まったが、これでも地方の小さなこの宿屋では最上の部屋であった。わたしはすでに寝ていたが、ホームズが入ってきたので、目を覚ました。

「やあ、ホームズ」わたしは小声で言った。「何かわかったかね」

　彼はろうそくを手に持って、何も言わずにわたしの横に立っていた。そして、背の高い、やせた体をわたしのほうに傾けた。

「ねえ、ワトスン」彼はささやいた。「君は気がふれた人間、脳軟化《のうなんか》をおこした人間、正気を失った愚かな男と同じ部屋で眠るのはいやだろうね(56)」

「いや、だいじょうぶさ」わたしはびっくりして答えた。

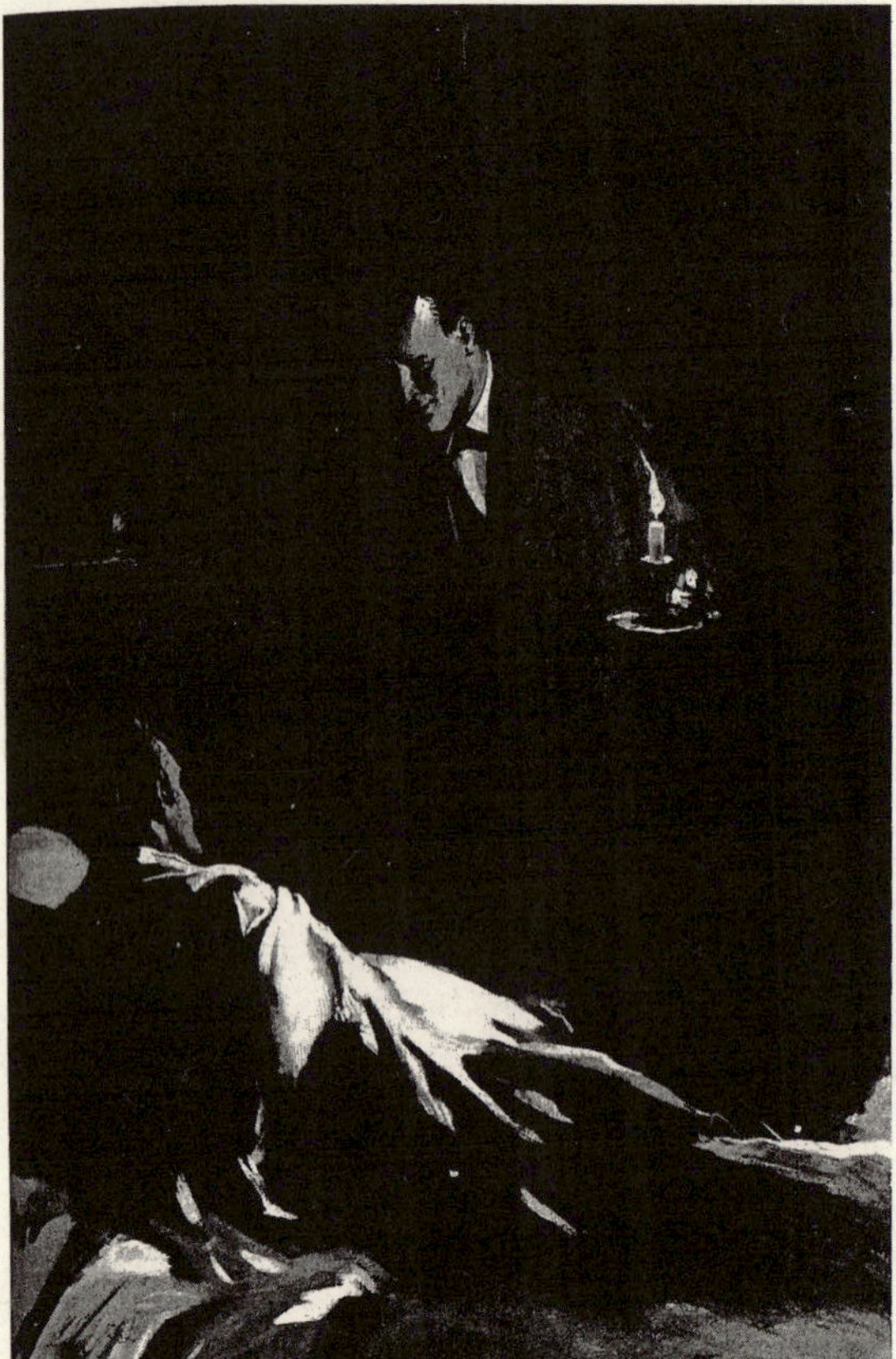

「ああ、それはよかった」と、彼は言い、そして、その夜はそれ以外には一言も話さなかった。

第7章　解決

翌日の朝、朝食の後、村の巡査《じゅんさ》部長の客間を訪ねると、マクドナルド警部とホワイト・メイスン氏が熱心に話し合っていた。彼らの前のテーブルには、たくさんの手紙や電報が山のように積まれていた。二人はその手紙や電報を注意深く分類したり、短い説明をつけながら整理していた。三通が別に置かれていた。

「まだつかまらない自転車の持ち主を追いかけているのですか？」ホームズが陽気に尋《たず》ねた。「最新の情報は何ですか？」

マクドナルドが手紙や電報の山をうんざりしたように指差した。

「彼を現在、レスター、ノッティンガム、サウサンプトン、ダービー、イースト・ハム、リッチモンド[57]、その他十四ヶ所で見かけたという報告が届いています。そのうち三ヶ所、つまりイースト・ハム、レスター、リヴァプールでは事件が立証されたとして、実際容疑者が逮捕されました。国中、黄色のコートを着た逃亡者でいっぱいのようです」

「それはそれは！」ホームズは同情して言った。「さて、マックさんにホワイト・メイスンさん、まじめに助言をひとつ申し上げたいと思います。お二人はきっと覚えておいでと思いますが、この事件に一緒に取り組むことになった時、わたしはこういう約束をしました。きちんと証明されていない理論を提示することはしないで、自分の考えが正しいと自分で納得するまで、表に出さず、じっくり考えることにします、とね。ですから、今わたしが考えていることのすべてをお話しするわけではありません。それからまた、わたしはあなた方に対してフェアに行動するとも言いました。無駄な仕事にあなた方のエネルギーを一瞬でも浪費《ろうひ》させるのはフェアではないと思います。ですから、今朝は、あなたがたに忠告しにきたのです。わたしの忠告はしごく簡単です。この件を追及するのをおやめなさい」

マクドナルドとホワイト・メイスンはびっくりして、名高い同業者の顔を見つめた。

「見込みがないと思われるのですか？」警部は大きな声をあげた。

「あなたたちの捜査には見込みがないと申し上げているのです。解決の見込みがないとは思っていません」

「そうは言っても、この自転車乗りは、この男は架空《かくう》の人物ではありませんよ。人相もわかっているし、かばんも、自転車も残っている。彼はどこかにいるにちがいない。だから彼がつかまらないはずがないでしょう」

「たしかに、ぜったいに彼はどこかにいるはずです。そして、ぜったいにつかまるでしょう。ただし、あなたがたにイースト・ハムやリヴァプールでエネルギーを浪費させたくないのです。解決へのもっと近道があるはずです」

「あなたは何か隠しておいでですね。それこそフェアではありませんよ、ホームズさん」警部は不快そうだった。

「あなたはわたしの仕事のやり方を知っていますね、マックさん。隠すのも、できるだけ短い間のつもりです。細かい点を少し確かめたいだけですから、すぐできるでしょう。そうしたら、手に入れた結果をすべてあなたがたに任せて、わたしはロンドンへ戻ります。これまで経験したことがないような、奇妙で、おもしろい事件を経験させていただいたのですから、感謝のしるしとして、ぜひともそうさせていただきたいですね」

「わたしにはまったく理解できませんよ、ホームズさん。昨日の夜タンブリッジ・ウェルズから戻ってお会いした時は、あなたはわれわれがつかんだ結果にはだいたい賛成だった。あれからいったい何があって、この事件に対してまったく新しい考えを持たれるようになったのですか？」

「そう、お尋ねですからお答えしますが、そうするつもりだとお話ししたように、昨夜はわたしは領主館で数時間をすごしました」

「それで、何がおきたのですか?」

「そう、それについては今はくわしくはお答えできません。ところで話は変わりますが、あの古い建物に関する、短いけれども明解で興味深い質素な概説書《がいせつしょ》を読んでいるところなのです。地元のタバコ屋でわずか一ペニーで買えるものですがね」こう言うとホームズはベストのポケットから、古代の領主館の粗末《そまつ》な図版のついた、小冊子を取り出した。「ねえ、マックさん、事件の歴史的雰囲気がわかっていると、捜査への情熱はおおいに増すものですよ。まあ、そういらいらしないで。こういう味もそっけもない概説書でも、過去の姿をある程度浮かびあがらせることはできるのですよ。例えばですね、『ジェイムズ一世治世第五年に、(58)それ以前の古い建物の跡に建てられた、バールストンの領主館は、堀に囲まれた、ジェイムズ一世風の館の現存する最も美しい見本のひとつで――』」

「われわれをからかっているのですか、ホームズさん!」

「おやおや、マックさん――あなたが怒るのを初めて見ましたよ。まあ、お気に召《め》さないようですからひとつひとつ読むのはやめましょう。ただ、一六四四年に議会派の大佐によって館が占領《せんりょう》された話とか、内乱の時、チャールズ一世が数日間かくれていたこと、それからジョージ二世が訪問したことがあるという話がのっているといえば、この古い館には、いろいろ興味深いことがあるということは認めるでしょう」

「それはそのとおりです、ホームズさん、でもそれはわれわれに関係のないことですね」

「関係がないですって。そうですかな？　マックさん、視野を広く持つということはわたしたちの職業にとって欠くことのできないもののひとつです。いろいろな考え方を相互に組み合わせて、知識をいつもと違う使い方をすると、しばしば非常におもしろいものになります。犯罪に関する目利《めき》きにすぎないけれども、わたしはあなたよりだいぶ年上で、おそらくあなたより経験豊富な人間ですから、こういうことを言うのをお許しください」

「もちろんですよ」警部は心から言った。「ただ、あなたは要点をおっしゃっているのでしょうが、それがあまりに遠回しな言い方なものですから」

「なるほど、なるほど、それでは過去の歴史の話はやめて、現在の事実に取りかかりましょう。前にも言ったとおり、わたしは昨夜、領主館へ行きました。バーカー氏にもダグラス夫人にも会いませんでした。彼らをわずらわす必要がなかったからです。夫人がやつれた様子もなく、夕食をおいしく召し上がったということを聞いてうれしかった。わたしはあの善良なエイムズに会えればよかったのでね。彼とは気持ちが通じあって、そのおかげで彼は誰にも言わずにわたしを書斎《しょさい》にしばらく座らせてくれました」

「なんだって！　死体と一緒に！」わたしはびっくりして叫んだ。

「いやいや、もうすべて片づいていました。マックさん、あなたが許可されたそうですね。部屋はいつもの状態になっていて、そこでわたしはおおいに得るところのある十五分間をすごしました」

「何をされていたのですか」

「秘密にするほどのことでもありませんが、なくなったダンベルの片方を探していたのです。事件のことを考えると、いつもダンベルのことが気にかかっていたのでね。ついに見つけました」

「どこでですか」

「ああ！　そこはまだ調査が終わっていないのです。あと少し、あと少しだけわたしに任せてください。そうしたらわたしが知っていることは全部お教えします」

「それでは、あなたのおっしゃることをそのまま聞くより仕方ないですね」警部が言った。「でも、この件から手をひけとおっしゃられてもね――一体全体どうして手をひかねばならないんですか」

「理由は簡単ですよ、マックさん。まずあなたはご自分が捜査しているのが何であるかがわかっておられない」

「バールストンの領主館のジョン・ダグラス氏の殺人事件の犯人でしょう」

「そう、そうですね。では、自転車に乗った謎の男の跡を追うのはおやめなさい。何の役にもたたないことは、わたしが保証します」

「それでは、どうすべきだとおっしゃるのですか?」

「あなたにそうする気持ちがあるのなら、どうすべきかをはっきりと申し上げましょう」

「まあ、あなたのおかしな方法の裏にはいつも理由があったのは確かですから。あなたのおっしゃるとおりにしましょう」

「それでは、ホワイト・メイスンさん、あなたはどうされますか」

村の警官は困ったように、みなの顔を見まわした。ホームズのことも、彼の方法もメイスンには目新しいことであった。

「はい、警部がよろしければ、もちろんわたしはそれでいいです」彼はようやく言った。

「すばらしい!」ホームズが言った。「それでは、お二人に、気持ちのよい、田園の散歩を楽しまれることをおすすめします。バールストン・リッジから見るウィールド森林のながめはすばらしいということです。この辺のことは知らないので、どこといって推薦《すいせん》できませんが、昼食はどこか適当な宿屋かなにかでとられるといいでしょう。夕方には、気持ちよい疲れが……」

「なんということです、冗談もほどほどにしてほしいですね」マクドナルドは腹を立てて椅子《いす》から立ち上がりながら叫んだ。

「まあ、どうぞお好きなようにお過ごしください」ホームズは彼の肩を軽くたたきながら明るく言った。「好きなことをなさって、好きなところへお出かけください。しかし、まちがいなく日が暮れる前にここへ戻ってきてください。必ずですよ、マックさん」

「それは、もっともなおことばですね」

「すばらしいことをおすすめしたのだが、必要なときにここにおいでくださるというのなら、無理にはおすすめいたしません。ただ、お出かけの前に、バーカー氏に短い手紙を書いていただきたいのです」

「というと？」

「もしよければ、わたしがこれから口述《こうじゅつ》します。いいですか？」

「拝啓《はいけい》――堀の水を抜かせていただくことになりました。われわれの捜査に関係のある何かが見つかるのではないかと期待して……」

「見つかりませんよ」警部が言った。「わたしがすでに調べました」

「お願いですから、どうぞわたしの言うとおりにしてください。お願いします」

「それでは、つづけてください」

「――見つかるのではないかと期待しております。手配は済ませました。明日の朝早く、人夫たちが小川の流れを変え……」

「不可能だ！」

「『……変える作業をしますので、前もってご説明すべきと考えて、お知らせ申しあげます』これで署名して、四時頃に届けさせてください。その頃に、この部屋にもう一度集まりましょう。それまではお好きなことをしてお過ごしください。捜査はここで一時休止です」

わたしたちが再び集まった時には夕闇がせまっていた。ホームズのようすは真剣で、わたしは興味しんしん、警部たちは明らかに、不信感と不安感をあらわしていた。

「さて、みなさん」わたしの友人が、重々しく言った。「これからは、すべてをわたしの実験におまかせくださるようお願いします。そして、わたしが調べ上げたことが、わたしの結論を裏づけているかどうかは、どうぞ各人ご自身で判断してください。今夜は寒いですし、この冒険にどれだけ時間がかかるかわかりませんので、いちばん暖かいコートを着てきてください。暗くなる前に持ち場についていることが大事なのです。ではよろしければ、すぐに出かけましょう」

わたしたちは領主館の庭園の外側の境界に沿って進み、柵のこわれているところまで来た。そこから中へ忍び込み、深まる闇の中をホームズのあとをついて行き、正面ドアとはね橋のほぼ真向かいにある植え込みまで来た。橋はまだあがっていなかった。ホームズが月桂樹《げっけいじゅ》のかげにうずくまったので、わたしたち三人も彼にならった。

「さて、これからどうするのです？」マクドナルドはややぶっきらぼうに尋ねた。

「じっと辛抱《しんぼう》して、できるだけ音を立てないことです」ホームズは答えた。

「一体なんのためにここにいるのですか？　もっと率直《そっちょく》に話してくれてもいいのではありませんか」

ホームズは笑った。

「ワトスンによく言われるのだけれど、わたしは現実生活の劇作家だそうです」彼は言った。「わたしの内部で芸術家気質のようなものがわきあがって、すばらしい演出を頑固《がんこ》に要求するのです。マックさん、たしかにわたしたちの仕事は、自分たちが手に入れた結果をほめたたえるための舞台装置を準備でもしなければ、単調でつまらないものになってしまいますからね。いきなりおまえが犯人だといって、乱暴に肩をたたく――こういう大団円《だいだんえん》から何が生まれるでしょう。すばやい推理、巧妙《こうみょう》なわな、これから起こる事件を見事に予言すること、大胆な仮説が的中すること――こういうことがわたしたちの生涯《しょうがい》の仕事の誇《ほこ》りであり、生きがいではないでしょうか。今あなたがたは魅力的《みりょくてき》な状況の中で、猟師のように期待感でわくわくしておられる。もし、わたしが時刻表のように事実を並べてしまえば、この震えるような期待がなくなってしまうではありませんか。もう少し辛抱してください、マックさん、そうすれば何もかもがはっきりするでしょう」

「まあ、みながひどい風邪をひく前に、誇りと生きがいなどにお目にかかりたいものですね」ロンドンの警部はあきらめの気もちを茶化《ちゃか》して言った。

わたしたちの不寝番は長く、つらいものだったので、みなも彼と同じように待ちくたびれて、いらいらしていた。古い屋敷の長くて陰気な正面はしだいに深い夜の闇につつまれた。堀からたちのぼってくる湿った冷気でわたしたちは骨まで凍《こご》え、歯はカチカチと音をたてた。門にはランプがひとつつるしてあり、事件のあった書斎にもランプがともっていた。ほかはすべて闇で、静寂《せいじゃく》だった。

「いつまでこうしているんですか」警部がいきなり尋ねた。「それに、われわれが待っているのは何なのですか？」

「わたしにもいつまでかはわかりません」ホームズは無愛想《ぶあいそう》に答えた。「もし犯罪者が列車のように予定どおり行動してくれるのなら、たしかにわたしたちにとってそれほど都合のよいことはないでしょう。わたしたちが待って――ああ、あれがまさしくわたしたちが待っているものです」

彼がそう言った時、書斎の明るい、黄色の光がその前を行き来する誰かの姿でさえ

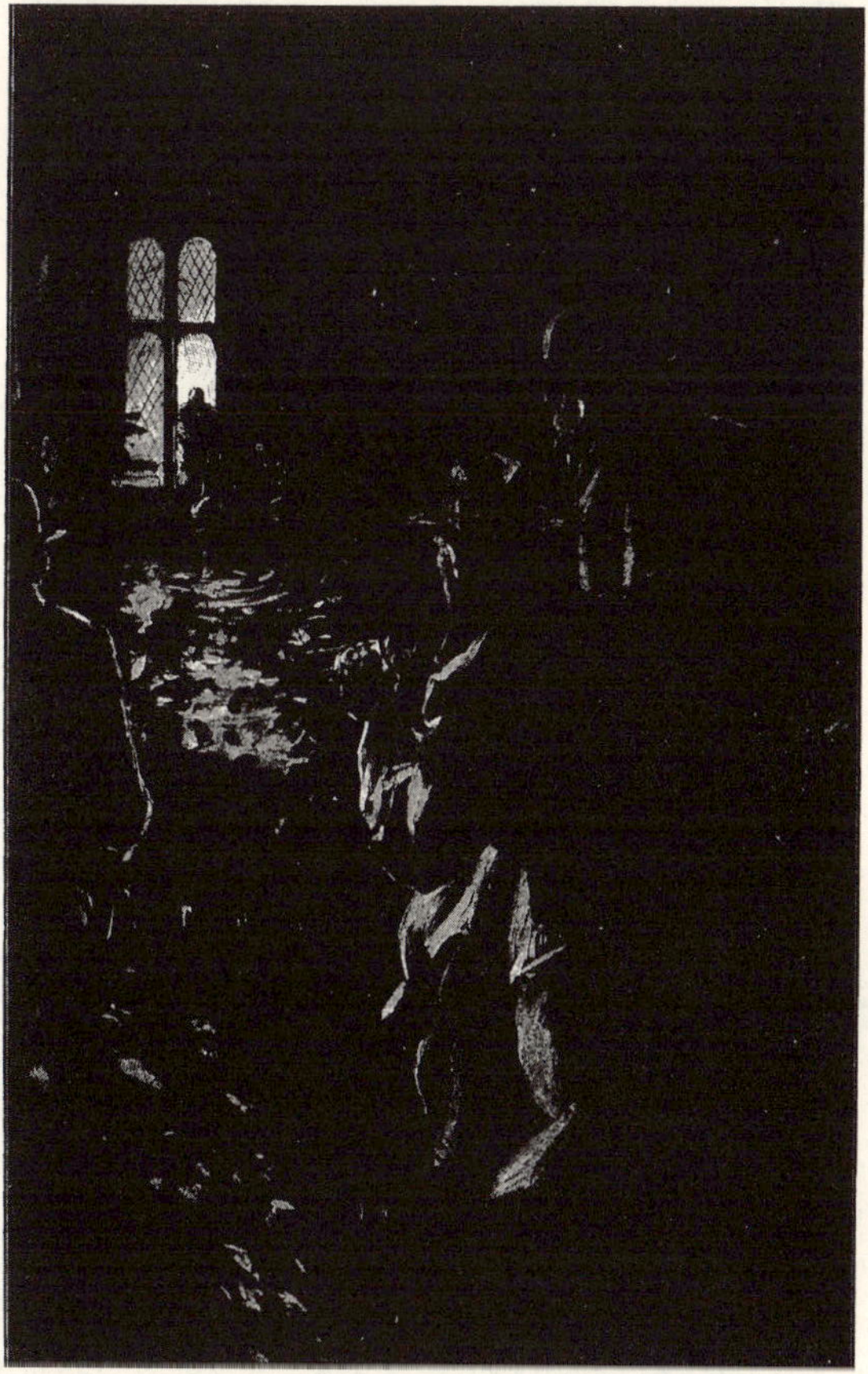

ぎられた。わたしたちがひそんでいる月桂樹のしげみは書斎の窓のちょうど真向かいにあり、百フィート（約三〇メートル）と離れていなかった。やがてその窓は蝶番《ちょうつがい》の音をきしませながら押し開かれ、暗闇をのぞきこむ男の頭と肩の黒い輪郭《りんかく》が見えた。しばらく彼は、誰も見ていないことを確かめるように、ひそかにこっそりと前方を透かして見ていた。そして、体を前に乗り出した。しんとした静けさのなかで、ゆれた水がかすかに音をたてた。男は手に持った何かで堀をかきまわしているようであった。そして突然漁師が魚を引き上げるように何かをたぐりよせた。それは何か大きくて、丸い物だった。開いた窓からひきずりこむ時、明りがさえぎられた。

「今だ！」ホームズが叫んだ。「今だ！」

わたしたちは全員立ち上がり、こわばった足でホームズの後ろをよろよろとついていった。彼はといえば、わたしが知る限りいちばん活動的で強力な人間にときおり彼を変えてしまう、あの精神的エネルギーを燃え上がらせて、すばやく橋を渡ると、乱暴にベルを鳴らした。屋敷の中でかんぬきがきしる音がし、入り口にびっくりした顔のエイムズが立っていた。ホームズはものも言わずにかれを押し退け、部屋の中に飛び込み、わたしたちもあとに続いた。部屋の中にはわたしたちがずっと見張っていた男がいた。

石油ランプがテーブルの上に置かれていた。わたしたちが外から見たのはこの明りだったのだ。わたしたちが中に入ると、セシル・バーカーがランプを手に取り、わたしたちにつきつけた。彼の、きれいにひげをそった、力強い、断固とした意志のあらわれた顔と、威嚇《いかく》するような目を明るく照らした。

「これは一体どういうことですか？」彼は叫んだ。「とにかく、何のご用ですか？」

ホームズはさっとまわりに目を走らせると、書斎机の下に放り込まれてあった、紐《ひも》でくくられた、水でぐっしょり濡《ぬ》れた包みに飛びかかった。

「これに用があるんですよ、バーカーさん。たった今あなたが堀の底から引き上げた、ダンベルを重しにしたこの包みです」

バーカーはびっくりした顔でホームズを見つめていた。

「一体どうしてこのことを知っているのですか？」彼がきいた。

「簡単です。わたしが沈めておいたのです」

「あなたが沈めておいたですって！　あなたが！」

「おそらく、『沈めなおしておいた』というべきでしょう」ホームズは言った。「マクドナルド警部、わたしがダンベルの片方が見当たらないことを少々気にしていたことを覚えておいででしょう。あなたの注意を喚起《かんき》したけれど、ほかにもいろいろ問題があって、あなたはそのことを考える時間がほとんどなかった。もし、考えていればあなたもそこから推理できたでしょうに。水がそばにあって、重しになるものがなくなっていれば、何かが水に沈められたと仮定するのはそれほど的はずれではありません。少なくともそれは試してみる価値があります。それで、わたしをこの部屋に入れてくれたエイムズと、ワトスン先生の傘の柄《え》の助けを借りて、昨夜この包みをつり上げ、中身を調べることができました。しかし、誰がそれをそこに置いたのかを証明するのがいちばん大事だったのです。明日堀の水を抜くと知らせるという、あからさまなわなをしかけて、これを見届けたのです。水を抜くと言えば、もちろん、誰がこの包みを隠したにしても、暗くなれば、すぐにそれを引き上げようとするだろうと思いました。この機会を利用したのは誰か、ということに関しては四人の証人がそろっていますす。さて、バーカーさん、今度はあなたがなにかおっしゃる番だと思いますが」

シャーロック・ホームズはずぶぬれの包みをテーブルの上のランプの横に置き、結《と》んであった紐を解いた。彼は中からひとつのダンベルを取り出し、部屋の隅にあるもうひとつの片割れのところに放り投げた。次にブーツを一足引き出した。「おわかりのように、アメリカ製です」彼は爪先を指差しながら言った。それから、テーブルの上に長い、ケースに入ったナイフを置いた。最後に、衣類の包みをほどいた。下着、くつした、灰色のツイードの背広、そして丈《たけ》の短い黄色のオーバー、と一式すっかりそろっていた。

「衣類はありふれたものです」ホームズが言った。「ただオーバーにだけは手がかりになりそうなものがたくさんあります」注意しながら明りのほうにオーバーをかかげると、長くて細い指であちこちさわった。「ほら、ここに、わかりますか、内ポケットがあって、裏地まで続いて、切り詰められた猟銃なら充分に隠せるスペースができています。[59]仕立て屋の名前がえり裏についている。アメリカ合衆国、ヴァーミッサ、ニール洋服店とある。教区牧師の図書室で有益な午後をすごさせてもらって、ヴァーミッサというのがアメリカの石炭と鉄鉱で有名な谷の奥にある、小さいが活気のある町だということを学びました。バーカーさん、わたしの記憶ですと、ダグラス氏の最初の奥様は石炭の町と関連があるようなことをおっしゃっていたような気もするのですが。死体の横に落ちていたカードに書いてあったＶ・Ｖはヴァーミッサ・ヴァリー（Vermissa Valley）のことで、この殺し屋を送り出すこの谷こそが、わたしたちが耳にしたあの恐怖の谷ではないかと推理しても、それほど的《まと》はずれではないでしょう。さてと、バーカーさん、あなたがご説明なさるのをわたしが邪魔《じゃま》しているようですね」

　この偉大な探偵が解説をしている間、セシル・バーカーの顔がいろいろな感情を浮かべて変化するのを見ているのは、なかなかの見ものであった。怒り、驚き、ろうばい、そしてためらいがかわるがわる彼の顔を横切った。ついに彼は、いささか辛辣《しんらつ》な皮肉を言ってその場を逃れようとした。

「ホームズさん、あなたはいろいろご存じのようですから、どうぞもう少しお話しください」彼は冷たく笑って言った。

「わたしは、さらにくわしく話せることは確かです、バーカーさん。しかし、あなたの口からお話しになったほうがよろしいかと思います」

「ああ、あなたはそうお考えですか。それでは、わたしが言えるのはこれだけです。もしここに秘密があったとしても、それはわたしの秘密ではありません。そして、わたしは秘密をあばくような人間ではありません」

「なるほど、バーカーさん、あなたがそういう態度をとられるのでしたら」警部は穏やかに言った。「逮捕状をとって、あなたを拘束《こうそく》するまであなたを見張っていることになります」

「好きなようにするがいい」バーカーは挑戦するように言った。

彼との話し合いは行き詰まりのようであった。だれでも彼の石のように堅い顔を見れば、苛《か》酷《こく》な拷問《ごうもん》にかけても、彼の意思に反して口を開かせることはできないとわかっただろう。しかし、この行き詰まりは女性の声で打開された。ダグラス夫人は半開きのドアのところに立って、わたしたちの話を聞いていたが、部屋の中に入ってきた。

「あなたはわたくしたちのために充分なさってくださいましたわ、セシル」彼女は言った。「これから先どのようなことになろうとも、充分なことをしてくださいました」

「充分、そして充分以上ですよ」シャーロック・ホームズはおごそかに言った。「奥様、あなたには心から同情いたします。わが国の法律の良識を信じ、進んですべてを警察に打ち明けられることを強くおすすめいたします。あなたがわたしの友人ワトスンを通じて伝えてきたヒントに応じなかったのはわたしのまちがいだったかもしれませんが、あの時はあなたが事件に直接関係していると思わざるをえないわけがあったのです。今はそうではないことを確信しています。同時にまだわからないことがたくさんあります。ですからダグラス氏にご自分で説明するようおすすめになることを心よりお願いいたします」

ホームズの言葉を聞いてダグラス夫人は驚きの声をあげた。刑事たちもわたしも同時に叫んだに違いない。その時、壁からあらわれたとしか言いようのない男がいるのに気がついたのだ。その男は隅の暗がりからこちらへ近づいてきた。ダグラス夫人が振り返り、すぐに男に抱きついた。バーカーはその男がのばした手をつかんだ。

「これがいちばん良い方法だわ、ジャック」彼の妻は繰り返していった。「これでよかったのです」

「そのとおりです、ダグラスさん」シャーロック・ホームズが言った。「あなたもきっとそう思われるでしょう」

その男は、暗いところから明るいところへ出てきた人間のぼうっとした目で、わたしたちをまばたきしながら見ていた。なかなかりっぱな顔つきだった。大胆な灰色の目、短く刈《か》った、白髪まじりの、濃い口ひげ、四角い、突き出たあご、ユーモラスな口元。彼はわたしたちひとりひとりをじっとながめ、それから、驚いたことに、わたしの方に歩いて来ると、紙束をわたしに手渡した。

「お噂《うわさ》はうかがっていました」彼は言った。イングランド人でもアメリカ人でもない話し方だったが、全体に甘くて、耳に心地よい声だった。「この一団のなかでは、あなただけが歴史研究家でいらっしゃる。ですが、ワトスン先生、あなたは、今あなたの手にお渡ししたような物語を聞いたことがないはずです。わたしの最後の持ち金を賭《か》けてもいいくらいです。これをあなたご自身の方法で伝えていただきたい。そして、これは真実です。これがある限り読者を失望させるようなことはありません。わたしは二日間狭い隠れ場所から出ることができなかったので、昼の光がある間、とはいってもあのねずみとりのような穴ぐらの中で得られるだけの光だけでしたが、これを書き記してみました。どうぞお読みください。あなたも、そしてあなたの読者も。これがその恐怖の谷の物語なのです」

「それは過去の物語ですね、ダグラスさん」ホームズは静かに言った。「わたしたちは、現在の話をあなたからうかがいたいのです」

「すぐにお話ししましょう」ダグラスは言った。「タバコをすいながらでよろしいでしょうか？　ああ、ありがとうございます、ホームズさん。わたしの記憶が正しければ

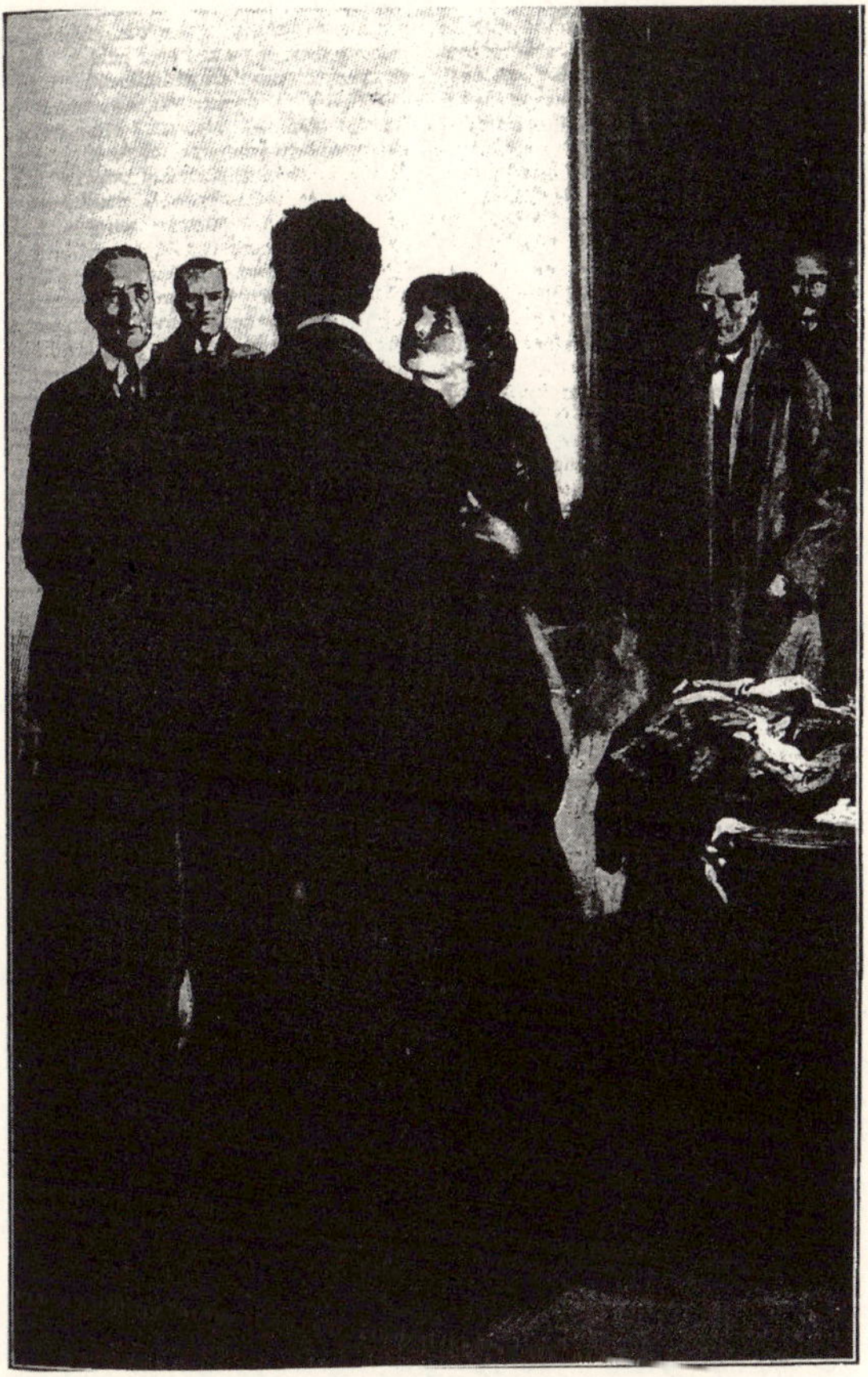

ば、あなたもおすいになりますね。ポケットの中にタバコがありながら、匂いで自分がいることがわかってしまうのではないかとおそれて、二日間じっと座っているのがどのようなものか、あなたにならおわかりいただけるでしょう」彼はマントルピースに寄りかかり、ホームズが渡した葉巻をすった。「ホームズさん、お噂はうかがっております。しかし、お目にかかることになるとは思ってもいませんでした。しかし、それを読み終わらないうちに」——彼はわたしが持っている紙束をあごでさした——「今までにない珍しい事件だとおっしゃるでしょうね」

マクドナルド警部は非常に驚いて新しい参加者を見つめていた。

「これにはまったくまいりました!」ようやく彼は叫んだ。「もしあなたがバールストン領主館のジョン・ダグラス氏だとすると、われわれはこの二日間誰の殺人事件を捜査していたことになるのでしょう? それにあなたは一体どこからわいて出たのです? びっくり箱の人形のように床からあらわれたように見えましたが」

「ああ、マックさん」ホームズはとがめるように人差し指を振りながら言った。「チャールズ国王が隠れていた時のことを記述してある、あの地元のすばらしい小冊子をまだ読んでおられないようですね。あの時代、信頼できる隠れ場所がないかぎり隠れたりはしなかったはずです。そして、一度使われた隠れ場所は再び使われるかもしれない。わたしはダグラス氏はこの屋敷の中にいると確信していました」

「それで、いつからわたしたちをだましていたのですか、ホームズさん？」警部は怒って言った。「あなたには無駄だとわかっていた捜索をいつからわれわれにさせていたのですか？」

「一瞬たりともそのようなことはありません、マックさん。事件についての自分の考えをまとめたのはつい昨晩のことでした。今日の夕方までその考えを確かめることができなかったので、あなたとあなたのお仲間には今日一日休暇《きゅうか》を取るようおすすめしたのです。ほかにわたしに何ができたでしょうか。堀の中に衣類を見つけた時、わたしたちが発見した死体はジョン・ダグラス氏のものではなく、タンブリッジ・ウェルズから自転車で来た男のものに違いないことはすぐにわかりました。それ以外の結論はありえません。それなら、ジョン・ダグラス氏自身は一体どこにいるのか、つきとめなくてはなりません。妻と友人の暗黙《あんもく》の了解のもと、逃亡者にとって便利な場所のある屋敷の中にかくれて、騒《さわ》ぎが収まるのを待って、逃げ出すのだろうと考えたのです」

「そう、おおよそおっしゃるとおりです」ダグラス氏は感心するように言った。「英国の法律のもとでの自分の立場がどういうものかわからなかったので、法の追及はさけて通ろうと思ったのです。それにわたしの跡をつけてくる猟犬たちを追い払う絶好のチャンスだと思いました。けれども、最初から最後まで、わたしは恥ずべきことは何もしていないし、二度としたくないようなこともしていない、ということだけは申し添《そ》えておきます。しかし、それはわたしの話を聞いて、あなたがたが判断することでしょう。わたしに警告する必要はありません、警部。わたしは真実に従《したが》うつもりです。(60)

事の起こりから始める必要はないでしょう。それは全部そこに書いてあります」──彼はわたしが持っている紙束を指さした──「ひどくおかしな、おおげさなつくり話だと思われるでしょう。つまり、こういうことなのです。わたしを憎む確かな理由があり、わたしを殺すためなら全財産を投げ出す男達がいるのです。ですから、彼らが生きている限り、わたしにはこの世に安全な場所はないのです。彼らはシカゴからカリフォルニアまで追いかけてきた。そして、わたしはアメリカにいられなくなりました。けれども、わたしは結婚して、この静かな土地に落ち着いたとき、わたしの残りの人生は平和なものになるだろうと思いました。妻に事情を説明したことはありませんでした。どうして、彼女を巻き込むことができるでしょうか？　そんなことをしたら彼女にとって穏やかな時は二度となく、いつも不安に悩まされることになります。彼女がそれについて何か知っていると感じたことはありました。わたしが折りにふれ口をすべらすことがあったのでしょう。でも、昨日まで、みなさんに会うまでは、彼女は事件の真相を知らなかったのです。彼女は知っていることをすべてお話ししたのです。このバーカーもそうです。事件の夜は説明している時間がまったくありませんでした。今では彼女もすべてを知っています。もっと早く彼女に話しておけばよかったと思いますが、それはきわめてむずかしい問題でした、ねえ、君」彼はちょっと夫人の手をとった――「君のためによかれと思ってしたことなのだよ。

さて、みなさん、事件の前日、わたしはタンブリッジ・ウェルズへ出かけ、通りで、ある男を見かけました。それはほんの一瞬でしたが、わたしはこういうことにはよく気がつくのです。誰かということもわかりました。敵の中でも最悪の人間でした。カリブーを追いかける腹をへらした狼《おおかみ》のように(61)、ずっとわたしのあとを追いかけてきた男なのです。面倒な事がおきるとわかったので、屋敷に戻ると迎え撃つ準備をしました。わたしは自分一人で乗り切れると思っていました。わたしの運のよさはアメリカじゅうで話の種になることがあったくらいですから(62)。今でもその強運がついていることを疑いませんでした。

翌日はずっと用心して、庭園へも出かけませんでした。それでよかったのです。さもなければわたしが銃を向ける前に、彼に鹿弾《しかだま》を撃ち込まれていたでしょう。はね橋を上げた後は、夕方はね橋が上がるといつも心が穏やかになるのですが、彼のことはさっぱりと頭から消えていました。屋敷に彼が忍び込んで、わたしを待ち伏せしているとは思ってもみなかったのです。けれども部屋着を着て、いつものとおり屋敷を見回って書斎に入ったとたん、わたしは危険を感じました。わたしは多すぎるくらい多くの危険を味わっています。人間は人生で何度も危険な目にあっていると、第六感のようなものが働くようになり、それが赤旗《あかはた》を振って危険を知らせるのです。その晩も、どうしてかはわかりませんが、はっきりと危険信号を感じました。次の瞬間、窓のカーテンの下のブーツが目にとまりました。そして、危険信号の理由がはっきりわかったのです。

わたしは手にろうそくを一本持っているだけでしたが、ドアが開いているので玄関のホールのランプのあかりであたりは明るかったのです。ろうそくを置いて、マントルピースにおいてあったハンマーに飛びつきました。と同時に彼もわたしに飛びかかってきました。ナイフがきらりと光るのが見え、わたしは彼にハンマーをうちおろしました。どこかに当たったのでしょう。ナイフがチャリンという音をたてて床に落ちました。彼はうなぎのようにすばやくテーブルの横をすりぬけ、そしてさっとコートの下から銃を取り出しました。撃鉄《げきてつ》を起こすのが聞こえました。しかし、彼が引き金を引く前にわたしがその銃をつかみました。銃身をおさえたのです。二人とも一、二分の間必死で銃を奪《うば》い合いました。それは放したほうが死を意味することになるからです。彼は放そうとしませんでしたが、台尻を下にして銃をおさえているのが一瞬長すぎました。引き金を引いたのはわたしかもしれません。あるいは二人でもみあって

いるうちにどちらかの手がふれたのかもしれません。とにかく、彼は二発ともまともに顔に受け、われに返るとわたしはテッド・ボールドウィンの遺骸《いがい》を見下ろしていました。町で見かけた時、それから彼が飛びかかってきたとき、わたしには彼だということがわかりました。けれども、銃弾を受けたこの顔は母親が見ても彼だとはわからなかったでしょうね。わたしはあらっぽい仕事には慣れていますが、彼の姿を見て吐きそうになりました。

わたしがテーブルの横につかまってやっと立っていると、バーカーがかけおりてきました。妻が近づいてくる足音が聞こえました。わたしはドアに走り寄り、妻を押しとどめました。女が見るようなものではないからです。すぐに行くからと約束しました。バーカーに一言、二言話しました——彼はひと目見て納得してくれました——そしてほかの者たちが来るのを待ちました。しかし、誰もあらわれなかったのです。そして、彼らには何も聞こえなかったこと、おきたことを知っているのは私たちだけだということがわかりました。

この考えを思いついたのはちょうどその時です。そのすばらしさに目がくらむほどでした。ちょうど男の袖がまくれあがり、前腕に支部の焼き印が押してあるのが見えました。これをご覧《らん》ください」

ダグラスだとわかったその男は上着とシャツの袖口《そでぐち》をまくりあげ、死体にあるのとそっくり同じ、丸の中に三角の茶色の印を見せた。

「わたしがこの考えを思いついたのはこの印を見たからなのです。一目ですべてが決まりました。彼の背の高さ、髪の毛、体形はほとんどわたしと同じでした。顔を見て誰だといえる人間はどこにもいない。ひどいものです！ わたしはここにある洋服一式を彼の体から脱がせて、バーカーとふたりで十五分ほどかかって彼にわたしの部屋着を着せ、発見された時の姿でころがしておいたのです。彼の洋服はぐるぐる巻いて包みにし、部屋の中には重しになりそうなものがダンベルしかなかったので、それを重しにして、窓から投げました。わたしの死体に彼が置くつもりだったカードが、彼の死体の横に落ちていました。わたしの指輪を彼の指にはめることにしたのですが、さすがに結婚指輪をはずそうとした時」——彼はごつごつした手を差し出した——「おわかりいただけると思いますが、どうしたものかと途方にくれました。結婚以来はずしたことがないので、やすりでもなければ取れないのです。いくらはずそうとしてもできなかったのです。そこで、細かいことは成り行きにまかせることにしました。その一方で、わたしは絆創膏《ばんそうこう》を持ってきて、今わたしが貼《は》っているのと同じこの場所にそれを貼りました。さすがのホームズさんもあれは見抜けませんでしたね。あの絆創膏をはいでさえみれば、その下に切り傷がないことがわかったはずです。[63]

さて、事件はこういう状況でした。しばらく身をひそめてから、妻と落ち合う所へ逃げられれば、ようやく残りの人生を平穏にすごすことができるでしょう。この地上にわたしがいる限り、彼らはわたしに安らぎを与えないでしょうから。けれども、新聞でボールドウィンが目的の相手をしとめたということを知れば、わたしのすべての悩みは終わりです。バーカーと妻にはっきり説明する暇《ひま》がなかったのですが、二人は理解して、わたしを助けてくれました。ここの隠れ場所についてはよく知っていました。エイムズも知っていましたが、事件に結びつけることは思いつかなかったようです。わたしは隠れ場所に引っ込み、あとはバーカーにまかせました。

そのあと彼がしたことは、おわかりだと思います。彼は窓を開け、窓わくに血痕《けっこん》を残し、犯人がそこから逃げたように見せかけようとしました。それは少々まぬけた話でしたが、はね橋が上がっていたので、ほかに方法がなかったのです。そして、準備がすべて終わってから、懸命にベルを鳴らしました。その後のことはあなた方もご存じのことばかりです――さて、みなさん、これから先のことはお好きなようになさってください。ただ、わたしは真実を語りました。真実をすべてです。神に誓《ちか》ってです！　ところでわたしには質問があります。イングランドの法律から見てわたしの立場はどうなるのでしょうか？」

みんな黙っていた。沈黙を破ったのはシャーロック・ホームズであった。

「イングランドの法律は、おおかたは適正な法律です。あなたは当然受けるべき罰以上の不当な刑罰を受けることはありません、ダグラスさん。それより、あの男はどうしてあなたがここに住んでいることを知ったのでしょうね。それにどうやって屋敷の中に入り込んで、あなたを襲《おそ》うのにはどこに隠れていればいいとわかったのでしょうかね」

「それはまったくわかりません」

ホームズの顔はひどく白く、重々しかった。

「話はまだ終わっていないような気がします」彼は言った。「あなたにはイングランドの法律よりも、アメリカの敵よりも、恐ろしい危険が迫っているようです。ダグラスさん、面倒なことがあなたを待ち受けています。わたしの忠告を聞いて、用心をお続けください」

さて、長いこと辛抱してくださった読者の方々、サセックス州のバールストン館から、ジョン・ダグラスという名前で知られていた男の奇妙な話を聞くことで終わるこの波乱にみちた年からも、(64)しばらくのあいだわたしとともに遠く離れていただきたい。時間でいうと約二十年の昔へ、空間でいえば約数千マイル西への移動を願い、奇妙で恐ろしい物語を——あまりに奇妙で恐ろしいので、わたしが話しても実際におきたとは信じていただけないような——物語をご紹介したい。そして、ひとつの話が終わる前に別の話が始まったと思わないでいただきたい。読み続けていただけばそうでないことがわかるはずである。わたしが遠い過去の話をくわしく語り終え、あなたがたがこの過去の謎を解いたら、わたしたちはベイカー街[65]のこの部屋で再びお会いして、ほかのたくさんの事件と同様に、この場所で事件の結末を見届けたいと思う。

第二部

スコウラーズ(66)

第1章　その男

一八七五年二月四日のことだった。[67] 厳しい冬の最中で、ギルマトン山脈[68]の谷間には、雪が深々と積もっていた。しかし、線路の雪は蒸気除雪車《じょせつしゃ》[69]によって取り除かれていて、長々と連なる炭鉱《たんこう》や製鉄《せいてつ》の基地をつなぐ夜行列車が、ふもとのスタッグヴィルを出て、ヴァーミッサ谷の奥に位置する中心的な町、ヴァーミッサへ向け、急勾配《きゅうこうばい》をあえぎながらのろのろと登っていた。この地点からは、線路は、バートンズ・クロッシング、ヘルムデイル、さらには、まったくの農業地であるマートンへと、一気に下ってゆく。線路は単線だが、おびただしい数の側線《そくせん》があって、そこに長々と連なる、石炭や鉄鉱石を満載《まんさい》した貨車がこの隠れた富を物語り、またアメリカ合衆国のこの最果ての広野へと、荒くれ者たちを招き寄せ、活気に満ちた生活を生み出していた。

辺りはまさに荒涼《こうりょう》としていた。この地に最初に足を踏み入れた開拓者《かいたくしゃ》は、黒々とした岸壁と茂った森しかないこの陰気な土地が、この上なく美しい大草原や青草茂る水辺のある牧草地よりはるかに価値があるなどとは、想像さえしなかったことであろう。

谷の両側の斜面《しやめん》を覆う、見通しさえつきそうにない黒々とした森の上には、白い雪をかぶり、ところどころ荒い岩肌の見える、むき出しの高い頂《いただき》がそびえ立ち、その間を縫《ぬ》うようにうねうねと続く真下の谷を見下ろしていた。この谷を小さな列車がゆっくりと這《は》うようにして登っていくのである。

二、三十人ほどの乗客を乗せて先頭を走る、屋根なしの長い客車には、たった今石油ランプの灯がともされたばかりであった。乗客のほとんどは、谷底に近い場所で一日の仕事を終え、家路《いえじ》につく、労働者たちだ。そのうち少なくとも十二、三人は、汚れた顔や手にした安全灯から、坑夫《こうふ》だとわかる。(70)彼らはかたまって座って、タバコをすい、ときどき反対側にいる二人の男をちらちら見ながら、低い声で話していた。二人連れは制服とバッジからして、警官であることがわかった。

他には、労働者階級の女性が数人と、地方の商店主らしい旅人が一人、二人、それと一人だけ離れた隅に座る若い男がいた。わたしたちに関係があるのは、この男である。まずはこの男をよく眺めてみようではないか、彼にはそれだけの価値があるのだ。

男は血色がよく、中肉中背で、年の頃は三十を過ぎたばかりであろうか。おどけたような、鋭い灰色の大きな目を、ときどき好奇《こうき》の色で輝かせながら、めがねの奥から周りの人々を見回していた。社交的な気取らない性格で、みんなと仲良くしたくてたまらないのが、すぐにわかった。誰が見ても、人づき合いがよく、話し好きで、機知《きち》に富む、愛想のいい男だと思うだろう。しかし、もう少しじっくりと観察すれば、ある種の頑固《がんこ》さを示すあごや、きりりと結んだ口元からも、茶色い髪の、この感じの良いアイルランド人が、内面的な深みを持ち、どういう社会に入り込んでも、よかれ悪《あ》しかれ一流になれる男だということが見てとれた。

いちばん近くに座る坑夫に一言、二言、遠慮《えんりょ》がちに言葉をかけてはみたものの、短く、そっけない返事しかもらえなかったので、旅人は性《しょう》には合わないものの、黙っているしかなく、むっつりとした表情で、窓の外の暮れゆく風景を眺めていた。

それは、気の晴れる景色ではなかった。夕暮れ迫る中で、丘の中腹に並ぶ溶鉱炉《ようこうろ》の炎が、赤く点滅《てんめつ》していた。線路の両側にぼんやりと姿を現す、鉱滓《こうさい》(71)や石炭がらのうずたかい山の間からは、炭鉱の竪坑《たてこう》のやぐらが高く突き出ていた。線路脇のそこここには、みすぼらしい木造家屋が軒《のき》を寄せるように建ち並び、窓には明りがともり始めていた。短い間隔《かんかく》で停まる停車場は、黒ずんだ住人であふれていた。

ヴァーミッサ地方のこの鉄と石炭の谷は、暇人《ひまじん》や教養人には無縁の場所であった。どこへいっても、生々しい生存競争という苛酷《かこく》な現実と、なすべき厳しい仕事、それにその仕事に携《たずさ》わる荒々しく、たくましい労働者たちがいた。

若い旅人は、この陰気な景色をじっと見つめていたが、嫌悪《けんお》と興味の入り交じったその顔からも、それが初めて目にする光景らしいことがわかった。彼は、時々ポケットから分厚い手紙を取り出しては、それを眺め、余白に何やらメモをしていた。一度だけ、これほどおだやかな人物が持っているとは思えないようなものを、腰の後ろから取り出した。それは、最も大型の海軍用回転式自動拳銃《レヴォルヴァー》であった。明りに向けて斜《なな》めにかざすと、円筒状《えんとうじょう》の弾倉の中にある、銅の薬莢《やっきょう》の縁がキラリと光り、弾が完全に装塡《そうてん》されていることがわかった。彼は素早く隠しポケットにしまい込んだのだが、その前に、近くの席にかけていた労働者に見られてしまった。

「いよう、兄弟！」と、彼は言った。「ピストルご持参とは用意がいいじゃあねえか」

若者は困ったように、にやりとした。

「まあな」と、彼は言った。「前にいたところじゃ、こういうものが必要でね」

「それでどこなんだい、そこっていうのは？」

「最近までシカゴにいたんだ」

「ここいらあたりは、初めてなのかい？」

「そのとおりだ」

「ここでもそいつが必要になるだろうよ」と、その男は言った。

「おや！　そうかね？」若者は興味を抱いたようだった。

「ここらあたりのことは、何にも聞いていねえのかい？」

「特に変わったことは聞いてないね」

「おやおや、国中が噂《うわさ》でもちきりだと思っていたんだが。まあ、すぐに耳にはいるだろうよ。で、ここへは何しに来たんだい？」

「やる気さえありゃ、いつでも仕事があると聞いたんでね」

「労働組合に入ってるのかい？」

「もちろんさ」

「それじゃ、仕事はあるだろうよ。友達はいるのかい？」

「いや、だが作る手だては心得てるさ」

「どうするのさ？」

「『古代自由人団』に入ってるんだ。町があれば必ず支団があるし、支団さえあれば、友達はすぐにできるさ」

この言葉は相手に奇妙な効果を与えた。男は、車内の他の者たちを、疑《うたぐ》るような視線で見回したのだ。坑夫たちは、まだ仲間内でひそひそと話をしていた。二人の警官は居眠りをしている。相手は席を立って、若者のすぐそばに座り、片手を出した。

「手を出しな」と、彼は言った。

二人は固く握手した。

「嘘《うそ》じゃないとは思うが、確かめるにこしたことはないだろう」

彼は右手を上げて右の眉毛《まゆげ》に当てた。すると、若者は、すぐに左手を左の眉に当てた[72]。

「暗い夜は不快」と、労働者は言った。

「そう、旅するよそ者にとっては」と、もう一方が答えた[73]。

「これでいい。おれはヴァーミッサ谷《ヴァリー》の、三四一支団の同志、スキャンランだ[74]。ここで会えるとはうれしいじゃあないか」

「ありがとう。おれはシカゴ二九支団の同志、ジョン・マクマードだ。支団長はJ・H・スコット。しかし、こんなに早く同志と会えるとは、なんと運がいいんだろう」

「まあ、ここらあたりは団員が多いのさ。アメリカ国内でも、このヴァーミッサ谷《ヴァリー》ほど支団が盛んなところはないだろう。だが、おまえみたいな若者なら、いくらでも必要だ。労働組合に入ってる元気な若い者が、シカゴで仕事にあぶれるとは、おかしな話じゃあねえかい」

「仕事はいっぱいあったんだがね」と、マクマードは言った。

「じゃ、なんでシカゴを離れたんだ」

マクマードは警官の方を見てうなずくと、にやりと笑った。「あいつらが知ったら、さぞかし喜ぶだろうぜ」と、彼は言った。スキャンランは同感だというように、うなってみせた。「やばいのか？」と、彼は小声で尋《たず》ねた。

「かなりね」

「前科があるのかい」

「まあそんなとこだ」

「殺しじゃねえだろうな」

「そんなことを話すには、まだ日が高いぜ」と言ったマクマードは、自分でも思わぬことを口にしてしまったという風であった。「シカゴを出てきたのにゃ、それなりのわけがあった。それだけ言えば充分だろう。そんなことまで聞くとは、いったいあんたは何なんだ？」

灰色の目が、突然気分を害したように、眼鏡の奥で危険な光を帯びた。

「わかったよ、兄弟。悪気があったわけじゃあねえんだ。何をやったにせよ、だからって、おまえを悪く言うやつはいないさ。ところで、これからどこへいくんだい？」

「ヴァーミッサだ」

「それなら三つ目の停車場だ。泊まるところは？」

マクマードは封筒を取り出すと、ほの暗い石油ランプの明りにかざした。「これが行き先さ――シェリダン通り[75]のジェイコブ・シャフター[76]。シカゴの知り合いがすすめてくれた下宿だぜ」

「さあ、聞いたことがないが、ヴァーミッサはおれの縄張《なわば》りじゃねえからな。おれが住んでるのはホブスン開拓地だが、ほら、そろそろ止まるぞ。別れる前に、一つだけ忠告しとくよ。ヴァーミッサで何かまずいことがあったら、まっすぐ組合本部《ユニオン・ハウス》へ行って、マギンティ親分に会うことだ。ヴァーミッサの支団長で、ここいらじゃ、ブラック・ジャックのマギンティ(77)がうんと言わなきゃ、何もできやしないんだ。あばよ、兄弟。いずれ夜、支団で会うだろう。けど、忘れるなよ。何かあったら、マギンティ親分のところへ行きなよ」

スキャンランが汽車を降りると、マクマードは再び一人で取り残され、考えに沈んだ。すでに日は暮れ、次々と現われる溶鉱炉の炎が、暗闇の中でごうごうと音を立てて踊《おど》っていた。その赤々と燃え立つ炎を背にして、黒い人影が、いつ果てるともない機械の金属音や轟音《ごうおん》のリズムに合わせ、様々な巻き上げ機の動きとともに、身体を伸ばしたり縮めたり、よじったり回したりしていた。

「地獄というのは、きっとあんなところをいうのだ」という声が聞こえた。

マクマードが振り返ると、警官の一人が座ったまま身体をずらし、赤々と輝く荒野に見入っていた。

「それを言うなら」と、もう一人の警官が言った。「まさに、あれこそ地獄だ。あそこにいる悪党たちより悪いやつがいるとは思えん。君、ここいらははじめてかい？」

「さて、はじめてなら、どうだって言うんだい」マクマードは無愛想《ぶあいそう》に答えた。

「いやなに、友達は気をつけて選べって、言おうとしたのさ。おれなら、マイク・スキャンランやあいつら一味とは付き合わないね」

「おれが誰と友達になろうが、あんたの知ったことじゃあないだろうよ」(78)マクマードがどなり声をあげたので、車両中の人間が振り向いて、口論に耳をそばだてた。「おれがいつ忠告してくれって言った？　それとも、忠告なしじゃ何もできない、ひよっこだって思ったのかい？　あんたたちは、聞かれてから答えりゃいいのさ。だがな、こっちは当分あんたにゃ用はないんだ！」彼は顔を突き出し、うなり声をあげる犬のように、警官に向かって歯をむき出した。

鈍重《どんじゅう》で、気だてのよさそうな二人の警官は、親切から忠告したつもりが、驚くほど強い拒絶《きょぜつ》にあって、驚いてしまった。

「悪気はなかったんだよ、お若いの」と、一人が言った。「君のことを思って、警告したまでだ。見たところ、この土地へは初めてのようだったからね」

「この土地へは初めてだが、あんたがた警官は初めてじゃないんだよ」と、マクマードは冷たく言い放った。「あんたたちゃ、どこへ行ったたって同じさ。頼まれもしないのに、忠告とやらを押しつける」

「そのうち、ちょくちょくお目にかかることになりそうだな」警官の一人がにやにやしながら言った。「見たところ、ただもんじゃなさそうだ」

「おれもそう思ってた」と、もう一人が言った。「いずれお目にかかることになろうよ」

「おれが恐がるとでも思ったら、おおまちがいだ」と、マクマードは大声で言った。

「おれはジャック・マクマードって名だ。わかったな？　おれに用があったら、ヴァーミッサのシェリダン通りの、(79)ジェイコブ・シャフターのところへ来るがいい。逃げも隠れもしないさ。いつでも、あんたたちの顔を堂々と拝《おが》ませてもらうぜ。そこんとこをまちがえるなよ」

この新参者《しんざんもの》の大きな態度に、坑夫たちの間からは共感と賞賛のつぶやきが漏《も》れた。

一方、二人の警官は肩をすくめ、二人だけでまた話し始めた。数分後、列車が薄暗い停車場(80)に着くと、大半の乗客が下車した。この沿線では、ヴァーミッサがいちばん大きな町なのだ。(81)マクマードが革の手提《てさ》げカバンを手に、闇の中へ出ていこうとすると、坑夫の一人が挨拶《あいさつ》をした。

「いよう、(82)兄弟、おまえさんのポリ公への口のきき方は、てえしたもんだ」(83)男は恐れ入ったというように言った。「聞いてて気分がスカッとしたぜ。カバンをよこしな。道案内してやるよ。シャフターの家なら帰り道だ」

二人が停車場から歩いていくと、他の坑夫たちが親しげに「おやすみ」とそろって声をかけてくれた。ヴァーミッサへ足を踏み入れる前に、無頼漢《ぶらいかん》マクマードは町の誰もが知る人物になったのである。

この谷はおどろおどろしいところであったが、町は町で、これまたもっと気の滅入《めい》るような場所であった。長い谷に沿って立ち昇る巨大な炎や、もうもうと立ちこめる煙は、陰鬱《いんうつ》だが、ある種の壮観《そうかん》だったし、巨大な穴の側に積み上げられたボタ山は、勤勉で屈強《くっきょう》な坑夫たちにふさわしい記念碑《きねんひ》であった。それにひきかえ、町はまったくもって醜悪《しゅうあく》でむさくるしく、貧相《ひんそう》であった。大通りの雪道は、行き交う馬車の車輪にかき回され、いたるところ泥混じりの轍《わだち》だらけだった。歩道は狭く、でこぼこだった。ずらりと並んだガス灯が、通り沿いにヴェランダのついた、汚らしい木造家屋の列を、一層あらわに照らし出していた。

町の中心へ近づくと、充分に灯火をともしている店が並び、そして、さらには酒場《リキュール・サロン》や賭博場《とばくじょう》の一郭《いっかく》のせいで、あたりは明るさを増した。坑夫たちは汗水垂《た》らして稼《かせ》いだ金を、ここで気前よく使い果たしてしまうのが常であった。(84)

「あれが組合本部だ」と、案内してくれた男は、ホテルのように立派な酒場《サルーン》を指さして言った。

「ジャック・マギンティがあそこの親分さ」(85)

「どんな男だい?」と、マクマードは尋ねた。

「なんだって! 親分の噂を聞いたことがないのかい?」

「聞いているわけないだろう? おれはここの人間じゃないんだから」

「なに、国じゅうに[86]名が知れ渡ってると思ったからだよ。新聞にも何度も出たからね」

「それはまたどうして？」

「そりゃ」と、坑夫は声を落とした。「あの事件だよ」

「何の事件だって？」

「おやまあ、こう言っちゃなんだが[87]、おまえさん、おかしなやつだな[88]。ここいらで事件といや、ただ一つしかない。スコウラーズの事件さ」

「そうかい、そのスコウラーズのことなら、シカゴでも読んだことがあったな。殺人集団とかいうのじゃなかったかい？」

「しっ、気をつけなよ！」坑夫はぎょっとして立ち止まり、そう叫ぶと、驚きもあらわに相手の顔を見つめた。「この町ん中でそんなことを言うと、長くは生きられないぜ。もっとちいせえことで命を落としたやつだって、たくさんいるんだからな」

「なに、そいつらのことはなんにも知らないんだ。おれは書いてあるのを読んだだけだぜ」

「なにも、おまえさんが読んだのが、ほんとのことじゃないとは言ってないさ」男は神経質そうに辺りを見回し、どこかに危険が潜《ひそ》んでいやしないかというように、暗がりをのぞき込んだ。「人をばらすのが殺しなら、ここにゃ、いやってほど殺しがある。だがな、おまえ、そいつをジャック・マギンティの名前と結びつけてしゃべるのはやめたほうがいいぜ。どんな内緒話《ないしょばなし》だって、やつに筒抜《つつぬ》けだし、それを放っておくような男じゃないぜ。ほら、あれがおまえの探している家だ――通りから引っ込んで建ってるやつ。あそこのジェイコブ・シャフターじいさんは、町いちばんの正直者さ」

「ありがとうよ」とマクマードは言うと、知り合いになったばかりのその男と握手をしてから、手提げカバンを片手に、小道をゆっくり下宿屋へと向かい、そのドアを大きな音でノックした。ドアはすぐに開いたが、そこにいたのはまったく思いもかけぬ人物だった。

若く、たいへん美しい女性だったのである。ドイツ系らしく、色白の肌でブロンドの髪に、美しい黒い瞳《ひとみ》がくっきりと映《は》えていた。彼女は、その黒い瞳で、おどろいたように見知らぬ男を眺め、はにかんだように、青白い頬を赤く染めた。開け放たれた戸口から差し込む明るい光に縁取られた彼女の姿は、マクマードにとって、これまで見たこともない一幅《いっぷく》の美しい絵のように見えた。そしてそれは、周囲の薄汚く陰鬱な環境と対照をなして、いっそう魅力的《みりょくてき》なものとなった。鉱山の真っ黒いボタ山に咲く愛らしいすみれでも、これほど人目を引くことはなかっただろう。その姿にうっとり見とれてしまったマクマードが、口もきけずに立ち尽くしていると、彼女の方から話しかけてきた。

「父さんかと思ったわ」と、彼女は心地よい響《ひび》きのするドイツなまりで言った。「あなたは、父に会いにいらしたのでしょう。町に出てるのですが、もうそろそろ戻ると思いますわ」

マクマードがほれぼれと見つめ続けるので、彼女は遠慮のないこの訪問者を前に、困ったように目を伏せた。

「いいえ、お嬢さん」彼はやっと口を開いた。「お会いするのは急ぎませんが、お宅へ下宿させてもらうように、すすめられたものですから。気に入るとは思っていましたが、本当に良さそうなところですね」

「ずいぶん早く決めておしまいなのね」と、彼女は笑いながら言った。

「目が見える者なら、誰でもそうしますよ」と、彼は答えた。

このほめ言葉に、彼女は声を立てて笑った。

「どうぞ、お入りください」と、彼女は言った。「私はシャフターの娘でエティ[89]と申します。母が亡くなってからは、この家の家事を取り仕切っていますの。居間のストーヴにあたって、父の帰りをお待ちください。ほら、帰ってきましたよ。すぐにでも、父と話をお決めになるといいですわ」

太った年のいった男が、小道をゆっくりとした足どりで戻ってきた。マクマードは手短かに用件を話した。シカゴで、マーフィーという男にここの住所を聞いたことと、その男もまたどこかで人づてに知ったのだということを伝えた。シャフターじいさんはすぐに承知してくれた。新参者は条件にはこだわらず、すべての申し出をうけ入れて手を打った。金はたっぷりあるらしい。さっそく一週間分の下宿代七ドル[90]を前払いして、食事付きで部屋を借りた。こうして自称、法のもとからの逃亡者、マクマードは、シャフターの家に下宿することとなり[91]、はるか、遠い国で終末《しゅうまつ》を迎えることとなる、長く暗い一連のできごとへの第一歩が始まったのであった。

第2章　支団長

マクマードはすぐに人目を引くような男だった。どこへ行っても、まわりの者にはそのことがわかった。一週間もしないうちに、シャフターの下宿でも、なくてはならない人間になっていた。十人かそこいらの下宿人(92)がいたが、みな素朴《そぼく》な職長とか平凡な店員といった連中で、このアイルランド人の若者とは違うタイプの人間だった。夜集まったときなど、彼はいつも誰よりも面白い冗談を言い、話も達者《たつしゃ》で、歌もうまかった。生まれつき人づきあいがよく、まわりの誰もを楽しませてしまう魅力《みりよく》を持っていたのである。

そのくせ、列車の中で見せたように、急に怒り出すこともたびたびで、相手に畏敬《いけい》の念を起こさせたり、恐れさせたりすることさえあった。法律とか、それにまつわるすべてのことに対しては、はなからとりあわない態度をとったが、下宿人の間には、それを喜ぶ者もいれば、こわがる者もいた。

彼は来てすぐに、上品で美しい下宿屋の娘をあからさまにほめて、一目見て恋に落ちたと公言してはばからなかった。彼は決して内気な求愛者ではなかった。下宿に来て二日目に、彼女に向かって愛していると言い、その後は彼女がどんなにその気をくじくようなことを言っても、それにはお構《かま》いなしに、同じことを言い続けるのだった。「他のやつだって！」と、彼は大声で言うのだった。「そんなやつはくたばってしまえだ！　勝手にしやがれっていうんだ！　そんなやつのために、一生に一度のおれのチャンスとこの熱い思いを、捨てろって言うのかい？　エティ、おまえがいやと言い続けてもいいさ！　いいと言う日が必ず来る。おれはまだ充分に若いから、待つさ」彼は、アイルランド人らしく口が達者で、言葉巧《たく》みに言い寄り、(93)求婚者としては危険な男だった。また、彼には経験からくる、ある種の謎めいた魅力のようなものが備わっていて、女性は興味を引かれ、いつしか愛してしまうのだった。自分のふるさと、モナハン州(94)の美しい谷のことや、遠くのかわいらしい島、なだらかな丘、そして緑の牧場のことなど、彼の話は、この薄汚れた雪におおわれた町で想像すると、いっそう美しいものに思えるのだった。そのうえ、彼は北部の都市、デトロイトやミシガン州の木材伐採地《ばっさいち》、バッファロー(95)、それに最後に製材所(96)で働いていたシカゴでの生活についてもよく知っていた。そしてそれから、波乱含みのできごとがほのめかされ、大都市シカゴで彼の身に奇妙な事件がおきたらしいのだが、それがあまりにも不可解なうえ個人的なことでもあるので、話すわけにはいかないと言うのだった。そして、突然シカゴを去り、昔の絆《きずな》を絶って、見知らぬ世界へ逃げ込み、そのあげくに、この陰気な谷へやってきたのだと、もの悲しそうに語った。話に耳を傾けるエティの黒い瞳《ひとみ》には、哀《あわ》れみと同情の色が浮かんだ。(97)この哀れみと同情はすぐに、しかもごく自然に愛情に変わる類《たぐい》のものであった。

マクマードには教育があったので、簿《ぼ》記係《きがかり》として臨時《りんじ》の職を得た。ほとんど一日中仕事に出ていたため、まだ「古代自由人団」の支団長のところへは、挨拶《あいさつ》に行かないままでいた。しかし、ある夜、列車で知り合った団友のマイク・スキャンランが訪ねてきたのがきっかけで、そのことを思い出した。黒い瞳で、鋭い顔つきの、神経質な小男、(98)スキャンランは、マクマードに再会できたのを喜んでいるようであった。ウィスキーを一、二杯飲んだ後で、彼は訪問の目的を切り出した。

「ところで、マクマード」と、彼は言った。「おまえの住所を覚えてたんで、思い切って訪ねてきたんだ。支団長のところへ、まだ顔を出していないとは、(99)驚くじゃあないか。マギンティ支団長に挨拶しないとは、いったいどういう了見なんだ」

「いや、仕事探しで、忙しかったものでね」

「何はさておいても、挨拶にいく暇《ひま》くらい探すもんだぜ。ほんとなら、おまえ、ここへ着いたその次の朝にでも、『組合本部』へ行って登録を済ませてくれればいいのに、まったく正気の沙汰《さた》じゃないぜ[100]！　親分と面倒でもおこしたら[101]——いや、それだけは絶対にいけねえが——そんときはそれでおしまいだぜ」

　マクマードはちょっとびっくりしたようだった。

「スキャンラン、おれは支団に入って二年にもなるけれど、そんなにあわてて挨拶にいかなきゃいけないとは、聞いたことがないね」

「シカゴじゃそうかもしれないさ！」

「それなら、ここだって同じ団体だろうに」

「同じだって？」スキャンランは、長いこと、じっとマクマードの顔を見つめた。その目つきには、何か気味の悪いものがあった。

「違うって言うのかい[102]？」

「ひと月もすりゃあ、わかるってえもんさ。おまえ、おれが列車をおりてから、警官と口をきいたそうじゃないか」

「それがどうしてわかったんだい」

「まあ、噂《うわさ》さ——ここじゃ、いいことでも悪いことでも、何だってすぐに広まるのさ」

「そのとおり、話はしたよ。あの番犬どもに、思ったとおり言ってやったのさ」

「それじゃ、おまえは、マギンティ親分のお気に入りになるだろう！」

「なに——それじゃ支団長も警察が嫌いなのかい？」

スキャンランは大声で笑い出した。

「まあ、会ってみるといいさ」と、帰りじたくをしながら、彼は言った。「会いにいかなきゃ、憎まれるのは、警察じゃなくておまえのほうだ。さあ、言うことをきいて、さっさと行きなよ！」

その夜、はからずも、マクマードはもう一人別の人間との切迫《せっぱく》した話し合いの結果、どうしても親分のところへ行かなくてはならない羽目《はめ》となった。エティに対する彼の(103)気持ちが以前にもまして目立つようになったのか、それとも鈍感《どんかん》でお人好しのドイツ人の親父も、しだいに二人の仲に気づいたのか、いずれにせよ、下宿のおやじは、マクマードを自分の部屋に招き入れると、ずばりと本題に切り込んできた。

「あんたは、エティを追いかけ回しているようだが、違うかね？　それともわしの思い違いかな？」

「ええ、そのとおりです」と、若者は答えた。

「それでは、今のうちに言っておくが、そいつはムダというものだ。娘にはもう約束を交わした者がいるのだ」

「そのことは聞いていますよ」

「そう、娘が言ったことは本当だ！　それで、相手が誰なのか、話したのかね？」

「いいや、聞いてみたのですが、どうしても教えてくれないのです」

「そうだろうな、あのおてんば娘も、あんたを驚かせたくはなかったんだろうさ」

「驚かすだって？」マクマードはたちまちかっとなった。

「そうだよ、あんた！　恐がったとしても、恥ずかしがることなんぞないさ。相手はあのテディ(104)・ボールドウィンだよ」

「そいつはいったい何者です」

「スコウラーズのボスだ」

「スコウラーズ？　前に聞いたことはあるな。あっちでもこっちでも、スコウラーズの話ばかり、それもいつでもひそひそとだ。どいつもこいつも、いったい何を恐がってるのかね？　スコウラーズがいったい何様だっていうのだ」

下宿屋のあるじは、この恐ろしい結社のことを話すとき、誰もがするように、本能的に声をひそめた。

「スコウラーズっていうのは」彼は言った。「『古代自由人団』のことだよ」

若者はびっくりした。「いや、それならおれもその団員だよ」

「あんたが！　そうと知ってりゃ、週に一〇〇ドルもらったって、この家にはおかなかった」

「自由人団のどこがいけないっていうんだね？　慈善《じぜん》と親睦《しんぼく》が目的じゃないですか。規則にもそう書いてあるし」

「そういうところもあるのだろうが、ここでは違うのさ」

「ここでは、どうだって言うのかね」

「そいつは殺し屋集団だ、ここではね」

マクマードは、信じられないというように、声を上げて笑い出した。

「証拠はあるんですか？」と、彼は聞いた。

「証拠だって？　人殺しが五十回おきてるってのに、まだ何か証拠がいるのかい？　ミルマンやヴァン・ショースト、それにニコルスン一家、それからハイムじいさんにビリー・ジェイムズ坊や、ほかにもまだいる。証拠だと？　この谷で、このことを知らない者は、一人だっていないさ」

「いいかい！」マクマードは真剣な口調で言った。「いま言ったことを取り消すか、証拠を見せるかしてくれ。どっちかしてくれるまで、おれはこの部屋から出るわけにはいかないぜ。おれの身にもなってほしいね。おれは、この町は初めてなんだ。おれはある団体に属してはいるが、別に悪いことをしているとは思えない。アメリカ全国のどこにでもある団体だ。どこでも悪いことをしていない。それが、ここでそれに加わろうとしたら、『スコウラーズ』という人殺しの集団と同じだと言われたんだ。シヤフターさん、謝《あやま》るか、それともどういうことなのか、きちんと説明してもらおうじゃあないか」

「わしは世間の誰もが知っていることを伝えただけだよ。一方の親分が、もう一方の親分を兼《か》ねているのさ。一方の結社を怒らしたら、もう一方が襲《おそ》ってくる。証拠はいくらでもあるさ」

「それはただの噂だろう！　証拠を見せてもらおうじゃあないか」と、マクマードは言った。

「ここにしばらくいれば、証拠は見つかるさ。だが、あんたが団員だということを忘れていた。あんたも、いずれあいつらと同じように、悪者になるんだろうさ。とにかく、他の下宿をさがしてもらおう。ここに置いとくわけにはいかない。あの連中の一人がエティを口説きに来ても追い払えないっていうのに、もう一人下宿させるなんぞ、まっぴらごめんだ。ほんとに、今夜かぎりでここで寝てもらっちゃ困る」

こういうわけで、マクマードは居心地のいい下宿からも、愛する娘のそばからも、追放されるはめとなった。その夜、彼はエティが一人で居間にいるのを見つけ、この悩みをうちあけた。

「君の親父さんは、どうしてもぼくに出ていってほしいらしい」と、彼は言った。

「部屋だけのことなら、別にかまわないのだけれど、エティ、君と知り合って一週間しか経たないのに君はぼくにとってまさに生命の源《みなもと》なのだ。もう、ぼくは君なしでは生きていけない」

「お願い、やめて、マクマードさん！　そんな風に言わないで！」と、娘は言った。「あなたは遅すぎたんだって、言ったでしょう？　別の人がいて、すぐに結婚すると は約束していないけれど、少なくとも、他の人と婚約はできないわ」

「エティ、もしぼくのほうが早かったら、結婚できたんだろうか？」

娘は両手で顔をおおった。「そうだったら、どんなによかったかしら」と、彼女はすすり泣いた。

マクマードはさっと彼女の前にひざまずいた。「お願いだ、エティ、ぼくのほうが先だったことにしてくれ！」と、彼は叫んだ。「そんな約束のために、君の人生ばかりかぼくの人生まで台無しにするつもりなのかい？　自分の心に従《したが》うんだよ、かわいい人！　わけもわからぬままにしてしまった約束などより、ずっと確かな生き方だよ」

彼は、たくましく日に焼けた手で、エティーの白い手を強く握った。

「君はぼくのもとで、一緒に困難に立ち向かうって、そう言っておくれ」

「ここを出るってことをいうこと？」

「いや、ここにいる」

「だめ、だめなのよ、ジャック！」彼はもう両手で彼女を抱きしめていた。「ここにいてはダメよ。わたしを連れて、逃げてくださらないの？」

一瞬、マクマードの顔に、苦しげな影がさしたが、すぐにまるで花崗石《かこうせき》のように堅い表情に戻った。

「いや、ここでだ」と彼は言った。「今いるここで、ぼくは君をきっと守ってみせるさ、エティ」

「どうして、一緒に逃げてはくれないの？」

「だめだ、エティ、ここを離れるわけにはいかないんだよ」

「それは、どうしてなの」

「ここを追い出されたなんて思ったら、これから先、胸を張って生きてはいかれない。それに、何を恐がることがあるというのだい？　ぼくたちは、自由な国に生きている自由な人間じゃないのかい？　ぼくたちが互いに愛し合っているとしたら、いったい誰がじゃまできるっていうんだい」

「ジャック、あなたは知らないのよ。ここに来て日が浅いから。ボールドウィンのことも、マギンティのことも、スコウラーズのことだって」

「そんなやつらのことは知らないし、怖くもない。それに大したやつらだとも思わない！」と、マクマードは言った。「ぼくは荒くれ者の中で生きてきたが、やつらを恐れるどころか、いつだってやつらのほうがぼくを恐れることになった――いつだってさ、エティ。ちょっと考えても、おかしいよ！　君の親父さんが言うように、そいつらがこの谷で、何度も悪事を働いてて、誰もがそいつらの名を知っているんだとしたら、どうして裁《さば》きを受けないんだい？　エティ、答えておくれ！」

「誰も証人にならないからなのよ。そんなことをしたら、ひと月だって生きてはいられないの。それにつかまっても、容疑者は犯罪の現場にはいなかったって証言する人を用意しているのよ。だけど、ジャック、こんなことはみんな新聞で読んだことがあるでしょ！　アメリカじゅう[105]の新聞がこのことについて書いてるはずよ」

「そう、確かに何かそういう記事を読んだことはあるが、作り話だと思っていたよ。だけど、連中にも何かわけがあるんだろう。たぶん、不当な扱いを受けていて、そうしなけりゃ、やっていけないとか」

「まあ、ジャック、あなたまでそんなこと言わないでちょうだい！　わたしが婚約しているあの男も、そういう言い方をするのよ」

「ボールドウィンがか――彼がそう言うんだね？」

「だから、あの男がいやでたまらないのよ。ああ、ジャック、ほんとのこと言うと、本当にいやでいやで仕方がないの。あの男が怖いの。自分のこともあるけれど、何より父さんのことが心配なのよ。わたしがほんとの気持ちを言ったりしたら、大変な災難がふりかかるってこと、わかってるのよ。だから、いい加減な約束をしているのよ。ほんとに、そうしなけりゃ、生きていけないの。だけど、ジャック、あなたがわたしと逃げてくれるなら、父さんも連れていけるし、あの悪党たちの手の届かないところで、ずっと暮らせるわ」

マクマードの顔には、またしても苦悶《くもん》の色が浮かんだが、やがてまた頑固《がんこ》な表情に戻った。「エティ、君も、親父さんも、危険な目に遭《あ》わせはしないさ。そのうちに、悪党中の悪党より、ぼくのほうが悪党だってことがわかるさ」

「いや、いやよ、ジャック！　わたしはあなたを信じて、どこへでもついていくわ」

マクマードは苦笑した。「おやおや、ぼくのことが少しもわかってないね！　君のその純真な心じゃ、今ぼくが何を考えているかさえわからないだろうね。(106)おや、誰か来た」

その時、急に扉が開くと、若い男が、主《あるじ》はおれだといわんばかりの態度で、ふんぞり返って入ってきた。年格好も体格も、マクマードと同じくらいの、ハンサムで快活そうな若者だった。つば広の黒いフェルト帽を脱ごうともせず、帽子の下から、傲慢《ごうまん》そうな荒々しい目とタカのような鼻をのぞかせ、ストーヴのそばに座る二人に冷酷《れいこく》な視線を向けた。

エティはさっと立ち上がったが、困惑しきって、おびえていた。「ボールドウィンさん、ようこそ」と、彼女は言った。「思ったより、お早かったですね。どうぞ、おかけになってください」

ボールドウィンは両手を腰に当て、突っ立ったまま、マクマードを見つめていた。

「こいつは誰だい」彼はぶっきらぼうに尋《たず》ねた。

「お友達のマクマードさんですわ。(107)今度、うちに下宿したのです。マクマードさん、こちらはボールドウィンさんです」

若者たちは、互いにむっつりとうなずきあった。

「おれたちの仲については、エティから聞いているだろうな」と、ボールドウィンは言った。

「あんたたちの間に何かあるなんて、知らなかったね」

「知らないだって？　それじゃ、いま教えてやろうじゃないか。言っておくが、この女はおれのものだ。それに、今夜は散歩にはもってこいだと思うがね」

「せっかくだが、散歩する気分じゃないね」

「おや、そうかい」男の残忍そうな目が怒りで燃えた。「それじゃ、下宿人さんよ、けんかする気分ってことかい」

「そのとおりだ」マクマードはそう叫ぶと、さっと立ち上がった。「そう言われるの

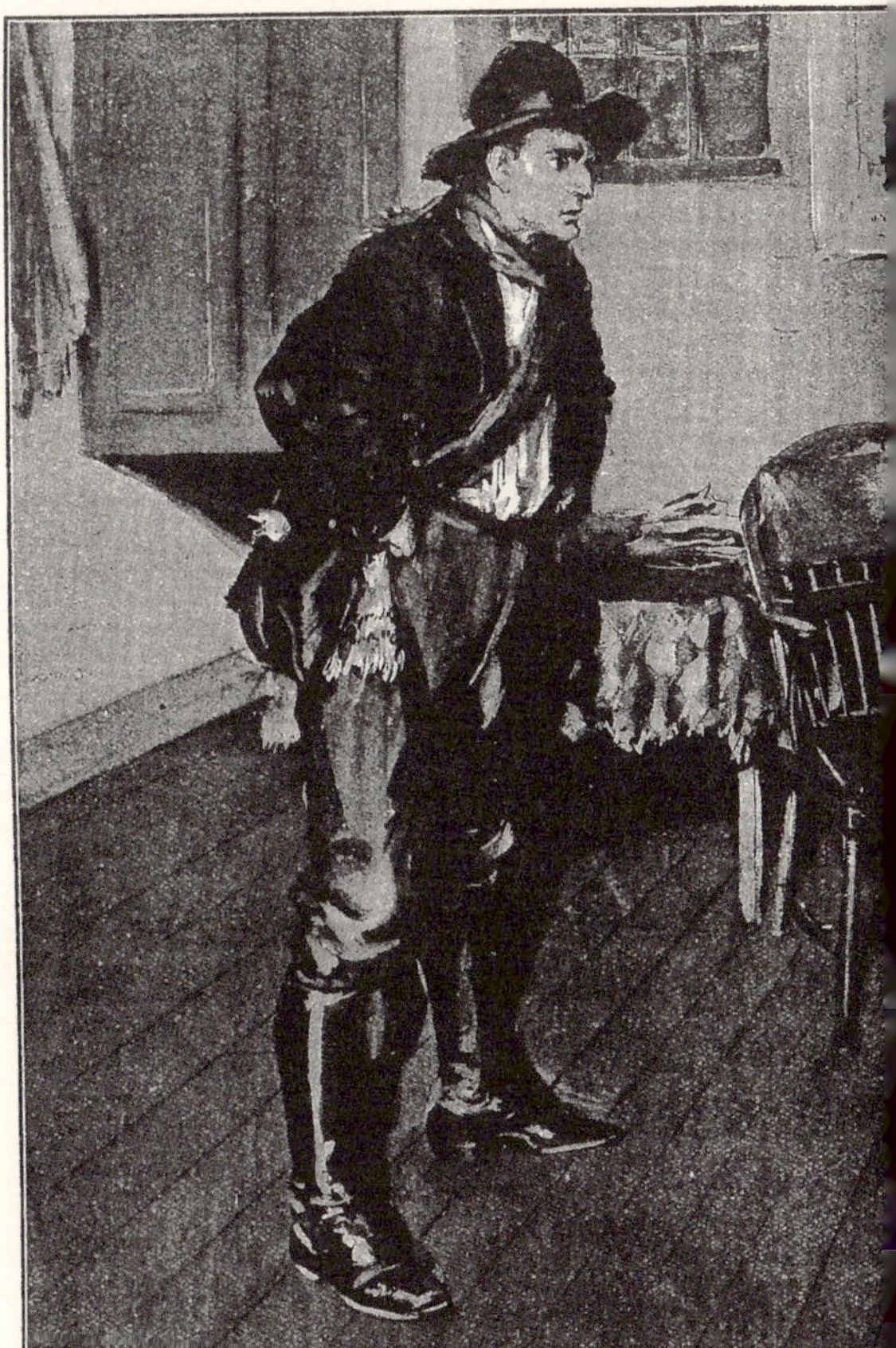

を待ってたぜ」

「お願いよ！　ジャック、お願いだから！」と気の毒にエティは取り乱して叫んだ。

「けがをさせられるわ[108]！」

「なんだって、『ジャック』って呼んでるのか？」ボールドウィンはののしり声をあげた。「おや、もうそういう仲だっていうのかい」

「テッド、そんなこと言わないで――落ち着いて！　お願いよ、テッド、わたしを愛しているなら、心を広く、[109]寛大になってちょうだい！」

「エティ、おれたちを二人きりにしてくれたら、かたをつけてやるよ」と、マクマードは冷静に言った。「それとも、ボールドウィンさん、ちょいと通りまでおいで願おうか。天気のいい晩だし、ちょっと行けば空き地もあるぜ」

「この借りはきっと返してやるが、手を汚すほどのこともないだろう」と、敵は言った。「勝負がつく頃には、この家に足を踏み入れるんじゃなかったって思うだろうよ」

「けりをつけるなら、今すぐにしてもらおうか」と、マクマードは叫んだ。

「いつにするか選ぶのはこちらのやることだ[110]、おまえさん。時間は決めさせてもらうぜ。見ろよ！」彼は、突然、袖《そで》をまくりあげ、前腕に焼きごてで付けられたらしい、奇妙な印を見せた。丸の中に三角が描かれている。「これがなんだかわかるか？」

「知らないし、知りたくもないね！」

「まあ、今にわかるさ。誓《ちか》ってもいい、おまえの命も長くはないぞ。たぶん、エティが教えてくれるだろうよ。エティ、おまえは、泣きついて、おれのところへ戻ってくることになるんだ。わかったか？　泣きついてだぞ！　どんな罰を受けることになるかは、それからだ。おまえがまいた種なんだ――ちゃんと、自分で刈《か》り取ってもらおうじゃないか！」彼はギラギラと怒りに燃える目で、二人を睨《にら》んだ。（三）そして、くるりと振り向いたと思うと、あっという間に、表の戸をバタンといわせて出ていった。

マクマードと娘は、しばらく何も言わず、その場に立ち尽くしていた。やがて、娘は両手で彼にしがみついた。

「まあ、ジャック、何て勇気があるんでしょう！　でも、どうしようもないわ――逃げるのよ！　今夜――ジャック――今夜よ！　そうするしか、助かる道はないわ。あの人、きっとあなたを殺すわ。あの恐ろしい目を見て、わかったの。マギンティ親分や、支団の力を後ろ盾《だて》にしてる男たちを十数人も相手にして、どうやったら勝てるって言うの？」

マクマードは彼女の両腕をほどくと、キスをしてから、優しく椅子《いす》にかけさせた。

「さあさあ、ぼくのために心配したり恐がったりすることはないよ。ぼくだって自由人団の団員なのだから。親父さんにもそのことは言ったばかりだ。他の団員と少しも違わないのだから、ぼくを聖人扱いするのはやめにしてほしいね。ここまで言ったら、たぶん、ぼくのことが、嫌いになったろうね」

「嫌いになるですって、ジャック！　死ぬまで、絶対にそんなことはないわ。自由人団にいても、ここ以外なら問題ないって聞いてるわ。だから、団員だってことで、わたしがあなたを悪く思うわけがないでしょ。ジャック、でも団員ならどうしてマギンティ親分[112]のところへ挨拶にいかないの？　ねえ、ジャック、すぐに急いで行ってらっしゃいよ！　こっちから挨拶に行っておかないと、手下たちにつけねらわれるわ」

「ぼくも、そうしようと思っていたところだよ」と、マクマードは言った。「すぐに行って、話をつけてこよう。親父さんには、今夜はここに泊まるが、明日の朝にでも他の下宿を見つけると言っておいておくれ」

マギンティの酒場は、いつものように人でいっぱいだった。ここは、町の荒くれ者たちにとって、お気に入りの社交場[113]だったのだ。マギンティは荒っぽく陽気な性格で、人気があったが、その仮面の下には、さまざまな顔が隠されていた。しかし、この人気を別にしても、町中、いや、実際には三十マイル（約四八キロメートル）にわたるこの谷一帯と、谷を挟む山々を越えてとどろく、彼の恐ろしさは、それだけで酒場をにぎわすには充分であった。誰一人として、彼のもてなしを無視するわけにはいかなかったのだ。

彼は、こうした影の権力を容赦《ようしゃ》なく使うのだと広く信じられていたが、その他にも、高級官吏、市会議員、道路委員といった公職にも就《つ》いていた。見返りの便宜《べんぎ》を図《はか》ってもらおうとする悪党たちから票を集めたのだった。地方税(114)と国税はひどく高く、公共事業は悪評が出るほどなおざりにされ、検査官が賄賂《わいろ》をもらっているので、会計はでたらめ、そして善良な市民は、金を脅《おど》し取られても、それ以上災難に遭わないよう、口をつぐんでいるしかないのだった。こうして、年々、マギンティ親分のダイヤモンドのピンは派手派手しくなり、豪華さを増すチョッキについた金の鎖《くさり》は重くなって、酒場はますます拡張され、マーケット・スクェアの一角を占領《せんりょう》せんばかりとなっていった。

マクマードは酒場の前後に開く戸を押し開けると、そこらじゅうにタバコの煙が立ちこめ、酒の匂いが充満する店の中を、人混みをかき分けて進んだ。店の中にはこうこうと光り輝き、四方の壁に掛《か》けられた派手な金縁の大鏡に映った明りが、けばけばしい光を互いに反射し合っていた。ワイシャツ姿のバーテンが数人、縁が真ちゅうの厚くて幅広いカウンター(115)に並ぶ客のために、忙しげに酒をつくっていた。一番奥で、カウンターに寄りかかり、口のはしに斜《なな》めに葉巻をくわえて立っている、背の高い、たくましい体つきの強そうな男が、あの有名なマギンティ親分その人であった。親分は真っ黒な髪をした巨漢《きょかん》で、あごひげが頬骨のところまで生え、黒いくしゃくしゃの髪の毛はえり元まで伸びていた。顔はイタリア人のように浅黒く、目は奇妙に濁《にご》って黒く、少々斜視《しゃし》ということも加わり、とりわけ不気味に見えた。しかしそれを除けば、堂々とした体格、立派な顔立ち、ざっくばらんな振る舞い、そのどれもが彼の好む陽気で率直《そっちょく》な態度にぴったりであった。

遠慮《えんりょ》ないその言葉がどれほどぶしつけでも、人は、心根のしっかりした、率直で気前のいい男だと言うだろう。けれども、底知れぬ残忍さを秘めた、このどんよりした黒目でにらまれて初めて、自分が無限の悪の可能性を秘めた男に向き合っていること、そしてその背後には力と度胸とずるがしこさが隠されているために、ますます恐ろしいのだということに気づいて、縮みあがるのであった。

相手をじっくり観察すると、マクマードはいつもの無頓着《むとんちゃく》きわまりない大胆な態度で、まわりを押しのけて進み、強いボスにへつらって、ちょっとした冗談にも大げさに笑い転げる、とりまきの一団に割って入った。鋭く向けられた恐ろしい黒い目を、見知らぬ若者の大胆不敵な灰色の目は、めがね越しに、恐れもせずににらみ返した。

「さてと、お若いの、おまえさんの顔には見覚えがないな」

「新参者《しんざんもの》ですから、マギンティさん」

「肩書きを付けて呼べないほど、新入りじゃないだろうが」

「おまえ、この方はマギンティ市会議員さんだ」と、とりまきの一団から声がかかった。

「これはすまなかったね、市会議員さん。ここの流儀《りゅうぎ》には慣れていないもんでね。とにかく、あんたに会うように言われたんだ」

「で、こうして会ってるわけだ。おれはこういう男さ。おれをどう思う?」

「さあ、答えるにはもうちっと時間がかかる。あんたの心が体と同じくらいでかくて、魂《たましい》がその[116]顔くらい立派なら、もうそれで充分だぜ」と、マクマードは言った。

「やれやれ、どうやらおまえさん、アイルランド人らしいな。へらず口をたたきやがる」と、酒場の主人は、この大胆不敵な客に調子を合わせようか、それとも自分の威《い》厳《げん》を示そうか、決めかねていた。「すると、おれのみてくれは合格ってわけかい?」

「そのとおりだ」と、マクマードは言った。

「それで、誰かがおれに会えって言ったのか?」

「そうだ」

「誰に言われた?」

「ヴァーミッサの三四一支団の同志、スキャンランにだ。議員さん、あんたの健康と、これからのよりよきおつきあいを願って」彼はすすめられたグラスを口元へ運ぶと、小指をぴんとはね上げて飲んだ。

そのようすをまじまじと眺めていたマギンティは、黒く濃い眉《まゆ》をつり上げた。

「ほう、そうくるかい」と、彼は言った。「だが、もうちょっとよく見てみなくちゃならねえな、何といったかな……」

「マクマードだ」

「マクマードさんよ、もうちょっとよく見ろってことだ。ここいらじゃ、人をそう簡単に信じたり、人の言うことをそのままうのみにゃできねえんだ。ちょっとこっちの、カウンターの後ろまで来な」

そこには小さな部屋があって、四方の壁際には、酒樽《さかだる》がずらりと並んでいた。マギンティは用心深くドアを閉めると、樽の上に腰をかけ、考え深げに葉巻を口にしながら、気味の悪い目つきで、相手をじっと観察した。二、三分の間、彼はじっと黙ったままだった。

マクマードは、片手を上着のポケットにつっこみ、もう片方の手で茶色い口ひげをいじりながら、ゆかいそうに相手に観察されるままになっていた。すると、マギンティは突然身をかがめるなり、物騒《ぶっそう》な拳銃を取り出した。

「おい、ふざけるんじゃあないぜ、おまえさん」(117)と、彼は言った。「おれたちをだまそうなんてことをしたら、かたづけちまうからな」

「ずいぶんなご挨拶じゃあないか」と、マクマードはもったいぶって答えた。「それが自由人団の団長が新しい同志を迎えるやり方かい？」

「おまえのほうこそ、団員だってことをちゃんと証明してもらおうか」と、マギンティは言った。「そいつができないとなりゃ、命はもらいだ。どこで入団した？」

「シカゴの二九支団さ」

「いつのことだ？」

「一八七二年六月二十四日」

「支団長は？」

「ジェイムズ・H・スコットだ」

「地区の指導者は誰だった？」

「バーソロミュー・ウィルスン」

「ふん！　ぺらぺらとよく答えるもんだ。それで、ここじゃ何をしてる？」

「働いてるのさ、おまえさんと同じさ。もうちょっとつましい仕事だがな」

「受け答えだけは、素早いな」

「そう、生まれつき口が達者なもんでね」

「腕のほうはどうなんだ？」

「仲間内じゃ、ちったあ名がしれてるね」

「まあ、いずれ近いうちにわかるだろう。この支団について、ここいらでなんか聞いちゃいねえかい？」

「一人前の男なら、同志にしてくれるって聞いてるがね」

「マクマードさんよ、よくわかったぜ。それで、なぜシカゴを出てきたんだい」

「そういうことは、死んでも答えられないね[118]」

マギンティは目をみはった。こんな風な答えには慣れていなかったので、面白かったのである。「どうして言えないんだい」

「同志には嘘《うそ》はつけないからな」

「というと、人にゃ言えない悪事を働いたっていうわけか」

「まあ、そういうことだ」

「いいかい、おまえさん、支団長たるもんは、素性《すじよう》のわからんやつを仲間に入れるわけにゃいかない」

マクマードは困ったような顔をしていたが、やがて内ポケットから、ボロボロになった新聞の切れ端を取り出した。

「ばらすようなまねはしないだろうな?」と、彼は言った。

「おれさまに向かってそういう口をきくと、横っ面をはり倒されるぞ」と、マギンティは真っ赤になって怒った。

「あんたの言うとおりだ、議員さん」と、マクマードはあっさり認めた。「あやまるよ。つい口に出ちまったんだ。あんたに任せれば安心だってことは、わかってるよ。ともかく、この切り抜き[119]を見てほしいね」

マギンティは、一八七四年の新年に、シカゴのマーケット街にあるレイク酒場で、ジョナス・ピントウという男が射殺された事件の記事に、ちらりと目を通した。

「おまえがやったのか？」と、彼は記事を返しながら、尋ねた。

マクマードはうなずいた。

「なんでやっちまったんだ？」

「このお国のためにちょいと手を貸して、ドルを造ってたんでね。ま、おれのはこっちのお国のものより少しばかり金の質が落ちてるけど、見かけは同じで、造る費用は安いときている。このピントウってやつは、おれを手伝って、偽金《にせがね》をばらまいて――」

「何してたって？」

「つまり、そのドルを町に流してたってことさ。ところが、密告《みっこく》するって言うんだ。密告したのかもしれない。おれはすぐずらかったから、わからないが。そいつを殺して、この炭鉱地帯へさっさと逃げ込んできたってわけさ」

「なんでここを選んだ？」

「ここいらじゃ、あんまりうるさいことは言わないって、新聞で読んだもんでね」

マギンティは大声で笑った。「偽金を造ったうえに、人殺しか。それで、歓迎されると思って、ここへ来たってわけだな？」

「まあ、そんなところだね」と、マクマードは答えた。

「そうか、それなら使いでがありそうだ。ところで、おまえ、まだ偽金は造れるのかい」

マクマードは、ポケットから、コインを六枚ほど取りだした。「こいつはフィラデルフィアの造幣局《ぞうへいきょく》[120]から出たもんじゃないんだぜ」と、彼は言った。

「まさか！」と、マギンティは、ゴリラのように毛深い大きな手でコインをつかみ、明りにかざした。「寸分《すんぶん》ちがわねえ！　まったく、おまえはたのみがいのある同志になるぞ。おまえのような悪人の一人や二人、ここにいてもかまわねえだろうよ。マクマードさんよ、自分たちでやっていかなきゃならんときもあるからな[121]。おれたちを追い詰めようって連中をはねかえさなけりゃ、すぐに壁にぶち当たっちまうからな」

「他の仲間たちと一緒に、その仕事を手伝わせてもらおうか」

「度胸もよさそうだ。このピストルを出したときも、びくともしなかったな[122]」

「危なかったのは、おれじゃないさ」

「じゃ、誰だっていうんだ」

「議員さん、あんたのほうだよ」マクマードは、ピー・ジャケットの脇のポケットから、撃鉄《げきてつ》をおこしたピストルを取り出した。「ずっとあんたを狙《ねら》ってたんだ。あんたが撃っても、おれの弾が先に当たってただろうね」

「なんてこった！」マギンティは真っ赤になって怒ったが、やがて大声で笑い出した(123)。

「おまえみたいな恐ろしい野郎にお目にかかるのは、久しぶりだ。支団も、いずれおまえさんのことを誇《ほこ》りに思うようになるだろうさ……おい、いったい何の用だ？　こちらのお方と五分も話してねえというのに、なんでおまえにじゃまされなきゃならないんだ？」

バーテンダーは、おどおどして、突っ立っていた。

「議員さん、すみませんが、テッド・ボールドウィン(124)が、すぐにもお会いしたいってことなんで」

言づては不要だった。冷たく硬い表情をしたボールドウィン本人が、バーテンダーの肩越しに中をのぞき込んでいたからだ。彼はバーテンダーを部屋の外に押し出すと、ドアを閉めた。

「そうか」と、彼は、怒りに満ちたまなざしでマクマードを見ながら、言った。「先に来てやがったのか。議員さん、おれはこいつのことで、あんたに話があって、やって来たんだぜ」

「今ここで、おれの前で言ったらどうだい」と、マクマードは叫んだ。

「どこでどう言おうと、おれの勝手だろうが」

「まあ、まあ！」と言いながら、マギンティは樽から腰を上げた。「そいつはまずいよ。新しい仲間なんだ、ボールドウィン。そんな挨拶のしかたはないだろう。手を出して仲直りしたらどうだい」

「いやなこったぜ！」ボールドウィンは、かっとなって叫んだ。

「おれが悪いっていうなら、勝負しようじゃないかって言ったんだ」と、マクマードは言った。「素手《すで》でもいいし、それがいやだって言うんなら、あちらさんの好きなやり方で勝負してやろうじゃあないか。議員さん[125]、あんたに任すから、あとは支団長として判断してくれ」

「いったい、何だってんだ？」

「若い娘のことですよ。どっちの男を選ぼうが、女の勝手だ」

「何だって？」と、ボールドウィンが叫んだ。

「支団の二人が相手なら、女の好きにすればいいだろう」と、支団長が言った。

「それがあんたの裁《さば》きかい？」

「そうだ、テッド・ボールドウィン」と、マギンティは意地悪そうな目つきでにらんで、言った。「おまえは、それに文句をつける気かい」

「これまで五年もあんたに尽くしてきた男より、今日会ったばかりの男の肩を持つって言うのかい？　ジャック・マギンティ[126]、あんただって、死ぬまで支団長ってわけじゃないんだからな。ちくしょう、次の選挙がくりゃあ……」

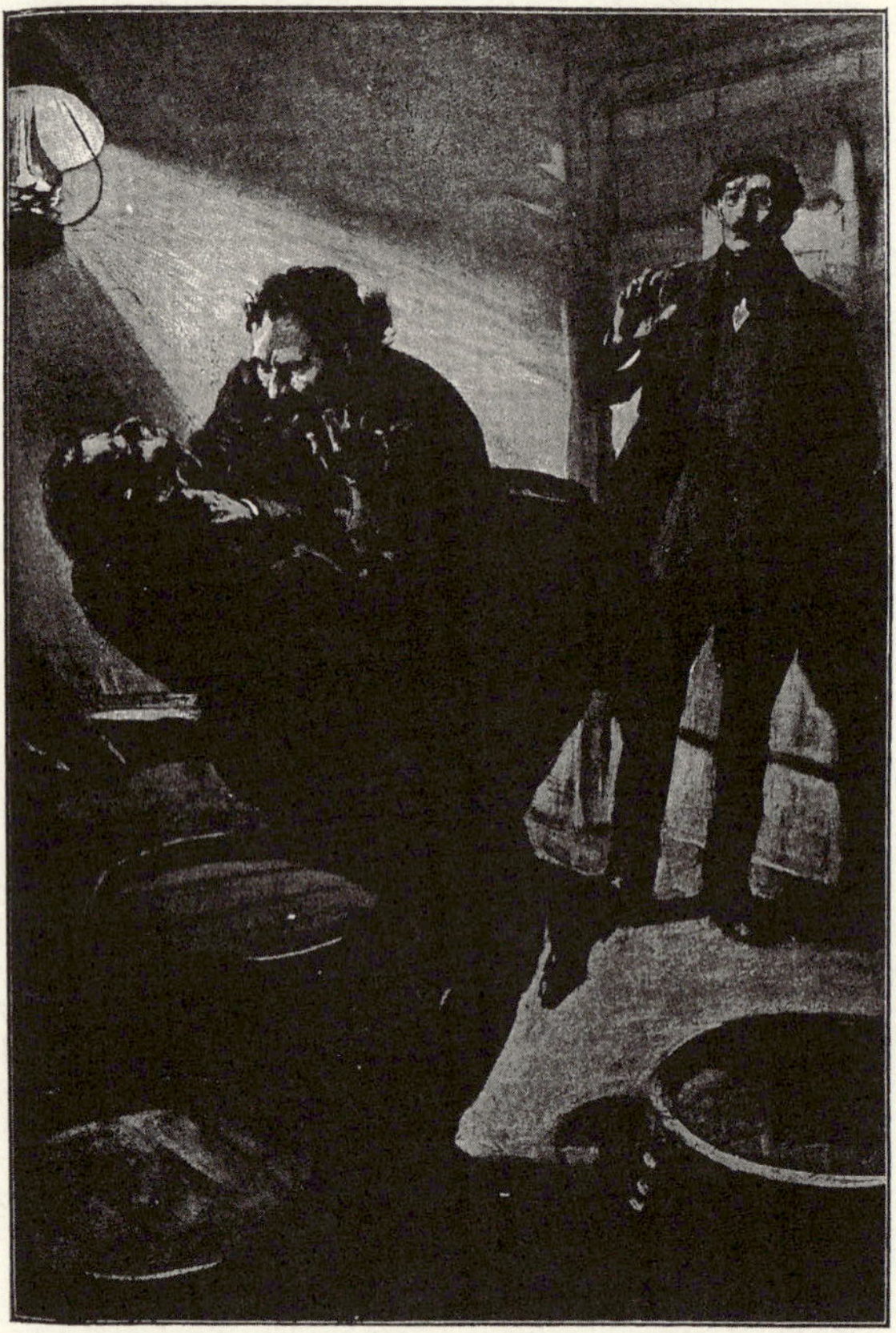

議員は、トラのようにすばやく、彼に飛びかかった。両手で相手の首を締め上げ、酒樽の一つに体を押しつけた。マクマードが割って入らなかったら、[127]怒りにまかせて、ボールドウィンを絞め殺してしまうところだった。

「落ち着きなよ、議員さん！　お願いだ、落ち着いて！」彼はマギンティを引き離しながら、叫んだ。

　マギンティが手を放すと、ボールドウィンはおじけづいてふるえあがり、息をきらして、死の淵《ふち》をのぞき込んだ人間のように、手足をがたがたいわせて、押しつけられていた酒樽のうえに起きあがった。

「おまえは、ずっとこういう目に遭いたがってたんだろ、テッド・ボールドウィン。これで満足したろう」マギンティは、大きな胸を波打たせながら言った。「おれが支団長の選挙に落ちたら、自分が取って代わろうって思ってるんだろうが、そいつは支団が決めることだ。だが、おれが支団長の間は、おれやおれの決めたことに、文句は言わせねえからな」

「あんたに文句なんかないさ」と、ボールドウィンはのどをさすりながら言った。

「それなら」と、マギンティは、すぐにもとのあっけらかんとした陽気さを取り戻して、大声で言った。「これで仲直りができて、一件落着だな」

　彼は棚からシャンペンのボトルを取ると、コルク栓《せん》を引き抜いた。

「さてと」と、背の高い三つのグラスを満たしながら、彼は言った。「支団流に仲直りの乾杯といこうじゃあないか。この後は、もう、うらみっこなしだぞ。さあ、のど仏に左手を置いて、申し渡す。テッド・ボールドウィン、なんじは何の無礼を行なったのか？」

「雲は厚くたれ込め」と、ボールドウィンが答えた。

「しかし、永遠に晴れるであろう」

「そして、我これを誓う」

その二人がグラスを飲み干《ほ》すと、ボールドウィンとマクマードの間でも、同じ儀式が執《と》り行なわれた。

「さて」と、マギンティは両手をこすりながら言った。「これで、恨《うら》みはなくなったはずだ。まだゴタゴタするようだったら、支団の掟《おきて》によって裁かれる。同志ボールドウィンは知っているだろうが、このあたりの掟は厳しいもんだ。同志マクマードも、面倒をおこしたりすりゃ、すぐにわかるだろうさ(128)」

「誓ってもいい、そういうことはしないさ」マクマードはそう言うと、ボールドウィンに手をさし出した。「おれは喧嘩《けんか》っぱやいが、許すのも早い。アイルランドの熱い血だって、言われてるよ。だけど、おれとしちゃ、もうすんだことだ。恨んだりしちゃいないさ」

恐ろしい親分ににらまれているので、ボールドウィンは、差し出された手を拒否するわけにはいかなかった。しかし、むっつりとしたその顔は、相手の言葉など少しも通じていないことを物語っていた。

マギンティは、二人の肩をぽんと叩いた。「ちぇっ！　小娘か！　小娘ごときでか！」と、彼は叫んだ。「同じ娘をうちの若い者が二人で取り合うなんぞ、よくよく運の悪いこった。まあ、間にはさまれたその娘に決めさせるしかないな[129]。こりゃあ、支団長が決めることじゃない。神の御心《みこころ》のままにってえわけだ。女のことじゃなくたって、問題は山とあるんだからな。同志マクマード、三四一支団への加入を許す。こっちのやり方は、シカゴとはちょっと違うぞ[130]。土曜の夜に会合があるから、そこに出てくれれば、ヴァーミッサ谷を自由に歩けるようにしてやろうじゃあないか」

第3章　ヴァーミッサ三四一支団

刺激的《しげきてき》なできごとが、次から次へと立て続けに起きた晩が明けて、次の日、マクマードはジェイコブ・シャフターじいさんの下宿を引き払い、町外れの、マクナマラ(131)未亡人のところへ移った。列車の中で最初に知り合いになったスキャンランが、ほどなく、ヴァーミッサへ移ってくることになったので、二人は一緒に住むことにした。他に下宿人もなく、女主人は年寄りののんきなアイルランド人で、あれこれうるさいことを言わなかったので、話も気がねなくできるし、共通の秘密を持つ者にとってはありがたかった。

シャフターも、マクマードに対して少しは心を和《やわ》らげて、好きなときに食事に来てもいいと言ってくれたので、エティとの仲(132)は途絶《とだ》えずにすんだ。それどころか、何週間かたつにつれ、より密接で親しい間柄になっていった。

マクマードは、新しい下宿の寝室でなら、例の偽金《にせがね》づくりの型を出しても安全だと思い、絶対に秘密はばらさないと約束させたうえで、支団の同志を何人も招き入れ、鋳型《いがた》を見せてやった。彼らはそれぞれ、偽金の見本を何枚かポケットに忍ばせて戻っていったが、実に巧妙《こうみょう》に造られているため、実際に使っても、何の問題も危険もなかった。これほど見事な技術をもつマクマードが、なぜわざわざ働きに出るのか、仲間たちはいつも不思議に思っていた。しかし、それをきかれたマクマードは、きちんとした仕事もなしに暮らしていれば、すぐに警察が怪しむからだ、と答えていた。実際、一人の警官が彼に目をつけていたが、幸いにも、その一件の結果は、マクマードに不利になるどころか、かえって有利に働いたのだった。最初にマギンティとあった晩以来、彼はほとんど毎晩のようにその酒場に出入りし、「ボーイズ(133)」たちと親しく付き合っていた。「ボーイズ」というのは、酒場にたむろする危ない連中が、おもしろ半分に互いに呼び合う名前であった。さっそうとした身のこなしや、怖いもの知らずの口のきき方で、マクマードは彼らの人気者となる一方、酒場での「何でもあり」のけんかでは、相手をさっさと手際《てぎわ》よく片づけて、ならず者たちの尊敬を勝ち得ていた。ところが、その評判をさらに高めるような事件が起きたのである。

ある晩、酒場が混み合う時刻に、その扉が開いたと思うと、石炭・鉄鉱《てっこう》警察(134)の地味な青い制服を着てとんがり帽子をかぶった男が入ってきた。これは、鉄道と鉱山主がつくりあげた私設《しせつ》警察隊で、町の警察の手助けをしていた。警察はこの近辺を恐怖に陥《おとしい》れている組織された暴力行為には、完全にお手上げの状態であった。男が入ってくると、店の中は静まり返り、皆の視線が一斉にその男に注がれたが、警官と犯罪者の関係は、アメリカでは一種独特のものがある(135)のか、カウンターの奥に立っていたマギンティ自身は、警官(136)が客の中に入ってきても、別段驚くようすもなかった。

「ウィスキーをストレートで一杯たのむ。今夜は寒くてやりきれん」と、警官は言った。「議員さん、まだお会いしたことはなかったかな?」

「新しい隊長さんかい?」と、マギンティが言った。

「そうです。議員さん、あなたや町のお偉方に期待してますよ。この町の法と秩序を守るためにね。隊長のマーヴィンといいます——石炭・鉄鉱警察の(137)」

「マーヴィン隊長、あんたなんぞいないほうがうまくやっていけるんだがね」と、マギンティは冷たく言った。「町にはおれたちの警察もあるし、よそからの輸入品は必要ないね。あんたらは、資本家(138)に雇《やと》われた手先にすぎないじゃないか。貧しい庶民(139)を棍棒《こんぼう》で殴ったりピストルを撃ったりして」

「まあ、そういう議論はやめましょう」と、警官は愛想よく言った。「みんなそれぞれが正しいと思う義務を果たせばいいんで、何が正しいかについては、皆同じというわけにはいかないですからね」グラスを干し、後ろを向いて出ていこうとしたとき、マーヴィンはそばでしかめ面をしていたジャック・マクマードの顔に目を止めた。

「おや、おや!」と、彼は相手を上から下まで見回して、言った。「おや、昔なじみがいるじゃないか」

マクマードはしりごみした。「あんたにかぎらず、おれにゃポリ公の友達なんぞいないぜ」と、彼は言った。

「知り合いだからといって、友達とはかぎらないね」と、隊長はニヤニヤしながら言った。「シカゴのジャック・マクマードだな。違うとは言わせないぞ」

マクマードは肩をすくめた。「違うとは言ってないさ」と、彼は言った。「自分の名を言われて、おれが恥ずかしがるとでも思ったのかい?」

「どのみち、恥ずかしがってしかるべきではないのかな」

「いったい何だって言うんだ」拳《こぶし》を握りしめて、彼はどなった。

「まあ、まあ、ジャック。はったりはむだだ。おれは、こんな石炭庫みたいなところに来る前は、シカゴの警官だった。シカゴの悪党は、顔を見ればわかるのさ」

マクマードは顔を伏せた。「まさか、シカゴ中央署のマーヴィンだっていうんじゃあるまいな!」と、彼は叫んだ。

「おあいにくさまだが、そのテディ・マーヴィンさまさ。シカゴでおきたジョナス・ピントウの射殺事件を忘れてはいないぞ」

「おれがやったんじゃないぜ」

「あんたじゃあないとでもいうのかい?　誰が見たって、はっきりしてるんだ。あい

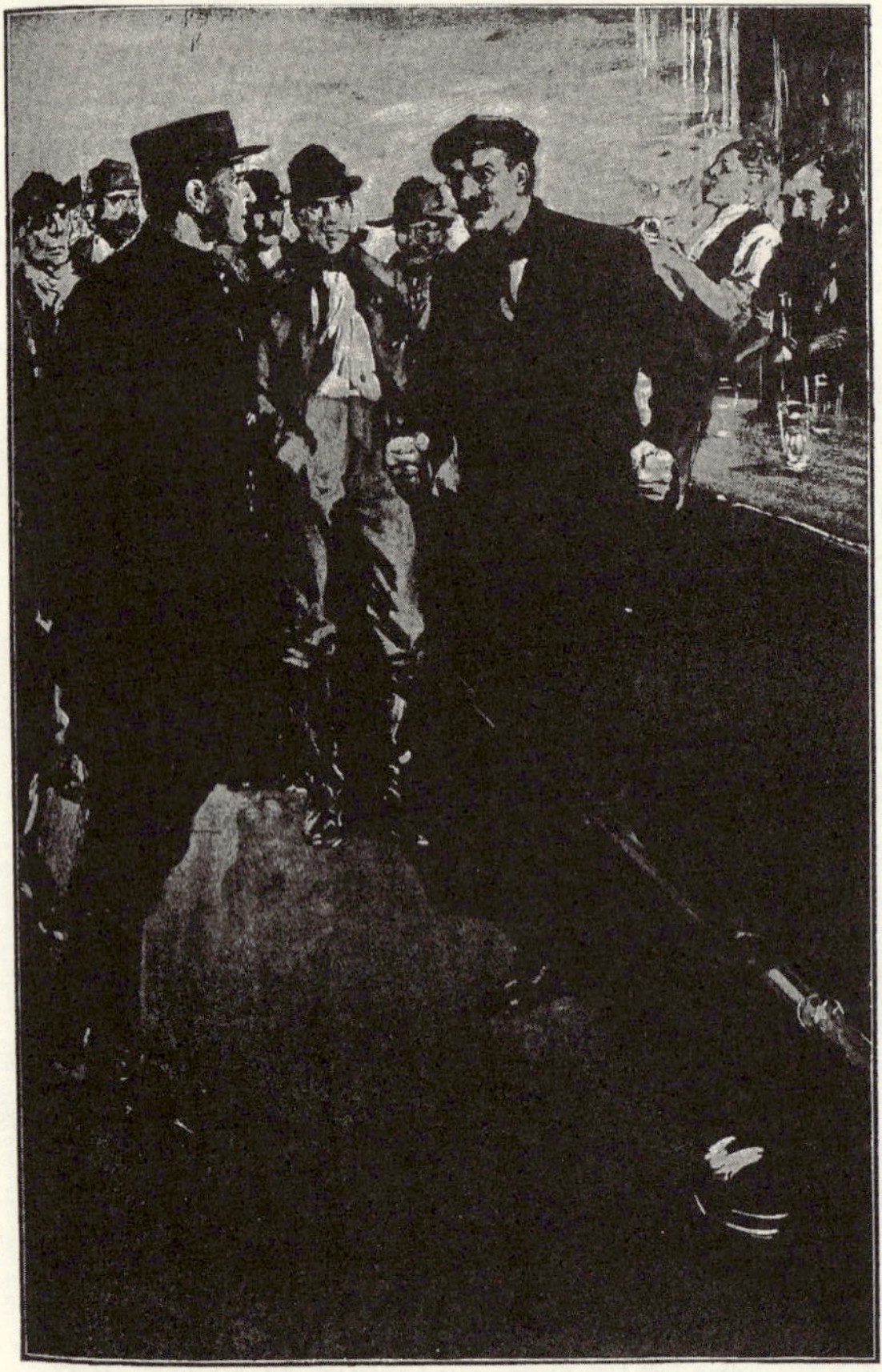

つが死んだのは、おまえにはもっけの幸いだったかもしれないな。そうでなけりゃ、とっくに偽金づくりでつかまってただろうよ。まあ、いいだろう、昔のことだ。というのも、ここだけの話だが――こんなとこまでしゃべっていいかどうか――おまえについちゃ、充分な証拠がなかったんだ。あしたシカゴへ帰っても、大丈夫さ」

「おれはここで満足さ」

「せっかくいいことを教えてやったのに、[140]礼も言わないとは、無愛想《ぶあいそう》な野郎だな」

「ご親切なこった、恩にきるぜ」と、マクマードはたいしてありがたくもなさそうに言った。

「おまえがまともにしているかぎりは、[141]おれがとやかく言うことはない」と、警官は言った。「しかし、[142]もしもだ、この先すこしでも曲がったことをするようなら、ただじゃおかないぞ！　それじゃ、失礼しよう――議員さん、おやすみなさいよ」

彼が酒場を出るやいなや、さっそく地元の英雄が一人できあがった。遠いシカゴでマクマードがしたことは、これまでにも噂《うわさ》にのぼっていたが、偉い人扱いはされたくないというふうに、笑って質問をそらしていたのだった。しかし、今や、そのことを警察が認めたのである。酒場にたむろしていた客たちは彼を取り巻き、盛んに握手をした。このとき以来、彼はここの社会で幅《はば》がきく身となった。彼は酒には強く、ほとんど顔に出ることはなかったが、皆から酒攻めにあったこの英雄は、その夜、友人のスキャンランが家まで送ってくれなかったら、酒場で夜をあかすことになったであろう。

土曜日の夜、マクマードは支団に紹介された。彼は、シカゴで入団したときのように、儀式などはないものと思っていたが、ヴァーミッサには彼らが自慢とする特別な儀式があって、入団希望者は皆この儀式に参加しなければならなかった。一同は、組合本部にある儀式専用の大きな部屋に集まった。ヴァーミッサでは、およそ六十人が集まったが、もちろんそれが組織の全員というわけではなかった。この谷には、他にもいくつか支団があるし、谷の両側の山脈のむこうにも、さらに支団があって、厄介《やっかい》ごとがおきると団員を融通《ゆうずう》するため、地元で顔を知られていない者たちによる犯罪も可能であった。炭鉱地域に散らばっている団員すべてを合わせると、その数は五百人を下らなかった。

がらんとした集会室では、団員たちが長いテーブルを囲んで集まっていた。その横には、酒瓶《さかびん》とグラスの載《の》ったテーブルがもう一つ置かれ、早くもそちらに目を向けている団員もいた。上座に座るマギンティは、もじゃもじゃ頭に黒ビロードの平たい縁なし帽をかぶり、首には紫色に染めたストラ（帯状の布）をまとっていたので、悪魔の儀式を取り仕切る、聖職者のようであった。彼の両脇には、支団の役員がいたが、その中にテッド・ボールドウィンの残忍さを秘めたハンサムな顔も見えた。彼らは皆、自分の階級を表わすスカーフやバッジをつけていた。

ほとんどが年配の男たちだったが、十八から二十五歳くらいの若者もいて、年長者の命令を喜んで果たす、有能な連中であった。年配者の中には、いかにも残忍な無法者《もの》といった顔つきの男が大勢いたが、若者たちに目を移すと、この素直でひたむきな表情の彼らが、実は危険な殺し屋集団であるとは、信じがたかった。彼らは心根が腐《くさ》りきっていて、悪事に熟達《じゆくたつ》することに怖いほどのプライドを持ち、仲間内で「掃除」と呼ぶ仕事で名をなした男を、深い尊敬のまなざしで眺めるのだった。

自分たちに何の危害を加えたこともないし、また多くの場合は会ったこともない人間に対して、「掃除」を志願するのが、彼らの歪《ゆが》んだ性分では男らしい勇敢《ゆうかん》な行ないなのだった。いったん犯罪が行なわれると、彼らは実際には誰が致命傷《ちめいしよう》を与えたかで口論し、殺された男の叫び声や苦痛で歪んだ顔についてあれこれ言っては、仲間同士、互いに楽しむのだった。

最初は、多少は人目を忍んで事におよんでいたのだが、この物語の頃にはひどくおおっぴらに事を運ぶようになっていた。というのも、法の追及を何度も逃れているうちに、あえて彼らに不利となる証言をする者などいないし、また、自分たちに都合のよい証人をいくらでも集められること、さらには、あり余る財力にものをいわせて、アメリカ一の腕利《うでき》き弁護士を雇えることを知ったからである。十年間ものあいだ不法行為を行なってきても、一度として有罪になった者はなく、唯一、スコウラーズを脅《おびや》かす危険と言えば、彼らの犠牲者そのものであった[143]。スコウラーズがいかに数で勝り、不意を襲《おそ》ったとしても、時には襲撃者《しゅうげきしゃ》に返り討《う》ちにあうことも実際にあったからだ。

マクマードはちょっとした試練があると聞かされてはいたが、誰もその内容については教えてくれなかった。彼は、厳粛《げんしゅく》な雰囲気をたたえた二人の同志によって、隣の部屋へと連れ出された。集会室からは、仕切り板越しに、大勢のぼそぼそと話す声が聞こえてきた。一、二度、自分の名前が聞こえたので、自分の入団について話し合われていることがわかった。そうするうちに、肩から斜《なな》めに緑と金の飾り帯を掛《か》けた、支団の中枢《ちゅうすう》にある団員が一人、入ってきた。

「支団長の命令により、縄をかけ、目隠しをしてから、お連れします」と、彼は言った。三人で彼の上着を脱がせると、右腕の袖《そで》をまくり上げ、両肘《りょうひじ》のうえで体に縄を回し、しっかりとしばりあげた。次に、頭と顔の上部に、厚ぼったい黒い頭巾《ずきん》をかぶせたので、彼は何も見えなくなった。そして、集会室へと連れていかれたのである。

頭巾をかぶせられたため、目の前は真っ暗で、大変息苦しかった。彼の耳には、まわりを取り囲んだ人々の衣擦《きぬず》れの音やささやく声が聞こえていたが、やがて、耳をおおった頭巾をとおして、遠くおぼろげながら、マギンティの声が響《ひび》いてきた。

「ジョン・マクマード」と、彼の声は言った。「なんじはすでに、古代自由人団の一員か？」

彼はそうだとうなずいた。

「支団はシカゴの二九支団だな？」

彼は再びうなずいた。

「暗い夜は不快」と、声は言った。

「そう、旅するよそ者にとっては」と、彼は答えた。

「雲は厚くたれ込め」

「そう、嵐は近い」

「皆これでいいか？」と、支団長が聞いた。

皆、一斉に同意するささやきが聞こえた。

「合い言葉のやり取りによって、おまえが我々の同志であることはわかった」と、マギンティは言った。[144]「しかし、知ってのとおり、この土地では、ここいらでもよそでも、独特の儀式と義務があってな。立派な男であることを証明するためだ。覚悟はいいかな？」

「もちろんだ」

「勇気はあるか？」

「ある」

「一歩前へ出て、それを証明してみろ」

そう言われたとたん、彼は目の前に二つ固く鋭いものがあり、目にぐっと押し当てられているように感じられ、一歩前へ出たら、目がつぶれそうに思えた。しかし、彼は勇気を出して、ぐっと前へ踏み出した。すると、押し当てられていた力は、どこかへ消え去った。賞賛のつぶやきが、低く漏《も》れた。

「たしかに勇気はある」と、その声は言った。「痛みには耐えられるか？」

「人並みには」と、彼は答えた。

「試してやろう！」

急に、前腕に飛び上がるような激痛が走って、彼は悲鳴をこらえるのがせいいっぱいであった。突然のショックで、気が遠くなりそうだったが、唇をかみしめ、拳を固く握りしめて、苦痛をこらえた。

「まだまだ、大丈夫だ」と、彼は言った。

今度は、賞賛のどよめきが上がった。支団の入団式で、彼ほど堂々とした態度をとった者はいなかったのだ。彼は盛んに背中を叩かれ、頭からは頭巾がはずされた。彼は、瞬《まばた》きをしながら、笑顔で、仲間の祝福を受けて立っていた。

「同志マクマード、最後に一言言っておこう」と、マギンティが言った。「今、おまえは秘密と忠誠の誓《ちか》いをたてた。もし少しでもそれに反するようなことをしたら、即《そっ》刻《こく》、死が待っていることを、知っているだろうな？」

「もちろんだ」と、マクマードは言った。

「さし当たり、どんなことがあっても、支団長の命令に従うだろうな？」

「そうとも」

「それでは、ヴァーミッサ三四一支団の名において入団を認め、支団の特典を与えるとともに、討議への参加を許す。同志スキャンラン、テーブルに酒を並べてくれ。立派な同志に乾杯といこうではないか」

マクマードは、手渡された上着を着る前に、右腕をよく見てみた。いまだにずきずきと痛んだからだ。すると、前腕の皮膚《ひふ》のうえに、丸の中に三角の印が、はっきりと判で押したように、刻み込まれていた。近くにいた団員が、一人、二人、袖を引っ張り、自分の腕に付いている団の印を見せてくれた。

「みんな付けるんだが、おまえみたいに度胸のあるやつは、いなかったぜ」と、一人が言った。

「ちぇっ！　こんなものどうってことないさ」と、彼は言ったが、傷跡はやはり焼けるように痛かった。入団式の後の酒が片づけられると、支団の会議が行なわれた。シカゴでの退屈な会議しか知らなかったマクマードは、耳をそばだてて聞いていたが、表には見せなかったものの、驚くことばかりであった。

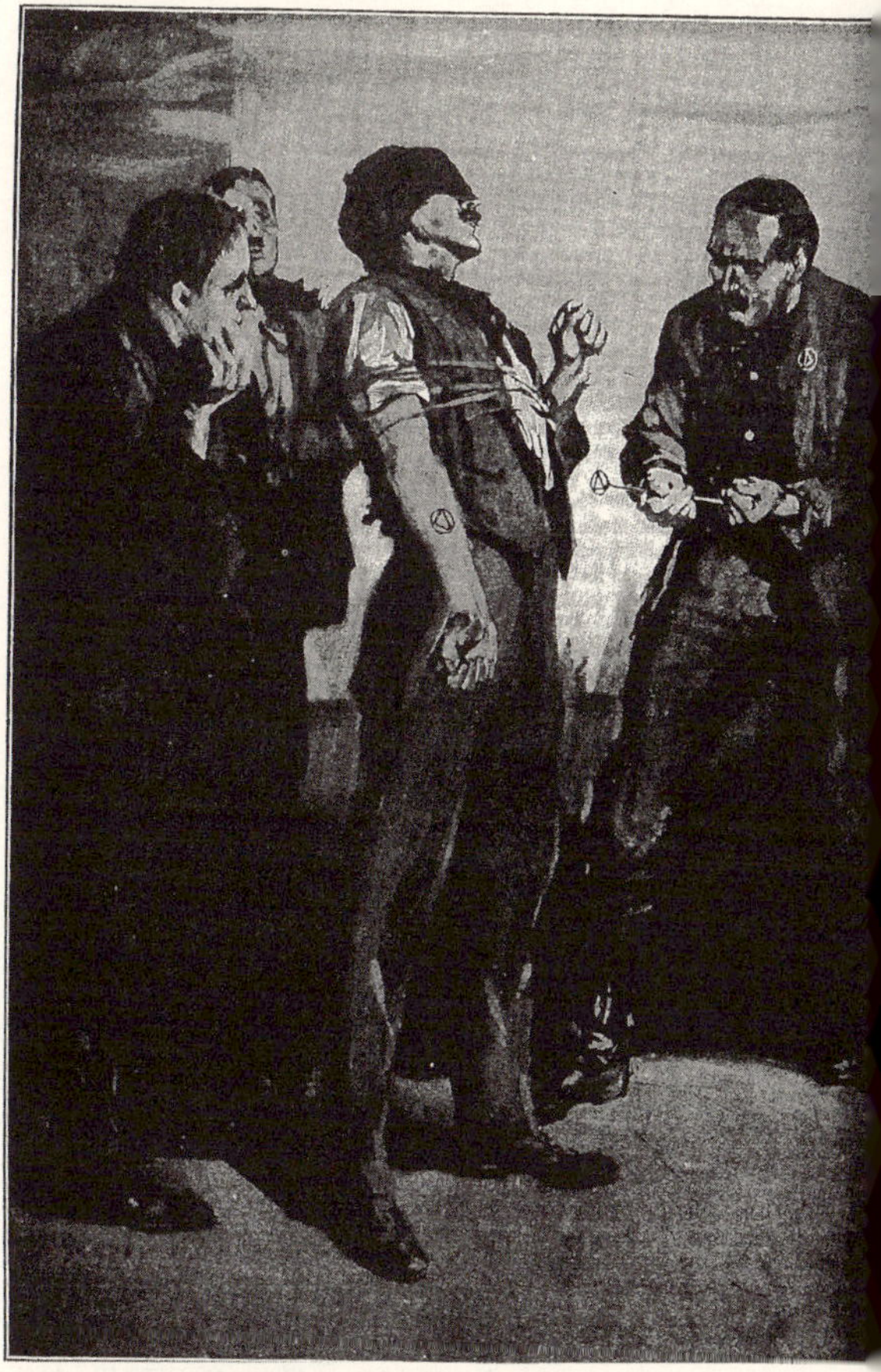

「協議事項の第一は(145)」と、マギンティが言い、「マートン郡二四九支団の地域委員長、ウィンドルからの手紙についてだ」と次のように読み上げた。

拝啓《はいけい》、このたび、当地近くの炭鉱主《たんこうぬし》である、レイ・アンド・スタマッシ炭鉱の社長、アンドリュー・レイを片づけることになった。ついては、お忘れではないと思うが、昨年秋に、巡回警官の件で団員二人をお送りした貸しをお返し願いたい。腕のたつ人物を二人よこしてくだされば、当支団の会計係ヒギンズが、一切の責任を持ってお預かりする。ヒギンズの住所はご存じのはず。日時と場所については、同人より指示する。

敬具《けいぐ》

J・W・ウィンドル、自由人団地域委員長(146)

「ウィンドルは、一人、二人、人を借りたいというこちらからの頼みを、断わったことがない。だから、こっちも断わるわけにはいかん」マギンティは一息おいて、どんよりと濁《にご》った意地悪そうな目で、部屋中を見渡した。「誰か、この仕事をしたい者はいないか？」

若者が数人、手を挙《あ》げた。支団長は、満足そうな笑みを浮かべて、そちらを見た。

「虎のコーマックか、いいだろう。こないだのようにうまくやってくれれば、結構だ。(147)

それにウィルスン、おまえもだ」

「ピストルがありません」と、志願したまだ十代の少年は言った。

「おまえは初めてだな？　よし、いずれは血を見ることになるんだ。今度が、おまえの初仕事にはぴったりだ。ピストルは、確か、あっちで用意してくれるはずだ。あっちへは月曜に顔を出せば、充分だろう。戻ったら、大いに歓迎してやるぞ」

「今度は、賞金は出るんですかい？」と、コーマックが聞いた。ずんぐりして、色が黒く、残忍そうな顔つきの若者で、凶暴なので「虎」というあだ名が付いているのだ。

「賞金なんぞ当てにするんじゃない。名誉《めいよ》だと思ってやるんだな。ま、うまくやれば、二、三ドルにはなるだろうよ」

「その男は、何をやったんですかい？」と、若いウィルスンが聞いた。

「何をしたかなんて、おまえみたいな若造《わかぞう》が聞くことじゃない。あちらさんが決めたことだ。おれたちが、つべこべ言ったってはじまらねえ。こっちは、あっちと同じで、頼まれたことだけちゃんとやりゃいいんだ。そういや、来週はマートン支団から同志が二人ばかり来て、こっちでひと仕事やってくれることになってるんだ」

「誰が来るんです」と、誰かが聞いた。

「いいか、そんなことは聞かんほうが、身のためだ。何も知らなきゃ、何も証言できん。だから、面倒なことにはならん。だが、連中はやるとなったら、きれいさっぱりやってくれるのさ」

「それに、タイミングってものがある！」と、テッド・ボールドウィンが大声で言った。「この辺のやつらときたら、このごろ手に負えなくなってきやがった。先週も、組頭のブレイカーのやつが、おれたちの仲間三人を首にしやがった。やつには前から貸しがあるんだ。ここいらで、たっぷりと返しておこうってもんだ」

「なにを返すって？」マクマードは隣の団員に小声で聞いた。

「散弾《さんだん》をお返しするのさ」と、男は大声で笑いながら答えた。「兄弟、おれたちのやり方をどう思うかい」

マクマードの犯罪者魂は、入ったばかりの集団の腐りきった精神を、すでにもうたっぷりと吸い込んだようだった。

「気に入ったぜ」と、彼は言った。「意気盛んな若い者には、ぴったりのところだ」

まわりの何人かがこの言葉を聞いて、拍手を送った。

「なんだって？」と、テーブルの端から、黒いもじゃもじゃ頭の支団長が叫んだ。

「この新入り野郎が、おれたちのやり方が気に入ったって言うんですよ」

マクマードはさっと立ち上がった。「支団長さん[148]、人手がいるときには、いつでも名誉と心得てお手伝いしますよ」

この言葉に、大きな拍手が起きた。新しい太陽が、地平線から頭をのぞかせたといった具合だった。けれども、年配者の中には、少々やりすぎではないか、と思う者もいた。

「わしからの提案だが」と、議長の隣に座る、ハゲワシのような顔をした、ごましおひげを生やした年配の秘書、ハラウェイが言った。「同志マクマードには、支団が必要とするときまで、もうしばらく待ってもらってはどうだろうか」

「はい、おっしゃるとおりにします、いつでも言ってください」と、マクマードは言った。

「いずれ出番はあるさ、同志」と、議長は言った。「おまえにやる気があることは、覚えておこう。この土地で立派な働きをしてくれるだろう。今夜ちょっとした仕事があるから、その気なら、手を貸してもらおうか」

「やりがいのあることなら、手を貸しますぜ」

「とにかく、今夜来てくれれば、おれたちがこの土地で、何のために働いているかわかるだろう。それは後で説明するとして、さてと」――彼は協議事項を書き込んだ紙に目をやった――「もう、一つ、二つ、相談したいことがある。まずはじめにだが、会計係、銀行預金の残高はどうなっているかな。ジム・カーナウェイの未亡人に扶助《ふじょ》料《りょう》を出さなきゃならん。ジムは、支団の仕事をやってて、殺されたんだ。だから、女房が生活に困らないよう、面倒を見てやらなくてはならない」

「ジムは、先月、マーリィ・クリークのチェスター・ウィルコックスをねらって、逆に射殺されたんだ」と、マクマードの隣にいた団員が教えてくれた。

「今のところ、預金は充分にあります」と、銀行の通帳を前にして、会計係が言った。

「近頃、会社の金の出しっぷりがよくなってます。マックス・リンダー社は手出しをしないならと、五〇〇ドルぽんと出しました。ウォーカー・ブラザーズは一〇〇ドル出しましたが、私の一存《いちぞん》で突き返して、五〇〇ドルよこせと言ってやりました。水曜日までに何も言ってこないようなら、やつらの巻き上げ機[149]をぶちこわしてやりますよ。やつらは、物わかりが悪いんで、去年なんか破砕機《はさいき》[150]を燃やす羽目《はめ》になったんです。西部地区石炭会社は、例年どおり寄付してきました[151]。どんな支払いだって、充分にできます」

「アーチー・スウィンドンのほうはどうした」と、一人の同志が聞いた。

「炭鉱を売っぱらって、ここから出ていきましたよ。あのおいぼれ、ゆすり屋連中に囲まれて、あれこれ言われながら大きな炭鉱を持ってるより、ニューヨークで気ままに道路掃除でもしてるほうがましだ、なんて手紙で言ってよこしやがった。まったく、手紙が届く前に、まんまと逃げやがって！　この谷へは、もう二度と顔を見せられないだろうさ[152]」

きちんとひげを剃《そ》った、額《ひたい》の広い、優しい顔つきの中年の男が、議長と向かい合ったテーブルの端から立ち上がった。「会計係さん」と、彼は尋《たず》ねた。「この土地からおっぱらわれたっていう、その男の山を買ったのは誰なんだい？」

「それはですね、同志モリス、買い取ったのはステイト・アンド・マートン地方鉄道会社です[153]」

「昨年、同じように売りに出た、トッドマンとリーの鉱山を買ったのは？」

「それも同じ会社です、同志モリス」

「それじゃ、最近閉鎖《へいさ》されたばかりの、マンスン、シューマン、ヴァン・デア、そして、アトウッドの製鉄所を買ったのは？」

「ウェスト・ギルマートン鉱業会社が、一手に引き受けています」

「同志モリス、誰が買おうとかまわんじゃないか」と、議長が言った。「この土地から持ち出せるわけじゃないんだ」

「支団長、お言葉ではありますが、これは我々にとって重大な問題です。ここ十年の間、このような動きが続いています。これは、しだいに中小の事業主の首を絞《し》めているということです。その結果はどうですか。代わりに来るのは、鉄道やゼネラル製鉄といった大きな会社です。そういう会社の重役連中はニューヨークやフィラデルフィアにいるので、我々が脅《おど》したって、びくともしません。手下の地元のボスから搾《しぼ》り取ることはできるでしょうが、そいつらの代わりはいくらでもいるってことです。それに、我々の立場だって危ないですよ。中小のやつらなら害にはなりません。金も力もないんですから。よほどひどく取らなければ、こっちの言うことを聞くでしょう。けれども、これが大会社となると、我々が自分たちの利益の邪魔《じゃま》だとわかれば、費用にも労力にも糸目をつけず、こっちを追い込んで、裁判に持ち込むことだってあるでしょう」

この不吉な言葉に、皆しんとしてしまい、暗い表情で視線を交わしあった。今までなんでもしたい放題で、敵らしい敵もいなかったため、思いもよらないところからの報復《ほうふく》がありうるなどとは、考えもしなかったのだ。しかし、命知らずのならず者たちも、この言葉に背筋が凍《こお》る思いであった。

「これは私の考えだが」と、モリスは続けた。「小さな事業主をあまりいじめないほうがいいでしょう(154)。やつらが残らず出ていけば、我々の組織もつぶれてしまいます」

認めたくない真実は、嫌われるものだ。発言者が腰を下ろすと、あちこちで怒りの声が聞こえた。マギンティは顔をくもらせて、立ち上がった。

「同志モリス」と、彼は言った。「君はいつも破滅《はめつ》を暗示するというカラスのような悲観論者だ。支団の者が団結している限り、アメリカ広しといえども、われわれに手出しができる者はいない。今まで何度も、法廷《ほうてい》でもうまくやってきたことじゃないか。大会社だって、小さなやつ同様、戦うよりは金を出した方が簡単なことくらい、すぐにわかろうっていうものさ。さてと、諸君」――マギンティはそう言いながら、黒いビロードの帽子と肩にかけた布を取った――「今夜の会議はここまでだ。まだ一つ、ちょっとした件が残っているが、それは別れ際《ぎわ》に言うことにしよう。さあ、親睦《しんぼく》のために一杯やろうじゃあないか」

　人間とは本当に面白いものだ。ここにいるのは、殺人などには慣れっこの男たちで、個人的には何の感情も持たない、どこかの家庭の父親を何度も殴り倒し、泣きわめく妻や何の抵抗もできない子どもたちに対しても、ひとかけらの後ろめたさも同情心も持ち合わさない連中である。その男たちが、甘くもの悲しい音楽を聴いて、涙を流すのだ。マクマードは素晴らしいテナーの持ち主で、もしかりに、これまで支団での評判が良くなかったとしても、彼が歌う「メリーよ、わたしは階段に腰かけている」(155)や「アランの岸辺にて」にしびれた連中は、そんなことを忘れてしまったことだろう。まさにこの最初の夜に、この新団員は支団の人気者となり、必ずや出世して高い地位につく人物として注目を集めた。ただ、自由人団で名を挙げるには、人気だけでは充分ではなく、他の素質も必要だったのだが、これについてもその夜のうちに示して見せた。ウィスキーのビンが何回もまわされ、顔を赤くした男たちが悪さをしたくてうずうずしかけたとき、支団長が立ち上がって、また皆に話し始めた。

「諸君」と、彼が言った。「この町に、どうしても片づけておきたい人物が、一人いる。おまえたちの手で、まちがいなく片づけてほしい。『ヘラルド』紙のジェイムズ・スタンガーだ。おおっぴらにおれたちを非難しているのを、知っているだろう?」

同意の声に混じって、あちこちから低いののしりの言葉も聞こえた。マギンティは、チョッキのポケットから、新聞の切り抜きを取り出した。

「『法と秩序!』これが書き出しだ。『石炭と鉄鋼の土地を支配する恐怖。われわれの土地に犯罪組織が存在することを示す暗殺事件が起きてから、すでに十二年の月日がたった。あの日以来、暴力沙汰《ざた》はとどまるところを知らず、今ではその頂点に達して、この土地は文明社会の汚点《おてん》となり果てている。この偉大な国家が、ヨーロッパの圧制を逃れた外国人を温かく迎えているのは、このような結果をもたらすためだろうか?彼らに住みかを与えた人々のうえに、彼ら自身が暴力で君臨《くんりん》するようなことがあっていいのか? 神聖なる自由を示す星条旗《せいじょうき》がはためく下に、東洋の腐敗《ふはい》した君主制の下にいたとしてさえ、その記事を読めば戦慄《せんりつ》を覚えるような、テロリズムと無法の国家が建設されていいのか? この連中が誰かはわかっている。組織の存在は公然の事実である。われわれはいつまで耐えればいいのか? 一体いつまで――』まったく、こんなくだらん文章、もうたくさんだ!」と叫ぶと、議長は新聞の切り抜きをテーブルに投げ出した。「これがあいつの言い分だ。で、おれが聞きたいのは、これにどう答えてやったらいいかってことだ」

「やっちまえ！」十人ほどが激しく叫んだ。

「それにはわたしは反対だ」と、きれいにひげを剃った、額の広い、同志モリスが言った。「同志諸君、この谷でのわれわれのやり方はひどすぎる。いずれ、自衛《じえい》のために市民が団結して、立ち向かってくるだろう。ジェイムズ・スタンガーは高齢で、この町でも地域でも尊敬されている。彼の新聞は、この谷のかたぎの住人の意見を代弁しているものだ。そういう人間がやられれば、州全体に騒動《そうどう》が拡がり、結局、われわれの身の破滅ということになりかねない」

「それで、やつらはどうやってわれわれを破滅させるっていうんだ、臆病《おくびょう》野郎が」と、マギンティは大声を出した。「警察にやらすって？　いいだろう、半分はこっちが金を握らせてるし、もう半分はおれたちを恐れてる。さもなきゃ、法廷で判事さんにでもお願いするか？　今までにもそういうことはあったろう？　その結果どうなった？」

「リンチという名の裁判官が裁《さば》くかもしれない」と、同志モリスは言った。

これにには、一斉に怒号がわき起こった。

「このおれ様が号令をかけりゃ」と、マギンティが怒鳴った。「この町に二〇〇人だって助っ人が来て、町の隅から隅まできれいに片づけてくれるさ」ここで、急に声を張り上げ、太く黒い眉《まゆ》をぎゅっと寄せた。「いいか、同志モリス、おれはおまえに目をつけてきた。それもずっと長いことだ。おまえは自分が勇気がないだけじゃなく、他の者の勇気もそごうっていうつもりか。おまえの名が協議事項にのぼった時にゃ、同志モリス、怖いことになるぞ。そろそろ載《の》せなきゃならないと、思っているところだがな」

モリスは真っ青になって聞いていたが、がっくりと膝《ひざ》を折るように、椅子に倒れ込んだ。彼は震える手でグラスを取ると、一口飲んで、答えた。

「支団長、余計《よけい》なことを言ったとしたら、あなたにも支団のみんなにも謝《あやま》ります。私は忠実な団員です――それはご存じでしょう――支団にもしものことがあってはと、心配して言ったまでです。ですが、支団長、私などの判断より、あなたの判断を信じていますし、これからは発言に気をつけます」

モリスのへりくだった言葉を聞いて、支団長のしかめ面も崩れた。

「よし、同志モリス。おまえを処罰しなきゃならんとしたら、おれも残念だ。だが、おれが支団長の地位にある限り、支団の団結を乱すような言動は許さないぞ。さてと、諸君」と、彼は一同を見渡しながら、言葉を続けた。「これだけは言っておこう――スタンガーが当然の報《むく》いを受けるとなると、必要以上に面倒なことが起きるだろう。編集者どもが団結して、この州の新聞がみんな、声高に警察や軍隊の出動を求めるだろう。だがな、こっぴどく脅かすくらいなら、かまわないだろう。同志ボールドウィン、おまえ、やってみるか?」

「やりますとも！」若者は意気込んで言った。

「何人連れていく？」

「半ダースぐらいというところかな。他に入り口の見張りが二人。ガウア、マンセル、それにスキャンラン、ウィラビー兄弟もだ、来てくれるだろうな？」

「約束どおり、新しい同志にも行ってもらおうか」と、議長が言った。

テッド・ボールドウィンはマクマードを見たが、その目には忘れも許しもしないぞという意気込みが見てとれた。

「来たけりゃ、来るがいいさ」ボールドウィンはむすっと答えた。「これだけで充分だ。仕事にとりかかるには、早いにこしたことはない」

一同は歓声を上げ、酔っぱらって大声で歌いながら、解散した。酒場ではまだどんちゃん騒《さわ》ぎが続いていたので、多くの同志はそこに残っていた。仕事を命じられた一団は通りへ出て、人目を引かぬよう、二、三人ずつまとまって歩道を歩いていった。ひどく寒い夜で、星の瞬《またた》く凍《い》てつく空に、半月が明るく輝いていた。一団は、高い建物に面した空き地で足を止め、そこに集まった。明りのついた窓と窓の間には、金文字で「ヴァーミッサ・ヘラルド」という文字が刻まれていた。中からはガチャガチャと印刷機のまわる音が聞こえた。

「さあ、おまえ」と、ボールドウィンはマクマードに言った。「おまえは下の入り口で、誰か来ないか見張ってろ。アーサー・ウィラビーも一緒だ。他の者はおれについて来い。いいか、心配はいらない。今この瞬間、おれたちが支団の酒場にいると証言してくれる連中が、十二人はいるぜ」

ほとんど真夜中に近く、通りには一人、二人、家路《いえじ》を急ぐ酒場帰りのよっぱらいがいるだけで、辺りは閑散《かんさん》としていた。一団は通りを横切ると、新聞社のドアを押し開け、ボールドウィンとその手下はどかどかと正面の階段を上がっていった。マクマードともう一人は階下に残ったが、上の部屋からは、助けを求める叫び声に続いて、どたどたという足音と椅子の倒れる音が聞こえた。その直後、白髪混じりの男が踊《おど》り場へ飛び出してきた。

男は階段を下りる前にとらえられ、かけていたためがねがマクマードの足下へと転がり落ちた。ドサッと人が倒れる音とうめき声が聞こえた。うつ伏せに倒れた男の上に、五、六本の棒が一斉に音を立てて打ち下ろされた。男はのたうち回り、打たれながら、長くやせ細った手足をふるわせていた。他の男たちがやっと打つのをやめても、ボールドウィンだけは、残忍な顔に悪魔のようなうす笑いを浮かべて、男の頭を打ち続けていた。男は腕で必死に頭をかばおうとしたが、それもむなしく、白髪頭はところどころ赤く血に染まっていった。ボールドウィンはそれでも犠牲者の上に身をかがめ、打てる場所を見つけると、またさっと激しく棒を振り下ろしたが、マクマードは階段を飛んでのぼり、彼を押しとどめた。

「殺してしまうぞ」と、彼は言った。「棒を捨てろ！」

ボールドウィンは驚いたように、彼を見た。「ちきしょう！」と、彼は叫んだ。「新入りのくせに、おれを止めようっていうのかい？　そこをどけ！」彼は棒を振り上げたが、その前にマクマードは腰のポケットからピストルを取り出した。

「おまえこそ、どいてもらおう」と、彼は叫んだ。「ちょっとでもおれに手を出したら、顔にぶち込んでやるからな。殺すなっていうのが、支団長の命令だったろう？　こんなにやったら、殺してしまうじゃあないか」

「そうだ、そのとおりだ」と、一味《いちみ》の一人が言った。

「大変だ、急いだほうがいい」と、下にいる男が叫んだ。「まわりの窓に明りがつきだしたぞ。五分もしないうちに、町じゅうが大騒ぎになる」(156)

実際、通りで人の叫ぶ声が聞こえ、階下のホールには植字工《しょくじこう》たちが小さく固まり、勇気を奮《ふる》って行動をおこそうとしていた。身動きできなくなった編集長を階段の上に残し、一同は階段を駆《か》け下りると、一目散に通りを逃げ帰った。組合本部へ戻ると、そのうち何人かはマギンティの酒場にたむろする連中に混じり、カウンター越しに、仕事がうまくいったことを、小声で親分に報告した。残りの男たちは、マクマードもそうだが、脇道へ入ると、遠回りしながら自分の家へと帰っていった。

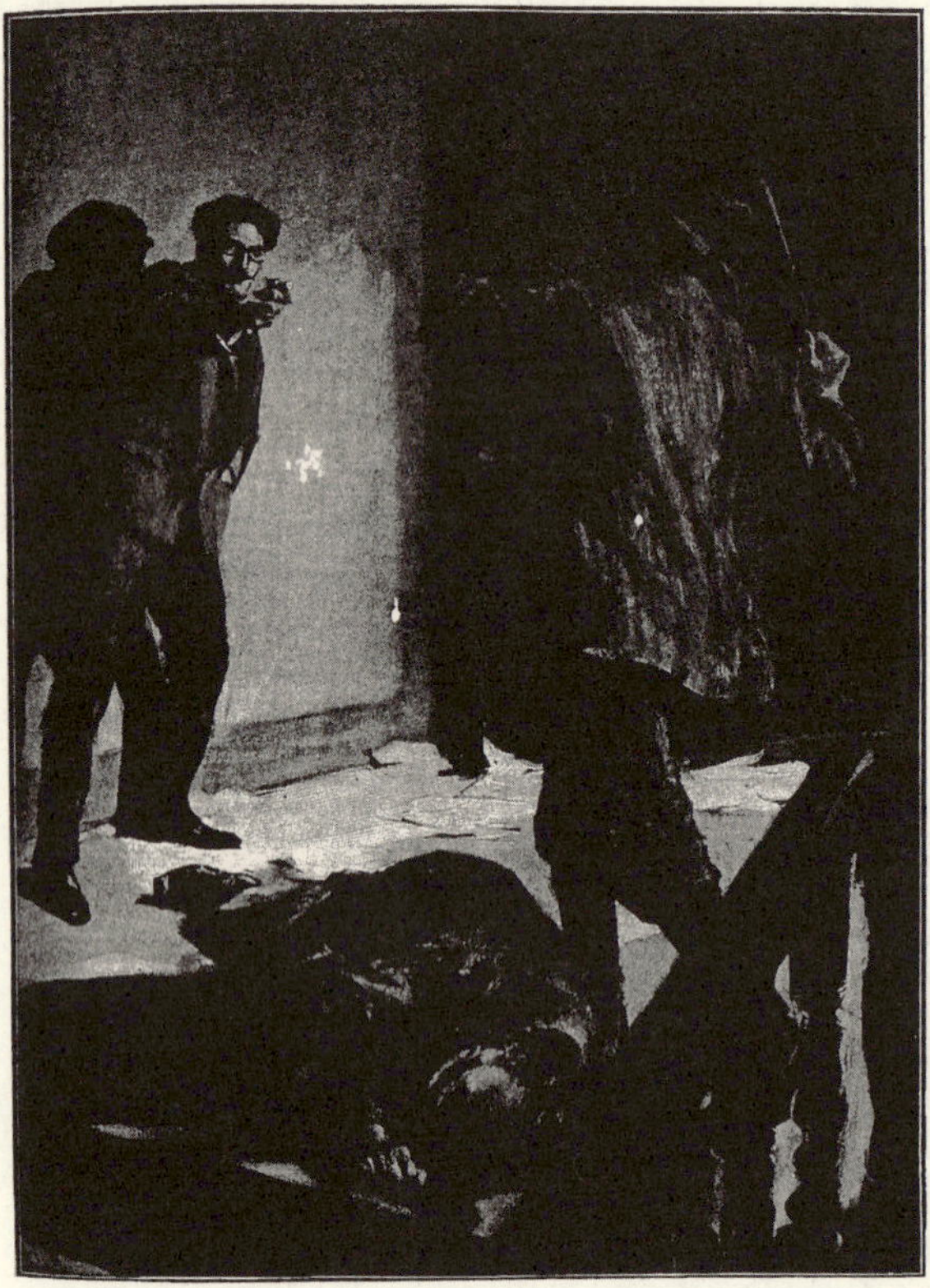

第4章　恐怖の谷

翌朝目を覚ますと、マクマードは支団での入団式を思い出す羽目《はめ》になった。飲み過ぎで頭は痛いし、印を押された腕は、熱を持って腫《は》れ上がっていた。例の収入源があるので、彼は仕事には出たり出なかったりで、その日も遅い朝食をとると、午前中は家で友人に長い手紙を書いて過ごした。その後、彼は「デイリー・ヘラルド」に目を通した。締め切りまぎわに組み込まれた特別欄《らん》を見ると、「ヘラルド社、暴漢《ぼうかん》に襲《おそ》われる。編集長は重傷」とある。書き手より彼自身のほうがよく知っている事実を、手短かに述べた記事だったが、記事の終わりには、次のような声明文がついていた。

この事件については現在警察で捜査中だが、捜査でこれまで以上の成果を期待するのは無理だろう。しかし、犯人の中には身元の割れた者もいるので、裁判で有罪になる可能性もある。暴挙《ぼうきょ》におよんだのは、言うまでもなく、長年この地域を牛耳《ぎゅうじ》ってきた悪名高い結社であり、本紙はこの組織に対して、断固とした批判の姿勢を取り続けてきた。スタンガー氏の友人の多くにとって、氏が残酷無惨《ざんこくむざん》に殴打され、頭部に重傷を負ったものの、命に別状はなかったことは幸いであった。

その下には、ウィンチェスター銃(157)で武装した石炭・鉄鉱《てっこう》警察隊が、ヘラルド社の警戒に当たっているとも書かれていた。

マクマードは新聞を置くと、二日酔いで震える手でパイプに火をつけようとしたが、その時ドアにノックがあって、下宿のおかみが、今しがた少年が届けに来たばかりだという手紙を持ってきた。差し出し人の名はなく、こう書いてあった。

話したいことがありますが、そちらの下宿では具合が悪いと思います。ミラー丘の旗《はた》の下で待っています。今すぐおいでいただきたい。あなたに聞いていただきたい重要な話があるのです。

マクマードは非常に驚いて、二度手紙を読み直した。何のことで誰が書いたのか、まったく見当がつかなかったのである。これが女性の筆跡なら、これまで何度も経験した恋の始まりだと思ったかもしれない。だが、手紙の筆跡は男性の、それも高い教育を受けた人のものであった。しばらく迷ったものの、結局、彼は出かけて行って、ことの次第を確かめてみることにした。

ミラー丘は、町の中央にある荒れ果てた公園であった。夏には大勢人が出るが、冬ともなれば人影もない。丘の頂上からは、まとまりなく広がる薄汚れた町の姿ばかりか、その下に曲がりながら続く谷や、谷の両側の白い雪の上に、点々と黒く浮かび上がる鉱山や工場、さらには谷を挟んでそびえる雪をいただいた緑豊かな峰々までが見渡せた。マクマードが常緑樹《じょうりょくじゅ》に囲まれた道をとぼとぼとのぼっていくと、夏にはにぎやかな人が集まるだろうに、今は人っ子一人いないレストランに出た。そのそばには、旗のついていない旗竿が一本立っていて、その下に目深《まぶか》に帽子をかぶり、コートのえりを立てた男が一人いた。こちらを向いた顔を見ると、それは昨夜支団長の怒りを買った同志モリスであった。出逢《であ》った二人は、支団の合図を交わし合った。

「マクマードさん、話したいことがあったのですよ」と、年上のモリスは、微妙《びみょう》な立場にあるらしく、戸惑うように話し出した。「とにかく、おいでいただきありがたい」

「なんで手紙に名前を書かなかったんだい?」

「用心しなければならないのですよ、マクマードさん。この頃では、どういうことがはね返ってくるかわからないからね。誰を信じればいいのかも、さっぱりわからない」

「支団の同志は信じていいだろう?」

「いや、いや、それがそうとも限らないのだ」と、モリスは声を荒げた。「われわれがどんなことを言っているか、さらには何を考えているかということまで、あのマギンティに筒抜《つつぬ》けらしい」

「ちょっと待て」と、マクマードは厳しい口調で言った。「知ってのとおり、おれは昨日の晩初めて支団長に忠誠を誓《ちか》ったばかりだ。そのおれに誓いを破れって言うのかい？」

「君がそう考えるなら」と、モリスは寂しそうに言った。「わざわざ来てくれてすまないと言うしかないな。自由な市民が二人いて、互いに自分が考えていることも話せないとは、困ったことになったものだ」

相手をじっと観察していたマクマードは、いくぶん態度をやわらげた。

「自分のことばかりしゃべってしまったようだな」と、彼は言った。「知ってのとおり、おれは新入りだから、わからないことばかりなのさ。話すのは、おれのほうではなかったな、モリスさんが何か話があるんなら、お聞きしますよ」

「それで、マギンティ親分に告げ口するのか」と、モリスは苦々しげに言った。

「そいつは誤解ってもんだよ」と、マクマードは大声で言った。「おれ自身は支団に忠誠を尽くすつもりだってことは、さっきもはっきり言ったが、あんたが内緒で打ち明けたことを他人に漏《も》らすほど、ひどい人間じゃない。誰にも言うつもりはないが、手を貸したり、同情したりはできないかもしれないがね」

「そういうことは誰にも期待してはいないさ」と、モリスは言った。「話すからには、私の命は君に託《たく》すことになるだろうが、君がいくら悪人でも――昨日の晩見たところでは、他の連中と同じ極悪人になっていくような気がするが――それでもまだあんたは新入りで、他の連中ほど良心が麻痺《まひ》してはいない。だから、君に話してみようと思ったのさ」

「それで、話っていうのはなんなんだい？」

「密告したりしたら、罰が当たるぞ！」

「もちろん、そんなことはしないって言っただろ」

「それでは聞くが、シカゴで自由人団に入団して、愛と忠誠を誓ったとき、それが犯罪の道につながるかもしれないなどと思ったかな？」

「あれを犯罪って言うならね」と、マクマードは答えた。

「犯罪と言うならだって！」と、モリスは激情に声をふるわせて叫んだ。「あれが犯罪じゃないと言うのなら、何もわかってはいないのだ。自分の父親と同じくらいの年の男が、白髪頭から血の出るほどめちゃくちゃに殴られた、あれを犯罪ではないというのか？　あれが犯罪でなければ、何だというのだ」

「闘争だと言う人もある」と、マクマードは言った。「二つの階級の戦いで、それにみんなが巻き込まれて、どちらも力を尽くして戦うのさ」

「シカゴで自由人団に入団したとき、そんなことを考えたかい？」

「いいや、正直なところ、そんなことは考えなかった」

「わたしだって、フィラデルフィアで入団したときには、考えなかった。ただの共済《きょうさい》組合で、仲間が集まる場所だった。それから、この土地のことを耳にした——この土地の名なんか聞かなきゃよかった——で、もう少しましな暮らしがしたくて、ここへ来た。なんてこった、暮らしをよくしたいと思ったばかりに！　女房と子ども三人も連れてきて、マーケット・スクェアで衣料品店を開いたら、それがかなり繁盛《はんじょう》した。ところが、わたしが自由人団の団員だという噂《うわさ》が広まって、むりやり支団に参加させられたんだ。ゆうべの君と同じだ。腕には恥ずべき印があるし、心にはもっと悪い刻印がついてしまった。極悪人の命令に従って、悪の道にはまってしまったのだ。一体どうしたらいいのだろうか。ゆうべもそうだったが、よかれと思って発言すれば、反逆だと言われる。財産といったって、店だけだから、逃げるわけにもいかない。団から抜ければ、きっと殺される。女房や子どもだってどうなるかわからない。ああ、恐ろしい、恐ろしいことだ！」彼は両手を顔に当て、体を震わせて、激しくすすり泣いた。

マクマードは肩をすくめた。「あんたは気が弱すぎて、ああいう仕事にはむいてないようだ」と、彼は言った。

「わたしは良心も信仰も持った人間だったが、あそこにいるうちに、犯罪者に成りドがってしまった。わたしは仕事を与えられた。万一手を引こうものなら、どうなったかはわかってる。わたしは臆病者《おくびょうもの》かもしれないが、それは多分、可愛い女房や子どもがいるからだ。とにかく、わたしは行ったよ。あのことは一生心から消えないだろう。

ここから山を越えて二十マイル（約三〇キロメートル）ばかりのところにある、一軒家だった。ゆうべの君のように、わたしは外の見張りを命じられた。仕事をさせるほどには、信用できなかったからだろう。他の連中は家の中へ入っていった。そして、出てきたとき、連中は手首まで真っ赤だった。立ち去ろうとすると、背後の家から、子どもの泣き叫ぶ声が聞こえた。目の前で父親を殺された、五歳になる男の子だった。わたしは恐ろしくて、気が遠くなりそうだったが、大胆不敵な笑みを浮かべていなければならなかったのだ。そうしなければ、連中が次に手を血に染めて出てくるのは、わたしの家で、父親を亡くして泣き叫ぶのはわたしのいとしいフレッドだということが、よくわかっていたからだ。

けれども、その時、わたしは犯罪者になってしまった——殺人の共犯者で、この世でも、あの世でも救われることはないのだ。わたしは善良なカトリック信者だ。けれども、このわたしがスコウラーズの一員だと知ってからは、神父さんだって口をきいてくれない。そして、今は破門の身だ。こういう状態なのだ。あんたもわたしと同じ道を歩いているようだが、終《しま》いにはどうなるのかわかってるのかい？　血も涙もない殺人者になるつもりか、それともそうならないように、何かできないだろうか？」

「どうしようっていうんだい？」と、マクマードはだしぬけに聞いた。「密告でもするつもりかい？」

「とんでもない！」と、モリスは叫んだ。「そんなことは、考えただけで命が危なくなる」

「そうかい」と、マクマードは言った。「おれが考えるに、あんたは気が弱いし、事件のことを気にしすぎだよ」

「気にしすぎだって！　ここにもう少し長く住んでみればわかるさ。谷を見るがいい。何百という煙突の煙で、谷は真っ黒だ。だが、殺人の黒雲は、あれよりずっと厚く、重たく、人々の頭上にたれ込めている。ここは恐怖の谷——死の谷だ。日暮れから夜明けまで、みな恐怖にふるえている。まあ、見ているがいい、あんたも今にわかる」

「まあ、もっとよく見てから、おれの考えを言ってやるさ」と、マクマードはまったく気にする風もなく言った。「はっきりしてるのは、あんたがこの土地にはむかないってことだ。できるだけ早く品物を処分して、店をたたんじまったほうがいい——たとえ、いつもの十分の一くらいの値でしか売れなくてもね。あんたが言ったことは、誰にもしゃべらない。しかしだ、まさか！　密告したりは――」

「と、とんでもない！」と、モリスは哀《あわ》れな声で言った。

「まあ、そういうことなら、いいさ。あんたの言ったことは覚えておくよ。いつか思い出すこともあるだろう。ああいう話をしたのも、好意からだろうし。それでは、そろそろ帰るとしようか」

「その前にもう一言だけ」と、モリスは言った。「こうして二人でいるところを、誰かに見られているかもしれない。連中が、話の内容を聞きたがるかもしれないし」

「そうか、それはいいとこに気がついた」

「わたしが、店員になってくれと頼んだことにしよう」

「それをおれが断わった。それでいいだろう。じゃ、これで、同志モリス。あんたがこれからうまくいくように祈ってるよ」

その日の午後、マクマードが居間のストーヴのそばで、考え事をしながら、タバコをふかしていると、入り口のドアが開いて、戸口をふさぐように、マギンティ親分の巨体が現われた。彼は合図を交わしてから、若者の向かいに腰を下ろし、しばらく彼をじっと見つめていた。マクマードのほうも、相手をじっと見つめ返した。

「おれ様は、自分から人を訪ねることは、あまりしないのだ、同志マクマード」と、彼はようやく口を開いた。「おれ様に会いにやってくる連中の相手で、忙しいんだ。

だが、今日は特別に、おまえの家までこうして会いにやってきたというわけだ」

「議員さん、わざわざおいでいただいて、うれしいですよ」マクマードは心を込めてそう答えると、戸棚からウィスキーのビンを取り出した。「まったく思いもかけない、光栄です」

「腕はどうだい？」と、親分が聞いた。「まあ、忘れていられるってえわけでもないが」と彼は言った。

マクマードは顔をしかめた。「まあ、それだけの値うちはありますからね」

「そうだ、それだけの値うちはある」と、相手は答えた。「支団に忠実で、経験を共にし、支団の力となれるやつにとってはな。今朝、ミラー丘で、同志モリスと何を話していたんだ？」

あまりに急な質問だったので、マクマードが答えを用意しておいたのは、さいわいだった。彼は大声で笑い出した。

「モリスは、おれが家にいても食っていけることを、知らないんですよ。ま、知らせることもありませんがね。おれみたいな人間にとっちゃ、あいつは気が小さすぎる。だが、いいやつだ。おれに働き口がないと思ったらしく、ご親切に、自分の衣料品店で店員として働かないかと、そういう話だったんですよ」

「ほう、そうだったのかい」

「ええ、そうなんです」

「それで、断わったのか」

「あたりまえですぜ。部屋で四時間も仕事をすりゃ、十倍は稼《かせ》げるんですからね」

「そうだったのか。だが、モリスとつき合うのは、感心できない」

「なぜです」

「そりゃ、おれ様がそういうからだ。この辺りのおおかたの連中にゃ、それで充分通じるんだ」

「おおかたの連中にはそうだろうが、このおれにはいまひとつわかんないね、議員さん」と、マクマードは大胆な口をきいた。「人を見る目があるなら、そのくらいのことはわかりそうなもんじゃあないか」

浅黒い顔をした大男は彼をじろりとにらむと、一瞬、毛深い手でグラスを握り、相手の頭めがけて投げつけんばかりにした。やがて、彼は、いやに陽気そうに、騒々《そうぞう》しい大声を出して笑った。

「おまえは本当に変わったやつだ」と、彼は言った。「まあ、わけが知りたいと言うんなら、教えてやろうじゃあないか。モリスのやつ、支団の悪口を言わなかったかい？」

「いいや」

ていたにちがいないぜ。だからおれはあいつを信用しきれなかったんだ。だがな、実のところあいつは同志として、忠実とは言えない。こっちにはそれがわかってるから、ちゃんと見張ってるのさ。時期が来たらこらしめるためにだ。もうそろそろ潮時《しおどき》だと思っている。おれたちの組織にゃ、臆病者の居場所はねえんだ。あんな裏切り者とつきあってると、おまえまで裏切り者だと思われるんだぞ。いいな？」

「おれの悪口もか」

「もちろんだ」

「とすると、あいつはおまえを信用しきれなかったんだ。だがな、実のところあいつは同志として、忠実とは言えない。こっちにはそれがわかってるから、ちゃんと見張ってるのさ。時期が来たらこらしめるためにだ。もうそろそろ潮時《しおどき》だと思っている。おれたちの組織にゃ、臆病者の居場所はねえんだ。あんな裏切り者とつきあってると、おまえまで裏切り者だと思われるんだぞ。いいな？」

「おれは、あんな男とつきあう気などさらさらないぜ。あんな野郎は、大嫌いだ」と、マクマードは答えた。「おれのことまで裏切り者だと言いやがるなんて、これが親分じゃなきゃ、二度とそんな口はきかせないところですぜ」

「ま、そこまで聞きゃ、充分だ」と言うと、マギンティはグラスを干《ほ》した。「頃合だと思って、ひとこと言いに来たんだが、わかってくれたな」

「一つ聞いておきたいんだが」と、マクマードは言った。「おれがモリスと話したことが、いったいどうしてわかったんですかい」

「この町で、どんなことがおこっているのかを知るのが、おれ様の仕事さ」と、彼は言った。「おれ様の耳に入らないことは何もないと思っていてもらおうか。それじゃ、引き上げるとするか。おれはただ――」

しかし、その別れの挨拶《あいさつ》も終わらぬうちに、思いがけないことが起きた。大きな音を立ててドアが開いたかと思うと、警察の制帽をかぶった三人の男が、険《けわ》しい表情で制帽のひさしの下からじっと二人をにらんでいた。マクマードは飛び上がって、ピストルを抜きかけたが、ウィンチェスター銃が二本も自分の頭を狙《ねら》っているのに気づいて、その腕を途中で止めた。制服を着た男が一人、六連発銃を手に、部屋へ入ってきた。もとシカゴの、そして今は石炭・鉄鉱警察[158]のマーヴィン隊長だった。彼はマクマードのほうを見て、薄笑いを浮かべながら首を振った。

「問題をおこすんじゃないかと思っていたよ、シカゴのひねくれ野郎のマクマード君」と、彼は言った。「悪事から足は洗えないようじゃあないか。帽子を取って、一緒について来てもらおう」

「このお礼はしてくれるんだろうな、マーヴィン隊長」と、マギンティが言った。「こんな風に、いきなり人の家へ踏み込んできて、法を守ってるまっとうな人間をいじめるなんぞ、いったい何様だと思ってるんだ？」

「マギンティ議員、ここは引っ込んでいてもらいましょう」と、警察隊長は言った。「しょっ引いていくのは、あんたじゃない、こっちのマクマードなんだ。仕事の邪魔《じゃま》はしないで、手伝ってもらいましょう」

「こいつはおれの友達だから、こいつの行動には、おれが責任を持つ」と、親分は言った。

「当たり前のことだがね、マギンティさん、あんたには自分の行動についても、いずれ近いうちに、責任をとってもらわなきゃならないんだ」と、警察隊長は言った。「このマクマードという奴は、こっちへ来る前にも悪党だったし、来てからも変わらんようだ。君、おれが武器を取り上げる間、この男に銃を向けておいてくれ」

「ピストルならここにあるぜ」と、マクマードは冷たく言った。「まあ、マーヴィン隊長、おれたちが二人きりで向かい合ってたら、こうあっさりとは、お縄にならなかったね」

「逮捕状はあるのか?」と、マギンティが尋《たず》ねた。「なんだい! おまえたちみたいなやつらが警察官やってるんなら、ヴァーミッサにいるより、ロシアにでも行って暮らしたほうがましだ[159]。こりゃあ資本家の暴力ってもんだ、このままじゃすまないからな」

「あんたはあんたで、自分の職務とやらを果たしてくださいよ、議員さん。おれたちはおれたちで、自分の仕事をするまでだ」

「おれに何の容疑がかかってるんだい?」と、マクマードは言った。

「もちろん、ヘラルド社でおきたスタンガー編集長襲撃《しゅうげき》に関する容疑だ。あいにく、殺人罪にはならなかったがな」

「そうかい、容疑ってのがそれだけなら」と、マギンティは大声で笑いながら叫んだ。

「今すぐやめといたほうが、面倒にならずにすむってもんだ。こいつは真夜中まで、おれと酒場でポーカーしてたぜ。証人がいるなら、一ダースだって用意するぜ」

「そんなこと、こっちとはなんの関係もない。あした、法廷《ほうてい》で決着をつけようじゃあないか。さあ、行くぞ、マクマード。銃(160)を頭に食らいたくなけりゃ、おとなしく来てもらおう。マギンティさん、離れていてもらおうか。職務妨害は許さない」

隊長が断固とした態度をとったので、マクマードも親分も従《したが》わざるをえなかった。親分は、別れ際《ぎわ》に、ふた言み言マクマードに耳打ちした。

「あれはどうなってる?」彼は親指を突き立てて、偽金《にせがね》造りの機械のことをほのめかした。

「だいじょうぶだ」と、マクマードはささやいた。床下にしかけをして、安全な隠し場所をつくっておいたのだ。

「たっしゃでな」と、親分は握手しながら言った。「弁護士のレイリー(161)に頼んで、弁護させる。ずっと豚箱《ぶたばこ》にぶちこんでおくようなまねはさせないから、安心していいぞ」

「そううまくいくかな。おまえたち二人は被告人を見張れ。妙なまねをしたら、撃っていいぞ。おれは、家宅捜査をしてくる」

マーヴィンは家宅捜査をしたが、隠してある機械は見つからなかったらしい。二階から降りてきたマーヴィンは、他の二人の警官と共に、マクマードを連れて、本部へ向かった。日はとっぷりと暮れ、激しい吹雪も吹き荒れていたので、通りにはほとんど人影は見えなかった。それでも、ぶらぶらと一行についてくる者が数人いて、姿が見えないのをいいことに、連行されるマクマードに呪いの言葉を吐きかけた。

「スコウラーズをリンチにかけろ！」と、彼らは叫んだ。「リンチだ！」マクマードが警察署(162)へ押し込まれると、彼らは笑い声をあげて、やじった。マクマードは、担当の警官から決まりきった短い尋問《じんもん》を受けた後、共同房へ入れられた。中には、ボールドウィンと昨夜の下手人三人がいた。皆、その日の午後に逮捕されて、翌朝の裁判を待っていたのだ。

しかし、この法の砦《とりで》の内側まで、自由人団の長い手が伸びているのだった。夜遅く、看守《かんしゅ》が一人、寝台用の藁《わら》たばを持ってきて、中からウィスキー二本にグラス、それにトランプを取り出した(163)。おかげで、彼らは、明日の裁判を思って不安になったりせず、陽気に一夜を過ごすことができたのである。

そもそも、次の朝の結果が示すように、彼らには心配する理由さえなかったのだ。治安判事(164)は、事件を正式な裁判に持ち込むだけの、充分な証拠をつかむことができなかった。それどころか、植字工《しょくじこう》や印刷工たちは、暗かったし、自分たちもあわてていたので、この中に襲撃犯がいるとは思うが、それが誰かはっきり証言するのは難しいと認めざるをえなかった。マギンティが雇《やと》った腕利《うでき》きの弁護士の反対尋問にあうと、彼らの証言は一層あやしげなものとなった。

被害者の編集長はすでに証言をすませていたが、突然の襲撃で気が動転し、最初になぐりかかった男が口ひげを生やしていたことしか言えないということだった。しかし、彼は犯人がスコウラーズであるということはわかっているとつけ加えた。この地域で、他に彼に敵意を持っているものはいないし、歯に衣《きぬ》きせぬ社説のことで、長い間脅《おど》しをかけられてきたからだというのだ。それに対して、町の高官であるマギンティ議員を含む六人の市民が、一様に断固とした口調で証言したことにより、被告たちは暴行が行なわれた時刻を一時間以上過ぎるころまで、組合本部でトランプに興《きょう》じていたことがはっきりした。

いうまでもなく、被告たちは、迷惑をおかけしたという判事の謝罪《しゃざい》に近い言葉と共に釈放《しゃくほう》された。さらにマーヴィン隊長とその部下は、職務に熱心すぎたと、遠回しにとがめられるありさまであった。

この判決は、法廷中の人からやんやの拍手で迎えられたが、その中にはマクマードの顔馴染《なじ》みも大勢いた。支団の団員たちは笑顔で手を振っていた。しかし、男たちが被告席からぞろぞろと出て行く間じゅう、考え込むような目をして、唇をぎゅっと固く結んだまま、座っている者もいた。その中の一人、黒い口ひげを生やした、小柄で意志の強そうな男が、そばを通る被告たちに対して、自分や仲間の思いを言葉にした。「人殺し野郎ども！」と、彼は言った。「今に見てるがいいぞ」[165]

第5章　暗黒の時

ジャック・マクマードの逮捕と釈放は、仲間内での彼の人気に、いっそう拍車《はくしゃ》をかけることとなった。支団入団のその晩に、法廷《ほうてい》に引き出される羽目《はめ》になることをしでかすなど、組織の歴史始まって以来のことであった。彼は、すばらしい飲み友達で気のいい道楽者、それでいて気性が激しく、全能のあの親分その人からでさえ、侮辱《ぶじょく》されたらそのままではおかない人物として、人気を勝ち得た。しかし、これに加えて、彼ほど血なまぐさい悪事を喜んで考えだす頭脳と、それを抜かりなく実行する腕を持った人間はいないという印象を、仲間内に与えることにもなった。年寄り連中は互いに、「手ぎわよく片づけるにはうってつけの男だ」と言い、彼に仕事をさせる時が来るのを待ちかまえていた。

マギンティには、すでに充分な数の手下がいたが、彼のことはとびきり腕の立つ男だと思っていた。彼は、どう猛《もう》な(166)ブラッドハウンドを、一匹飼っているような気分であった。ケチな仕事をさせる野良犬たちは何匹もいるが、いつか、大きな獲物めがけて、これをそっと放してやろうという心づもりなのだ。団員の中には、テッド・ボールドウィンのように、よそ者が急に出世したことに憤《いきどお》りを覚え、そのことで彼を嫌う者もいたが、彼がよく笑うがけんかっ早いことも知っているので、不用意に近づくようなことはなかった。

しかし、仲間うちで人気を得たとはいえ、一方では人気を失った場所もあった。彼にとってその場所はますます重要になったにもかかわらず、である。エティ・シャフターの父親は、今や彼をまったく相手にはせず、家へも入れようとはしなくなったのだ。エティ自身は、彼を深く愛していて、彼とのことをあきらめることはできなかったが、犯罪者と思われている男と結婚することについては、彼女自身の良識《りょうしき》からも、不安を抱いていた。

眠れぬ夜を過ごして迎えたある朝、彼女は彼に会おうと決心した。おそらくこれが最後の機会になるだろうが、会って、彼を悪に引きずり込んでいる連中から、引き戻す努力をしてみようと決めたのだ。彼女は、これまでに、よく彼に来るように乞《こ》われていたように、彼の下宿へ行き、彼が居間として使っている部屋へと向かった。彼は背を向けてテーブルに座り、手紙を書いていた。彼女は急にいたずら心をおこした――彼女はまだ十九だったのである。彼女はドアを押し開けたのに彼は気づかなかった。爪先立ちで進むと、彼の丸めた背にそっと手をおいた。

もし、彼を驚かすつもりだったのなら、確かに大成功であったが、その結果は、逆に彼女のほうもびっくりすることになってしまった。彼はトラのようにさっと彼女の方に向き直ると、右手で彼女ののど元を探ると同時に、もう一方の手で、自分の前にあった手紙をもみくちゃにした。一瞬、彼は怒りで目をギラギラさせて立っていたが、ひきつったようなその凶暴な表情――恐怖のあまり彼女を思わず後ずさりさせてしまった、彼女の静かな生活とはまったく無縁の表情は、すぐに驚きと喜びに変わった。「君だったのか」と、彼は額《ひたい》の汗をぬぐいながら言った。「君が来てくれたのに、愛《いと》しい君が、それなのに首を絞《し》めようとしたなんて！　さあ、おいで」と、彼は両手を差し出した。「驚かせて、すまなかったね」

しかし、彼女は、男の顔に一瞬浮かんだ、罪の意識におびえる恐怖の表情を、忘れることができなかった。女の勘《かん》から、ただ単にびっくりして、驚いたのではないことがわかったのだ。罪の意識――そうなのだ――罪の意識におびえていたのだ。

「どうしたの、ジャック？」と、彼女は叫んだ。「なんでわたしをあれほどに恐がったの？　ねえ、ジャック、心にやましいことがなければ、ああいう顔でわたしを見たりしないはずだわ」

「いや、ちょっと他のことを考えていたところに、君が妖精《ようせい》のようにそっとやってきたものだから――」

「いいえ、ジャック、それだけではないでしょう」そして、突然、彼女は疑いの念にとらわれた。「あなたが書いていた手紙、見せてちょうだい(167)」

「いや、エティ、それだけはできないのだよ」

彼女の疑念は確信へと変わった。

「他の女の人に書いてたのね！」と、彼女は叫んだ。「そうでしょ、そうでなければ、どうして隠すの？　奥さんに手紙を書いていたのね？　あなたが結婚していないなんて、どうしてわかるの？――あなたはよそ者で、誰も何も知らないのですもの」

「ぼくは結婚なんかしてないよ、エティ。そうさ、誓《ちか》ってもいい。君はぼくにとって、この世の中でたった一人の女性だ。十字架《じゅうじか》のイエスにかけて誓うよ！」

彼は顔を真っ青にして、必死な面もちだったので、彼女は信じないわけにはいかなかった。

「それでは、どうして手紙を見せてくれないのかしら」と、彼女は言った。

「それは」と、彼は言った。「誰にも見せないと、誓ってあるんだ。君との約束を破らないのと同じで、相手のためにその約束を守らなければならないのだよ。支団の仕事で、君にも秘密なのだ。だから君が肩に手を置いたとき、探偵にでも踏み込まれたかと思って驚いたのだ、わかってくれるね」

彼女は、彼が本当のことを言っていると思った。彼は彼女を抱き寄せると、キスして、恐怖と疑いを取り去った。

「ぼくのそばに座って。君のような女王様の玉座としては粗末《そまつ》だが、貧しいぼくにはこれが精いっぱいなのだ。もう少しすれば、もっとましな椅子《いす》に座ってもらえると思うよ。これで気分が落ち着いたかい？」

「どうして落ち着いていられるっていうの、ジャック。あなたが札付《ふだつ》きの悪人だって知ってて、いつ殺人事件の被告になるかもしれないっていうのに。スコウラーズのマクマードって、昨日、うちの下宿人がそう言ってたわ。それを聞いて、わたしは、胸が張り裂《さ》けそうだったわ」

「だけど、言葉だけでは、張り裂けないさ」

「でも、ほんとのことだわ」

「君が思っているほど、ぼくは悪人じゃないよ。ぼくたちは貧しい人間で、自分たちなりに権利を得ようとしているだけなのだよ」

エティは恋人の首にすがりついた。「ジャック、やめて！　お願い――お願いだから、やめて！　今日は、そのことをお願いに来たの。ねえ、ジャック、ひざまずいてでも、お願いするわ。ほら、こうしてひざまずいてお願いするから、やめてちょうだい(168)！」

彼は彼女を抱きおこすと、頭を自分の胸に抱き寄せて慰《なぐさ》めた。

「ぼくのいとしい人、君には自分の言ってることがわかってないのだよ。抜けられるはずはないのだよ。抜けたら、誓いを破って、仲間を見捨てることになる。ぼくの立場がわかってたら、君がそんなことを言うはずはない。それに、万一抜けたいと思ったとしても、抜けられるはずがないさ。秘密を知った男を、支団が自由にしてくれるとは思わないだろう？」

「そのことも考えたのよ、ジャック。計画を立てたの。父はいくらかお金を持ってるし、この土地に嫌気《いやけ》がさしてるの。ここでは、あの人たちのために、おびえて暮らさなきゃならないって、よそへ行きたがってるわ。一緒にフィラデルフィアかニューヨークへ逃げたら、安全だと思うけど」

マクマードは声を出して笑った。「支団の手が届かないところはないよ。フィラデルフィアやニューヨークだったら安全だと思うのかい？」(169)

「それなら、西部とかイングランドは？　父の故郷《こきょう》のドイツでもいいわ。この恐怖の谷から出られれば、どこでもいいの」

マクマードは同志モリスのことを思った。「そうだ、この谷がそう呼ばれるのを聞くのは、これで二度目だ」と、彼は言った。「よほど、恐怖の影がのしかかっているって思ってる人たちがいるんだね」

「わたしたちの生活は、いつだって真っ暗よ。テッド・ボールドウィンがわたしたちを許したとでも思う？　あいつがあなたのことを恐れていなかったら、わたしたちはどうなっていたと思う？　わたしを見るときの、あの暗い、物欲しげな目といったらないわ」

「なんということだ！　そんなところを見つけたら、ただじゃおかないぞ。だけど、エティ、ぼくはここを離れられない。もう二度とそんなことを言わないでおくれ。ぼくの思うようにさせてくれれば、堂々とここを出ていける方法を探すよ」

「そんなことに堂々もなにもないわ」

「まあ、まあ、君はそう思うかもしれないが、六ヶ月待ってくれたら、誰にも恥じることなく、堂々とここを出られるようにしてみせる」

エティはうれしそうに笑った。

「六ヶ月ね」と、彼女は言った。「約束できる？」

「そう、もしかすると、七、八ヶ月かもしれない。だけど、どんなに遅くとも一年以内には、必ずだよ[170]」

エティにはこれ以上のことはわからなかったが、これだけでも、収穫であった。それは、遠くにともる明りのようではあったが、それでもこの先の暗闇を照らす灯であった。彼女は、ジャック・マクマードと知り合って初めて、うきうきした気持ちで、父の家へと帰っていった。

支団員として、組織の行動すべてが知らされると思っていたマクマードは、やがて、組織が単なる支団を越えて、広く複雑であることを知るようになった。マギンティ親分でさえ、知らないことがたくさんあった。鉄道でずっと下ったホブスン開拓地《かいたくち》に、郡代表という役職を持つ人物がいて、いくつかの支団を取り仕切り、時を選ばず、思いのままに力を振るっていた。マクマードは一度だけこの男に会ったことがあるが、小柄で白髪混じりの、ネズミに似た、ずるがしこそうな男で、こそこそ歩き、悪意に満ちた横目で人を見るのだった。彼はエヴァンズ・ポットという名で、ヴァーミッサの大親分でさえ、巨漢《きよかん》のダントンが、(171)小柄《こがら》だが危険なあのロベスピエールに抱いたであろう、嫌悪《けんお》と恐怖の入り交じった感情を持っていた。

ある日、マクマードの同居人のスキャンランが、マギンティからの手紙を受け取ったが、そこにはエヴァンズ・ポットからの手紙が同封されていた。それにはこう書いてあった。そちらで行動する指示を与えた、ロウラーとアンドリューズ(172)という腕利《うでき》きの手下二人を送るが、使命達成のためには、くわしい目的は言わないほうがいいだろう。行動に移る日が来るまで、宿などの手配を支団長によろしく頼めないだろうか、と。組合本部に置いたのでは秘密が守れないから、マクマードとスキャンランが、二、三日連中を下宿に置いてくれるとありがたいのだが、とマギンティがつけ加えていた。

その夜、二人の男が手提《てさ》げかばんをさげて訪れた。ロウラーは、抜け目がなく、無口で落ち着いた、年配の男で、着古した黒いフロックコートを着ていたが、柔らかいフェルト帽と、ぼうぼうに伸びた白髪混じりのあごひげのせいで、巡回説教師のように見えた。相棒《あいぼう》のアンドリューズはまだほんの子どもだったが、実直そうな顔をして、休暇《きゅうか》に出かけて、なにもかも楽しんでしまおうとしている人間のように、はつらつとして元気いっぱいだった。二人ともまったく酒を飲まず、あらゆる点で模範《もはん》的《てき》な市民のように振る舞っていたが、二人とも、この殺人集団きっての有能な人材であることだけははっきりしていた。ロウラーはこの仕事を十四回こなし、アンドリューズのほうも三回こなしてきていた。

マクマードは、彼らが過去の殺しについて、喜んで話すことに気づいた。社会のために自己を捨てて良い行ないをした人間のように、はにかみながらも、誇《ほこ》りを持って話すのだった。しかし、これからとりかかる仕事については、しっかりと口をつぐんでいた。

「おれたちが選ばれたのは、おれもこっちの若いのも、酒を飲まないからなのさ」と、ロウラーが説明した。「うっかり口を滑らせたりしないところを、見込まれたのだ。気を悪くしないでくれ。おれたちは、郡委員会の命令に従《したが》っているだけなんだから」

「もちろんだ、おれたちゃ、みな一緒さ」と、マクマードの相棒のスキャンランが言った。四人は共に夕食の席についていた。

「そうだな。チャーリー・ウィリアムズとかサイモン・バードとか、昔の殺しのことなら、いくらでも話してやるが、今度の仕事については、終わるまではなにも言わない」

「この土地には、ひとこと言ってやりたいやつが、五、六人はいるぜ」と、マクマードは悪態《あくたい》をついた。「あんたらが狙《ねら》ってるのは、アイアンヒルのジャック・ノックスじゃないだろうな？　やつが罰を受けるんなら、おれも見に行きたいね」

「まだそいつの番はきてない」

「じゃ、ハーマン・ストラウスか？」

「いや、そいつもまだだ」

「むりに聞こうとは思わないが、聞ければうれしいね」

ロウラーは笑って、首を振った。彼からはなにも聞き出せなかった。

二人の客たちは口をつぐんで、なにも語らなかったが、スキャンランとマクマードは、彼らの言う「お楽しみ」の現場へ行こうと、固く心を決めていた。そこで、ある朝早く、二人がそっと階段を下りていく音を聞いたマクマードは、スキャンランを起こし、二人とも急いで服に着替えた。二人が着替え終えた頃には、客たちは家を抜け出した後で、玄関のドアが開けっ放しになっていた。まだ夜明け前で、ランプの明りで、通りの先をゆく二人の姿が見えた。彼らは深い雪の中を音も立てずに、用心してそのあとを追った。

下宿は町はずれに近かったので、先をゆく二人は、すぐに町はずれの十字路に出た。そこでは三人の男が待っていて、ロウラーとアンドリューズが、何やら熱心にしばらく言葉を交わしていたが、やがて連れだって歩き出した。明らかに、人手のいる重要な仕事らしかった。十字路からは数本の細い道が延びていて、それぞれが炭坑《たんこう》に通じていた。男たちはクロウ・ヒル炭坑へ向かう道を行った。この炭坑は、ジョサイア・H・ダンという、大胆で精力的なニューイングランド人経営者のおかげで、長い恐怖支配のさなかにあっても、秩序と規律を保つことのできた、経営基盤《きばん》のしっかりした大会社であった。

しだいに夜が明けはじめ、黒く汚れた道を、一人また数人の集団で、労働者がぞろぞろと列をなしてゆっくりと歩いていた。

マクマードとスキャンランも他の男たちに混じり、目指す相手を見失わないように進んだ。深い霧《きり》が彼らを包み、その中から、突然、汽笛《きてき》が聞こえた。朝一番の昇降台《しょうこうだい》がおりる、十分前の合図だった。

男たちが竪坑《たてこう》のまわりの広場に着くと、そこには百人ばかりの抗夫たちが、凍《こご》えるような寒さの中で、足踏みして指に息を吹きかけながら、待っていた。侵入した男たちは、エンジン小屋の陰に、小さくかたまって立った。スキャンランとマクマードは、ぼた山に登った。そこからは目の前の光景が見渡せた。メンジースという名の、あごひげを生やしたスコットランド人の大男の鉱山技師が、エンジン小屋から出てきて、昇降台を降ろさせる合図の笛を吹くのが見えた。

すると、それと同時に、きれいにひげを剃《そ》って真面目そうな顔つきをした、背が高く、しなやかな体つきの若者が、竪坑の入り口へと一目散に進んでいった。その途中で、エンジン小屋の下に黙って立ち尽くす男たちの姿が、目に入った。男たちは、顔を隠すように帽子を目深《まぶか》にかぶり、上着のえりを立てていた。一瞬、経営者の心臓は、死の予感に凍《こお》りついた。しかし、次の瞬間にはそれを払いのけ、自分の職務だけを考え、見知らぬ侵入者たちへと近づいた。

「おまえたちは、どこの者だ？」と、近寄りながら、彼は尋《たず》ねた。「なぜここいらをうろついているのだ」

答える代わりに、若いアンドリューズが一歩前へ出ると、相手の腹部めがけてピストルを撃った。仕事が始まるのを待っていた百人ほどの坑夫は、どうすることもできず、体が麻痺《まひ》したかのように、立ち尽くしていた。若い社長は傷口を両手で押さえたまま、体を折り曲げた。やがて、彼はよろよろと歩き出したが、殺人者の一人がまたピストルを発射したので、彼はクリンカー(173)の中に横倒しとなって、もがき苦しんだ。スコットランド人のメンジースがそれを見て、怒りの叫びを上げながら、鉄のスパナを手に、殺人者めがけて猛然《もうぜん》と突進したが、顔に二発浴びてその場に倒れ、それっきりだった。

坑夫の中には、前に飛び出す者たちもいて、言葉にならない同情と怒りの叫びが上がった。しかし、二人の男が群衆の頭上めがけて、六連発銃を続けざまに発射すると、みな蜘蛛《くも》の子を散らすように逃げだし、中にはヴァーミッサのわが家目指して、一目散に逃げ帰る者もいた。

勇気ある坑夫が数人、再び集まって、みんなが鉱山へ戻ったときには、殺人者集団は朝霧の中へと消え失せ、百人もの人の目の前で二人を撃ち殺した男たちが誰なのかを、証言できる者は誰一人としていなかった。

スキャンランとマクマードは帰途《きと》についたが、スキャンランは心なしか落ち込んでいた。それが自分の目で見た初めての殺しで、これまで聞かされていたほど楽しい仕事ではないと思えたからである。町へと急ぐ彼らの耳には、殺された社長の妻があげた恐ろしい叫び声がこびりついていた。マクマードは何かに心を奪われたように、押し黙っていたが、気弱になっている相棒には、なんの同情も示さなかった。

「そう、戦争のようなもんだ」と、彼は繰り返した。(174)「おれたちとあいつらの戦争、それだけさ。やれるところ目がけて、反撃しとくってことじゃないか？」

その夜、組合本部の支団室では、盛大な酒宴《しゅえん》が張られた。クロウ・ヒル鉱山の社長

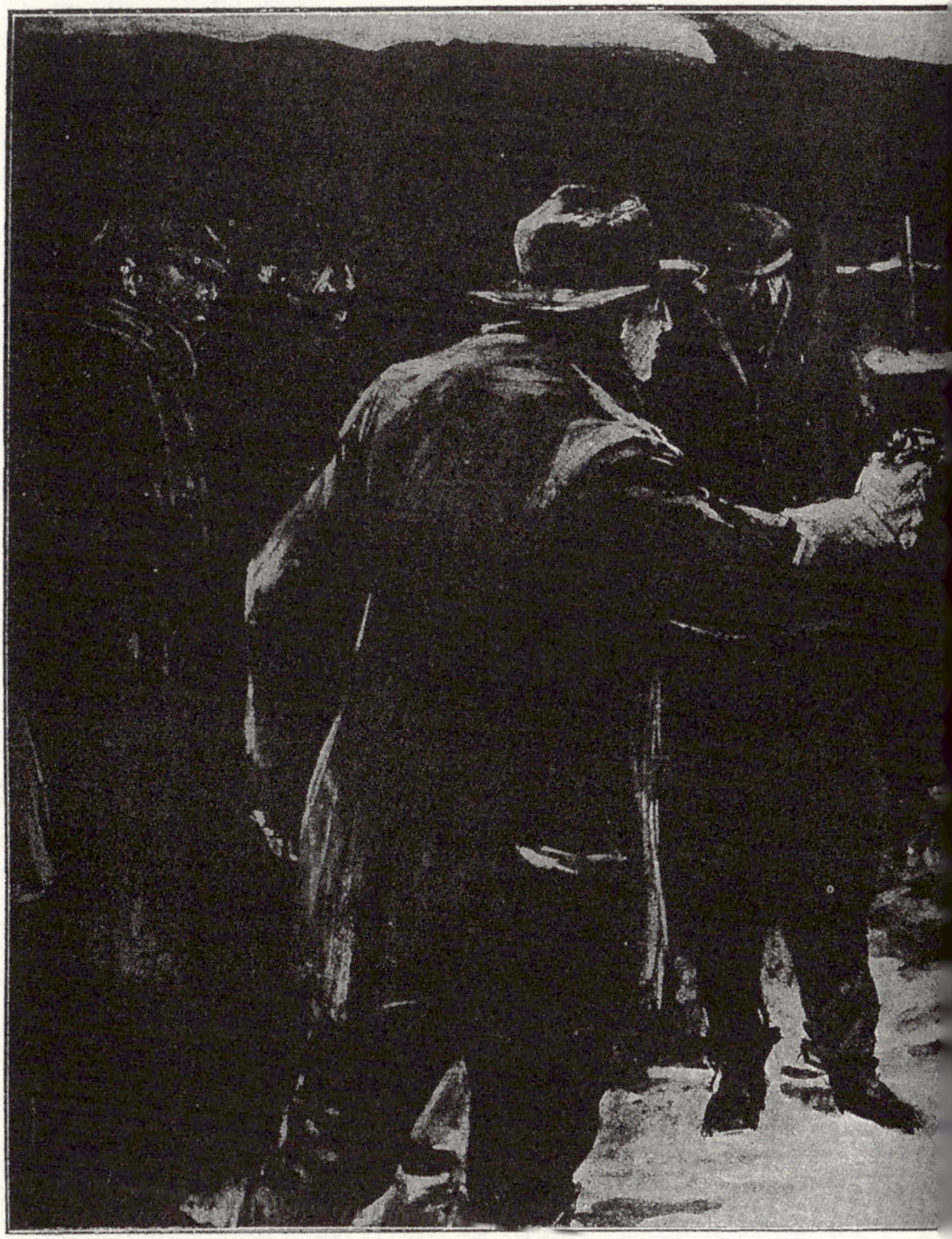

と技師を片づけたので、これでこの会社も、この地区でゆすりや脅《おど》しをかけてきた他の会社と同じようになるだろうということだけでなく、この支団の支配が遠い土地にまで及んで、勝利を得たことを、祝うためのものでもあったのだ。郡代表が五人の腕利きを送り込んで、ヴァーミッサでの襲撃の手助けをしてくれたということは、ヴァーミッサからは、お返しに、三人を密《ひそ》かに選んで、ギルマートン地区に送り込み、その地区でとりわけ有名で人望の高い、ステイク・ロイヤル鉱山の鉱山主、ウィリアム・ヘイルズを殺せ、と要求されているということのようだった。ヘイルズはどこから見ても模範的な雇《やと》い主で、この世に敵は一人もいるまいと思われるような人物だった。しかし、彼は仕事の能率《のうりつ》にうるさかったので、自由人団の団員だった、飲んだくれや怠《なま》け者の従業員を解雇《かいこ》してきたのである。彼の家の扉には棺桶《かんおけ》の絵が下げられたが、それでも彼は決意をまげなかったために、自由な文明国にいながら、殺されるはめになったのである。

処刑はとどこおりなく実行された。支団長のそばの名誉席《めいよせき》にふんぞり返っているテッド・ボールドウィンが、暗殺団の首謀者《しゅぼうしゃ》だった。その赤ら顔とギラギラ光る血走った目が、不眠と飲酒を物語っていた。彼と二人の同志は、前の晩を山中で過ごしたのである。皆、髪の毛はぼさぼさで、服は風雨で変色していた。しかし、絶望と隣り合わせの任務から帰還《きかん》したどんな英雄でも、仲間からこれほど温かい歓迎は受けなかったろう。

歓声と笑い声の中で、彼らの話は何度も語られた。彼らは、日暮れに、険《けわ》しい丘の頂上に陣取《じんど》って、馬車で家へ戻るヘイルズを待ち伏せしていた。そこなら、馬も速度を落とすしかないからだ。彼は寒さをしのぐために毛皮を着込んでいたので、ピストルを抜くことができなかった。彼らはヘイルズを馬車からひきずり出し、何発も銃弾を浴びせたのだった。

彼は命ごいをして叫び声をあげた。その叫び声をまねると支団の連中はやんやとはやしたてた。「奴がどんな悲鳴をあげたのかもう一度聞かせてくれ」と彼らは叫んだ。(175)

彼らのうち誰一人、ヘイルズを知るものはいなかったが、殺人というものは永遠のドラマであるし、ギルマートンのスコウラーズに対して、ヴァーミッサの連中が頼りになることを示したことにもなった。

ただ一つ、困ったことがおきた。もの言わぬ死体になおも銃弾を撃ち込んでいるとき、一組の夫婦が乗った馬車が通りかかったのだ。この二人もやっちまえという者もいたが、夫婦は鉱山とはなんの関係もない無害な人間だったので、すぐに立ち去って、なにもしゃべるな、しゃべったらひどい目に遭《あ》うぞと言って、そのまま通してやった。こうして、血まみれの死体を、自由人団に冷淡《れいたん》な他の雇い主に対する警告として、その場に放置して、三人のりっぱな復讐者《ふくしゅうしゃ》たちは、山中へと逃げ込んだのである。人に荒らされたことのない、その大自然の中を下っていくと、溶鉱炉《ようこうろ》やぼた山の端に出るのだった。ここまで来れば、彼らはもう安全だ。彼らの上出来の仕事を仲間たちが賞賛する声が聞こえるのだった。(176)

スコウラーズにとっては、最上の日だった。谷をおおう影はますます暗くなっていた。しかし、賢明な将軍が、戦いの成果を倍にしようと、時を選んで、敵が敗北から立ち直る間を与えず攻撃をしかけるように、マギンティ親分は、悪意に満ちた目で、繰り返し自分の作戦に思いをめぐらし、敵対する人々に対する新たな攻撃を練《ね》り上げた。その夜、ほろ酔い加減の一座が解散すると、彼はマクマードの腕に軽く触れ、二人が最初に会った奥の部屋へと招き入れた。

「ところで、おまえさん」と、彼は言った。「おまえにふさわしい仕事が、やっとできた。おまえがすべて取り仕切るんだ」

「そりゃ、光栄ですね」と、マクマードは答えた。

「マンダーズとライリーの二人を連れていけ。二人にはもう言ってある。(177)この地区でまともに暮らすには、チェスター・ウィルコックスを片づけなきゃならん。あいつをやっちまえば、炭鉱地帯のどの支団からも礼を言われることになる」

「とにかく、全力を尽くしますよ。その相手というのはどんなやつで、どこに行きゃ見つかるんです？」

マギンティは、いつもくわえている半ばかみつぶした吸いかけの葉巻を、口のはしから取ると、手帳を一枚破って、そこに略図《りゃくず》を書き始めた。

「ウィルコックスはダイク製鉄社の主任職工長だ。頑固《がんこ》なやつで、戦争のときにゃ軍《ぐん》旗護衛《きごえい》下士官を務めた、古傷だらけで白髪混じりのじいさんだ。こっちは二度ほどやつを狙《ねら》ったんだが、ついてなくてな。ジム・カーナウェイはそれで命を落としたのさ。今度は、おまえさんの番だ。家はアイアン・ダイク十字路にあるんだが、この地図でわかるとおり一軒家で、近所に家はない。昼間はダメだ。奴は銃を持ってて、腕は確かで素早いし見境《みさかい》なくぶっ放してくる。やるなら夜だ――あいつの他に、かみさんとガキが三人、それにメイドが一人だ。奴だけ狙うってわけにはいかん。やるなら、皆殺しだ。玄関に爆薬をしかけて、導火線《どうかせん》をつける――」

「そいつは何をやったんです？」

「ジム・カーナウェイを撃ち殺したって言ったろ」

「なんだって、奴を撃ったんです？」

「それがおまえといったい何の関係があるってんだい。カーナウェイが夜あいつの家のまわりをうろうろしてたら、撃ってきやがったんだ。それで充分だろ。おまえはその仕返しをするんだ」

「女二人と子どもたちがいるそうじゃあないですか、一緒に吹っ飛ばすんですかね」

「じゃなきゃ、他にどうしようっていうんだい」

「何もしちゃいないのに、(178)ちょいと気の毒な気がするね」

「なんだってんだい。え、しり込みするってのか(179)」

「まあ、議員さん、落ち着きなよ。これまでおれが支団長の命令にしり込みするようなことを、言ったりやったりしたことがあったかい。ことの善し悪しは、支団長が決めることだ」

「じゃ、やるんだな?」

「もちろん、やりますよ」

「いつやる?」

「一日、二日、待ってもらえませんか。あいつの家を見て、計画を立てたいからね。それから――」

「いいとも」と、マギンティは彼の手を握りながら言った。「おまえにまかせる。おまえがいい知らせを持ってきてくれた日にゃばんばんざいだ。この一撃で、やつらはみんなこっちの言うなりになる」

マクマードは、突然自分に任されたこの任務について、じっくり時間をかけて考えた。チェスター・ウィルコックスが住む一軒家は五マイル(約八キロメートル)離れた近くの谷にあった。その夜、彼は一人で偵察《ていさつ》に出かけた。帰ってきたのは、夜が明けてからだった。次の日、彼は二人の手下、マンダーズとライリーにあったが、向こう見ずな二人の若者は、まるで鹿狩りにでも行くようなはしゃぎようであった。そして二日後の夜、三人はそれぞれ銃を持ち、町外れで落ちあったが、一人は採石《さいせき》場《じょう》で使われている爆薬の詰まった袋を運んでいた。一軒家に着く頃には、夜中の二時をまわっていた。その夜は風が強く、四分の一ほど欠けている月面に、ちぎれ雲が飛ぶように流れていた。ブラッドハウンドに注意するよう言われていたので、彼らは撃《げき》鉄《てつ》をはずしたピストルを手に、用心深く進んだ。しかし、聞こえるのは吹き荒れる風の音だけで、頭上で揺れる木の枝のほか、動く物は何もなかった。マクマードは一軒家の戸口でじっと耳を澄《す》ましたが、中はしんと静まり返っていた。次に、彼は火薬の袋を戸口に置くと、ナイフで切り裂《さ》いて穴を開け、導火線をとりつけた。導火線に火をつけると、マクマードと仲間の二人はその場を逃げだし、少し離れた小さな溝に体を隠した。ここなら安全だ。するとドーンという爆音と同時に、建物が低い地響きをたてて崩れ落ち、彼らの仕事は成功を収めたのだった。血塗《ちぬ》られた組織の記録を見ても、これほど手際《てぎわ》よく片づいた仕事はないだろう。

しかし、これほど大胆《だいたん》に計画され、用意周到《しゅうとう》に行なわれた作業が、全くの無駄骨だったとは！　あちこちで人が殺されるのに警戒心を抱き、自分の命も狙われていることを知ったチェスター・ウィルコックスは、前の日に、家族と共に、警察の監視が得られる、人目につかぬ安全な場所へと引っ越していたのだった。爆薬で壊れたのは誰もいない空き家で、頑固一徹《いってつ》の元軍旗護衛下士官は、ダイク製鉄の鉱夫たちを、あいかわらず統率《とうそつ》し続けていた。

「あいつのことはおれにまかしてくれ」と、マクマードは言った。「あいつはおれのものだ。一年かかっても、必ずしとめてみせる」

支団は満場一致で、彼に対する感謝と信任《しんにん》の決議を採択《さいたく》して、集まりの幕を閉じた。二、三週間後、ウィルコックスが待ち伏せされて射殺されたと、新聞で報じられると、皆はそれを、マクマードが残った仕事をついにし遂げたのだと噂《うわさ》をした。

これが自由人団のやり口だった。スコウラーズはこういうやり方で、このすばらしい豊かな土地に恐怖の支配を広げ、長い間、その恐ろしい存在によってこの土地を苦しめてきたのだった。これ以上彼らの罪を並べる必要はないだろう。この連中とその手口については、もう充分におわかりだろう。

これらの仕業《しわざ》は歴史にも記されているし、記録もあるので、くわしく読むことができる。それを読むと、あえて二人の団員を逮捕しようとして、ハントとエヴァンズの両警官が射殺された事件(180)――ヴァーミッサ支団で計画され、丸腰の無力な二人に加えられた、血も凍るような暴力事件について知ることができる。さらに、マギンティ親分の命令で打ちのめされて瀕死《ひんし》の状態にあった夫を看病《かんびょう》していた、ラービィ夫人が射殺されたことも書かれている。[181]弟が殺された直後に、その兄ジェンキンズ[182]が殺された事件、ジェイムズ・マードックが不自由な体にされてしまった事件、スタップハウス家[183]の爆破事件、ステンダール一家殺害事件[184]などは、皆、同じ年のあの恐ろしい冬に、次々と起きた事件である。

恐怖の谷には、暗い影がさしていた。やがて、小川の流れや梢《こずえ》に咲く花々と共に、春が訪れ、長い間厳しい冬に閉ざされていた自然に、希望の光が差した。しかし、恐怖の支配のもとで暮らす人々にとって、希望はどこにもなかったのである。一八七五年の初夏ほど、暗く、希望のみえない暗雲《あんうん》が彼らの頭上を覆《おお》ったことはなかった。

第6章 危機

恐怖の支配は頂点に達した。マクマードは支団長補佐役に任命され、いずれはマギンティの跡を継ぐ人物だと、誰からも思われていた。今や、その助力や助言なしではなにも決まらぬほど、彼は同志の会議には欠かせぬ存在となった。しかし、自由人団での彼の人気が高まれば高まるほど、ヴァーミッサの人々は、通りですれ違う彼に、あからさまに嫌な顔をするようになった。市民たちは、恐怖におののきながらも、勇気を奮《ふる》って団結し、圧制者たちに立ち向かうようになった。ヘラルド新聞社で秘密の会合がもたれ、法を守ろうとする人々の間で銃が配られたという知らせが支団に届いていた。しかし、マギンティとその手下たちは、こういう報告にはびくともしなかった。自分たちは数も多く、肝《きも》も据《す》わっているし、武器も充分。それに対し、敵は団結力もなく、非力だ。今までと同じように、単なるおしゃべりか、あるいはとるに足らない小者の逮捕でけりがつくだろう。マギンティもマクマードも、大胆不敵な他の団員も、皆そう言っていた。

五月のある土曜日の一夜のことであった。土曜日の夜はいつも支団で会合があるため、マクマードが家を出かけたところへ、臆病者《おくびょうもの》の支団員モリスが会いにやってきた。心配そうに額《ひたい》にしわを寄せ、優しい顔はげっそりとやつれていた。

「マクマードさん、二人だけで話せるかな？」

「いいよ」

「以前にも、あんたに本心を打ち明けたとき、親分がそのことをあんたに聞きただしたのに、黙っていてくれたね」

「信用されてるんだから、そうするしかないだろう？　別に、あんたの言うとおりだと思ったからじゃないさ」

「よくわかっている。とにかく、話しても安全なのは、あんただけだ。実は、ここに秘密があるんだが」――彼は手を胸に当てた――「そのために、身を焼かれる思いなのだ。これを知ったのが、他の団員だったらと思うとぞっとするよ。話せば、またきっと人殺しだが、話さなければ、われわれ皆が破滅《はめつ》することになる。助けてくれ、でないと気が違いそうだ」

マクマードは真剣な顔で相手を見た。モリスは手足をがたがたと震わせていた。マクマードはグラスにウィスキーを注いで、彼に手渡した。「あんたのような人には、これがいい薬だ」と、彼は言った。「さあ、話を聞こうじゃないか」

ウィスキーを飲むと、真っ青だったモリスの顔に赤みが戻った。「話は簡単なのだ」と、彼は言った。「探偵がわれわれをつけ狙《ねら》っているのだ」

マクマードは驚いて相手の顔を眺めた。「なんだって、気でも違ったんじゃないか！」と、彼は言った。「この土地には、前から警官だって探偵だっていくらでもいるじゃあないか。だからっておれたちに害が及んだことがあったか？」

「いや、いや、こんどのは、この土地の者じゃない。あんたの言うように、この土地のやつらじゃ、おれたちには手が出せない。でも、ピンカートン探偵社のことは、噂《うわさ》に聞いてるだろう？」

「そういう名前は、どこかで読んだことがあるね」

「嘘《うそ》は言わない。もし、あいつらに狙われたら、もう逃げられる見込みはない。お役所仕事みたいな生半可《なまはんか》なものじゃないんだ。結果を出さなきゃならない仕事だから真剣勝負で、どんなことをしても相手をしとめるまで狙い続ける。ピンカートンのやつが一人でも、全力を挙《あ》げてかかってきたら、われわれは全滅だ」

「そいつを必ず殺してやろうじゃあないか」

「あんたがまず考えるのは、殺しか！　支団でもそうだろう。だから、殺人になると言ったんだ」

「そうだろう、殺人がなんだっていうんだ。ここらじゃ、珍しくもなんともないだろう?」

「そりゃそうだが、殺される男の名を、名指したくはないんだ。そんなことしたら、一生安心して暮らせなくなる。だが、ほっとけば、こっちの首が飛ぶんだ。いったいどうすればいいんだろう?」彼は決断しかねて、苦しげに体を揺すった。

だが、彼の言葉はマクマードを深くつき動かした。危険が迫っていて、それに備える必要があるという点では、同じ考えでいることは、容易に理解できた。彼はモリスの肩をぐいとつかんで、真剣になって揺すった。

「いいかい」と、彼は大声を出したが、興奮《こうふん》のあまり、金切り声に近かった。「通夜で大声で泣く年寄りの泣き女のように、泣き言を言っていてもはじまらない。事実を聞かせてくれ。そいつはどこのどいつなんだい、どこにいるんだ? どうやってそいつのことを知ったんだ? どうしておれのとこに知らせに来たんだ?」

「おれがここへ来たのは、助言してくれるのは、あんたしかいないと思ったからだ。ここへ来る前、東部で店を持ってたって言っただろ。あっちに親友が何人かいて、その一人が電信局に勤めている。昨日、その男からこんな手紙が来た。このページの、ここのところからなんだが、ちょっと読んでみてくれないか」

マクマードの読んだ内容は次のようなものであった。

そちらのスコウラーズのようすはいかがですか。新聞には、始終彼らの記事が出ています。ここだけの話ですが、近いうちに、君からニュースが聞けるものと思っています。五大会社と二つの鉄道会社が、この問題を真剣に取り上げたのです。彼らは本気ですから、きっと目的を達するでしょう。すでに本腰を入れているようすで、ピンカートン探偵社[185]が依頼を受けて仕事にかかり、同社きっての腕利《うでき》き、バーディ・エドワーズ[186]が調査にあたっています。悪事にも、すぐにとどめが刺されることでしょう。

「次に、追伸《ついしん》も読んでみてくれないか」

むろん、お知らせできるのは、業務中に知ったことで、これ以上はわかりません。毎日山のように扱っているのですが、暗号文なので、意味が分からないのです。

マクマードは、落ち着かないようすで手紙を手にしたまま[187]、しばらく押し黙っていた。一瞬霧《きり》の晴れ間が見えたものの、目の前に姿を見せたのは深い淵《ふち》だった。

「ほかにこのことを知ってる者はいるのかい?」と、彼は尋《たず》ねた。

「誰にも話してはいない」

「だが、この男——あんたの友達だが——ほかに手紙を出しそうな相手はいないのかい？」

「そう、一人、二人はいるかもしれない」

「ここの支団にかい？」

「その可能性は充分にある」

「それなら、バーディ・エドワーズの人相を知らせてきちゃいないかと思ったんだ。そうすりゃ、やつのしっぽをつかまえることができる」

「それはそうだ。けれども、やつはエドワーズのことを知らないだろうね。仕事のついでに知った情報を教えてくれただけだ。ピンカートン社の人間を知ってるわけはないだろう」

マクマードは、突然、体をふるわせた。

「ちくしょう！」と、彼は叫んだ。「誰だかわかったぞ。今まで気がつかなかったなんて、なんとまぬけなことだ！　こいつは運がいい！　あっちが何かしかけてくる前に、始末してしまおう。なあ、モリス、ここは万事おれに任せてくれないかな」

「それはいいが、わたしを巻き込んだりしないでくれよ！」

「わかってるさ。あんたは引っ込んでればいいから、おれにやらせてくれ。あんたの名だって、出しゃしない。この手紙がおれんとこに来たようにして、自分だけでやる。

それでいいね？」

「それは、望むところだ」

「それでは、この件はそういうことで、あんたは手を引くんだ。さあ、おれは支団へ行くぞ。そのうちピンカートンのおいぼれ野郎を後悔させてやるぞ」

「殺すんじゃないだろうね？」

「わが友モリス、あんたはくわしく知らないほうが、良心も傷つかないし、よく眠れる。なにも聞かずに、成り行きに任せるんだな。おれが責任を持つ」

モリスは、帰り際《ぎわ》に、悲しそうに首を振った。「何かわたしの手で、そいつを死に追いやるような気がする」と、彼はうめくように言った。

「とにかく、自己防衛は殺人にはならないのさ」と、マクマードは残忍な微笑を浮かべながら言った。「これは喰《く》うか喰われるかなのだ。そいつをこの谷に長く置いとけば、こっちが皆殺しに遭《あ》う。さあ、同志モリス、支団を救ったとなれば、あんたを支団長に選ばなきゃならなくなるぞ」

言葉では平静を装《よそお》っているものの、行動を見れば、マクマードがこの新たな侵入者のことを深刻に受けとめていることがわかった。それは良心の呵責《かしゃく》からか、ピンカートン探偵社の名声のせいか、あるいは、裕福な大企業が、スコウラーズを一掃する大仕事に乗り出したことを、知ったせいかもしれなかった。しかし、理由はどうあれ、彼の行動は、最悪の事態に備える者のそれであった。下宿を出る前に、彼は犯罪の証拠となるような書類を、残らず焼き捨てた。それから、これで安全だと思ってか、ふーっと安堵《あんど》の溜息《ためいき》⒅をもらした。だが、まだなんとなく危険が迫《せま》っているような感じがして、支団へ行く途中で、シャフター老人の家へ寄った。家への出入りは禁じられていたが、窓を叩くと、エティが出てきた。彼女の恋人の目からは、生き生きとした、アイルランド生まれのいたずらっ子らしい表情は、消え失せていた。彼女は、彼の真剣な表情から、その身に危険が迫っていることを知った。

「何かあったのね！」と、彼女は叫んだ。「ああ、ジャック、危険が迫っているのね！」

「いや、それほど大したことじゃない、エティ。けれども、これ以上悪いことが起きないうちに、ここを離れたほうがいいかもしれない」

「ここを離れるですって！」

「いつかこの土地を離れるって、約束したことがあるね。その時が来たようだ。今夜知らせが、それも悪い知らせがあって、面倒なことになりそうなのだ」

「警察なの？」

「いや、ピンカートンさ。でも、君には想像のつかないことだろうね。それに、ぼくのような人間にとって、それが何を意味するのかもね。ぼくはどうも深入りしすぎたらしい。すぐにでも、逃げださなきゃならないだろう。ぼくが逃げるなら、君も一緒に来ると言ったね」

「ええ、ジャック、もしそれであなたが助かるのなら」

「ぼくだって正直になることもあるのだよ、エティ。たとえ何があろうと、君のその美しい髪の毛の一本だって傷つけやしないし、ぼくがいつも仰ぎ見る、雲の上の黄金の玉座から、ちょっとでも君を引きずり下ろしたりすることはない。ぼくを信じてくれるかい？」

彼女は、何も言わず、彼の手に自分の手を重ねた。

「いいかい、それじゃ、ぼくの言うことを聞いて、その指示どおりにしてほしい。ぼくたちには、それしか道はないのだ。この谷で何かがおこる。まちがいない。そうなれば、ぼくたちの多くは、自分の身を心配しなくてはいけなくなる。ともかく、ぼくもその一人だ。ぼくが逃げるとなったら、昼でも夜でも、君は必ず、一緒について来るんだよ！」

「ジャック、わたし、後から行くわ」

「だめ、だめだ。必ず一緒について来るんだ。もし、この谷から閉め出されたら、ぼくは二度と帰って来られない。だから、どうして君を置いて行くことができるかい。それにおそらく、警察の目から隠れていなければならない。とすれば、手紙を渡すチヤンスもなくなる。一緒に来なければ、だめなのだ。僕がもといたところに、親切なご婦人がいるから、結婚できるようになるまで、そこで君を預かってもらうよ。来てくれるね」

「ええ、ジャック、行くわ」

「ぼくを信じてくれてありがとう。君の信頼を裏切るようなまねは、けっしてしやしない。エティ、君への伝言はたった一語だから、覚えておいてほしい。伝言が届いたら、なにもかも放り出して、停車場の待ち合い室[189]へ行って、ぼくが行くまで待っているのだよ」

「いつでも、伝言が届いたら行くわ、ジャック」

自分自身の逃亡の準備に手をつけたことで、なんとなく安心して、マクマード[190]は支団へ行った。すでに会議は始まっていて、出入り口を内と外から見張る番人と、ややこしい合図を交わし合って、やっと中にはいることができた。中に入ると、楽しげな歓迎のざわめきが、彼を迎えた。細長い部屋には、ぎっしり人が詰まっていたが、タバコの煙が立ちこめた向こうに、支団長のたてがみのような黒いもじゃもじゃ頭や、ボールドウィンの冷たく残忍な顔立ちや、秘書のハラウェイのはげたかのような顔、それにその他十人ほどの、支団の指導者たちの顔が見えた。彼は、自分の情報について話し合える人物がそこにそろっているのを見て、喜んだ。

「いや、ほんとにいいところに来てくれたよ、同志！」と、議長が大声で言った。

「ソロモン王のような知恵者の判断を仰がなけりゃならんことがあるんだ(191)」

「ランダーとイーガンのことだ」と、彼が腰を下ろすと、隣の団員が説明した。「スタイルズタウンのクラッブ老人を射殺した者に、支団が出した賞金を、二人ともが自分のものだと主張するのだが、どっちの弾が当たったかなんぞ、誰がわかるかい」

マクマードは自分の席から立ち上がって、手を挙《あ》げた。彼の表情に、一同の視線は凍《こお》りつき、皆しんと静まり返って、彼の出方を待った。

「支団長殿」と、彼は厳《おごそ》かな声で言った。「緊急動議があります」

「同志マクマードが、緊急動議だという」と、マギンティは言った。「支団の規則により、その動議を優先させる。さあ、同志、聞こうか」

マクマードは、例の手紙をポケットから取り出した。

「議長殿ならびに同志諸君(192)」と、彼は言った。「今日は悪い知らせを持ってきました。ですが、きちんと知って議論するほうが、警告もなく突然打撃を受けて、全滅するよりいいでしょう。この州の有数の力と財力を誇《ほこ》る企業団体が、結束して、われわれの組織の壊滅《かいめつ》に乗り出したという、情報を得ました。バーディ・エドワーズとかいうピンカートン社の探偵が、この谷で、われわれの多くを絞首刑《こうしゆけい》にし、今、この瞬間にもこの部屋の団員すべてを重罪犯として独房へ送り込むような、証拠を集めているのです。そういう状況ですので、議論が必要かと思い、緊急動議を出したしだいです」

部屋中がしんと静まり返った。議長がその静けさを破って、言った。

「同志マクマード、その証拠はあるのか？」と、彼は聞いた。

「私が入手した、この手紙が証拠です」と、マクマードは言った。彼は手紙の一節を大きな声で読んだ。「この手紙については、これ以上くわしく説明しないと約束したので、くわしくは申し上げられませんし、お渡しすることもできません。しかし、いま読んだ内容のほかには、支団の利益に関わることは書かれていません。皆さんには、私が知り得たことをそのままお知らせしたのです」

「議長、ちょっといいですか」と、年配の同志の一人が言った。「バーディ・エドワーズのことなら聞いたことがあります。ピンカートン探偵社じゃ、一番の腕利きだってことです」

「誰か、顔を見た者はいるか？」と、マギンティが聞いた。

「はい、私が見てます」と、マクマードが答えた。

会議場のあちこちから、驚きのつぶやきが漏《も》れた。

「奴はわれわれの手中にいます」と、彼は勝ち誇ったような笑みを浮かべて、続けた。「こちらがすばやく、うまく立ち回れば、ことは簡単にすみます。信頼して手を貸してくだされば、われわれが恐れることなどありません」

「そもそも、何を恐れるっていうんだ？　いったい、奴がこっちの仕事の何を知ってるというんだ？」

「議長、みんながあなたのようにしっかりしていれば、そう言えるでしょう。しかし、この男の裏には、資本家連中の何百万ドルという資金があるんですよ。支団の仲間の中には、買収されるような弱い人間はいないというんですか？　奴はわれわれの秘密を突き止めますよ――おそらくは、もうつかんでいるでしょう。確実な対策はただ一つです」

「奴をこの谷から、絶対に出さないことだ」と、ボールドウィンが言った。

マクマードは頷《うなず》いた。「そのとおりだ、同志ボールドウィン」と、彼は言った。「あんたとおれはいろいろやりあってきたが、(193)今のあんたの言葉は正しい」

「奴の居所はどこだ。どこに行けばいいんだ？」

「支団長殿」と、マクマードは真剣な口調で言った。「これは非常に重大な問題なので、公開では議論できないと思うのですが。決してここにいるみんなを疑うわけではありませんが、万が一、少しでも、噂《うわさ》が相手の耳に入れば、奴をとらえることはできなくなります。わたしは支団に秘密委員会をつくることを提案します。わたしとしては、議長、あなたと、ここにいる同志ボールドウィン、それにあと五人ほどいればいいと思います。そこでなら、わたしが知っている情報や、どうするかについてのわたしの意見を、遠慮《えんりょ》なく話せるでしょう」

提案は直ちに採択《さいたく》され、委員が選ばれた。議長とボールドウィンのほか、ハゲワシに似た秘書のハラウェイ(194)、若く残忍な殺し屋、虎のコーマック、会計係のカーター、それにウィラビー兄弟という、どんなことでもする恐いものなしの命知らずな連中であった。

いつもの支団のどんちゃん騒《さわ》ぎも、その夜はあまり盛り上がらずに、早めに終わった。団員たちの心には暗雲《あんうん》が立ちこめ、そこにいた多くの者たちが、その時はじめて、自分たちの頭上を長くおおっていた静かな空に、復讐《ふくしゅう》に満ちた法という暗雲が漂い始めたことを、知ったのである。彼らは他人に恐怖を与えてきたわけだが、それが決まりきった生活の一部となっていたために、報《むく》いがあるなどということは考えもしなかった。だから、今、それがこれほど身近に迫っていることを知って、なおさらびっくりしたようであった。彼らは早々と解散し、委員だけが会議に残った。

「さあ、マクマード、始めてくれ」と、他の者たちがいなくなると、マギンティが言った。七人の男たちは、座ったまま、身じろぎもしなかった。

「さっき、わたしは、バーディ・エドワーズを知っていると言いましたね」と、マクマードは言った。「言うまでもなく、ここでは、そう名乗ってはいません。勇敢《ゆうかん》だが、決して無茶をしない男です。スティーヴ・ウィルスンと名乗って、ホブスン開拓地《かいたくち》に泊まっています」

「どうしてそれがわかった？」

「偶然、話をしたことがあるんです。その時は、あまり気にかけなかったし、この手紙がなければ、思い出すこともなかったでしょう。けれども、今は、はっきりあの男だと言えます。水曜日に、列車の中で会ったのですが、まったく大変でしたよ。新聞記者[195]だと言ったので、その時はそう思いました。『ニューヨーク新聞《ペーパー》[196]』の記事にしたいとかで、スコウラーズやその『暴虐《ぼうぎやく》』とやらについて、なんでも聞きたがってました。記事の種になりそうなものを手に入れようと[197]、うるさいほど聞いてきましたが、おれはなにも漏らしませんでしたよ。『うちの編集長が気に入りそうなネタが手に入れば、礼はやる、それもたっぷりだ』と言ってきたので、喜びそうなことを話してやったら、礼に二十ドルくれました。『ぼくの知りたいことを、全部教えてくれたら、この十倍は礼をする』って言ってましたよ」

「それで、なにを話したんだ？」

「もちろん、口からでまかせですよ」

「そいつが新聞記者じゃないってことは、どうしてわかった？」

「それはですね、あいつがホブスン開拓地でおりたので、こっちもそうしたんです。たまたま電報局に入ると、あいつが出てくるところでした。出ていってしまうと、局員が『やれやれ、これじゃ、倍額もらいたいですよ』と、言うではありませんか。それでおれは『ほんとだね』って、言ってやりましたよ。奴の電文用紙には、どう見たって、中国語かなにかとしか思えないような綴《つづ》りが、ぎっしり書かれているんです。『あの人、毎日紙一面に、こういうのを打つんですよ』と、局員が言うので、こっちも『新聞の特ダネなんで、誰かに横取りされないか、心配なんだろう』と言いました。あの時は、局員も私もそう思っていましたが、今は違います」

「そりゃそうだ、おまえの言うとおりだ!」と、マギンティは言った。「で、どうすりゃいいっていうんだ?」

「すぐに行って、やっつけちまおう」と、誰かが提案した。

「そうだ、早いほうがいいぞ」

「居場所さえわかれば、すぐにでも行きたい」と、マクマードは言った。「ホブスン地区にいるのは確かだが、家まではわからない。だが、いい計画があります。もっとも、聞いてもらえればの話ですが」

「どういう計画なんだ?」

「明日の朝、私がホブスン地区へ行きます。電報局員から、奴の住所を聞き出すんです。局員ならわかるでしょう。それから、奴に、わたし自身が自由人団の団員で、支団の秘密を洗いざらい売ってやろうと持ちかけます。きっと、飛びついてきますよ。

書類は家にあるのだが、人がうろついている間に来られちゃ、こっちの命が危ないと言ってやります。奴もなるほどと思うでしょう。夜の十時に来れば、残らず見せてやると言えば、必ず来ますよ」

「それからどうする？」

「あとの計画は任せます。マクナマラ未亡人の家は一軒家です。彼女は口も堅いし、耳もまったく聞こえないし、下宿人はスキャンランとわたしだけです。奴が来ると約束したら――そのときには、皆さんにお知らせしますが――七人そろって、九時までに来てください。奴を家の中へ引き入れましょう。もし生きて出られたとしたら、バーディ・エドワーズの奴は、一生自分の幸運を語り草にできるでしょう」

「ピンカートン探偵社に、欠員を一人つくってやる」と、マギンティは言った。「それじゃ、そういうことでな、マクマード。明日の夜、九時に会おう。おまえが奴を家の中へ入れたら、後はおれたちにまかしてくれ」

第7章　バーディ・エドワーズの罠

マクマードが言ったように、彼の下宿は一軒家で、彼らがたくらんだ犯罪にはうってつけであった。場所も町外れで、街道からもかなり入ったところにあった。他の場合だったら、今まで何度もしてきたように、ただ相手を呼び出して、相手の体にピストルを撃ちこむだけですんだのだが、今度の場合は、相手がどういう方法でどれだけ知っているか、また依頼主にはどういう情報が伝わっているかを、調べる必要があった。

もう遅すぎて、なにもかも伝わっている可能性もある。もしそうでも、伝えた張本人にだけは仕返しができる。けれども、探偵もまだ重要なことは何もつかんではいないだろうと、彼らは楽観していた。もしつかんでいるとしたら、マクマードが話してやったつまらぬ情報をわざわざ書いて送るようなことはするまい、というのが彼らの見方だった。しかし、それはいずれ本人の口から聞けることであった。一度とらえてしまえば、口を割らせる方法はいくらでもある。今までだって、何度となく、口を割ろうとしない証人の口を割らせてきたのだ。

マクマードは約束どおりホブスン開拓地《かいたくち》へ行った。その日の朝は、警察がいつになく彼に関心を持っているようすで、マーヴィン隊長――シカゴでマクマードと顔見知りだったという男――が、停車場で実際彼に話しかけてきたほどだったが、マクマードは顔を背《そむ》け、言葉を交わそうとしなかった[198]。彼は、午後には仕事をすませて組合の家へ戻り、マギンティに会った。

「奴は来ますよ」と、彼は言った。

「それはしめた！」と、マギンティは言った。この大男は上着を脱いで、ゆったりとしたチョッキの上から、紋章《もんしょう》のついた金ぴかの鎖《くさり》を斜《なな》めにたらし、ごわごわしたあごひげの縁のあたりからは、きらきら光るダイヤモンドがのぞいていた。酒と政治は、この親分を、非常に金持ちにしただけではなく、権力者に仕立てあげたのだった。それもあって、彼には前夜から目の前にちらつき始めた、牢屋《ろうや》とか絞首刑《こうしゅけい》の光景が、いっそう恐ろしく思えるのだった。

「奴はいろいろ知っているのか？」と、彼は不安そうに聞いた。

マクマードは憂《ゆう》うつそうに首を振った。「かなり長いこと――少なくとも六週間はこっちにいます。見込みのある鉱区《こうく》を探しに来たわけじゃないでしょうから、鉄道会社の金をバックに、このあたりでずっと調べていたとすると、かなり成果を上げて、報告もしていると考えられます」

「支団には、仲間を売るような、ヤワな男はいないはずだ」と、マギンティは叫んだ。「皆、信用できるやつばかりだ。だが、待てよ、あのモリスの野郎がいる。あいつはどうだ？　おれたちを売ったやつがいるとすれば、あいつだ。夕方までに、若い者を二、三人やって、痛めつけ、白状《はくじょう》させてやろう」

「まあ、それも悪くはないでしょうが」と、マクマードは答えた。「おれはモリスが好きだから、あの男が痛い目に遭《あ》うのは、気の毒だ。支団のことについて、一、二度おれに相談しに来たことがあったし、支団長やおれとは考えが違うかもしれないが、裏切るような奴には見えなかったな。[199]しかし、これはあくまでも支団長とあいつの問題で、おれがどうこう言うことじゃない」

「あいつ、片づけてやるぞ」と、マギンティはののしった。「この一年、奴を見張ってきたんだ」

「その件はお任せしますが」と、マクマードは答えた。「何をするにせよ、あしたまで待ってもらいましょう。ピンカートンの問題にけりがつくまでは、おとなしくしておかないと。何がなんでも、今日だけは、警察には騒《さわ》がれたくないですからね」

「そのとおりだ」と、マギンティは言った。「それに情報源についちゃ、バーディ・エドワーズ本人から聞き出してやろう。奴の心臓を切り裂《さ》いてもだ。罠《わな》に気づいてるようすはなかったか?」

　マクマードは声を立てて笑った。「いちばん知りたいことを、目の前にぶら下げてやったんですよ」と、彼は言った。「スコウラーズのしっぽがつかめそうだとなったら、どこまでだって追ってきますよ。(200)金も巻き上げてやりました」マクマードは、札束を取り出しながら、にやりとした。「書類を全部見せれば、もっと絞《しぼ》りとれますよ」

「なんの書類をだ」

「いや、そんなものありゃしませんが、組織の規約だの、団員名簿《めいぼ》だのと、適当に言っときました。奴は、何から何まで手に入れて、帰るつもりです」

「だろうな」と、マギンティは、はき捨てるように言った。「なんで書類を持ってこなかったのかとは、聞かなかったのか?」

「そんなもんを持ち歩くわけありませんよ。わたしは警察に疑われている男で、今日も、停車場で、マーヴィン隊長に声をかけられているんですから!」

「うん、そのことは聞いた」と、マギンティは言った。「この件じゃ、なんだかおまえさん、やばいことになりそうだな。探偵をやっつけたら、次は隊長の野郎も竪坑《たてこう》へ落としてやりゃいいさ。だが、やるにしても、あの男がホブスン開拓地に住んでいて、今日おまえがそこにいたことは、ごまかせないな」

　マクマードは肩をすくめた。「うまくやりゃ、殺したなんてばれませんよ」と、マクマードは言った。「暗くなってから来るんだから、誰にも見られやしないし、生きて帰れやしないんだから。いいですか、議員さん。おれの計画を言いますから、他の連中にもしっかり伝えてください。みんな、きちんと時間どおりに来ること。いいですね。奴は十時に来る。三度ドアを叩いたら、おれが開けることになっています。それからあいつを中に入れて、ドアを閉める。そしたら、もうこっちのもんだ」

「ずいぶんと簡単じゃないか」

「そうですよ、でも、それからが慎重を要するんですよ。敵は手強い奴だし、武器も持っています。うまくだましはしましたが、それでも用心はしているはずだ。いるのはおれだけだと思っているのに、七人もいる部屋へ通されたら、撃ち合いも始まるだろうし、けが人も出るでしょう」

「そうだな」

「それに、銃声を聞きつけて、町じゅうのお巡《まわ》り(201)が一斉に駆《か》けつけてくることになるかもしれない」

「たしかに」

「だから、こうすればいいんですよ。あんたたちには大きな部屋にいてもらう――こないだ、あんたと話したあの部屋だ。おれはドアを開けて、奴を玄関脇の客間へ通し、書類を取ってくると言って、そこに待たせておく。そうすれば、みんなにようすを伝えることもできますからね。それから、偽《にせ》の書類を持って、奴のところへ戻る。奴がそれを読み出したら、おれが飛びかかって、奴のピストルを持つ手をとっつかまえる。おれが呼んだら、みんなで飛び込んできてくださいよ。早ければ早いほうがいい。力は互角だろうけど、おれの手に負えなくなるかもしれないからね。けど、みんなが来るまでは、なんとか抑えときますよ」

「そいつは名案だ」と、マギンティは言った。「今度のことで、おまえは支団に貸しをつくったわけだ。おれが支団長を辞めるときには、あとがまに推薦《すいせん》してやるぞ」

「なあに、議員さん、おれなんかまだ新米《しんまい》ですよ」と、マクマードは言ったが、支団長のほめ言葉にはまんざらでもなさそうな顔つきであった。(202)

下宿に帰ると、マクマードは、間近に迫った、その夜の大仕事の準備にとりかかった。まず、スミス・アンド・ウェッスン拳銃を掃除して、油で磨《みが》き、弾丸を込めた。次に、探偵をおびき入れることにした部屋を調べた。大きな部屋で、中央にはモミ材の長いテーブルが置かれ、一方の端にはストーヴがあった。残りの三方の壁には、それぞれ窓があって、よろい戸はなかったが、薄いカーテンが掛《か》かっていた。マクマードはそれらを注意深く調べた。今度のような秘密の計画に使うにしては、無防備すぎる部屋には違いなかったが、街道からかなり離れているので、それほど問題ではないだろう。最後に、彼は同居人のスキャンランにこのことを話した。彼は、スコウラーズの一員ではあったが、仲間の意見には逆らえないほど気が弱く、ときどき手伝わされる血なまぐさい仕事に内心びくびくしている、無害な小男だった。マクマードはその夜の計画を手短かに話した。

「マイク・スキャンラン、もしおれだったら今夜はここを出て、どこかに行ってるよ。明け方前にここで血なまぐさい事件がおきるだろうからね」

「そうかい。だったら、そうするよ、マック」と、スキャンランは答えた。「おれだってやる気がないわけじゃないんだけど、ただ気が弱いもんでね。あそこの炭鉱《たんこう》で経営者のダンがやられたときも、見てられなかったよ。おれはあんたやマギンティと違って、こういうことには向いてない。支団が、おれのことを今までどおりに扱ってくれさえすれば、あんたの言うとおりにして、今晩のことは任せるさ」

男たちは、打ち合わせた時間どおりにやってきた。皆こぎれいな身なりをして、外見はまともな市民に見えたが、その堅く結んだ口元と残忍な目つきさえ見れば、バーディ・エドワーズには生きて帰る望みのないことが、一目瞭然《りょうぜん》であった。部屋にいるのは、これまで何度も血で手を汚してきた者ばかりであった。まるで羊でも殺すかのように、人殺しにもびくともしない連中なのだ。

もちろん、外見でも犯罪行為でも、断然他を圧していたのは、残忍なマギンティ親分だった。秘書のハラウェイは、細長い首をした、やせぎすの、意地の悪そうな男で、神経質そうに手足をぴくぴくさせていた。支団の財務に関する限り、清廉《せいれん》で忠実そのものの男なのだが、支団以外の者に対しては、正義とか誠実さなどといったことは、考えてもみない人物であった。会計係(203)のカーターは無表情な、どちらかというとふくれ面をした、中年の男で、皮膚《ひふ》が羊皮紙《ようひし》のように黄色かった。計画を練り上げる能力に優れ、ほとんどすべての悪事の実際上の段取りは、この男の頭脳から出てきたのだ。ウィラビー兄弟は、背が高く、身のこなしの軽やかな、行動的な若者で、きりっとしまった顔つきをしていた。一方、兄弟と仲のいい虎のコーマックは、色黒で太った若者で、その残忍な気性で、仲間うちからも恐れられていた。これが、その夜、ピンカートン社の探偵殺害のために、マクマードの下宿に集まった連中であった。

主人役を務めるマクマードがテーブルにウィスキーを用意していたので、皆、仕事前に一杯と、急いで酒をあおった。ボールドウィンとコーマックはすでにほろ酔い加減で、酒のせいでその凶暴さがむき出しになった。(204)コーマックはしばらくストーヴで手をあぶっていた——まだ夜になると寒かったので、ストーヴにちょっと両手を当ててみた。

「こいつは使えるぞ」と、彼は憎々しげに言った。

「そうさ」と、ボールドウィンはコーマックの言おうとしていることを受けて言った。

「これに縛《しば》りつければ、やつも泥を吐くさ」

「泥は吐かせるから、心配するな」と、マクマードは言った。彼は、鋼《はがね》のような神経の持ち主だ。今夜の計画の全責任を負いながら、いつもどおり、冷静で平然としている。他の男たちはそのことに気づいて、賞賛した。

「おまえに任せておけば、安心だ」と、親分は満足気に言った。「気づきもしないうちに、奴ののど元には、おまえの手が回ってるさ。窓によろい戸がないのが残念だな」

マクマードは、三方のカーテンをきっちりと閉めてまわった。「さあ、これでよしと、誰も覗《のぞ》けないだろう。そろそろ奴の来る時刻だ」

「来ないということもあるんじゃないかな。危険をかぎつけて」と、秘書が言った。

「来るさ、心配するな」と、マクマードは答えた。「おまえが会いたいのと同じように、あっちも来たがっているさ。ほら、あの音だ！」

全員がろう人形のように身じろぎもせず、中には、口へ持っていくグラスを途中で止めたままの者もあった。ドアを大きく三回たたく音が聞こえた。

「しっ！」マクマードが片手を上げて注意をうながした。彼が勝ち誇《ほこ》ったように一同を見回すと、皆隠し持った武器に手をもっていった。

「どんなことがあっても、音をたてるな！」マクマードは低く言うと、部屋を出て、そっと後ろ手でドアを閉めた。

殺人者たちは、耳を澄《す》まして待った。マクマードが廊下を向こうへ歩いていく足音を、一つ一つ数えた。やがて、彼が玄関のドアを開け、挨拶《あいさつ》を交わしているのが聞こえた。そして、家の中に入ってくる耳慣れない足音と、聞き慣れない声を耳にした。少したつと、ドアが閉まる音と、鍵《かぎ》をかける音も聞こえた。(205)獲物はまんまと罠にかかったのだ。虎のコーマックがぞっとするような笑い声をたてたので、マギンティ親分が、大きな手でその口をふさいだ。

「静かにするんだ、このまぬけ野郎」と、彼は小声で言った。「おまえのせいで、台無しになるじゃないか」

隣の部屋からは、ぼそぼそと話し合う声が、いつ果てるともなく聞こえてきた。やがてドアが開いて、マクマードが唇に指を当てて、姿を現わした。

彼はテーブルの端まで来ると、一同を見回した。さっきとは何かようすが違っていた。まるでこれから大仕事にかかる者のような、態度だった。顔には確固とした強い意志が現われ、メガネの奥の目は、興奮《こうふん》でギラギラと輝いていた。彼は明らかに一同の支配者となっていた。男たちは好奇の目でじっと彼を見つめたが、彼は何も言わず、いつまでも、異様な目つきで、一人一人の顔を見回していた。

「どうしたんだ」と、とうとうマギンティ親分は口を開いた。「奴はどうした？　バーディ・エドワーズは来たのか？」

「いるさ」マクマードはゆっくり答えた。「バーディ・エドワーズはここにいる。おれがエドワーズだ！」

この短い言葉のあと、十秒ほどの間、部屋には人っ子一人いないかのような、深い沈黙が続いた。ストーヴの上のやかんだけが、ヒューヒューと鋭く、耳障《みみざわ》りな音を立てていた。青ざめた七つの顔は、一斉に、自分たちを支配する男を見上げたまま、恐怖のあまり、ぴくりともしなかった。すると、突然、ガラスが砕ける音がして、それぞれの窓から、キラリと光るライフルの銃身が、何本も突き出され、カーテンが引きちぎられた。

これを見たマギンティ親分は、手負いのクマのようなうなり声を上げると、半開きのドアめがけて突撃した。しかし、そこにも狙《ねら》い定めたピストルがあって、鉱山《こうざん》警察のマーヴィン隊長の青く厳しい目が、照準の後ろで輝いていた。親分は後戻りして、自分が座っていた椅子《いす》にへたり込んだ。

「議員さん、そこに座っているほうが安全だよ」と、今までマクマードと呼ばれていた男が言った。「それから、ボールドウィン、ピストルから手を離さないと、死刑執行人の手を省かせることになるぞ。手を離すんだ、さもないと、おれが――よし、それでいい。この家は武装警官四十人が包囲している。逃げようなどとしたら、どういうことになるかはわかるだろう。マーヴィン、やつらのピストルを取り上げろ(206)」

これだけのライフル銃が向けられていては、どうにも抵抗のしようがなかった。男たちは武器を取り上げられ、あっけにとられたようすで、[207]むっつりと黙ったまま、テーブルを囲んでおとなしく座っていた。

「ここを出る前に、ひとこと言っておきたい」と、彼らを罠にかけた男は言った。「今度会うのは、法廷《ほうてい》でおれが証人席に立つときだ。それまでに、これから言うことを、ようく考えておいてもらおう。[208]すでに、おれの正体はわかっただろう。これでやっと種明かしができる。おれは、ピンカートン探偵社のバーディ・エドワーズだ。おれは、おまえたち一味《いちみ》の息の根を止めるために選ばれたのだ。困難で危険な仕事だった。誰一人として、いちばん身近な人間や最愛の人にさえ、このことは知らせていない。知っていたのは、ここにいるマーヴィン隊長と依頼主だけだ。[209]だが、ありがたいことに、それも今夜限りだ。おれは勝った！」

青ざめた、厳しい表情の顔が七つ、彼を見上げた。その目には、抑えきれない憎悪がこもっていた。彼はそこに執拗《しつよう》な威《い》嚇《かく》を読み取った。

「おそらく、おまえたちは勝負はまだ終わっていないと思っているんだろうがね。ま、勝負ならいつでも受けてやる。とにかく、おまえたちの中にはもう二度と娑婆《しゃば》に出られない者もいるし、おまえたちの他にも六十人ほど、今夜留置場に入るやつがいる。[210]実のところ、この仕事を依頼されたときには、こんな団体があるとは思ってもみなか

った。どうせ作り話だろうと思ったが、それならそれを証明すればいいことだと考えた。自由人団に関わりがあるということだったので、シカゴへ行って、団員になった。シカゴの自由人団が、悪事どころかずいぶん善いことをしているのを見て、これはますます単なる作り話だという確信を深めた。しかし、仕事をやり遂《と》げる必要があったので、この炭鉱の谷へやってきた。ここへ来て、おれは初めて自分がまちがっていたことに気づいた。やはり、三文《さんもん》小説のようないい加減な話じゃなかったんだ。そこで、ここに踏みとどまって調べてみることにした。おれはシカゴで人を殺したこともないし、今まで偽金《にせがね》なんか造ったこともない。おまえたちにくれてやったのは、全くの本物だが、なかなかいい使い方をしたもんだよ。おれはおまえたちに取り入る方法を知ってたから、(211)お尋《たず》ね者のふりをしたのさ。すべて思いどおりに運んだね。

そんなわけで、おれはおまえたちの極悪非道な支団に加わり、会議にも参加した。だから、おれもおまえたちと同じ悪人だと、言われるかもしれないが、こうしておまえたちをとらえたのだから、好きなように言わしておくさ。だが、ほんとのところはどうだ? スタンガーじいさんを襲《おそ》う一味に加わった夜は、時間がなくて、彼に危険を知らせることはできなかった。だが、ボールドウィン、おまえがじいさんを殺しかねないのを見て、おまえの手を押さえたのを覚えているだろう。おれがいろいろ提案したのは、それは支団の中での地位を保つためで、その気になれば、みんな防げたことばかりなのさ。[212]ダンとメンジーズの事件は、よくわかっていなかったので救えなかったが、二人を殺した犯人は必ず縛《しば》り首にしてくれるぞ。チェスター・ウィルコックスには警告しておいたので、あの家を爆破したときには、家族ともどもどこかへ隠れていた。おれには事前に防げなかった犯罪も数多くあったが、狙った相手が違う道から家へ帰ったり、家を襲ったら町に行って留守だったり、家から出てくると思ったら中に閉じこもったままだったりしたことが、何度あったか思い返してみればいい。みんなこのおれの仕業《しわざ》だったのさ」

「この裏切り者めが！」マギンティは歯ぎしりしてうなった。

「そうだ、ジョン・マギンティ、気がすむんだったら、なんとでも言え。おまえたちのようなやつらは神の敵で、この地方の人々にとっても敵だったんだ。おまえたちが支配していた哀れな人々を、救い出す人間が必要だったのさ。それができる道はただ一つしかなかったし、それをおれがやったまでだ。おまえらは『裏切り者』とおれを言うが、人々を救うために地獄におりていったおれを『救世主』[213]と呼んでくれる人も、大勢いると思うね。おれはその仕事をするのに、三ヶ月かかった。ワシントンにある大蔵省の金を自由に使わせてくれるっていっても、もう二度とこんな三ヶ月は過ごしたくないね。おまえら全員の名前と秘密をすべてこの手にするまで、ここに張りついていなくちゃならなかったんだ。こっちの秘密がばれそうだと知らなかったら、もう少し待っていただろうが、おまえたちにこっちの秘密を知られかねない手紙が、この町に舞い込んできたんだ。それで、すぐにでも行動に移す必要が出たわけさ。もう、これ以上言うこともないが、おれが死ぬ時には、この谷でやり遂《と》げた仕事のことを思い出せば、こころおきなく死ねるだろう。さあ、マーヴィン、あとはまかせる。部下を中に入れて、(214)一件落着にしよう」

これ以上語ることはないだろう。スキャンランは、エティ・シャフターの家へ届けてくれと、一通の封書を渡されていた――彼は、わかったよというような笑顔で、目《め》配《くば》せをして、この用事を引き受けた。翌朝早く、一人の美しい女性と、顔をすっかり覆《おお》った男とが、鉄道会社が特別に仕立てた列車に乗り、(215)途中で止まることなく、あわててこの危険な土地をあとにしていった。そして、それ以後、エティとその恋人は二度と恐怖の谷に姿を見せることはなかった。十日後に、彼らは父親のジェイコブ・シャフターを立ち会い人として、シカゴで結婚したのだった。(216)

スコウラーズの裁判は、残党が法の番人を脅《おど》したりしないよう、遠く離れた場所で行なわれた。一味のあがきは無駄に終わった。連中を助けようと、支団の金(217)――その地方一帯から脅しで搾《しぼ》り取った金だ(218)――が湯水のようにそそぎ込まれたが、それも無駄金となった。一味の生活、組織、それにその犯罪をこと細かに知る人間の、冷静沈《ちん》着《ちゃく》で明快な証言は、彼らの擁護者《ようごしゃ》たちの策略《さくりゃく》にもびくともしなかったのである。長い年月の末、ついに一味はつぶされ、滅《ほろ》び去った。暗雲《あんうん》は、谷から永久に消え去ったのだ。マギンティは、身をすくめて、しくしくと泣きながら、絞首台《こうしゅだい》で自らの最期の時を迎えた(219)。八人の主《おも》だった部下も、運命を共にした。五十数人は長短さまざまに懲役《ちょうえき》刑《けい》を受け、バーディ・エドワーズの仕事はここに完了したのだった。

　しかし、彼が予感したように、勝負はまだついていなかったのだ。一つ、また一つと、次々と新たな局面が現われた。そのひとつが、テッド・ボールドウィンが絞首刑を免れたこと(220)であった。さらに、ウィラビー兄弟や、一味の凶悪きわまりない連中の中にも、何人かは死刑を逃れた者がいたのだった。十年の間、連中は世間から切り離されていたのだが、やがて、また彼らが自由に歩ける日がきた。それは、連中を知るエドワーズが、これで自分たちの平和な生活も終わることになると確信した日になったのだ。彼らは、エドワーズを殺して、同志の復讐《ふくしゅう》を遂げようと、固く誓《ちか》っていた。そして、その誓いを守ろうと、力を尽くした(221)。

　シカゴにいたときから、エドワーズはつけ狙われ、二度も危うく命を落としかけ、三度目はきっともうだめだと思った。そこで、名前を変えて、シカゴからカリフォルニアへと移ったが、そこで妻エティ・エドワーズに死なれ、しばらくは生きる望みを失った。しかし、再び殺されかかったので、今度はダグラスと名前を変えて、人里離れた峡谷《きょうこく》で働き、そこでバーカーという名のイングランド人の男と力を合わせて、一財産築いた。ところがそこでも、とうとう追手たちが居所を突き止めたという警告があって、危機一髪のところでイングランドへと逃れた。そして、ここであのジョン・ダグラスという男の登場となるのである。(222)彼は立派な女性と再婚して、サセックス州で地方の紳士として、(223)五年間の平穏な生活を送った——しかしその生活も、すでにお聞きおよびのあの奇妙な数々のできごとによって、終わりを告げたのだった。(224)

エピローグ

警察裁判所[225]での手続きを終え、ジョン・ダグラスの事件は上級裁判所へと送られた。そこで巡回裁判が行なわれた結果、正当防衛の行為と認められ、無罪と決定された。「ぜひとも、彼をイングランドから連れ出しなさい」と、ホームズは夫人に手紙を書いた。「これまでは無事にすみましたが、ここにはもっと危険な一団がいるのです。イングランドにいる限り、あなたの夫君は安全とは言えません」

それから二ヶ月がたち、この事件のことも忘れかけていた。そんなある朝のこと、郵便箱に謎めいた手紙が一通、差し込まれた。「おやおや、ホームズさん！　おやおや」と、その奇妙な手紙には書いてあった。差し出し人の住所も氏名もない。わたしは、この奇妙な手紙を笑って取り合わなかったが、ホームズは、いつになく真剣な面もちだった。

「悪魔の仕業《しわざ》だ、ワトスン！」と言うと、彼は眉《まゆ》を曇らせ、じっと座ったまま動かなかった。

その夜遅く、(226)家主のハドスン夫人が、重大な用件でホームズさんに会いたいという紳士が見えていると知らせてきた。夫人のすぐあとから上ってきたのは、あの堀をめぐらした領主館で知りあった、セシル・バーカー氏であった。彼はやつれ果て沈痛《ちんつう》な顔つきであった。

「悪い知らせです――恐ろしい知らせですよ、ホームズさん」と、彼は言った。

「わたしも、それを恐れていたのです」と、ホームズは言った。

「海外電報を受け取られたのではないでしょうね？」

「それを受け取った者から、知らせが来たのです」

「気の毒なダグラスのことです。彼のことをエドワーズと呼ぶ人もいますが、わたしにとってはずっと、ベニト峡谷《きようこく》のジャック・ダグラスです。夫妻は三週間前に、パルミラ号で南アフリカへ向けて出発したことは、申し上げましたね」

「はいたしかに」

「船は、昨夜ケープ・タウンに着きました。今朝、ダグラス夫人からのこの海外電報を受け取ったのです」

「セント・ヘレナの沖で、ジャックは強風のため、海中に落ちた。この事故を目撃した者はいない――アイヴィ・ダグラス」

「ああ！　そういうことだったのか」と、ホームズは考え込むように言った。「そう、それはまったく、たくみな舞台演出ですね」

「単なる事故ではないとおっしゃるのですか？」

「絶対に事故ではありませんよ」(227)

「では、彼は殺されたのですか」

「そのとおりです！」

「わたしもそう思います。悪魔のようなスコウラーズのやつらが、執念深《しゅうねんぶか》いあの犯罪集団が――」

「いえ、いえ、そうではないのです」と、ホームズは言った。「これには、犯罪に熟《じゅく》練《れん》した者の手が加わっています。銃身の先端を切り詰めた散弾銃《さんだんじゅう》とかお粗末《そまつ》な六連発銃とはわけが違います。熟練した巨匠の絵が、筆さばき一つでわかるように、わたしは、ひと目見れば、モリアーティの仕業だとわかるのです。この犯罪の出所は、アメリカではなく、ロンドンなのです」

「しかし、そう考える理由はなんなのですか」

「それは、彼が失敗を知らない男だからです。――何をしても必ず成功するという事実の裏づけに従《したが》って、独特の地位を築いてきた男の仕業だとみたからです。偉大な頭脳と巨大な組織力が、一人の男の抹殺《まっさつ》に向けられた結果なのです。クルミを金づちで割るようなものでエネルギーのおそろしい浪費にはなりますが――ですが、クルミは

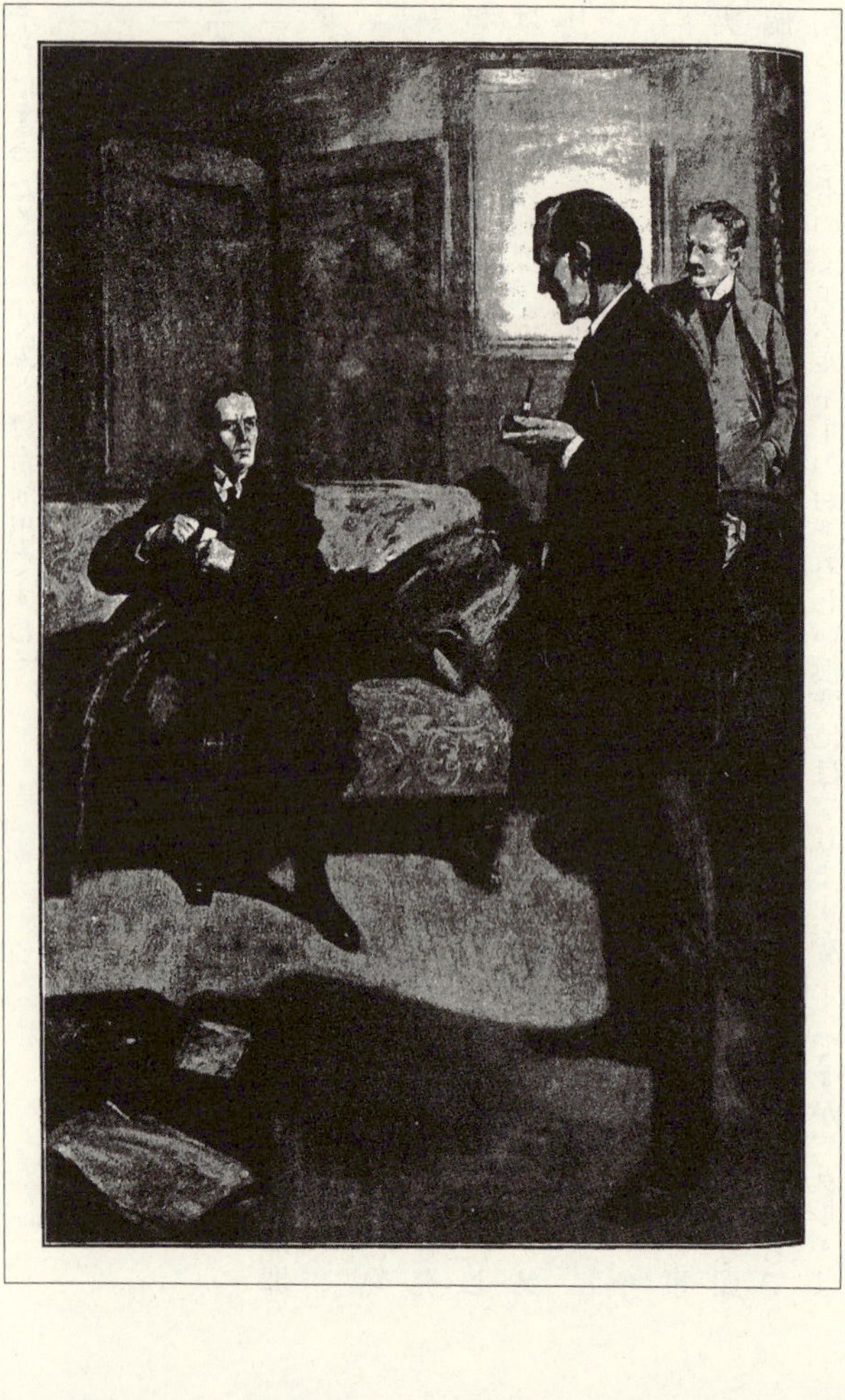

それでも充分効果的に砕《くだ》けます」

「その男は、どのようにして事件との係わりを持ったのでしょうか」

「あの事件について、わたしが初めて情報を得たのは、モリアーティの手下からでした、ということだけしか申し上げられません。あのアメリカ人たちは、充分な助言を得ていたのです。イングランドで仕事をしなければならなくなったので、外国の犯罪者なら誰でもがするように、犯罪界のこの偉大な顧問に協力を求めたのです。その瞬間から、彼らが狙《ねら》った男の運命は決まったも同然です。はじめは、自分の組織を使って狙う相手の居場所を見つけ出すことで、満足していたのでしょう。その後どうやって殺すかまでを教えるようにさえなった。そしてついには、新聞の報道で、その暗殺者が失敗したことを知ると、自らが乗り出していって、巨匠《きょしょう》の腕をふるったということですね。バールストン館でダグラス氏にこれからもっと大きな危険が降りかかるとわたしが警告したのは、覚えておいでてでしょう。わたしが申し上げたとおりでしたね」

どうしようもない怒りに、バーカーは握り拳《こぶし》を自らの頭にぶつけた。

「こんなことになっても黙っていなくてはならないのですか？　その悪の王と、対等にわたりあえる者は、誰一人いないと言われるのですか？」

「いや、そうは言っていません」と、ホームズは言ったが、その目は遥《はる》か彼方の未来を見つめているようであった。「彼に勝てる者がいないとは申しません。しかし、それにはどうしても時間がかかるのですよ——わたしに時間をいただきたい」

わたしたちは、数分のあいだ黙ったまま腰を下ろしていたが、ホームズの、運命にいどむような眼は、暗黒のヴェールを貫かんばかりに[228]じっと見すえていた。

注・解説

オーウェン・ダドリー・エドワーズ（高田寛訳）

《恐怖の谷》注

⇩本文該当ページを示す

《恐怖の谷》が連載されたのは、「ストランド・マガジン」誌第四十八巻〜第四十九巻（一九一四年九月号〜一五年五月号）で、フランク・ワイルズによる三十一枚の挿絵付きであった。連載の詳細は下記の通りである。

第四十八巻

一九一四年九月号（二四一頁〜二五二頁）：第一部・第1章、第2章
同十月号（三六七頁〜三七五頁）：前号のあらすじ、第一部・第3章、第4章
同十一月号（四八三頁〜四九一頁）：前号までのあらすじ、第一部・第5章
同十二月号（六〇二頁〜六一三頁）：前号までのあらすじ、第一部・第6章、第7章「『……捜査はここで一時休止です』」の箇所まで

第四十九巻

一九一五年一月号（二頁〜一五頁）：前号までのあらすじ、第一部・第7章「わたしたちが再び集まった時には夕闇がせまっていた。……」から残りの部分、第二部・第1章

同二月号（一七六頁〜一八七頁）：前号までのあらすじ、第二部・第2章
同三月号（二五七頁〜二六七頁）：（この号よりあらすじの紹介なし）第二部・第3章
同四月号（四四九頁〜四六一頁）：第二部・第4章、第5章
同五月号（五四三頁〜五五六頁）：第二部・第6章、第7章、エピローグ

最後の二回を除いて、連載時の各回には「シャーロック・ホームズ物語の新作」という副題が付けられていた。最後の二回の場合は、この副題は作品の題名より上に中見出しとして使われている。米国においてはアーサー・I・ケラーによる挿絵入りで「日曜雑誌連合」傘下の各紙に、一九一四年九月二十日から同年十一月二十二日までの十週間にわたって掲載された。

初版本は一九一五年六月三日、スミス・エルダー社から出版され、この時は六〇〇〇部が印刷された。二刷は一九一五年に出版され、一九一七年にジョン・マレイ社は扉を挿入したうえで、この二刷を再刊した。米国における初版本は一九一五年二月二十七日、ニューヨークのジョージ・H・ドーラン社から出版された。

米国版と英国版との間には、小さな相違点が数多く存在する。こうした相違点のいくつかは、「ストランド・マガジン」編集部による整理・編集の手が加えられる前の、アーサー・コナン・ドイルの原稿の記述がそのまま残ったものである。またいくつかは日曜新聞連合内部の、もしくはその傘下にあった一雑誌の編集員の手が入ったものと考えられる。

こうした校訂は、米国を舞台としたこの物語の正当性を高める結果になった。また同時に概して理にかなったものでもあったから、アーサー・コナン・ドイルも拒絶はしなかった。この全集でも、その大半はそのまま使用している。一九一四年八月にドイツとの戦争が勃発し、「ストランド・マガジン」のグリーンハウ・スミスは、ドイツ系米国人のヒロインの民族的出自を変更するよう、作者に対してはたらきかけた。これを受けてアーサー・コナン・ドイルは、彼女とその父親をスウェーデン系米国人に変えた。しかしペンシルヴァニア州においては、ドイツ系米国人は一番古くからの白人移民者だった。一方、スウェーデン出身の入植者達は（十七世紀半ばの、不成功に終わったデラウェア州への入植を除くと）、その大部分が時代的には十九世紀の半ば、そして入植先は米国中西部（特に五大湖地方）であった。それゆえ当全集では、シャフター家の出自をドイツ系としている。また、米国版では、一八六五年グルーズの絵に付けられた売り値が四万ポンドを超えたとなっているが、「ストランド・マガジン」では一〇〇万フランを超えたという、フランスでの売値が併記されている。

原稿（散逸してしまったエピローグの部分以外は、個人の所蔵である）は、当全集の本文校訂の参考にはできなかった。「ストランド・マガジン」（一九一四年八月号）には、翌月から始まる新連載の予告が掲載された。この予告（二二七頁掲載）は、原稿の冒頭部分を複製したもので、現在の本文が最初に書かれたものに訂正を加えられていることがわかる。

作品名：「たとい、死の陰の谷（the valley of the shadow of death）を歩くことがあっても、私はわざわいを恐れません」（旧約聖書「詩篇」第二十三篇第四節）。《恐怖の谷》執筆時点から幼い頃、或いは小学校時代までアーサー・コナン・ドイルの生涯を遡ってみると、題名の起源として他に考え得るのは、ローマン・カトリック教徒として、聖母マリアへ捧げる祈りの「聖なる女王よ幸いあれ」（サルヴェ・レジャイナ〔聖母マリアに対する賛美の交誦〕）の一節であろう。「この涙の谷に在り（in this valley of tears）、我らが悲嘆を哀悼を、そして涙を御身に捧げたもう」

なお、当注ではいくつかの項目において、小林・東山による注を追加し、〔　〕で示した。

1　目の前の朝食には手もつけずに

この場面でホームズが食事に手をつけなかったのは、わざとなのか放心していたからなのかを断言することは不可能である。

⇩14

2　ポーロック

ポーロックはサマーセット州の町の名で、コールリッジの詩「クブラ・カーン」が未完に終わった原因になったことでも有名である。コールリッジは夢の中で作ったこの詩を、目覚めてから書きつけ始めたが、途中「ポーロックから用事で来た男」に詩作を妨げられ、

その後この詩のことは思い出したものの、霊感は既に失われていたという。 ⇩14

3 ギリシャ文字の「e」 ⇩16

〝e〟の短い字体、つまりギリシャ語アルファベットのエプシロン〝ε〟で、長い字体の〝e〟とは対照をなしている。

4 ペンネーム（nom de plume） ⇩16

「筆名」の意である。ここでは単に、手紙の書き手の行動を隠すためのものである。

5 ブリモドキ ⇩16

〔サメなどの大型魚を先導するように泳ぐ魚〕

6 モリアーティ教授

モリアーティ教授はホームズにとって、ナポレオンのように犯罪界に君臨する敵役であり、元々は、自らを犠牲にしてでも破滅させるに値する悪魔のような黒幕として登場した（《最後の事件》『シャーロック・ホームズの思い出』所収）。モリアーティ教授は、様々な人物を基に描かれているのは明らかである。その中にはストーニーハースト時代に同級生だった、モリアーティ姓の人物が二人含まれている。一人は数学の天才児だった人物であり、もう一人は後にアイルランド控訴院の裁判官になったが、良心の咎めなど全く持ち合わせていない人物だった（彼らの名前は、それぞれマイケル、ジョンである）。

⇩16

7 みごとだ、なかなかのものだ！（A touch-a distinct touch!)

ハムレット「〔剣での試合で〕さあ、来い。それ、もう一本、どうだ」
レアティーズ「かすった、かすった、正直に言おう（A touch, a touch, I do confess)」
（シェイクスピア『ハムレット』第五幕第二場二八四〜二八五行）

ホームズが引用したのは、わざとらしいオスリックの台詞（「一本、確かに一本（A hit, a very palpable hit)」）よりも、当然精力的なレアティーズの台詞であったはずである。

⇩17

8 まじめなのか〔冗談なのかわからないようなユーモア（pawky humour)

スコットランドでのより正しい綴りは“pawkie”であるが、英語では普通“pawky”と綴る。「ずる賢い、悪賢い、抜け目のない、明敏な、平凡でありながらユーモア的な批評眼のある」といった意味である。

⇩17

9 モリアーティを犯罪者と呼ぶと、法律的には侮辱罪になってしまうよ英国の法律では、文書誹毀は、文書の形か、もしくは録音のように機械を使用して永続的に存続する場合にのみ――或いはオウムに教え込んだ場合も含まれるかもしれないが――罪となり得る。

⇩17

10 偉大なところで、驚異でもあるのだ（the glory and wonder of it）
チャールズ・ダーウィン（一八〇九～八二）は『人類の起原』（一八七一年）で、次のように述べている――「太古の猿類から（中略）、森羅万象の奇跡にして栄光の存在（the wonder and the glory of the universe）である人類が、遥か悠久の古《いにしえ》に生まれたのである」（第六章）。モリアーティ教授の組織に関するホームズの言及は、時としてダーウィンの唱える種の間の相互関係のように複雑である。《最後の事件》（『シャーロック・ホームズの思い出』所収）でホームズは、モリアーティ教授の存在が世間で全く知られていないことに対して（この中にはワトスンも含まれていた）、「それが特質にして、不思議な点なのだ」と述べている。

⇩17

11 君のまる一年分の年金を取り上げる
ワトスンは第二次アフガン戦争（一八八〇年）に従軍し重傷（複数か？）を負い、その後生命の危ぶまれる重病にかかり、年金を貰うことになった。

⇩17

12　彼は『小惑星の力学（The Dynamics of an Asteroid）』の有名な著者である

ここでまた新たに、モリアーティ教授の原型となった人物の一人が明らかにされている。一八八〇年代半ばから後半にかけてのサウスシーで、アーサー・コナン・ドイルの患者にして良き助言者でもあった、王立天文学協会特別会員アルフレッド・ウィルクス・ドレイソン少将（一八二七〜一九〇一）は、多岐にわたる才能の持ち主にして侮りがたい人物だった。アメリカの偉大な天文学者だったサイモン・ニューカム（一八三五〜一九〇九）が、一つの小惑星の力学に関する論文を執筆していたことを記している。モリアーティの著作の題名に最も近い、ニューカムの論文名は「地球の自転の力学（On the Dynamics of the Earth's rotation）」（一八九二年）というもので、これはロンドンの王立天文学協会に提出されたものだった。

⇩17

13　ダグラス（Douglas）

この名前はサー・ウォルター・スコットの『マーミオン』（一八〇八年）に、着想を得たものであるとされている。

⇩19

14　バールストン（Birlstone）

"birl"とは（十九世紀末の）スコットランド語で、「回転する、よじれる、回転運動」の意だった。

⇩19

15 私事広告欄の謎めいた文章（the apocrypha of the agony column）を読み解くように

〝agony apocrypha〟〔直訳すると「詠み人知らずの苦悩」ぐらいの意〕とは、苦悶する心の叫びで表わされた、暗号化されたメッセージであろう。ホームズも毎日私事広告欄（agony column）に現われる秘密通信文を研究していたのだろう。

⇩19

16 給仕のビリー

サウスシーでの若き開業医時代、アーサー・コナン・ドイルはしばらくの間、自分の弟のイネス（一八七三～一九一九）を給仕として使っていた。ベイカー街の給仕の少年にはという名前が与えられ、ホームズの仕事の手助けをするように描かれている。《恐怖の谷》と『シャーロック・ホームズの事件簿』所収の物語において、初めてビリー谷》並びに『シャーロック・ホームズの事件簿』所収の物語はいずれも、ホームズ劇で給仕のビリーが登場人物として定着した後に執筆された作品である。ホームズ劇でのビリー役は、若きチャールズ・チャップリン（一八八九～一九七七）が演じたことでも有名である。

⇩20

17 フレッド・ポーロック

当時『英国の法律史』（一八九五年）の著作で名高かった偉大な法律家サー・フレデリック・ポーロック（一八四五〜一九三七）から、フレッドという名前を思いついたのだろう。彼はまた、アーサー・コナン・ドイルと同じ、ハインドヘッドの住人でもあった（一八九 ⇩21七〜一九〇七年）。

18 暗黒街のすべての力が後ろについている（all the powers of darkness at his back）

最終的にモリアーティは、こうした力を統一し得ただろう。これに対抗するために、ホ ⇩21ームズは自らの命を犠牲にしようとしたことが思い出されよう。

19 君のマキャヴェリ的知性

皮肉が込められてはいるが、極めて情愛に満ちた言い得て妙の表現である。ニコロ・マキャヴェリ（一四六九〜一五二七）は、政治家は目的のためならば手段を選ばぬことも正 ⇩22当化される、と公言してはばからなかった。

20 暗号文の最初は534という大きな数字

534という数字は、「ストランド・マガジン」誌の頁数としても、また他の印刷物の頁数としても、とび抜けて大きい数字ではない。しかし大きな数字が使われていること、そして〝C_2〟という文字で他の頁とは区切られていることからすると、一頁のみを示して

いるように思われる。 ⇩22

21 聖書には版がいろいろあるから

これは、一八八五年五月の改訳聖書の出版という、同時代の話題を踏まえたものである。 ⇩24

22 『ブラッドショー鉄道案内書』

ジョージ・ブラッドショー（一八〇一〜五三）はマンチェスターの印刷業者で、『鉄道時刻表』（一八三九年）を出版した。 ⇩25

23 『ホイッティカー年鑑』

『ホイッティカー年鑑』は一八六八年に創刊された年刊の出版物である。この年鑑を創刊したのは、ジョウゼフ・ホイッティカー（一八二〇〜九五）だった。 ⇩25

24 フールスキャップ判

〔紙の大きさのことで、通例、約四十三×三十四センチ〕 ⇩28

25 マクドナルド警部

アイルランド色の最も濃いこの作品のために設定したのか、作者アーサー・コナン・ドイルは自分自身の周りを、自分の生まれ故郷であるスコットランドを象徴するもので囲んでいる。マクドナルド警部は、《恐怖の谷》以外の物語には再登場していない。聖典に登場する警察関係者の中で、彼は最も人間味溢れる人物であると言っても過言ではないだろう。 ⇩28

26 アバディーンなまりが強かった

マクドナルドは典型的なアバディーン出身の警察官としてよく描かれているが、アーサー・コナン・ドイルは彼にアバディーン訛りを喋らせてはいない。 ⇩29

27 CID

CID (the Criminal Investigation Department) とは「犯罪捜査部」のことであり、スコットランド・ヤードの一組織である。 ⇩36

28 両手で頭をささえ、横目でこちらを見ている

グルーズの「腕を組んだ女」と題する絵の描写としては、的を射た表現である。アーサー・コナン・ドイルは、父親で芸術家でもあったチャールズ・アルタモント・ドイルに連れられて、エディンバラのマウンドにあるスコットランド国立絵画館を訪れ、この絵を見

たことがあったに違いない。この絵は一八六一年ヘンダーランドのレディ・マレイによって絵画館に寄贈された。この絵は、今もスコットランド国立絵画館の所蔵品であることは言うまでもない。

⇩37

29 ジャン・バプティスト・グルーズ

グルーズ（一七二五～一八〇五）の作品が高い評価を受けていたとするホームズの論評は正しかった。彼の「子羊を抱く少女」の絵は一八六五年、パリのポータリス美術画廊が私的に所蔵していたものを売りに出した際、高値をつけた。しかし五年後のパリ包囲戦の際には、より条件の厳しい売買が行なわれたことは確実であろう。

⇩37

30 一八六五年、「子羊を抱く少女」というグルーズの絵は、ポルタリースの競売で、四〇〇〇ポンドは下らないという値がつきました

「ストランド・マガジン」誌の初出時には、この部分は「……一二〇万フラン――四万ポンドを超える値段で売れたという……」となっていた。この部分が「ストランド・マガジン」（一九一四年九月号）に掲載されると、「美術の世界（The World of Art）」誌の編集者は、アーサー・コナン・ドイルに手紙を書いて、これまでこんな高い値段のついた美術作品は存在しないと指摘した。これが誤りであることが認識されて、英国版ならびに米国版の単行本では値段は訂正されている。

⇩38

31　**教授の給与は……年間七〇〇ポンドです**

一八八〇年代末では、この俸給は非常に良い条件であった。《最後の事件》の記述を信じるのであれば、モリアーティは没する前にこの勤務先を辞めさせられたことになる。

⇩39

32　**弟はイングランド西部で駅長をしています**

この弟のファースト・ネームはわかっていない。しかし教授と、もう一人の兄弟で大佐とされている人物のファースト・ネームは、ともにジェイムズであった。

⇩40

33　**ジョナサン・ワイルドは探偵でも、小説の登場人物でもありません**

アーサー・コナン・ドイルはワイルドが、「盗賊の捕縛手（thief-taker）」を務めていた――これは無論、自らの犯罪のためだったが――ことも、またヘンリー・フィールディング（一七〇七～五四）に、彼の名前を題名にした作品があったこと（一七四三年）も、充分知っていたはずである。犯罪記録を研究すべしというホームズのお説教はさておき、マクドナルドがホームズの年代学に盲従したのは賢明ではなかった。ワイルドは一七五〇年頃に生きていたどころか、「二、三の信頼すべき資料でたしかめれば」、一七二五年に絞首刑に処せられたのである。

⇩41

34 セバスチャン・モラン大佐
《最後の事件》でのモラン大佐に対する言及は、空気銃を愛用している人物というほかは何もない。《空き家の冒険》でホームズは、モラン大佐が虎を罠に掛けるのと同じやり方で、自分の胸像をおとりにして彼を捕まえたのだった。彼がいちばん最後に起こした殺人事件は《空き家の冒険》で描かれているものであるにもかかわらず、のちにホームズが言及しているところでは、彼は絞首刑にならず生きていたという。⇩42

35 牛乳列車《ミルク・トレイン》
〔牛乳を出荷するための早朝の各駅停車の列車。転じて、夜行列車をこう呼ぶこともある〕⇩45

36 地元の警官のホワイト・メイスン
ホームズの、マクドナルド警部に対する「マックさん」という呼び掛けは、ミュージック・ホールの出し物である『二人のマック』を連想させる。しかしマクドナルド警部のアバディーン気質は、芝居に登場するスコットランド人のように単純とするには洗練されすぎている。しかしホワイト・メイスンは慎重な人物であるように思われ、敢えて言うならば、ここで舞台に英国人が登場することを計画的に読者に伝える存在、と言えるだろう。

《恐怖の谷》に登場するホワイト・メイスン（この名前は親英派のヘンリー・ジェイムズ〔米国に生まれ、英国に帰化した小説家。一八四三～一九一六〕に由来する）とマクドナルドは、その肉声が読者にも届く、数少ない登場人物である。

⇩45

37　わたしのようなとるにたらない人間は黒衣《くろこ》に徹して

この一節は、第一部の途中ならびにエピローグで第三者による記述スタイルからワトスンによる記述スタイルに変更したため、後から挿入されたものである。

⇩49

38　タンブリッジ・ウェルズは東へ十か十二マイル行ったケント州との境にある

実際のバールストン村の位置について、ベアリング－グールドはジェイムズ・モンゴメリーの、アーサー・コナン・ドイルが《恐怖の谷》を贈呈する際、本に書き込んだ献呈の辞に基づいた考察を引用している――「アーサー・コナン・ドイルより、記念にとの思いを込めて。この物語に描かれている古い屋敷、グルームブリッジ・ハウスのことを楽しく回想していただければ、と思います。一九二一年六月二十二日」〔邦訳では『詳注版シャーロック・ホームズ全集』（ちくま文庫）第四巻六十九頁〕。しかしこの村は、タンブリッジ・ウェルズからは僅か三マイルしか離れていない。実在のグルームブリッジ・プレイスは、物語の中のバールストンより古い歴史を有し、その名前はサクソン人のグローメンに由来する。

⇩50

39 第一回十字軍

第一回十字軍（一〇九五～九九年）は、トルコに占領された聖地エルサレムを奪回し、この地にラテン王国を樹立した（一一〇〇年）。

⇩50

40 ウィリアム赤顔王から与えられた領地

ウィリアム赤顔王とはウィリアム二世を指し、一〇八七年に名祖である父親の位を継承し、一一〇〇年に疑念の残る死を遂げた。

⇩50

41 フーゴー・ド・カプス

ノルマン征服（一〇六六年）後のイングランドには、多数のフーゴー姓を名乗る家々の領地が出現した。これらフーゴー家の中には、ウィリアム一世（ノルマン征服後、イングランド王に即位し、ノルマン王朝を開いた）の甥にあたり、後にウィリアム一世からチェスター伯爵の位とともに、二十の州を領地として授けられた（一〇七一年）人物も含まれている。一方「カプス（Capus）」は、ラテン語で頭を意味する〝caput〟と身体を意味する〝corpus〟を組み合わせた冗談であり、「部隊長（headbody）」「支部長（bodymaster）」の意になる。

⇩50

42　ウッド医師

アーサー・コナン・ドイルの秘書は、アルフレッド・ウッドであった。 ⇩55

43　焼き印を押されたのです

焼き印を押すという方法は、ペンシルヴァニアの鉱山労働者のとる手段、とするよりむしろテキサスのカウボーイ達がとりそうな手段である。丸の中に三角形のデザインのこの焼き印は、それを押されている者が組織のいわば奴隷であることを象徴している。 ⇩63

44　旦那様はいつも左手の小指に、飾りのない、金の結婚指輪をはめていらっしゃいました

男性が結婚指輪をするのは、当時は英国よりも米国に見られた習慣だった。したがって、この結婚指輪は、五年前に（英国人と）再婚した時のものではなく、二十年前の（米国人との）初婚の時のものである公算が高い。 ⇩64

45　宿屋《イン》の特別談話室《パーラー》

〔インのパブのスペースは、一般用のタップ・ルームと、パブリッシュ・パーラーと呼ばれる、主に上客用の立派な家具調度が整っているものとに分かれていた。この上客用のほうを指す〕 ⇩66

46 植物学者
当時のエディンバラ大学は、毒物学の研究に植物学の知識を応用したサー・ロバート・クリスティスン教授（一七九七～一八八二）の強い影響下にあった。 ⇩66

47 こうして二人は再びつきあうようになった
ダグラスが自分の過去について、ここで語られている以上のことをどの程度までバーカーに語っていたかは、永遠に不詳のままである。 ⇩93

48 ドイツ系（German）
英国版では「スウェーデン系（Swedish）」となっている。 ⇩93

49 彼らは鉱夫（miners）ではありません
即ち、金山労働者（gold-miners）ではなかったということである。理屈の上では、スコウラーズは炭鉱労働者の組織であるが、それが表に登場することはほとんどない。 ⇩95

50 マギンティ支部長（Bodymaster Mcginty）
モリー・マガイアズは、協力関係を結んでいた古代アイルランド人団とともに、支部の

長に対してこの“bodymaster”というフリーメイソン的な用語を用いていた。 ⇩105

51 結婚にロマンスはつきものですわ
現実主義的なアバディーン出身者に対する、エディンバラ出身者からの揶揄の一つである。 ⇩105

52 わたしが彼のために注文しておいたハイ・ティーにとびついた
この章の最後の段落で見られるように、ワトスンはホームズの主治医であり、同時に自分のただ一人の患者を、裕福な精神病患者の面倒を見る医者のような態度で監視しているのである。〔ハイ・ティーというのは、午後五〜六時ごろに、ちょっとした肉または魚料理のつく軽食を伴って供されるお茶。夕食を兼ねている〕 ⇩118

53 想像が真実の母
「私が確信しているのは（中略）想像力の真理だけです。想像力が捉えた美は、真実でなければならないのです。たとえそれが既に存在しているものであろうと、そうではなかろうと」（一八一七年十一月二十二日付、ジョン・キーツからベンジャミン・ベイリー宛ての手紙） ⇩126

54 あの大きなこうもり傘
取っ手が湾曲しているステッキでも、こうもり傘同様充分に役には立っただろう。しかしこの物語当時、そうしたステッキはあまり一般に使われてはいなかった。 ⇩128

55 ハーグレイヴ
ハーグレイヴは「破滅に至る略奪（Harry-to-the-grave）」に由来すると思われるが、この本の中ではスコウラー（scowrer）は略奪者（harrier）の同義語として使われている。 ⇩130

56 君は気がふれた人間、……愚かな男と同じ部屋で眠るのはいやだろうね
研究家達は、ホームズがこんな質問をしてみせた真意がどこにあったのか、悩まされ続けている。 ⇩135

57 イースト・ハム、リッチモンド
最近では、イースト・ハムはニュー・ハムと同一視されている。イースト・ハムはウーリッチの北に位置し、ドックランド（現在ではさびれている）からは距離があり、バーキングの西にあたる。 ⇩138

58 ジェイムズ一世治世第五年

即ち一六〇七年のことである。

↓
141

59　ヴァーミッサ、ニール洋服店（Neale）

「ヴァーミッサ（Vermissa）」という名前は、ラテン語の“vermis”（苦しみ、苦悩、虫の意）から派生したもので、亡骸の谷を暗示するものと思われる。米国版では、仕立屋の名前は“Neal”となっている。〔「ストランド・マガジン」誌の初出時、及び英国における定本的存在であるジョン・マレイ版では、仕立屋の名前は“Neale”となっている。一方、米国における定本的存在であるダブルデイ版では、ここで言及されているように“Neal”となっている〕

↓
153

60　わたしは真実に従うつもりです（I'm ready to stand pat upon the truth）

“stand pat”とは米語特有の表現で、一八九六年の大統領選挙の際にマーク・ハナ上院議員によって人口に膾炙するようになった。

↓
160

61　カリブー（caribou）を追いかける腹をへらした狼のように

カリブーは北米に棲息するトナカイである。ボールドウィンが、狼がトナカイの群れの中の傷を負ったものや弱ったものを何日も追跡するような辛抱強さを示していたのは間違いないだろう。

↓
161

62 わたしの運のよさはアメリカじゅうで話の種になることがあったくらいですから
米国版ではこの部分は、「私自身、そして私の幸運は一八七六年頃の米国では評判になったものでした」となっている。 ⇩161

63 妻 (my wife)
米国版では"my widow"となっている。 ⇩165

64 時間でいうと約二十年の昔
即ち一八六八年のことである。これが次の章の冒頭部分と矛盾することは明らかである。しかし第二部第12章を書き進めてきたアーサー・コナン・ドイルは、最後の段になってスコウラーズが、あまりにあからさまにモリー・マガイアズを示唆する点を気にした。その結果、この物語には二つの時間の流れが存在することになった。 ⇩167

65 ベイカー街の (in Baker Street)
米国版では"on Baker Street"となっている。 ⇩168

66 スコウラーズ (Scowrers)

“Scour”はスコットランドでは、「きれいにする」「洗浄する」という明白な意味の他に、「顔を紅潮させる」（特に酒の類《たぐい》で上気する）、或いは「敵・牛などを追い払う」、更には「叱責する」の意味がある。

⇩169

67　一八七五年二月四日のことだった

ジェイムズ・マクパランがフィラデルフィアを発ったのは、一八七三年十月二十七日のことだった。彼は浮浪者ジェイムズ・マッケンナとして、ペンシルヴァニア州のポート・クリントンにやって来た。そして西部地方へはっきりした目的のない冒険に出かけ、ポッツヴィル、ジラードヴィル、そしてマホーニイ・シティにおけるモリー・マガイヤーズの組織の一員となった。そして一八七四年四月十四日に、支部長マフ・ロウラーからシェナンドア支部への入部を認められた。この年の夏には、地区の代表者であるバーニー・ドーラン（彼はブラック・ジャック・キーホーの前任者だった）は、彼にロウラーの後任の支部長への就任を提案した。マッケンナを書記官とする（マッカンドリューは無筆だったので、それを補うために）という妥協案が、フランク・マッカンドリューの賛意のもと、一八七四年七月十五日に成立した。それゆえ、物語の中でのマクマードの組織における昇進ぶりは根拠のあるものである。

⇩170

68　ギルマトン山脈

ギルマトンは、エディンバラ南部の地名である。まだ九歳になっていなかったアーサー・コナン・ドイルは、家族がばらばらになっていたしばらくの間、ジョン・ヒル・バートンの姉妹メアリーと、現在のギルマトン・ロードとリバートン土手との角に住んでいたことがあった。この場所は、アーサーズ・シートとブレイド・ヒルズの間の平坦な土地である。この名前が大西洋とミシシッピ河との分水界をなしているアレゲーニー山脈全体を指しているのでなければ、ペンシルヴァニア州の無煙炭地帯にはここで示されているような地域が存在しないのは明らかである。シェナンドア近くの、ギルバートンという町の名前がギルマトンの名前の起源だろう。

69 蒸気除雪車（The steam plough） ⇩170

米国における定本的存在であるダブルデイ・ドーラン社刊の『シャーロック・ホームズ全集』では"plough"となっているが、ドーラン版（一九一五年刊）では"plow"となっている。

70 坑夫だとわかる（proclaimed themselves as miners） ⇩170

米国版では"as"が削除されているが、英語の正しい語法では"as"は使わない。

71 鉱滓 ⇩171

〔鉱石を精錬するときに出るかす。俗称では金屎《かなくそ》ともいう〕 ⇩172

72　左手を左の眉に当てた

これらのサインは合い言葉の変形のようであるが、モリー・マガイアズの定めたものではない。即ち、ペンシルヴァニア州の無煙炭炭鉱の鉱山労働者の共済組合支部が定めたものだった。一八七〇年代に、炭鉱労働者の組織で使われていたサインの一例を挙げると、まず右手の親指と人差し指を喉仏のところに下げて見せ、その答礼は左手の親指と人差し指を鼻のところへ持っていく、というものであった。アーサー・コナン・ドイルはフリー・メイソンの団員だったから、組織の構成員の仲間の確認ということに関して明るかったのは間違いあるまい。 ⇩175

73　「そう、旅するよそ者にとっては」と、もう一方が答えた

これも起源は同じである。ただしこれは平素の合い言葉ではなく、夜の合い言葉だった。 ⇩175

74　同志、スキャンラン（Brother Scanlan）

モリー・マガイアズの構成員にパトリック・スキャンランという名前の人物がいたが、ここに登場する人物は彼のことではない。アーサー・コナン・ドイルはこの物語の登場人

物名を考案する際、様々な名前を混合して使っていて、モリー・マガイアズの構成員も、ある人物の名前をそのまま使うということはしていない。スキャンランには、マッケンナが非常に深い友情を結んだと思われるマッカンドリューを彷彿とさせる部分がある。

⇩175

75 シェリダン通り

この名も、幾つかの要素が混合されている。マギンティ支部長の人物像の原型を提供したパトリック・ドーマーは自分の酒場を「シェリダン・ハウス」と呼んでいた。彼はこの酒場を「ユニオン・ハウス」とするよう、不吉な忠告を受けたことがあったはずである。モリー・マガイアズは、南北戦争のための徴兵には反対の立場をとっていた。そして、南部連邦の回し者を買収していたものと思われる。しかしドーマーの酒場の屋号である「シェリダン」は、北軍の将軍だったフィリップ・シェリダン（一八三一～八八）の名前に因んだものだったはずである。

⇩176

76 ジェイコブ・シャフター（Jacob Shafter）

これが"Schafter"の米国化であることは明らかである。この名前は、ドイツ語の"Brüderschaft"を縮めたものに由来しているのかもしれない。

⇩176

77 ブラック・ジャックのマギンティ

「ブラック・ジャック」というあだ名と権力は、パット・ドーマーのものではなく、ジラードヴィル支部長のブラック・ジャック・キーホーのものだった。彼はのちに、古代アイルランド人団の地区代表になった。 ⇩177

78 あんたの知ったことじゃあないだろうよ（What the hell is it to you）
（「ストランド・マガジン」誌、並びにその後の英国版では）"hell"は"thunder"となっている。 ⇩178

79 シェリダン通りの（on Sheridan Street）
英国版では"on"が"at"となっている。 ⇩179

80 薄暗い停車場（the ill-lit station）
英国版では"station"が"depot"となっている。 ⇩179

81 ヴァーミッサがいちばん大きな町なのだ（Vermissa was by far the largest town）
英国版では、"by far the largest town"が"far the largest township"となっている。ベンシルヴァニアでは、"township"は教育委員会等を選出可能な、行政区画を指している。 ⇩179

82 いよう（By Gar）

米国版では、英国版では“By gosh”となっている箇所が、全て“By Gar”となっている（“By gosh”は、ペンシルヴァニアの鉱山労働者や愚連隊が使う言葉としては、いくらか表現が上品過ぎる）。これは、サー・ジョージ・ニューンズ（一八五一～一九一〇）が定めた方針に基づいて編集の手が加えられた結果であるのは疑いない。彼は“By God”という表現の代わりに、“By gosh”を使うよう主張していた。 ⇩179

83 カバン（grip）

英国版ではこの後、物語の中では“grip-sack”〔旅行鞄、の意〕と表記されている。しかし十九世紀末の米国では“grip”と呼ばれていたはずである。 ⇩179

84 坑夫たちは汗水垂らして稼いだ金を、ここで気前よく使い果たしてしまうのが常であった

「今世紀初頭、無煙炭の炭鉱労働者達は、アメリカ合衆国のいかなる労働者と比較しても最低の賃金しか稼いでいなかった。しかし（一八六四年までには）、おそらくは全米で最も稼ぎのよい労働者となった」（G・O・ヴァーチャー「無煙炭鉱労働者」、『米国労働局紀要』一八九七年十一月号、七三一頁）。 ⇩180

85 マクマードは尋ねた (McMurdo asked)
英国版では"asked McMurdo"となっている。 ⇩180

86 国じゅうに (across the country)
英国版では「連邦じゅうに (across the Union)」となっている。労働組合と連邦を混同することによる誤解は別にして、これは、英国人が作品の中に登場させた米国人に米国人らしい話し方をさせようとするが全くの空振りに終わっているという教訓的な例である。 ⇩181

87 こう言っちゃなんだが (if I must say it without offence)
英国版では、"if I may say it without offence"となっている。 ⇩181

88 おまえさん、おかしなやつだな (you are queer)
英国版では"you are queer goods"となっている。 ⇩181

89 エティ
アーサー・コナン・ドイルの最初の妻ルイーザの愛称がトゥーイであったように(執筆時の彼の心の中に彼女のことがあったのは確かである)、エティというのはおそらく、ドロテ

イアの愛称であろう。 ⇩184

90 一週間分の下宿代七ドル

英国版では「七ドル」が「十二ドル」となっている。米国版で加えられた訂正は、一八七五年当時のスキュルキル地方の生活水準に関して、アーサー・コナン・ドイルの見解が非現実的なものだったことを示している。 ⇩184

91 長く暗い一連のできごとへの第一歩

これは、マクマードのスコウラーズに対する調査の第一歩を意味するものではなく、彼とボールドウィンとの間の確執を意味するものである。 ⇩184

92 十人かそこいらの下宿人

ロウラーの家族（シェナンドアでのマッケンナの最初の下宿先）は八人家族で、酒場（モリー・マガイアズの支部長達の溜り場だった）が隣接していたから、これはシャフターの「十人かそこいらの下宿人」に相当する。 ⇩185

93 口が達者で、言葉巧みに言い寄り（his pretty, coaxing ways）

スコットランドでは、"pretty"は「勇気のある（courageous）、勇敢な（gallant）、男らしい

(manly)」という意味に使われる。 ⇩186

94　モナハン州
モナハン州は、マッケンナことマクパランの出身地であるアーマー州の西隣に位置する。しかし現在は、モナハン州とフーマー州の境界線がそのままアイルランド共和国と北アイルランドの国境線となっている。 ⇩186

95　木材伐採地、バッファロー
米国版では、バッファローの名前は削除されている。 ⇩186

96　製材所 (planing-mill)
英国版では "saw-mill" となっている。("planing-mill" は「材木の仕上げ工場」の意で、"saw-mill" には「製材所」のほかに「大型の製材のこ」の意がある) ⇩186

97　この哀れみと同情はすぐに、しかもごく自然に愛情に変わる類のものであった
シェイクスピアの『オセロ』第一幕第三場一二八～一七〇行を参照のこと。〔ここで触れられているのは、オセロがいかにしてデズデモーナの愛をかち得たか説明するくだりである。なお、原書ではこの段落と次の段落の間が一行空けられているが、英国における定

本的存在であるジョン・マレイ版にはこうした空きはなく、一方、米国における定本的存在であるダブルデイ版では空きがあるところから、この一行の空きは米国版に倣ったものと思われる」 ⇩187

98 ウィスキー（whiskey）

アイリッシュ・ウィスキーやアメリカン・ウィスキー（また、米国版で校訂に携わったであろう編集者のある者）は、"whiskey"と綴る。 ⇩187

99 マギンティ支団長に挨拶しないとは、いったいどういう了見なんだ（Why haven't you seen Boss McGinty yet?)

英国版では、この箇所は"What's amiss that you've not seen Boss McGinty yet?"（「何の差し支えがあって、まだマギンティ親分にあいさつに行ってねえ?」くらいの意）と、妙にかた苦しい表現になっている。 ⇩187

100 まったく正気の沙汰じゃないぜ（you're a fool)

英国版では"you're mad"となっている。この表現は米国では、普通「おまえは怒り狂っている（you're very angry)」の意味である。 ⇩188

101 親分と面倒でもおこしたら (If you run against him) ⇩188
英国版では"If you fall foul of him"〔不興を買う、の意〕となっている。

102 違うって言うのかい? (Isn't it?) ⇩188
英国版では"Is it not?"となっている。

103 ドイツ人 ⇩189
〔他のテキストでは「スウェーデン人」となっている。オックスフォード版では、エティーの金髪も「スウェーデン人のよう」ではなく「ドイツ人のよう」となっている。注48参照〕

104 テディ ⇩190
きびきびとした米国人であれば普通は「テッド」と言うところを、ドイツ訛りの残るシャフターが、「フリッツィ(Fritzi)」もしくは「プッツィ(Putzi)」と発音するのと同様に「テディ」と発音したのは自然なことだろう。

105 アメリカじゅうの (in the United States)
英国版では"in the States"となっている。この当時、良き米国人とは、父祖の国ドイツに対して冷たい態度を取るドイツ系米国人であった。アーサー・コナン・ドイルの、エテイをドイツ系米国人として描いた作家としての腕前は、全般的にはごくまっとうなものである。幾つかの誤謬は、英国版にあっては編集者の干渉によるものか、或いは米国版にあっては作者の書いたものに対して整理の手が入ったことによるものかもしれない。英国版の本文では土壇場でドイツ系からスウェーデン系に変更されたが（これが「ストランド・マガジン」の副編集者によるものであることはほぼ間違いない。米国版の本文にはこうした改変は見受けられない）、元の形では、シャフターの喋り方もドイツ系米国人としては申し分のない、もしくは正統なと評すべきものであったかもしれない。

⇩
195

106 君のその純真な心じゃ、今ぼくが何を考えているかさえわからないだろうね

中身にもその源にも、アイロニーが満ち溢れている。略奪者である男と無垢の女性の組み合わせには、感傷がつきものである。現実の世界でマクマードの主たるモデルであったマッケンナも恋に落ちたが、マッケンナは女性にだらしがなかったので（女性に対しての共通点は、彼の結婚歴もマクマードことエドワーズことダグラスと同じ二回だったことだけである）、メアリ・アン・ヒギンズとの恋愛遊戯を楽しんでいる一方で、ケリガン家でポーランド人女性使用人とベッドを共にしていたのである。更に彼は、自分が探偵であることが明るみに出ることよりも、この情事がブラック・ジャック・キーホーの耳に入ることを恐れていたらしい。

⇩
196

107　こちらはボールドウィンさんです（may I introduce you to Mr Baldwin?）
英国版では（幾つかの理由から）“can I introduce you to Mr Baldwin?”となっている。疑問文としては理に適っているが、彼女が問いかけるべき相手は存在していなかった。

⇩197

108　けがをさせられるわ！（he will hurt you!）
英国版では“He will do you a mischief”となっている。これは（ドイツ人的な言い方というよりは）法律尊重主義的な、堅苦しい言い回しである。
⇩200

109　心を広く（big-hearted）
英国版では“great-hearted”となっている。

⇩200

110　いつにするか選ぶのはこちらのやることだ（I'll choose my own time）
「俺の選んだ場所と時間にお目にかかろうぜ（I will meet you in the place and the time of my choosing）」もしくは「俺の都合の場所と時間に（in my own place and my own time）」という台詞は、喧嘩の際のアイルランド人の決まり文句である。

⇩200

111　睨んだ（glared）

米国版では“glanced”〔一瞥をくれる、の意〕となっているが、明らかに誤植である。 ⇩ 201

112 ジャック、すぐに急いで行ってらっしゃいよ！（hurry, Jack, hurry!）
英国版ではこの部分は“hasten, Jack, hasten!”となっている。 ⇩ 202

113 社交場（loafing place）
英国版では“lounge”となっている。“Loafing”とはマーク・トウェインの読者にはお馴染みのように、のらくら者達がぶらぶらし、あれこれと喋り合い、時間を潰し、夢を抱くことを意味する。一方“Lounge”のほうは、上記のようなことをする場所を指す。 ⇩ 202

114 地方税（Assessments）
英国版では“Rates”となっている。 ⇩ 203

115 縁が真ちゅうの厚くて幅広いカウンター（the board, brass-trimmed counter）
英国版ではこの部分は、「金属でおおわれた厚くて幅広いカウンター（the board, heavily metalled counter）」となっている。 ⇩ 203

116 やれやれ（By Gar!）　206
英国版では前述〔注82〕のように“By Gar”が“By Gosh”となっている。

117 おい、ふざけるんじゃあないぜ、おまえさん（See here, my joker）　207
マッケンナのもとの物語が、いわばアイルランドの民話に登場するジョーカー的な存在であることを認識させるものである。マギンティがこの言葉を使ったのは、昔話の中でジョーカーが本質的にあてにならない存在であり、自分の客人や昔の友人でも裏切るかもしれない、ということを踏まえてのことであろう（ジョーカーはまた、超自然的な存在でもある）。

118 そういうことは、死んでも答えられないね（I'm damned if I tell you that）　209
「ストランド・マガジン」誌の初出時には“I'm hanged if I tell you that”となっており、その他の英国版でもこれに倣っている。

119 切り抜き（clipping）　209
英国版では“cutting”となっている。

120 フィラデルフィアの造幣局

米国の造幣局は、一七九二年にフィラデルフィアに設立され、今日に至るまでこの地にある。英国版では「ワシントンの造幣局」となっている。〔「ストランド・マガジン」誌の初出時、及び英国における定本的存在であるジョン・マレイ版では「ワシントンの造幣局」となっている。一方、米国における定本的存在であるダブルデイ版では「フィラデルフィアの造幣局」となっている〕 ⇩211

121 自分たちでやっていかなきゃならんときもあるからな

「神を恐れよ、そして自らの力で切り抜けよ」（ジョージ・バロウ――一八〇三～八一――『ジプシー紳士』一八五七年）。アーサー・コナン・ドイルはバロウの作品を尊敬し、また愛着を覚えていたので、自作にバロウの作品の一節を引用することを楽しんでいたのだろう。 ⇩211

122 びくともしなかったな（You didn't squirm）

英国版では“You didn't flinch”〔しり込みしなかった、の意〕となっている。 ⇩211

123 「なんてこった！」マギンティは真っ赤になって怒ったが、やがて大声で笑い出した

（'By Gar!' McGinty flushed an angry red and then burst into a roar of laughter.）

英国版では、「マギンティは顔を真っ赤にして怒ったかと思うと、いきなり大声で笑い

だした。『たまげたな！』」となっている。　⇩212

124　テッド・ボールドウィン（Ted Baldwin）

英国版では「テッド・ボールドウィンさん（Mr Ted Baldwin）」となっている。この台詞の前で展開されているマクマードとマギンティの会見の模様は、マッケンナがドーマー、そして後にキーホーと会った際のことをジェイク・ハースに語った回想を基にしている。　⇩212

125　議員さん（Councillor）

マギンティがこだわりを示す〝Councillor〟という肩書きは、アイルランドでは法廷弁護士に対する肩書きである。また地方の代表者の肩書きとしても、また特に明示されていない地位のある人に対する敬称としても使われる、いわば多用途の肩書きである。同時にこの肩書きには、肩書きの持ち主への支持と御機嫌取りの意が含まれている。　⇩213

126　ちくしょう（by God!）

他の登場人物の台詞における、神に関わる表現は削除訂正が加えられているが、ボールドウィンの台詞だけには、御利益の点では何もめぼしいことはなかったものの、神に関わる表現が残されたままであるのが特徴的である。　⇩213

127 マクマードが割って入らなかったら

しかし一体どうしてマクマードは止めに入ってしまったのだろうか。もしマギンティがボールドウィンを殺していれば、それはスコウラーズの構成員中の危険人物が一人、これはボールドウィンであるが、おそらくは二人すなわちボールドウィンとマギンティ自身が組織から抹殺されることになったはずである。マギンティによるボールドウィン殺害の結果、スコウラーズの組織は激震に見舞われ、マギンティを守ろうとする力は分裂し、組織を完全に鎮圧する大きなチャンスが、間違いなくこの時点で訪れたはずである。

⇩ 215

128 同志マクマードも、面倒をおこしたりすりゃ、すぐにわかるだろうさ（as you will damn soon find out）

英国版では〝damn〟が〝very〟となっている。

⇩ 216

129 その娘（the colleen inside of them）に決めさせるしかないな

〝colleen〟は〝cailin〟（アイルランド－ゲール語圏での）に由来し、少女の意である。

⇩ 217

130 シカゴとはちょっと違うぞ（different from Chicago）

英国版では〝different to Chicago〟となっている。

⇩ 217

131 マクナマラ
この未亡人の名前は、ウィリアム・ジョン・バーンズが調査したマクナマラ兄弟の名前を踏まえたものであろう。 ⇩218

132 エティとの仲（his intercourse with Ettie）
この時代、“intercourse”に性的な意味は含まれていなかった。〔現在、“intercourse”という単語には「交際」という意味のほか、「肉体関係」「性交」という意味がある〕 ⇩218

133 ボーイズ（the boys）
“the boys”とは、プロテスタントやカトリックの暴力的な行動主義者達のことを、アイルランド人が婉曲に表現したものである。 ⇩219

134 石炭・鉄鉱警察（Coal and Iron Police）
米国版では「鉱山警察（mine police）」となっている。 ⇩219

135 警官と犯罪者の関係は、アメリカでは（in the States）一種独特のものがある
米国版では「アメリカでは」の部分が「アメリカの一部の地域では（in some part of the

States)」となっている。 ↓220

136 警官 (policeman)
英国版では“inspector”となっている。 ↓220

137 隊長のマーヴィンといいます——石炭・鉄鉱警察の
米国版では、自分の属している組織への言及は削除されている。 ↓220

138 資本家 (capitalists)
英国版では“men of capital”となっている。 ↓220

139 庶民 (fellow-citizen)
英国版では“fellow-citizens”となっている。 ↓220

140 せっかくいいことを教えてやったのに (I've given you the pointer)
ここでの“pointer”は、“direction”〔方向、趣旨、指針、の意〕の意である。英国版では“office”となっているが、これは「親切な心づかい」の意である。 ↓223

141 おまえがまともにしているかぎりは (as I see you living on the straight)

“on the straight”は“on the straight and narrow path”〔正道、の意〕を省略したものであり、この後の「少しでも曲がったことをするようなら（if you get off on the closs）」と対照をなす表現である（幾つかの理由によって、米国版では“on the closs”が抜けている。この場合、マーヴィンは、無罪放免の扱いはしないが何でも見逃してやるつもりでいるように聞こえる）。 ⇩223

142 しかし (But, by the Lord!)

英国版では“But, by gum”となっている。 ⇩223

143 スコウラーズを脅かす危険と言えば、彼らの犠牲者そのものであった

現実のモリー・マガイアズは、遥かに様々な脅威を抱えていた。それはまず自警団の存在であり、また他の民族に属する人々が作った秘密組織の存在があり、更にはぞっとするような鉱山の労働環境だった。マッケンナはほんの数週間鉱山で働いただけだったが、手に幾つかかなり大きな怪我を負ったのだった。 ⇩226

144 独特の儀式

マッケンナ自身の回顧録等によると、マッケンナがモリー・マガイアズに加入を承認される際の儀式は、型通りの古代アイルランド人団への加入の儀式だったという。 ⇩227

145 協議事項の第一は

マッケンナが最初の支部会議に参加したのは、入会を認められてから五日後のことだった。 ⇩232

146 自由人団地域委員長（DMAOF）

“DMAOF”は「古代自由人団支部長（Division Master Ancient Order of Freeman）」の頭文字をとったものである。米国版の編集者は、アイルランド人との関連性を薄めるよう本文を修正したが、ここでは“A”を“E”と直すのを怠っている。〔米国版では、「古代自由人団（Ancient Order of Freeman）」を「高貴自由人団（Eminent Order of Freeman）」としていることを指す。ただし、この表記の変更はきちんと統一がとれておらず、米国における定本的存在であるダブルデイ版でも両方の表記が混在している〕 ⇩232

147 結構だ（you won't be wrong）

英国版では“wrong”が“amiss”となっている。 ⇩232

148 支団長さん（Eminent Bodymaster）

英国版では“Worshipful Bodymaster”となっている。これはいささか、フリー・メイソン的な用法に酷似しているようである。この小説がフリー・メイソンとモリー・マガイアズを合わせて考えて作り出されたものであるのは、言うまでもない。　↓234

149　巻き上げ機（winding gear）　↓236
"winding gear"とは、鉱山で使われる引き上げ機を指す。

150　破砕機（breaker）　↓236
"breaker"とは、鉄鉱石を加熱する前に砕く機械を指す。

151　西部地区石炭会社は、例年どおり寄付してきました　↓236
秘密組織にとって、用心棒代はごくありふれた資金源である。しかし、モリー・マガイアズが実際に用心棒代をせしめた例は、ごく僅かだったように思われる。

152　もう二度と顔を見せられないだろうさ（he won't show his face）　↓236
英国版では、"he won't"が"he dare not"〔顔を見せにくる勇気はない、くらいの意〕となっている。

153　同志モリス、買い取ったのはステイト・アンド・マートン地方鉄道会社です

《恐怖の谷》に登場するモリスは明らかに誠実な社会主義者であるという事実は、この名前がウィリアム・モリス（一八三四〜一八九六）に対して敬意を表したものである証しである。この場面における同志モリスの抗議は、《恐怖の谷》をただの殺人結社の物語から無煙炭鉱地帯における暴力の物語とすることに与《あずか》って力があったように思われる。無煙炭鉱地帯における暴力沙汰は、ピンカートン探偵社にスト破りの役割を担わせることとなった。スコウラーズの自己主張が、自分達は労働者の指導者であるとするものにせよ、或いは資本家のたまごであるというものであるにせよ、彼らは単なる殺しの手先であった。 ⇩237

154 小さな事業主をあまりいじめないほうがいいでしょう（we go easier upon the small men）

英国版では"go easier"が"bear less heavily"となっている。 ⇩238

155 「メリーよ、わたしは階段に腰かけている」

アイルランドからの移住民にとって、お涙頂戴ものの歌である（歌詞の内容は、妻を亡くした若き詩人が、旅立ちの前に妻の墓前で別れを告げるものである）。 ⇩239

156 町じゅうが大騒ぎになる（you'll have the whole town here）

英国版では「町の連中どもが騒ぎ出すぜ（you'll have the whole township on your back）」となっている。 ↓245

157 ウィンチェスター銃

〔ウィンチェスターは米国のライフル製造会社。ここではその商品名で、一八六五年に発売された後装式の連発銃のこと〕 ↓248

158 石炭・鉄鉱警察（Coal and Iron Constabulary）

米国版ではこの箇所、そしてこの後も"Mine Constabulary"となっている。 ↓260

159 ヴァーミッサにいるより、ロシアにでも行って暮らしたほうがましだ

一八七五年当時の帝政ロシアの状況は、一八八一年に皇帝アレクサンドル二世が暗殺され、その後を残虐なアレクサンドル三世が継いだ時ほどひどくはなかった。ロシアの秘密警察の冷酷さと権力については、アーサー・コナン・ドイルの幾つかの作品（その中には『シャーロック・ホームズの帰還』所収の《金縁の鼻めがね》も含まれている）の中でも記されている。 ↓261

160 銃（gun）

英国版では「銃の台尻（gun-butt）」となっている。 ⇩262

161　レイリー

レイリーとは、スコウラーズの物語にも登場する名前だが、元々は酒場の主だったジェレマイア・レイリーが自分の酒場を、のちにモリー・マガイアズとなる団体に解放したのに敬意を表してのことだった。 ⇩262

162　警察署（police station）

英国版では〝police depot〟となっている。 ⇩263

163　夜遅く、看守が一人、……ウィスキー二本にグラス、それにトランプを取り出した

これは必ずしも警察の腐敗を意味するものではない。というのは、石炭・鉄鉱警察の職員が全てピンカートン探偵社の人間で固められていたわけではなかったからである。 ⇩263

164　治安判事は、事件を正式な裁判に持ち込むだけの、充分な証拠をつかむことができなかった（The magistrate could not possibly, on the evidence, have held them for a higher court）

英国版では「治安判事は、証拠不十分のため、事件を正式裁判にかけることを命じるわ

けにはいかなかった」となっている。 ⇩263

165 今に見てるがいいぞ
エヴァンズ・スポットという名前を使っているところからも明らかなように、スコウラーズのある部分の描写は、モリー・マガイアズの他にも、当時スキュルキル郡に存在していた、ウェールズ人のならず者集団であったモドックスや、反モリー・マガイアズ勢力であった自警団組織に基づいている。 ⇩265

166 ブラッドハウンド
〔英国原産の、警察犬などに使われる犬。転じて「しつこい追跡者」という意味にも用いられる〕 ⇩266

167 あなたが書いていた手紙、見せてちょうだい
アーサー・コナン・ドイルはプリマスで、半ば気違いじみた部分のあったジョージ・ターナヴィン・バッド（一八五五〜八九）と共同で医院を経営したことがあった。バッドはドイル宛ての手紙をこっそりと盗み読みし、手紙から自分に対する陰謀が存在することを知り、その復讐のためにドイルの医者としての将来を潰そうと密かに企てた。こうした体験から、アーサー・コナン・ドイルは信書の秘密に関して細心の注意を払うようになった

（エドワーズ『シャーロック・ホームズを求めて』第十章参照）。

⇩269

168 やめてちょうだい！（I implore you to give it up!）
〝give it up〟という表現は、ドイツ風というよりもアイルランド風の言い回しである。この言い回しの起源は、アーサー・コナン・ドイルの母親が父親に対して使ったのを彼が覚えていたものだということは充分にあり得る。この場合の〝it〟は殺人ではなくて、飲酒である。
⇩270

169 父の故郷のドイツ（Germany, whence father came）
いちばん最後の校訂の結果、英国版では「ドイツ（Germany）」が「スウェーデン（Sweden）」になっている。シャフター家はその綴りからしても、元々は米国に定住してから何世代かを経たペンシルヴァニア・ダッチに属する家柄と設定されていたようである。

⇩272

170 どんなに遅くとも一年以内には、必ずだよ
時間を切ったこうした約束は、ドイル家の飲酒についての議論に特徴的なものである。アーサー・コナン・ドイルは、自らの若かりし時代を恐怖の谷と考えていたのかもしれない。

⇩273

171　巨漢のダントンが、……あのロベスピエールに抱いたであろう、嫌悪と恐怖の入り交じった感情

この一節は、ヴァーミッサ谷の隠喩のもと、無煙炭鉱地帯全体を表わしたという意味で《恐怖の谷》の物語を集約したものである。その後、この物語にはエヴァンス・ポットは現われてこない。しかし、彼が絞首刑を免れたと考えるのは、作者がこの物語をどのように設定していたかを考えると誤りである。 ⇩274

172　ロウラーとアンドリューズ

彼らの名前が実在のマフ・ロウラー並びにフランク・マッカンドリューを踏まえているのは明らかである。しかし彼らは、物語で描かれているような人物ではなかった。 ⇩274

173　クリンカー

〔鉱滓《こうさい》（注71参照）の俗称〕 ⇩278

174　やれるところ目がけて、反撃しとく

ジョサイア・H・ダン（Josiah H. Dunn）という名前は、明らかにヘンリー・H・ダン（Henly H. Dunne）を踏まえたものである。彼は「モリー・マガイヤーズの手にかかった犠

牲者」（一八六六年）だった。 ⇩279

175 彼は命ごいをして叫び声をあげた。……と彼らは叫んだ。

「ストランド・マガジン」誌の初出時、並びにその後の英国版では、この段落が脱落している。この部分は「ストランド・マガジン」誌上では、あと一回で連載が終わる回に含まれていた。当時は戦争に関連する記事のために誌面を空けることが求められていた。アーサー・コナン・ドイルの作品でも例外ではなかった。それゆえ、最後の段階で編集部による削除の対象になったのである。ここの削除は、或いは彼自身の手になるものかもしれない。しかしおそらく、グリーンハウ・スミスの手によるものである可能性のほうが遥かに高いように思われる。 ⇩283

176 ここまで来れば、彼らはもう安全だ。……仲間たちが賞賛する声が聞こえるのだった

ここでも、「ストランド・マガジン」誌の初出時、並びにその後の英国版ではこの一節が削除されている。この結果、「ストランド・マガジン」の掲載時、この回はちょうど頁の終わりの部分できっちりと収まった。 ⇩284

177 チェスター・ウィルコックス

チェスター・ウィルコックスは、主としてブリー・ビル・トーマス、幾つかの点でゴマ

ー・ジェイムズ、ジョージ・ジェシー、ウィリアム・メジャー、その他の人間像に基づいて創造されている。チェスターはイングランド北東部、ウェールズとの国境地帯に位置している。ウェールズ至上主義からすると辺境地帯、アメリカ先住民のモーロック族が住んでいるような遥かな辺境地帯ということになる。 ⇩284

178　何もしちゃいないのに（for they've done nothing）

英国版では「何もまずい事はしていないんだから（~ done nothing amiss）」と締め括られている。 ⇩286

179　え、しり込みするってのか（Do you back out?）

英国版では"Do you stand back from it?"となっている。 ⇩286

180　ハントとエヴァンズの両警官が射殺された事件

ベンジャミン・ヨストは一八七五年七月五日に殺害された。彼とバーニー・マッカロンは、タマカ地区でただ二人の警官だった。 ⇩288

181　ラービィ夫人が射殺されたこと

これは、不寝番をしていたウィガンズ・パッチのエレン・マカリスター夫人が一八七五

年十二月十日に殺された事件を踏まえたものだろう。 ⇩289

182 ジェンキンズ

このジェンキンズという名前と、殺された警官の名前がエヴァンズであったということは、《恐怖の谷》が反ウェールズ人勢力の復讐の物語であることをほとんど認めたも同然である。 ⇩289

183 スタップハウス家（Staphouse）

スコットランドでは、エディンバラのドイル家のように矢継ぎ早に子供が産まれる大家族を表現する言い回しとして"like staps and stairs"という言い方がある。 ⇩289

184 ステンダール一家（Stendals）殺害事件

流血と凶悪行為というパターンは、スタンダール（Stendhal）ことアンリ・マリー・ベール（一七八三～一八四二）の『赤と黒』を当然のことのように想起させる。 ⇩289

185 ピンカートン探偵社

スコットランド出身のアラン・ピンカートン（一八一九～八四）が、自らの探偵社を創設したのは一八五〇年のことだった。一八六一年には、大統領に選出されたリンカーンに対する暗殺計画の裏をかき、モリー・マガイアズの事件でその経歴は絶頂に達した。その五年後、彼は病に倒れ組織と自身の肉体のコントロールを失った。 ↓295

186 バーディ・エドワーズ（Birdy Edwards）
マクマードという偽名を名乗っていたエドワーズは、生粋のアイルランド人であるかのような喋り方をしている。しかしエドワーズという苗字は、アイルランド系のものではない。「バーディ（Birdy）」は、アイルランドのカトリック教徒のお気に入りである「バーナード（Bernard）」の愛称である。 ↓295

187 落ち着かないようすで手紙を手にしたまま（with the letter in his listless hands）
英国版では"listless hands"が"restless hands"〔「震える両手で」の意となる〕となっている。 ↓295

188 犯罪の証拠となるような書類（Every paper which could incriminate him）
米国版では"could"が"would"となっている。しかし法律上の観点やスコウラーズの視点、或いは一般的道徳の見地からすると、マクマードの行為は有罪とされ得る曖昧な部分があるところから、ここでは英国版の"could"のほうが賢明であろう。 ↓298

189 待ち合い室(waiting room)

英国版では“waiting-hall”となっている。しかし二人はのちに、マクマードへの調査を依頼した鉄道会社の仕立てた特別列車に乗ってヴァーミッサ谷を後にしているのだから、ここでは普通の“hall”ではなく、会社側が用意した“room”が必要だっただろう。

⇩300

190 見張る(close-tiled)

「厳重な見張りをつけた(closely guarded)」の意である。“tiler”とはフリー・メイソンの集会の際の見張り役、または守衛を象徴する言葉である。

⇩300

191 知恵者の判断を仰がなけりゃならんことがあるんだ(There's business here that wants a Solomon in judgement to set it right)

マギンティの示した驚くべき、しかしいかにも学校の先生的な特異なユーモア感覚である。これは旧約聖書の『列王記第一』第三章第十六節から二十八節で語られている有名な話を仄めかしたものだろう。

⇩301

192 議長殿ならびに同志諸君(Eminent Bodymaster and Brethren)

英国版では支部長に対する呼びかけの部分は、例によって“Worshipful Master and brethren”となっている。

⇩301

193　奴の居所はどこだ。どこに行けばいいんだ？（Where shall we know him?）

英国版では「おれたちはどうやって奴を見わけりゃいいんだ？（How shall we ～）」となっている。しかしここでは、この台詞が旧約聖書の『創世記』第十九章第五節（「……ソドムの人々が（中略）町の隅々から来て、その家を取り囲んだ。そしてロトに向かって叫んで言った。『今夜おまえのところにやって来た男たちはどこにいるのか。ここに連れ出せ。彼らをよく知りたいのだ』」）と関連があることを考慮するなら、「どこで（Where）」のほうがより威圧的であるように思われる。

⇩303

194　ウィラビー兄弟（the brothers Willaby）

彼らは物語の中でほとんど何もしていない。それでも我々は、彼らが、ボールドウィン以外で死刑を免れた連中のうち唯一名前がわかっている人物として、そしてそれゆえ最後の殺人を委託した人物として、この兄弟を記憶に留めている。ウィラビーという名前も、《三人ガリデブ》（『シャーロック・ホームズの事件簿』所収）に登場するガリデブを除くと、アーサー・コナン・ドイルの作品中もっとも奇妙な名前であるように思われる。

⇩304

195　新聞記者（reporter）

英国版では〝pressman〟となっている。例えば《恐怖の谷》が連載された新聞の一つである）「フィラデルフィア・プレス」という紙名のように、複数名詞としては〝press〟が使われ、〝pressman〟は使われない。多くの現代語同様、米国での言い方が英国流の言い方をすっかり駆逐してしまった。 ⇩305

196 ニューヨーク新聞《ペーパー》（a New York paper）

英国版では「ニューヨーク・プレス（The New York Press）」紙となっている。ということから、前述の〝pressman〟は明らかに余分である。この新聞が実際にはどの新聞を指したものかあれこれ推測するのは徒労であろう。 ⇩305

197 記事の種になりそうなものを手に入れようと（so as to get something）

米国版では〝get something〟の後の「自分のところの新聞用に（for his paper）」が削られており、ここでもそれにならった。 ⇩305

198 マクマードは顔を背け、言葉を交わそうとしなかった

これは、一八七六年二月末、マッケンナが、谷から退去するようにとのリンデン隊長の勧告を聞き入れなかったことを踏まえたものであろう。 ⇩309

199 裏切るような奴には見えなかったな

モリスが、密告をはたらいた多くのモリー・マガイアズの仲間達から情報を得ていたの ⇩310
でないことは明らかである。

200　どこまでだって追ってきますよ (he's ready to follow it into hell) ⇩311
英国版では「どこまでもついてくる（～ follow it home）」となっている。

201　町じゅうのお巡りが (every damned copper in the township on top of it)
英国版では“every blamed copper in the township on to the top of us”となっている。“damned”も“blamed”も、アーサー・コナン・ドイルの語法に認められる単語の用法である。“damned”はこうした場面での使用が自然な単語であり、アーサー・コナン・ドイルの脳裏に最初に浮かんだとも充分に考えられる。一方“blamed”のほうは、検閲に対するマーク・トウェイン的な、編集者の用法であるのは明らかである。そして米国版では、作 ⇩312
者の脳裏に最初に浮かんだ単語が残されているのである。

202　支団長のほめ言葉にはまんざらでもなさそうな顔つきであった
即ちマクマードは、マギンティからの賛辞を自身の企てが成功する証と見做して喜んだ ⇩313
のである。

203 会計係

会計係や書記役は重要な職務ではあるが、モリー・マガイアズの組織でこうした職務に就いた人物に関してはほとんど知られていない。このことは、アーサー・コナン・ドイルがこうした着想を他の組織から得たのではないか、そしてそれは一八七九年から八二年にかけて存在していた、アイルランド土地連盟であったことを示しているのかもしれない。

⇩315

204 まだ夜になると寒かったので (for the nights were still cold)

英国版では「春とはいえ夜はまだ冷えるので (for the spring nights ~)」となっている。しかし、ここより先の部分で、既に季節は「初夏」とされている。

⇩315

205 虎のコーマックがぞっとするような笑い声をたてた

ボールドウィン同様酒に酔っていたにせよ、コーマックがこの場で笑いだしたのは、彼の精神状態が不安定だったことを如実に示している。

⇩317

206 ピストル (pistols) を取り上げろ

英国版では"guns"となっている。「ピストル」といった場合には、単に手に持っている場合だけではなく、本当に所持していないか身体検査をするように、といった意味合いが

伴う。 ↓318

207 あっけにとられたようすで (and amazed) ↓319

英国版では“and very amazed”となっている。

208 これから言うことを、ようく考えておいてもらおう (I'll give you something to think over between now and then) ↓319

英国版では“between”が“betwixt”となっている。

209 知っていたのは、ここにいるマーヴィン隊長と依頼主だけだ (Only Captain Marvin here and my employers knew that) ↓319

英国版ではこの一文が前の文に繋がっていて、“except Captain Marvin here and my employers”となっている。

210 おまえたちの他にも六十人ほど、今夜留置場に入るやつがいる ↓319

一八七六年二月四日夜半に石炭・鉄鉱警察の手入れがあり、モリー・マガイアズのメンバー六人が逮捕された。しかし、現実の逮捕劇は物語の世界のように手際よく運ばなかった。

211 おれはおまえたちに取り入る方法を知ってたから（But I knew the way into your good wishes）
英国版では文頭の“But”が欠けている。 ⇩322

212 その気になれば、みんな防げたことばかりなのさ（they were things which I knew I could prevent）
英国版では“～I knew that I could prevent”となっている。 ⇩323

213 おれはその仕事をするのに、三ヶ月かかった
マッケンナは無煙炭鉱地帯で二年半を過ごしていた。 ⇩323

214 部下を中に入れて（Take them in）
英国版では“Have them in”となっている。 ⇩324

215 鉄道会社が特別に仕立てた列車に乗り
マクマードがこの地に来るに際して鉄道会社が決定的な役割を果たしたことを示す、数少ない例の一つである。マッケンナはあからさまに鉄道会社のまわし者であり、舞台とな

った土地を去るに当たっては、警察のリンデン隊長の保護のもと普通の列車に乗ったようである。

⇩324

216 父親のジェイコブ・シャフターを立ち会い人として、シカゴで結婚したのだった
結婚式の立会人は一人で事が足りるとする（『シャーロック・ホームズの冒険』所収《ボヘミアの醜聞》参照）アーサー・コナン・ドイルの奇妙な習慣は、彼自身の例外的な体験に基づくものであるかもしれない、即ち、彼が洗礼を受ける際に立ち会ったのは、名付け親（彼の大伯父のマイケル・コナン）一人だったのである。

⇩324

217 支団の金
踊りや歌の席でマッケンナが個人的に蓄えた約二百ドルを除くと、モリー・マガイアズが組織として法廷闘争のために持っていた資金は痛ましいほど僅かだったようである。

⇩324

218 脅しで搾り取った金（money squeezed by blackmail）
《恐怖の谷》では“blackmail”は「用心棒代（protection money）」の意で用いられている。

⇩324

219 マギンティは、身をすくめて、しくしくと泣きながら、絞首台で自らの最期の時を迎えた
実在のモリー・マガイアズの物語では、すくみ上がり哀れっぽい声を上げたのは絞首刑に処せられなかった者達だった。処刑されたモリー・マガイアズの者達は極めて潔く死んでいった。 ⇩325

220 テッド・ボールドウィンが絞首刑を免れた
いかにしてテッド・ボールドウィンが絞首刑を免れたのか、その理由を探るのは困難である。というのは、マクマードは、ボールドウィンがステイク・ロイヤル鉱山のヘイルズを殺害した件を詳細に記録していたからである。おそらく、支部に属していた者がみな何も話さなかったか、通りかかったという夫婦も出廷しなかったのだろう。 ⇩325

221 その誓いを守ろうと、力を尽くした
モリー・マガイアズの残党が元マッケンナことマクパラン（のちのマクパーランド）のあとを追ったという兆候は存在しない。 ⇩325

222 ここであのジョン・ダグラスという男の登場となるのである（thence came the John Douglas)

英国版ではこの部分は、「ここにジョン・ダグラスという名の男が現われることとなったのである（here came ～）」となっている。 ⇓326

223 サセックス州で地方の紳士（Sussex country gentleman）として

米国版では「サセックス州の田舎紳士（Sussex county gentleman）」となっている。 ⇓326

224 その生活も、……あの奇妙な数々のできごとによって、終わりを告げたのだった

一八八九年十二月十三日、元レディング鉄道社長のベンジャミン・ゴーウェンがワシントンDCの宿泊先のホテルで死んでいるのが発見された。彼の死はモリー・マガイアズの残党による復讐であるとの風説が、世間に広まった。 ⇓326

225 警察裁判所（The police-court）

「ストランド・マガジン」誌の初出時、並びに米国版では「警察での審理（The police trial）」となっている。また、この後に出てくる「巡回裁判（Assizes）」は「四季裁判所（Quarter Sessions）」となっている。 ⇓327

226 その夜遅く（Late that night）

米国版は「昨晩遅く（Late last night）」となっている。これはおそらく誤植がそのまま伝

わったものだろう。
↓328

227 では、彼は殺されたのですか

ごく若い頃（子供時代、或いは学生時代）から、アーサー・コナン・ドイルはエディンバラを舞台にしたバークとヘアの事件（一八二八年）のことを知っていた。そのためか彼は、その密告によって人を死に追いやることとなった密告者の、その後の運命に常に強い関心を抱いていた。

↓329

228 暗黒のヴェールを貫かんばかりに

私にはどうしても鍵の見つからない門があった
私には見通すことができなかったであろう、ヴェールにおおわれたものがあった
暫《しば》しの間、私は君と語り合う
しかしその後は、そして遠い未来には、私も君も存在しないのだ
（エドワード・フィッツジェラルド『オマル・ハイヤームのルバイヤート』第十五版―最終版―、一八九四年刊、第三十二篇）
↓332

解説

I――谷における、恐怖の効果的な舞台演出

「おい、一体どこへ行こうというんだ」と読者は乗り手に尋ねた
「溶鉱炉が燃える時、あの谷は破滅する
堆《うずたか》い塵芥の山の向こう側では、漂う異臭が人々を荒れ狂わせ
嘘吐きが戻る山間は、墓場だぜ」
――W・H・オーデン『五つの歌』第五編（一九三一年十月）

《恐怖の谷》は、アーサー・コナン・ドイルのシャーロック・ホームズ物語の中でも、特異な地位を占めている。このことを正しく認識するためには、この解説や注釈を本文より

先に読まぬことが肝要である。こうしたことは、作品を読み通すためのアドバイスとして、普通の編集者の前書きには付き物である。しかしこの作品に限って言うなら、これは命令であるとお考えいただきたい。守らなかった場合には、非常な損失を被ることになる。どうか本文を読破するまでは、注釈や解説はお読みにならないように。

《恐怖の谷》を除いた、他の五十九編のシャーロック・ホームズ譚は、全て文字通り探偵について書かれた、探偵小説である。誰が何を、なぜやったのかを最初に発見することで得られるスリルが存在している。しかしこうした要素は、物語の展開という本来の喜びに付随するものでしかない。読者である我々は、ワトスンという媒介を通してしか、ホームズの行動を見守り、彼に問いかけることができない。我々が直接ホームズに挑むことはできないし、更にそんなことはあり得ないのであるが、ホームズが直接我々読者に対して挑戦してくる、ということも当然のことながらない。物語には謎は存在していない。短編の連載が開始された、最初のシリーズが示しているように、ホームズ譚はあくまでも冒険物語なのである。作者は、ホメロス、シェイクスピア、デフォー、スウィフト、スコット、トルストイがそうであったように、物語作家だった。英雄叙事詩である『イリアス』や『オデュッセイア』は、繰り返し聞かれるものとして、また『ハムレット』や『マクベス』は、何度も舞台で上演され、人々に鑑賞される作品として書き上げられたのだった。もちろん我々は、シャーロック・ホームズ譚を謎解きの物語として読むこともできる（これはジェームズ・サーバー（一八九四〜一九六一）の『マクベス殺人事件の謎』で、マクベスが殺人を犯していないことを証明してみせる女性が登場するのに、いくらか似かよっているかもしれない）。そしてエンターテインメントとしての楽しみを発見することも充分に可能だろう。しかし大事なのは、物語はあくまでも物語である、ということである。

《恐怖の谷》も、むろん物語であることにかわりはないのだが、この物語では謎の要素は例外的に重要な位置を占めている。物語の冒頭から、ホームズはライヴァル達に取り囲まれている。冒頭で、ホームズに話の腰を折られて憤慨したワトスンは、冒頭の言いかけの科白《せりふ》を除いた、三つめの科白で友人に罠を仕掛けている。マクドナルドとホワイト・メイソンは、警察の捜査能力を遥かに超えた謎について、自分達の所見を述べている。モリアーティの影は辺りを覆っているが、未だ物語にその姿は現われない。そしてホームズがのちに指摘したように、陰謀の立案者でもあるモリアーティは、自分が打ち破らなければならない相手が、おそらくはアメリカにおける当代随一の探偵であることを悟ったのである。

《恐怖の谷》を再読する楽しみの幾らかは、この物語が密接な関係にある二つの部分で構成されていることから感じる最初の戸惑いが記憶の底にあることによる。そして物語のいちばん最後で、読者の脳裏からは消え去っていた物語の冒頭での問題、すなわちこの事件へのモリアーティの関わり合いが明かされるのである。

普通の探偵小説は、読み返すと、面白味という点では幾らか落ちる傾向にあるのが世の倣いである。では、《恐怖の谷》も、読み返してみると面白味は減じていると考えなければならないのだろうか。《恐怖の谷》が、他の三つの長編がかち得ているような人気を博したことは、絶えてなかったと言っていいだろう。この作品の第二部は、従来単なるフラッシュバックにしか過ぎないと評されてきた。この手法は、コナン・ドイルがまだエミール・ガボリオ（一八三三〜七三）の強い影響下にあった時期に書かれた作品（即ち、《緋色の習作》及び《四つのサイン》）にのみ許される、探偵小説としては稚拙な構成であるとされてきた。ハワード・ヘイクラフトの、長年にわたってこの分野における唯一の歴史書であった『娯楽としての殺人：探偵小説・成長とその時代』（一九四二年）（邦訳は国書刊行会刊）では、《恐怖の谷》について「後の世は、この作品がホームズの伝説譚のうち、悲しくなるほど不出来な作品である、と宣言するだろう」としている。また、フラッシュバックの手法が「何の弁明もなく使用され、（中略）バーサ・M・クレイの最悪の用例なみに厄介至極なものである」と評している。

その一方で、ジョン・ディクスン・カーを筆頭に、《恐怖の谷》を評価する人もまた数多い。《恐怖の谷》を、カーは「ドイルの最後にして、最良の探偵小説」（『サー・アーサー・コナン・ドイルの生涯』（邦題『コナン・ドイル』早川書房刊）と評している。「審美的な批評家は、確かに手際がふらついている《緋色の習作》や《四つのサイン》について、のめり込みたければのめり込むがよい。しかし、《恐怖の谷》について戯言《ざれごと》を並べるのは、御遠慮いただきたい」と同書においてカーは、ぶっきらぼうに語っている。我々読者が、《恐怖の谷》を読んで気づくのは、その構成である。これは、これより前に書かれた作品の構成とは異なったものである。例を挙げるならば、即物的な数字で捉えられる事象ですら示唆に富んでいることが解る。即ち、他の長編では、物語中にホームズが登場しない場面は最小限にとどめられている。まず《緋色の習作》では全十四章中、ホームズが登場しない章は僅かに五つである。次に《四つのサイン》にはホームズの登場しない章はない。そして《バスカヴィル家の犬》では、全十五章中、ホームズが現われないのは四つである。しかしこれに対して、《恐怖の谷》では全十五章中、ホームズが現われないのは実に八つの章に達している（この数字は第二部第3章の「バールストンの悲劇」、即ち事件の説明に充てられた章を含めてのものである）。

これが最初から、作者自身の意向であったことは明らかである。「ストランド・マガジン」誌の編集長だったハーバート・グリーンハウ・スミス（一八五五〜一九三五）は、一九一四年一月、コナン・ドイルから「ストランド・マガジン」に対し、自分が今、シャーロック・ホームズ物語の新作の構想を練っている、との知らせを受けて、驚くと同時に喜んだに違いない。のちに『シャーロック・ホームズ最後の挨拶』に収められた《瀕死の探偵》は、一九一三年十二月号の「ストランド・マガジン」誌上を華やかに飾ってはいた。しかし、その前の作品である《フラーンシス・カーファックスの失踪》が掲載されたのは、一九一一年十二月号だった。散発的なドイルからの連絡はすぐにその間隔が短くなり、このホームズ物語は『バスカヴィル家の犬』以来、最初の長編小説となった。「ストランド・マガジン」一九〇一年八月号から連載が始まった『バスカヴィル家の犬』は、雑誌の売り上げを一気に跳ね上がらせ、発行元のジョージ・ニューンズ社に巨額の利益をもたらした。「ストランド・マガジン」編集部は、一九一四年九月号から始まった連載の幕開け用に、初めてカラー挿絵の作成を依頼した。これは、赤い部屋着を着てあでやかに装ったホームズがパイプをくわえ、ポーロックから送られてきた暗号に取り組んでいる場面を描いたものだった（「ストランド・マガジン」誌上においてホームズの肖像を不滅のものとしたシドニー・パジェット（一八六〇〜一九〇八）の芸術的手腕を求めることができなかったため、グリーンハウ・スミスはフランク・ワイルズに依頼したのだろう）。コナン・ドイルは一九一四年二月六日付の手紙で、スミスからのためらいがちの質問に対して次のように答えている。

「『ストランド・マガジン』誌は、この物語に大変な額のお金を提示しているのですから、私がお知らせできることを何もお伝えしない、というのではつむじまがりの誹《そし》りを免れ得ないでしょう。

物語の題名は『恐怖の谷』にしようと思います。今の段階での見込みで申し上げますと、この物語は少なくとも五万語の長さにはなるでしょう。大まかな見積もりでは、私は既におよそ二万五千語ほど書き進めております。幸運に恵まれれば、三月末より前に仕上げられるのではないか、と考えております。

『緋色の習作』のように、少なくともこの物語の後半の部分では、米国が話の舞台になります。ここで語られる出来事が英国で起きる犯罪の遠因になります。ホームズはこの犯罪の解明に乗り出すのです。(中略) しかし無論、後半の部分にはホームズは登場しません。彼が登場しないことが必要なのです」(ランセリン・グリーン編『シャーロック・ホームズ未収録文集』一三四頁～一三七頁)

この手紙から一、二週間後に作者のコナン・ドイルは、「ストランド・マガジン」の編集長グリーンハウ・スミスに対し、この新作について、ホームズが登場する最初の二章を既に書き終えたこと、そしてその後、連載の順として考えていたのとは逆に米国を舞台とした後半部分を書き進めていることを伝えた。このとき明らかにされたスケジュールによると、二月六日までに彼は、今日我々が知っている第一部の第1章・第2章、第二部の第1章・第2章とおそらくは第3章をある程度まで、即ち第一部の「警告」「シャーロック・ホームズ氏の講義」、それから第二部の「その男」「支団長」そして「ヴァーミッサ三四一支団」の一部を書き終えていたのである。特に相反する情報もないところからすると、彼はそのまま米国での物語である第二部を先に脱稿したとも考えられる(彼がグリーンハウ・スミスに対して、後半部分を先に書き上げるつもりであると知らせた時までに、彼は第二部の第4章まで書き進めていたはずである)。この後に第一部の第3章(この章にはホームズは登場しない)と残りの四つの章(ここではホームズが物語を支配している)、そしてエピローグが最後に書かれたのだろう。ホームズを登場させずに物語を書くことを強く意識してか、作者コナン・ドイルはワトスンを物語の語り手として登場させない設定とした。これははじめてのことであり、また同時に、物語を第三者の語り手に最初から最後まで語らせる意向で書かれた、最初のホームズ譚でもあった。「ストランド・マガジン」編集部宛てに送られた最終原稿の段階でも、《恐怖の谷》は第三者の語り手が起用されたままだった。しかし彼自身の再評価によってか、或いは妻ジーンことレディ・コナン・ドイル、グリーンハウ・スミス、米国版の編集者、もっと可能性が高いのは彼の秘書を務めていたアルフレッド・H・ウッドの懇願によってであろうが、《恐怖の谷》の語り手は以下のように変更が加えられた。即ち、第一部の第1章・第2章・第5章・第6章・第7章、そしてエピローグの語り手はワトスンに変更された。また、第4章は同様の効果を上げるため幾らかの変更が加えられ、第3章には短い紹介文的性格のパラグラフが加えられた。しかし物語の語り手がワトスンであろうとなかろうと、第一部・第二部のいずれにおいても、語り手は単に「全知の存在」でしかない。読者にとって、心の動きを読み得る唯一の登場人物はワトスンだけなのである（スコウラーズに殺される直前の鉱山主ジョサイア・H・ダンの描写という、ごく短い例外を除くと）。

ワトスンは依然として、物語に必要不可欠な存在だった。彼はホームズの引き立て役であり、ホームズが文学史上もっとも有名な、丁々発止のやり取りを引用して認めているように、この物語でのワトスンは、ホームズと差し向かいで話をしている場面（第一部第1章および第6章）のほうが遥かに活き活きしている。また物語の中でのワトスン自身による個人的な観察は、探偵業を職業としているわけではない読者にとって不可欠の、興味ある存在である。《恐怖の谷》では、警察の専門家達が知る立場にないことをワトスンが見たり聞いたりすることが求められていた。また、第二部の起源を説明する者としても、その存在は不可欠だったのである。

コナン・ドイルが、《恐怖の谷》に関して複数の草案を作ったのだとすべき理由は存在しない。実際の執筆のスケジュールからしても、複数の草案は存在していなかったことを示している。物語の着想を得たのは一月で、他の様々な分野における、世論の喚起のため様々な宣伝用の文書――その中には離婚法改正や、英仏トンネルに関するものも含まれている――と共に、二月には少なくとも半分は書き上げられていた。世間に対して自らの所信を明らかにするための執筆活動は、三月になっても引き続き行なわれていた。書き上げられた文書の中には、動物の皮革や羽毛の輸入に反対する新たな改革運動に関する文書も含まれていた。この頃までには、《恐怖の谷》はほとんど仕上がっていた。四月半ばには、彼は《恐怖の谷》と短編「危険！」（敵国の潜水艦からの攻撃を受けて、大飢饉に陥る大英帝国の危険を描いた作品）（邦訳は『ドイル傑作選2』（翔泳社刊）収録）を書き上げた。翌月の中旬、彼はその校正に取り組み、その後、妻と共に北米大陸へと旅に出かけた。二人は五月二十七日から七月一日まで北米各地を旅行した（おそらくはこの時期、《恐怖の谷》の米国版の本文には作者自身によって手が加えられたか、或いは米国版が掲載された「日曜新聞雑誌連合」編集部による監修が行なわれたかしたのだろう）。北米から帰国ののち、コナン・ドイルはアイルランド自治法をめぐる議論に巻き込まれた。校正刷りに最後の手直しが入れられ、全くの第三者からワトスンへの語り手の変更は、米国滞在中に進められたのではなく、七月に入ってから行なわれた可能性が高い。しかしそれが可能だったのは七月末のごく限られた期間で、彼にとってほとんど時間がなかったはずである。戦争の勃発後、コナン・ドイルは《恐怖の谷》を、大衆の注意を戦争の重大性から逸らしてしまう「恐るべき子供」と見做していた。他の連載物とのすり合わせのうえ、「ストランド・マガジン」は同年九月号よりカラー版の挿絵と共に《恐怖の谷》の連載を始めた。人々が戦争から束の間の憩いを熱望してやまなかった折り、とりわけ塹壕戦が膠着状態に陥った長く辛い冬を過ごさなければならなかった際には、《恐怖の谷》は「ストランド・マガジン」に大いに利益をもたらしたのだった。「ストランド・マガジン」の競合誌の多くは部数を減少させ、依然としてシャーロック・ホームズを持っている雑誌とは対照的だった。

ではコナン・ドイルが記したとおりに、物語の展開を追っていこう。まずモリアーティのプロローグと言えるような情景で、物語は始まる。犯罪界のナポレオンは、バールストンの住人ダグラスに訪れる危機を知っている。おそらくこの危機は彼自身が目論んだものであることが判明する。やがてダグラスが殺されたとの知らせがもたらされる。しかしこの設定は、これまでの聖典の世界に幾らかの改竄を要することになった。《最後の事件》（『シャーロック・ホームズの思い出』所収）では、ワトスンは、モリアーティ教授がホームズと共に（と当初は考えられていた）ライヘンバッハの滝で亡くなるほんの二週間前まで、教授のことは何一つ聞いていなかったことになっている。ところが《恐怖の谷》が幕を開けてみると、モリアーティ教授は確たる存在であり、ワトスンも彼の存在をよく知っていることになっている。そしてホームズは、警察に対してモリアーティの邪悪さを確信させることができず、深刻な挫折感を味わっている。ホームズはワトスンに対して、いささかぎこちなく、モリアーティから名誉毀損で訴えられた場合のワトスンの立場の弱さを冗談めかして語っている。名誉毀損で訴えられる、というのは幻想に過ぎないかもしれない。それでも従来、警察当局の手に余り、問題となった事件はこれまで「諮問探偵」のところへ持ち込まれるのが慣例であったから、警察当局からの信頼を失うということは、極めて好ましくない予測だった。《恐怖の谷》の事件に先立つ数週間、何の事件も起きていなかったという物語の設定も、実はこれと関係があったかもしれない。

作者はなぜ、聖典に改竄が必要になる設定にしたのだろうか。これより少し前にカルヴァートン・スミス（《瀕死の探偵》『シャーロック・ホームズ最後の挨拶』所収）を創造し、またこれよりのちにはアデルバート・グルーナー男爵（《高名な依頼人》『シャーロック・ホームズの事件簿』所収）を創造した作者が、新しい物語に昔の悪党を引っ張り出す必要はなかった。コナン・ドイルが《恐怖の谷》でモリアーティ教授を登場させたのは、彼の名前が読者にとって、犯罪者の名前として絶大な効果を上げることが約束されていたからにほかならない（エピローグが証明しているように、ホームズが諮問探偵であるが如く、モリアーティ教授はまさに諮問犯罪者だったのである）。読者は最初から、ダグラスが外部からの侵入者に狙われているとの信頼できる情報を受け取ることになる。しかしこれは、第一部においてセシル・バーカーとアイヴィ・ダグラスを容疑者から排除するものではない。というのは、彼らは常に自分達自身の手によってモリアーティ教授と接触することが可能だったからである。そして実はジョン・ダグラスは生きていたことが判明し、彼らの嫌疑は晴れはした。二人の関係は、物語の最後まで不明確なままである。しかしエピローグにおいて、モリアーティ教授がホームズに対して「イヤハヤ！」と書かれた手紙を寄越したことは、アイヴィ・ダグラスが自分の夫殺害の真の実行犯ではなかったことを最終的に立証している。エドワーズの悲劇は、犯罪の支配者としてのモリアーティ教授像を創造するためのものだった。マクマードことエドワーズ、ことダグラスは非業の最期を遂げた。モリアーティ教授がプロローグの章に登場するのは、作者が最初からダグラスが非業の最期を遂げるよう設定していた証である。

モリアーティ教授の創造は、表舞台に登場しない人物の強烈な影響力を後世に伝えた。P・G・ウッドハウス（一八八一～一九七五）はモリアーティ教授について、以下のように記している（「ノミの演技」一九五三年）。

悪党とは取りつくしまもないような風貌の、滅多にお目にかかれないようなタイプの人間であるべきである。読者はひっきりなしに周章狼狽し、「悪魔のようなこんな奴の裏をかくには、一体どうすればよいのだ？」と呟かざるを得ないくらいでちょうどよい。

彼を傷つけ得るだけの力量を備えた人物は、ただひとり主人公のみでなければならぬ。

（中略）

モリアーティ教授を悪党の典型とした場合、彼が不可解な存在であるが故にいかにいっそう強力な人物たり得ているか、そしてコナン・ドイルがモリアーティ教授の考えを展開させる章を途中で打ち切ったが故に、いかにその効果がいっそう増しているか、よく御存知のことであろう。悪党とは理解を遥かに超えた、悪意の塊でなければならないのである。

現在の作品の中では、ポーロックは、モリアーティが張りめぐらす陰謀が醸し出すある種の不安を解消する役割の一翼を担ってはいる。だが、読者は《恐怖の谷》で、ホームズが解いてみせた彼からの暗号を除いては、具体的なポーロックの活動内容に関しては何も知り得ない。スコウラーズの残党達による、彼らを破滅に追い込んだ者への復讐計画が間断なく進められたのは、ことによるとモリアーティ教授がポーロックの背信行為を知って抱いた、激しい怒りの感情に由来するものではないか、と懸念を抱かせるものがある。マクドナルド警部が語った、警部との面会の際にモリアーティ教授が示した慈悲深さは、ポーロックが彼に対して感じている恐怖の知られざる背景をより鮮やかに浮かび上がらせてすらいる。このような着想の源は、ごく単純なものであったかもしれない。イエズス会派の指導者は、厳格な教師の顔と社会に対して慈悲を施す者という二つの顔を持っている。

またエディンバラ大学の教授が示した、いわゆる上流階級に属する患者に対しての、医学的見地にたった忠告は、学生に対する口頭試問の場合の口の利き方と大きな対照をなしている。

コナン・ドイルはこの後、米国を舞台とした物語の材料の加工にとりかかった。ジャック・マクマードを主人公とする、彼の『オデュッセイア』とも言い得るような物語が始まった。この物語の最初の業績は、読者のために必要なリズムを確立したことにある。ホームズ譚の読者は、一般的にはワトスンの目を通して事件を知る。ホームズ譚ではない幾つかの他の物語、「小さな四角い箱」(以下それぞれ邦訳は、『ドイル傑作集Ⅱ：海洋奇談編』(新潮文庫)所収)、「グレンマハウリー村の跡とり娘」(『コナン・ドイル未紹介作品集　第二巻』(中央公論社刊)所収)、「アーケンジェルからの男」(『ドイル傑作集Ⅳ：冒険編』(新潮文庫)所収)といった作品では、読者が馬鹿馬鹿しいと感じるような語り手が登場していた。ワトスンも時として鈍い場合もあるかもしれないが、大抵の場合、倫理的には彼は信頼できる案内人である。これに対して、マクマードは物語の語り手ではないが、コナン・ドイルは道義的な立場から読者がマクマードを応援したくなるような設定、即ち剛胆さという美徳、騎士道精神、そして彼が示す人間的魅力といったものを盛り込んでいる。彼は彼に相応しい若い女性と恋に落ち、氏素姓に関しては怪しげな身の上でありながらも、嫌悪感を抱かせる悪漢テッド・ボールドウィンとは対照的な存在である。いわばマクマードは、色の褪せた甲冑で身を固めた白馬の騎士だった。欠点もある英雄だったが、自分の身の周りを、ほとんど全て改善してみせたのである。

この物語にはスキャンラン、モリス、エティ・シャフター、更にシャフター老人といった、ワトスン的な人物も何人か登場する。彼らはおしなべてマクマードを好いていて、我々もよりたやすくマクマードに感情移入ができる。マクマードが関わりを持った四件の事件で（スキャンランは出遅れ、また役割も曖昧だが）、彼らはスコウラーズの行動に対して、嫌悪感を抱いている。しかし彼らがマクマードから引き出し得たものはせいぜい、マクマードがスコウラーズのやり方に対して必ずしも同意しているわけではないのだ、という熱を欠いた消極的な慰めでしかなかった。エティはマクマードの仲間達や一味の者どもの暴力行為の及ぶ範囲を案ずるのみではなかった。彼女はマクマードの見た目の態度の奥底に、更に大きな脅威と恐怖の秘密が潜んでいることも知ったのである。シャフター老人は苦難の末に、スコウラーズという組織は全てが一人のために、かつ一人が全てのために存在する組織であると悟った。しかしこうした認識も、自分の下宿から追い出したマクマードに、ただちに家への出入りそのものを禁ずるといった、当然の倫理的結論を下すには至らなかった。モリスは、マクマードに現実を直視させれば彼を少しはまともな人間にできるのではと単純に考えて、自分自身の生活を危機にさらした。スキャンランはスコウラーズに対する信頼を失いはしたが、ごく最近知り合ったばかりの友人マクマードに対する信頼は揺るがなかった。

《恐怖の谷》におけるモリス、スキャンラン、そしてシャフター父娘達は、正しくは四人の誘惑者という立場である。彼らはマクマードが正義に仕えることを求めていた。実際にはマクマードも正義への道を模索してはいたのだが、本当の正体を彼らに明かしたうえでの正義の道の模索は不可能だった。それゆえ最後の場面で真実が明かされた際に、読者はマクマードに対して疑惑を持ったことを恥ずかしく思ったであろう。

しかしマクマードをめぐる問題は、彼が身分を偽ってスコウラーズの一員になっただけにとどまらず、ある面ではスコウラーズの悪行に明らかに手を貸したことにある。即ち、スコウラーズは邪悪な存在であった（この点については、疑問の余地はない）が、マクマードは更にその邪悪さを助長したのである。彼は節度というものをせせら笑い、事態の流れに逆らうことに喜びを感じていたように思われる。また、感情を表に出すことを拒否していたようにも思われる。こうした行為は彼に関心を集め、その意見に重みをつけるためには有益だった。しかしそこには自分に対する甘さとともに、放逸があったのもまた事実だった。節操を持ったスパイがいかにして情緒的な解放感を得ていたか、は興味のある質問である。しかしマクマードは、ジェームズ・スタンガーを殺そうとするボールドウィンを止めるためにその腕を摑んで制止する一方で、スキャンランとモリスに対しては、人殺しを正当なものであると認識するよう説得工作を繰り広げてもいるのである。

《恐怖の谷》での、米国を舞台とした物語を締め括るに当たって、コナン・ドイルは英国の領主館での殺人事件に立ち返る。この事件は最後に、それまでは殺されたと思われていたジョン・ダグラスが実は生きていたことが発見され、いきさつが明らかにされる。彼が姿を現わす場面は、マクマードが実は自分こそバーディ・エドワーズであると明かす場面同様、完璧なカーテン・コールの場である。彼が最初にとった行動は、ワトスンに自分の書いた原稿を渡すことだった。これは第一部の組み立てが第二部と全く同じであるわけではないものの、二つの物語の舞台演出の手法は同じ構成であることを宣言する、象徴的なものである。

もし、マクマードことエドワーズ、そしてまたの名をダグラスが舞台の手品師で、コナン・ドイルの舞台を上首尾なものにするために生まれたのであれば、ホームズは批評家、それも芸術家としての批評家であると言えるだろう（「ワトスンに言わせると、僕は実生活における劇作家らしいんだ」とホームズは述べている）。しかし何といっても、ホームズは批評家として傑出した存在である。バールストンで事件の調査に当たるホームズは、忙しくまた口やかましい批評家である。ここでの彼の人物像には、批評家にして劇作家だったジョージ・バーナード・ショウ（一八五六～一九五〇）の人物像が幾らか反映されているのを見てとることが可能である。またダグラスによるバールストンの事件の説明については、この説明によってホームズが納得したとする記述は欠けている。他の事件では、有罪もしくは無罪を結論づけるための説明がふんだんにあるのが通例であるにもかかわらず、である。また作者であるコナン・ドイルは、ここで充分な説明を加えることもできたはずなのに、何の説明もしていない。更に《恐怖の谷》の第一部の終結部でのホームズは、何も語らないだけではなく、儀式的な握手を交わすことすらしていない。ここでの握手は、バールストンの殺人事件についてのダグラスの説明を、ともかくもホームズが受け入れた証、とする意味があったはずである。こうした場面での握手は、ホームズが解明してみせた、人の目を欺こうとした企ての立案者に対する彼の気持ちの現われだったことは明らかである。しかし《恐怖の谷》の第一部で、ホームズがダグラスと握手を交わさなかったのは、たとえダグラスがホームズの世界の住人としては、ほとんど場違いな存在だったからだとしても、ホームズの判断を示すものとしては奇妙に不可解さが残るものである。ダグラスの物語自体の明快さは、彼が次のように語っているところからすると、はっきりとしている。

「……わたしはタンブリッジ・ウェルズへ出かけ、通りで、ある男を見かけました。（中略）敵の中でも最悪の人間でした。（中略）面倒な事がおきるとわかったので、屋敷に戻ると迎え撃つ準備をしました。わたしは自分一人で乗り切れると思っていました。（中略）

翌日はずっと用心して、庭園へも出かけませんでした。（中略）はね橋を上げた後は……彼のことはさっぱり頭から消えてしまいました」

小説を書くうえでは戦略家であったコナン・ドイルは、餌を撒いて仕掛けた罠が好きだった。そこでは追う者が追われる者となり、同時に倫理的な満足感もあった。ホームズもマクマードも、同じ手法を用いている。堀の水を抜いて、沈めてある重い包みを探すという脅しをかけた罠がホームズの、そしてバーディ・エドワーズが仕掛けた罠がダグラスのものだった。マクマードとして仕掛けた罠の手法を、ダグラスが再び同じ餌を用いて使うのは当たり前のことだった。ボールドウィンはまんまと罠にはまって、自分の頭を吹き飛ばされることになった。これは、法律の点から見ると正当防衛ではなかった。ホームズが沈黙を守っていたのは、この物語でホームズは警察と固い結びつきが存在していたからである。しかし道義上の観点からすると、これは確かに正当防衛だった。

しかし、こうした二つの成功を収めた虚構の構築物、そして第二部におけるマクマードの物語に信憑性を与えることとなった「バールストンの悲劇」の想像し得る法的結末は、今やがっちりとした物語を構成している。ここに描かれているものは、いったい何であろうか。まず明らかなのは、マクマード自身のスコウラーズの組織内での立身出世である。マギンティの立場に立ってみると、ボールドウィンが野望を抱いているのを目の当たりにして、ボールドウィンと対立する競合相手の出現は、歓迎すべきことだったのは容易に理解できる。しかし、明らかにマクマードを後継者とするに至るには三か月もの長い時間を要した。この点に関して暗示的なのは、第二部第5章の終わりの部分で、犠牲者達の列挙の前にある「これ以上彼らの罪を並べる必要はないだろう」という一文である。マクマードの、スコウラーズの犯罪行為に対する関わり合いについて、特に詳細な説明をせずに済ませられるのである。コナン・ドイルが、スコウラーズをどうしようもないほど凶悪な犯罪集団として描こうという意図があったのは間違いないだろう。また、マギンティが議員として汚職をはたらいていたことも明白である。「こうして、年々、マギンティ親分のダイヤモンドのピンは派手派手しくなり、豪華さを増すチョッキについた金の鎖は重くなって、酒場はますます拡張され、マーケット・スクエアの一角を占領せんばかりとなっていった」。残虐行為を好むボールドウィンや凶暴なコーマック、お金に関しては清廉潔白なハラウェイといった面々は、普通の人々に対しての暴力主義を示すための一党でしかない。しかしだからこそ、マクマードが支部の後継者になるためには、不首尾に終わったチェスター・ウィルコックス暗殺以上の強力な証拠が必要だったものと思われる。

ダグラスが死の運命から逃れられなかった結末は、読者にとって衝撃的であり、ここまでの無慈悲さがはたして必要なのか、とも思われる。しかし、《恐怖の谷》の物語の文脈からすると、この結末は物語に相応しいものなのである。マクマードことエドワーズ、ことダグラスは、恐怖に満ち溢れた谷を救ったのだった。しかしこの救済の過程で、彼は自らの身を呪われたものとし、虐殺されるべき運命を抱え込んでしまったのである。たとえその犯罪が、別の犯罪を根絶やしにするためにやむを得ないものであっても、カインの如き存在だったマクマードは、自らの罪を償わなければならなかった。おそらくは《四つのサイン》のどの場面よりも、ウィルキー・コリンズ〔英国の小説家、一八二四〜八九〕の『月長石』の色濃い影響を、ここには見てとることができよう。『月長石』は、インドの聖職者達が、戦乱の際に奪われた、元々は彼らの崇める聖像に埋め込まれていた宝石を取り戻しはしたものの、その過程において犯した罪のため、各人ばらばらに世界をさすらう旅に出る場面で終わっている。それゆえ《恐怖の谷》でも、ダグラスは、自分の最良の友にしてい、決して見破られることのない謀議を一緒になって練り上げるだけの力量を備えていたバーカーの許《もと》から去っていったのである。ホームズはダグラスに直接手紙を書くことをせずに、彼の妻に宛てて今後どうするべきなのかを伝えている。

この物語では、マクマードことエドワーズ、ことダグラスは悲劇の主人公のままである。最初はそう見えないかもしれないが、表に現われない仕掛けも存在するバールストンは、真の悲劇の舞台だった。そして悲劇の重要な伝統に従って、悲劇の主人公は好人物である。これはその勇気にも増して、ダグラスの際立った特徴でもあった。ダグラス家の執事はダグラスについて、「親切で、思いやりのある雇主だった。もっとも、かってつかえていた人たちほどではなかったらしい。何もかもを手に入れることはできないものだ」と考えている。英国人であるセシル・バーカーは、このアイルランド系米国人の友人のために偽証し、それゆえ被告人席に座るようなことになっても甘んじて受けるだけの友情を抱いている。ダグラスに初めて会った際のワトスンの印象については、以下のように記されている。「なかなかかりっぱな顔つきだった。大胆な灰色の目、（中略）ユーモラスな口元」。一連のダグラスの描写のうち、いちばん最後のものが重要である。マクマードことエドワーズ、ことダグラスは自分の芝居を楽しんでいたのである。

II――故郷の谷は、いかに緑あざやかであったか?
コナン・ドイルの中のアイルランド人気質

一つかみの骨灰で死の恐怖をみせてやろう
さわやかに吹く風は
ふるさとへ
わが愛蘭の子よ
君は何処さまようや[*1]
――T・S・エリオット『荒地』(一九二二年)
(T・S・エリオット(一八八八~一九六五)は米国生まれの英国の詩人・批評家・劇作家。なお、西脇順三郎訳を参照した)

一八八一年七月、コナン・ドイルはアイルランドのマンスター地方のブラックウォーター川沿い、ウォーターフォード州リズモアのバリーギャリーに滞在していた。この地では、彼の母方の従兄弟であるリチャード・フォリーが鮭の漁業権を持っていた(その漁獲で、年に一〇〇〇ポンドの収入を得ていた)。コナン・ドイルがアイルランドの地を訪れたのは、おそらくこの時が初めてだったと思われる。彼はこの土地はこの世の天国であると考えたが、当時はアイルランド土地同盟の活動の最盛期にあった。リチャードは相当な規模の土地の地主であり、地域の土地同盟の集会には漁業従事者の立場で出席していた。アイルランド土地同盟は公《おおやけ》の組織であって、その代表は下院議員だったチャールズ・スチュワート・パネル（一八四六〜九一）だった。地主階級の人々は、アイルランド土地同盟の構成員の大半が月光団の隊長に誓いを立てた秘密農地改革組織にも加わっているものと簡単に決めつけていた。同盟は非暴力を主張し、土地差配人チャールズ・カニンガム・ボイコット大尉（一八三二〜九七）に対抗する不買運動は大いに効果を挙げた（この後、彼の名前は「排斥する・不買運動をする」という意味の新しい英語として使われるようになった）。しかしコーク市での畜産品評会がボイコットされると、自分達の主義に係わる問題であるとして、コナン・ドイルとその従兄弟達はこの品評会に参加することを決めた。彼らは、ボイコットしている側が暴力的な報復手段をとることは確実と判断し、その暴力行為に対して敢然と挑戦するために武装し、展示用の雌牛を一頭だけ連れていった。表面的には大胆であったにもかかわらず、リチャード・フォリーは神経質な性格の持ち主だった。しかし彼の年下の従兄弟は、大胆不敵にもダンスの後、深夜、夜陰に乗じて窓からこっそりダンスの相手の部屋に忍び込もうとしたのだった。

それゆえ、《恐怖の谷》のそもそもの起源は、実際の執筆に遡ること三十年前のアイルランドにあるのである。そこには、家の主と侵入者との遭遇（主が待ちぶせていた、というのは極めて意味深長である）、そして作者自身の脅迫、強要、そして暴力の兆しといった体験があった。しかしフォリー一族には、普通の地主階級には見られない一面があった。彼らは代々、カトリック教徒の家柄だった。そして彼らは敵に備えて武装していたのだが、その相手も同じ民族に属する人々だったのである。コナン・ドイルが、この地方における農地改革運動の起源について調べていたならば、たくさんの物語の種を得ることができただろう。そこから東に五十マイル行った所は、彼の父方の先祖の出身地だった。十九世紀初頭、この地に生まれた人民主義的農地改革秘密結社は、自ら「モル・ドイルの子供達(Moll Doyle's Children)」と名乗っていたのである。にもかかわらず、或いはそれゆえドイルは彼らをひどく嫌っていた。スコウラーズはいわば、ドイルと同じ血と肉の所有者だったのである。一八八〇年代、物語作家としての経歴をスタートさせたコナン・ドイルは、最初の十年はアイルランドよりもスコットランドの素材をより多く用いている。しかし初期に発表された作品の中には、アイルランドを扱った作品も幾つか散見される。「小さな四角い箱」(「ロンドン・ソサエティ」誌一八八一年クリスマス特別号)(邦訳は『ドイル傑作集Ⅱ・海洋奇談編』(新潮文庫)所収)は、ドイルがのちに各種の短編集に再録したものとしては、いちばん最初に書かれた作品だった。この物語は、反アイルランド感情を抱く小心者を風刺した作品である。コナン・ドイルの物語では、スパルタン号に乗船していた臆病者が、ドイツ人かアイルランド人のテロリストが仕掛けた爆発物だと思い込んだものが、実は単なる伝書鳩を入れた箱だったことが証明される、といういきさつが快活なタッチで描かれている。また、「グレンマハウリー村の跡とり娘」(「テンプル・バー」誌一八八四年一月号）（邦訳は『真夜中の客――コナン・ドイル未紹介作品集2』（中央公論社刊）所収）の冒頭部分は、フォリー家の従兄弟達が彼に聞かせたであろうような、農地改革論者達の暴力行為の話に似た部分がある。しかしこの物語の主題も風刺であり、再び槍玉に挙げられているのは、当時広く行き渡っていた反アイルランド感情だった。

この「グレンマハウリー村の跡とり娘」と《恐怖の谷》の間に執筆された作品が「緑の旗」である。この作品は短編ではあるが、アイルランドを扱ったコナン・ドイルの傑作である。この作品は「ペル・メル・マガジン」誌一八九三年六月号に掲載された。その後一九〇〇年に、この作品名を冠した短編集に収録されている。物語の時代は、コナン・ドイルがアイルランドを訪れた頃、或いはその一、二年後に設定されている。作品で交わされる会話には、《恐怖の谷》と相通じるものがある。しかしこの作品には、先に挙げた作品と比べて、作中人物への同情が色濃く漂っている。物語は、マハディーの勢力が増大していた頃スーダンに派遣された英国陸軍部隊内部の反乱を扱っている。ヴィクトリア女王への忠誠を誓うことを拒否した反乱部隊が、自分達の旗である緑の旗を守るために再び部隊に戻り、全員戦死を遂げるという結末で、物語は感動的に終わる。《恐怖の谷》の恐ろしさは、何と言っても、描かれている殺し屋達が若くかつ魅力的であることであろう。これはボールドウィンやコーマックに限ったことではなく、レイを殺しに行く仲間に選ばれたウィルソン、あどけない顔だったがダンを殺害したアンドリューズ、などが挙げられる。或いは自らが派遣された「使命」については口外できないとマクマード達に謝った、もう一人の殺し屋である年上のローラーが示した礼儀正しさも、こうした恐ろしさの一つとして挙げられるだろう。その一方で彼は、自分の過去の悪行についてなら「何でも聞きたいだけ話してやる（"till the cows come home"）」と述べてもいる（この言い方には、スキュルキルやヴァーミッサで、と言うよりはむしろブラックウォーター川の渓谷で聞こえてきそうな響きがある）。

「緑の旗」には、作者が初めてこの地を訪れた一八八一年に受けた印象に、その後の十年の間により広範な研究と考察が加えられて描き出されたアイルランド像がある。この間にコナン・ドイルは、パーネル派の自治党が明らかに土地同盟の活動に関わっていることを学んだ。土地同盟の活動は、ドイル家の伝統的な自由主義に基づいたアイルランド自治を目指す、という考え方とはほとんど袂を分かつものだった。グラッドストーンのアイルランド自治に対する政策の変更に関し、自らがなぜ統一党に一票を投じるに至ったかについて、コナン・ドイルはポーツマスの「イヴニング・ニュース」紙宛ての一八八六年七月六日付の手紙で次のように記している。

1　一八八一年以降、アイルランドにおける世情の動揺は、人命ならびに個人の財産に対する犯罪的行為が連綿と続いていることが特徴である。

2　アイルランド議会党に所属する議員で、こうした殺人や人々が被った損害に対して、心から非難の声を挙げた者は、誰一人いなかった。

3　こうした行為に対して声を挙げることなく、なすがままにしておく政治家諸氏は、高潔な政治倫理を持ち合わせているはずがない。それゆえ、仮にいかに有能であったとしても、一国の運命を担うに足ると信頼を寄せるわけにはいかない。

それゆえ彼は、「パーネル主義と犯罪」という、一八八七年の「タイムズ」紙によるすっぱ抜きを調査した特別委員会による調査結果をそのまま受け入れただろう。委員会の下した結論は、「タイムズ」紙の記事の根幹をなす記述が実は捏造されたものであることを明らかにしていた。しかしコナン・ドイルは一八八九年二月に、政府のスパイだったトーマス・ビリス・ビーチ（一八四一～九一）がアンリ・ル・カロン少佐という偽名を使って、アイルランド系米国人達の革命組織に潜り込み、二十年以上もの間組織の秘密を疑われることなしに握っていたのだという証拠も見たはずである。ル・カロンの「諜報機関における二十年」は、一八九二年に出版された。彼は一八九四年四月一日に亡くなり、ノーウッドの墓地に葬られた（当時、コナン・ドイルはノーウッドに住んでいた）。当局はその後五年間にわたって、彼の墓の警護を続けた。コナン・ドイルは、「タイムズ」紙に掲載されたル・カロンの死亡記事を普段通りに読んだはずである。

この壮烈なる人物、即ちその生涯を極めて過酷な任務に捧げ、なおかつ自分の秘密を仲間達から隠し通したこの人物には、ほとんど超人とも言うべき何かがあった。（中略）厳しいまでの自己抑制があってこそ、生涯を通しての試練に耐えられたのだが、そのことだけでも、この人物を尊敬するに値するだろう。（中略）祖国に帰ったからといって、彼につきまとう危険がなくなったわけではなかった。証人席についた瞬間から、彼は殺人の陰謀の対象とされる運命にあった。そして人目を避けて余生を過ごすこと以外に、この危険から逃れる術《すべ》はなかったのである。*2

ノーウッドのコナン・ドイルの住まいの近くに葬られることでようやく安住の地を見出したスパイの物語が、クロウボロウの近くの昔の領主館で死んだと思われたスパイの物語の着想の基になった、と見ることはさほど難しくない。

一八八一年の土地同盟の活動が活発だった頃のアイルランド、一八八九年のル・カロンの活動の発覚、そして一八九四年のル・カロンの死去（彼が亡くなったのは四月一日、即ちエイプリル・フールで、あまりに出来過ぎているので、この死亡記事は追跡者達の目をごまかすための偽装ではないか、という噂が当時流れた）、こうした要素が一九一四年突如としてコナン・ドイルに、《恐怖の谷》の着想を与えるに至った理由は何だったのだろうか。一九一四年の時点では、彼はアイルランド自治論者だった。例えば、「デイリー・エクスプレス」紙が「太平なるアイルランド」という冷笑的な記事を掲載したのに対して、彼は一九一二年三月二十六日付の文書で、自分の父祖の国を擁護するため、独特の弁明を展開している。

アイルランドにおける混乱状態を報じる際、貴社はこうした冷笑的な意味合いを込めた見出しを用いるのを常としている。しかし英国本土とアイルランドを比較するならば、どちらの島でこの言葉の本来の意味が失われているか、考えてみるべきではないか。人々の間に労働組合主義が広まっている地域があるという証拠が、アイルランドのどこに存在し（中略）、この国を混乱に陥れているというのであろうか。こうした混乱が、自治政府の適合性に対しての議論の結果である、とするならば、自治政府が相応しいのはアイルランドのほうであるのは疑いない。

この十八ヶ月の間、ダブリンはアイルランドの歴史上最も苛烈な労働争議に明け暮れていた。労働組合主義を説いたのはビッグ・ジム・ラーキン（一八七六〜一九四七）であり、また活字の形にして人々に広めたのはジェイムズ・コノリー（一八六八〜一九一六）だった。ラーキンはリヴァプール出身、コノリーはアーサー・コナン・ドイル同様エディンバラの出身だった。しかし彼もアイルランドの未来を語ることでは、コナン・ドイルにひけを取らなかった。治安回復を図るダブリン警察当局と、締め出しをくらった労働者ならびにストライキ参加者は激しく衝突し、流血の惨事となった。「ダブリンのコサックどもめ！」とラーキンは、エディンバラでこん棒を振り回す警官隊に対して、罵りの声を上げた。

一八八〇年代、コナン・ドイルはアイルランドの自治問題や宗教その他の諸問題に関して、自分の亡き父親とは見解を異にしたが、この時期になってようやく見解の一致を見たのかもしれない。アイルランドが自信を取り戻し、平和が訪れるだろうとする彼の希望は、今や幻と化したかのように思われた。ベルギー領コンゴでの圧政に対して、コナン・ドイルと共に反対運動を展開したサー・ロジャー・ケースメント（一八六四～一九一六）は、彼をアイルランド自治支持派に転向させた張本人だった。コナン・ドイルが、英国はドイツとの戦争に備えるべきであると説いた「ドイツと次の戦争」（「フォートナイト・レヴュー」誌一九一三年二月号）に対して、ケースメントは「アイルランド・ドイツと次の戦争」（「アイリッシュ・レヴュー」誌一九一三年七月号）で、ドイツの英国に対する勝利は「アイルランドにとって、大きな益をもたらすだろう」と応じたのである。崩壊しつつある世界にあって、先祖代々の大いなる活力の源であったものが、突如として最も恐ろしい恐怖の前兆となったのだった。コナン・ドイルは自分の過去に巣くう悪魔に直面し、そして、どうにかしてこれをはらい清めなければならなかった。コナン・ドイルが考えていたように、こうした悪魔は死に絶えていたわけでも、眠っていたわけでもなかったのである。自治の始まったアイルランドにとっては非常に幸運なことに無縁の理論でしかない、と彼が楽観的に考えていた労働組合主義は、実際には彼が全力をもって当たらなければならぬ課題となっていた。コナン・ドイルが「デイリー・エクスプレス」紙に楽観的な冷やかしの書簡を送った頃から、ダブリンで大々的な衝突が起きるまでの間に、彼は、自称米国における労働組合主義の専門家の訪問を受けている。この人物は、事もあろうに実際には探偵だった。ウィリアム・ジョン・バーンズ（一八六一～一九三二）は、一九一三年四月にクロウボロウのウィンドルサムを訪れ、シャーロック・ホームズに対してうるさいほどの敬意を表したのだった。

コナン・ドイルがホームズについてどんなことを語ろうと準備していたかは定かではないが、大いに時間をかけたいと思ったとは考えにくい。いきおい、バーンズが自分自身のこと、自らの生涯や仕事について語るのに時間を費やすことが多かった、と考えるほうが妥当であろう。バーンズは自分の最近の冒険を活字にしていたから、その話をしたくてうずうずしていたのである。それは、コナン・ドイル自身の米国における版元でもあったジョージ・H・ドーラン社から出版された『覆面をした戦争：ダイナマイト団を白日のもとにさらし、構成員達を監獄送りにした男の描く、全米を震撼させた危機の物語』（一九一三年）だった。彼はのちに探偵小説の共同執筆を企てているが、当初の目論見はコナン・ドイルとの、ちょっとした共同執筆の提案だったかもしれない。結局ホームズは、《赤い輪》（「ストランド・マガジン」一九一一年三、四月号掲載）でピンカートン社の探偵を自分の仲間として扱っている。それと同じようにコナン・ドイル自身がピンカートン探偵社に籍を置いていた人物を自分の仲間として扱うことができない、とする理由が何かあるだろうか。当時のバーンズは、自分自身の仕事で輝かしい成功を収めていた。彼は大胆不敵にして勇猛、最新の科学理論を採り入れ、自らの命が危険にさらされてもものともしない剛胆さを持ち合わせていた(『覆面をした戦争』の第二章は「バーンズ暗殺計画」と題されている)。そして暗殺者達に、彼ら以上の強靭な神経をもって臨むだけの準備を整えていた。

「彼は私に、サンフランシスコでの訴訟事件を指揮した時に、自分は法廷で射殺されるぞと警告を受けた話をした。その際には、相手側の弁護士も証人もみな撃ち殺してしまえと部下に指示を出したのだ、との話だった。『だってその時は私はもう死んじまっているんですからね、サー・アーサー、後はどうなろうと全く同じなんでさあね』」(ジョン・ディクスン・カー『サー・アーサー・コナン・ドイルの生涯』〔邦題『コナン・ドイル』早川書房刊〕より)

コナン・ドイルが、ウィンドルサムのようなかつての領主館で、米国人の私立探偵を殺害しようという着想を得たのは、或いはこの時だったのだろうか。

コナン・ドイルは自分のお客から、過去の米国の探偵達の手柄話を聞き出した。当然バーンズは、前世紀末の終わりに起きた最も有名な労働運動に絡んだ暴力事件のことを話したはずである。即ちそれが、ペンシルヴァニア州スキルキル郡のモリー・マガイアズの事件だった。このモリー・マガイアズの名前は、十九世紀初頭のアルスター州中部地方にまで遡り得るという。マンスター州東部ならびにレンスター州西南部で「モル・ドイルの子供達」が活躍したのと同時代である。この「モル・ドイルの子供達」という呼び名は、アイルランド統一主義者達が、氏素姓のはっきりしない米国人達が始めた、いわばフリーメーソン的なカトリック教徒の集団である「古代アイルランド人団」を非難するときに用いたものだった。いずれにせよコナン・ドイルは、一人の確たる探偵像を創造した。この探偵は自らの輝かしい功績について、その功績を挙げた任務に服しているときにも、またその物語を執筆しているときにも、語ることはできなかったのである。というのは、物語に書かれた出来事が実際に起きた時点では、彼は自分の正体を隠していたからであり、また、過去の出来事を執筆していたときには、彼は殺されたことになっていたからである。

コナン・ドイルは《恐怖の谷》を、自分が属する故国とはどこなのかという質問に対する個人的な真剣な答えを踏み台にして書きあげたのだった。しかし同時に、モリー・マガイアズに関する物語は既に入手していたし、物語に登場する、あの印象的なヴァーミッサ渓谷を描き出すに足る準備も充分に整えていた。

『シャーロック・ホームズ長編作品全集』（一九二九年）〔英国における定本的存在であるジョン・マレイ版を指す〕の前書きで、コナン・ドイルは次のように述べている。「《恐怖の谷》の起源は（中略）ペンシルヴァニア州で起きたモリー・マクワイヤ（Molly McQuire）〔正しくは“Molly Maguires”（モリー・マガイヤーズ）〕の引き起こした暴力行為に関する生々しい記述を私が読んだことに端を発している。そこではピンカートン探偵社から派遣された、まさにヒーローと呼ぶに相応しい若い探偵の活躍がいきいきと描かれていたのである」。ここでコナン・ドイルが言及している「記述」とは、アラン・ピンカートン（一八一九～八四）の書いた『モリー・マガイアズと探偵達』（一八七七年）を指す、というのは衆目の一致するところである。しかしピンカートンが書いたこの本は仰々しく自己満足的な尊大さに溢れていて、コナン・ドイルが必要とするものを満たすには程遠いものだった。いずれにせよ、ホームズ譚的要素は含まれているとしても、米国を舞台とした《恐怖の谷》の第二部は、大体において史実に基づいて書かれている。歴史小説を執筆する際のコナン・ドイルの手法は、入手可能なあらゆる材料を縦横無尽に使いこなすというものだった。《恐怖の谷》の執筆に当たっても彼は同じ原則に従い、モリー・マガイアズについて書かれたものをできる限り広範に読んだものと思われる。

しかしながら、ピンカートンやそのゴースト・ライター達によって書かれたもの以外の選択肢は、それほど多くはなかった。当時の英国では、詳しく書かれたものが二、三は存在していたが、新聞紙上ですらコメントが散発的に掲載されたに過ぎなかったのである。ピンカートンの著作物には、レディング鉄道の社長だったフランクリン・ベンジャミン・ゴーウェン（一八三六～八九）の、主だった談話を掲載していた。これは詳しいが、パルチザン的な存在だったマガイアズの歴史に対して厳しい姿勢をとっていた。ゴーウェンはピンカートン探偵社の雇主であり、モリー・マガイアズの裁判では、ピンカートン探偵社の人間に法律顧問を任せたのだった（のちに彼は自殺している）。しかし、コナン・ドイルの調査内容を検討してみると、疑問も幾つか浮かび上がってくる。ずっと後の時代になって初めて知られるようになった資料に、コナン・ドイルは何らかの手段を用いて当たったことがある、と結論が出せそうである。例えばバーンズを介して、彼はモリー・マガイアズの事件当時「若い探偵」であったジェイムズ・マクパラン（一八四四～一九一九）と接触することができたのかもしれない。この当時マクパランは、コロラド州デンヴァーでピンカートン探偵社の幹部として、なおも成功を収めていた。《恐怖の谷》の素材の幾つかは、ペンシルヴァニアでの出来事の記述が残されていたマクパランの追想録からルイスが得た事実とあまりに酷似しているので、コナン・ドイルがマクパランの回想録から、或いはそれに類するような資料から材料を得ていなかったとは考えられない。また、コナン・ドイル自身がスキルキル郡を訪れたことがあったと考えるのは、ほとんど不可能であるように思われる。というのは、彼が一八九四年に米国を旅行した際には時間がなかったと考えられ、また一九一四年の北米旅行は、彼が《恐怖の谷》を書きあげてからのものだった。

この事実はまた新たな謎を呼んでいる。コナン・ドイルが《恐怖の谷》を執筆したのは、アラン・ピンカートンが没して三十年後のことだった。しかしアランの息子ウィリアム（一八四六～一九二三）は父親の興した事業をがっちりと守っていたから、小説の形で書かれたものではあっても父親の会社に関する記述に強い関心を抱くのは明白だった。ピンカートン探偵社の歴史を書いたジェームズ・D・ホーランは『ピンカートン探偵社：歴史をつくってきた探偵の王国』（一九六七年）で、《恐怖の谷》が世に出た際のいきさつについて、当時のピンカートン探偵社の支配人だったラルフ・ダッドリーに、一九四八年にインタヴューした際の記述を引用している。

本を見た時に、ウィリアム・アラン・ピンカートンはかんかんになって怒った。初め彼はドイルを相手どって訴訟を起こすと言ったが、怒りが収まるとこの考えを放棄した。彼がこれほど怒ったのは、ドイルの書いたものがたとえ小説であっても、仕事に関わる秘密を使用するにあたって彼に対して許可を求めるという礼儀をドイルが払わなかったことによるものだった。それまで彼らはよい友人関係にあったが、この出来事以降二人の間柄は緊張を孕んだものとなった。ドイル氏は何度か手紙を寄越して、なんとか事態を丸く収めようとしたが、ウィリアム・アラン・ピンカートンは、ドイル氏に対して以前のような親しみを覚えることはできない、と丁重な返事を出したのだった。（四九九頁）

この件で間に立たされて頭を抱えることになった、ピンカートン探偵社のニューヨーク支局長ジョージ・D・バングス・ジュニアに宛てたウィリアム・ピンカートンの手紙によると、ピンカートンがドイルに仕事に関わる秘密を明かしたのは「大西洋航路上の船の中」であったという。しかしホーランは、秘密を明かしたのがいつ、どの船の上での出来事だったかを明らかにしていない。これが問題である。仮にこれが事実だったとするならば、一体いつのことだったのだろうか。一八九四年ではあまりに早過ぎるし、一九一四年では遅過ぎるように思われる。またウィリアム・アラン・ピンカートンがコナン・ドイルに語ったという、ピンカートン探偵社の歴史を書いた本にも登場しない秘密とは一体なんだったのだろうか。コナン・ドイルが《恐怖の谷》を執筆するために必要だったのは、マクパランやその他の実際の現場にあった探偵達の体験談だった。もしピンカートンが探偵社の資料をコナン・ドイルに提供していたら、また事態は異なっていただろう。またコナン・ドイルも、《恐怖の谷》の素材収集に便宜を図ってもらったことに前書きで言及していれば更に良かった。しかし実際には、彼とピンカートン探偵社の間に何があったかは、何も語られていない。一つ言えるのは、ウィリアム・ピンカートンの激怒の裏には、未だに光の当てられていない未知の事情があったに違いない、ということである。

いずれにせよ、ピンカートン探偵社は自負していたほど、自分達のモリー・マガイアズに関する調査活動をきちんと管理できてはいなかった。アラン・ピンカートンは、自分の使っている探偵達が仕事中には酒を飲まないように、夥《おびただ》しい数の教訓的な処世訓を残している。しかし彼の回想録の中でさえ、マクパランはべろべろに酔っ払って調査活動を開始した、とあった。マクパランのモリー・マガイアズに関する最初の数ヶ月間の調査内容については、ピンカートン探偵社には何の記録も残されていないようである。彼は賢明な人間であったから、会社の資料室に自由に立ち入ることができたのは好都合だった。もし彼が挑発を目的としたスパイだったとしたら、或いは自分の身分を隠すために何らかの暴力行為に加わったとしたら（いずれの場合も、嫌疑は濃厚であるが）、彼は大いに骨を折って、自分に不利な記録が残らないようにしただろう。彼は桁外れの記憶力を誇り、文書で書かれたものを吸収する能力に秀で、更に演技力にも優れている非凡な人物だった。また飲んで騒ぐことにも長けており、特に酒が飲めるという場合にはどんな機会でも飲んだ。このいちばん最後の能力は、モリー・マガイアズの構成員の多くが酒場の常連だったことを考慮すると特に必要とされた能力だった。もしマクパラン（ことマッケンナ）が、ピンカートンの禁酒の定めを遵守していたら、彼は自分が潜り込んだ組織であるモリー・マガイアズについて、彼の上司同様、何も知り得なかっただろう。

しかしマクパランは、ジャック・マクマードと同一人物ではなかった。本書の「注」では、《恐怖の谷》におけるジャック・マクマードの物語が、ジェイムズ・マクパラン／マッケンナの冒険譚のどの部分を踏まえたものであるかを示してある。しかしマクマードの質素でいて気品のある、本質的には騎士道精神的な人物像と、大酒飲みで女性にだらしのないマッケンナの人物像とは大きな隔たりがある。しかしマクパラン／マッケンナは、決して卑しむべき人物ではなかった。彼の勇気と知謀には目を見張るべきものがあったし、自分自身の性格上の欠点を認める能力ではマクマードよりも優れていた。マッケンナは自分が出会った男達の多くが好きだったし、また彼らもマッケンナのことを好きになったのは明らかである。これが男達にとって悲劇だった。一方マクマードのほうはおそらく、バーカーを除いては、自分が出会った男達を好きになることは絶無だった。これは彼の悲劇であった。

最後になったが、コナン・ドイルが作品に登場する探偵兼スパイに付けた名前は、意味深長である。ダグラスは名門の名前をとったものであり、エドワーズはおそらく冗談であろう。マクマードという名前は、アイルランドでもスコットランドでも見かけない名前である。アイルランドにおいては、「マータフ（Murtagh）」のほうがより一般的である。これは「マク・ミュアチャータフ（Mac Muircheartaigh）」、即ち「ミュアチャータフ（Muircheartach）の息子」の意である。ミュアチャータフは、ノルマン征服以前の歴史において、アイルランドの王の中で最も強大な勢力を持った王の名前である（この説明は、《四つのサイン》に登場する、最初にマクマードという名前を付けられた元プロボクサーの説明であるべきかもしれない）。テニスンの描くランスロット像は、マクマードよりもマッケンナに、より当てはまるかもしれない。

その名誉は不面目さにその根を持ち
その信は不幸にして、彼を誤れる事実の側に立たせたのだった

マギンティ支部長の「この裏切り者めが！」という叫びは、空しく響くばかりである。こうした犯罪組織にあっては、裏切り行為は必然であった。マッケンナは、彼が相手としたマギンティ的な立場の親分達からこうした非難を浴びせられようもなかった。
しかしカトリックに対する信仰を放棄したため、コナン・ドイルは、現実のマッケンナが持っていた最も際立つ特徴をマクマードに盛り込むわけにいかなくなった。実はモリ

ー・マガイアズの組織に潜り込む人材を選ぶ際、ピンカートン探偵社にとってはローマン・カトリック教徒を選ぶことが肝要だった。しかし、マッケンナとしてこの任務を引き受けたマクパランは、カトリックから破門された人間として生きていかなければならなかったのである（というのは、フィラデルフィアのジェイムズ・フレデリック・ウッド大司教（一八一三〜八三）と、彼の宗派に属する聖職者達は、モリー・マガイアズ達に秘跡を施すのを手控えたからである）。そして神学の立場からすると、彼は自らの良心に対してやましいことをしていたわけではなかったから、正式にカトリック教会に復帰することを熱望していたのである。しかしモリー・マガイアズの構成員達は必ずしもマクパランほど信心深くはなかったし、またその大半は反聖職権者だった。多くの人々と同様に、モリー・マガイアズに対する非難を公言した聖職者の中には、彼らから小突きまわされ、もっと酷い目にあうぞと脅迫された者もいた。こうした行為を働いたせいで、モリー・マガイアズに対する非難はますます激しくなったのである。コナン・ドイルは、モリー・マガイアズ達の行動には邪悪な特性が存在しているのだ、と絶え間なく主張する聖職者達の言い分に大いに共感を覚えていたかもしれない。しかしながらその一方で、いくら大義はこちらにあるとはいえども、聖職者達からの心理的な脅しには内心たじろぐものがあったかもしれない。皮肉なことに、モリー・マガイアズ達が掲げた精神の自由という考え方は、コナン・ドイル自身の主張でもあったのである。それゆえ、ジャック・マクマードは自分が信ずべき宗教を奪われる形になった。最後に至るまで彼は孤独であり、心の慰めのない人間だった。あらゆる点で、彼には心の平安がなかったのである。

＊1——エリオットはワーグナーの「トリスタンとイゾルデ」（ロンドン初演は一八八二年）の第一幕第一場五行〜八行〔原文はドイツ語〕を引用している。
＊2——J・A・コール『アンリ・ル・カロン：スパイの貴公子』（一九八四年）二〇二頁〜二〇三頁より引用

III——生まれついての夢想家達
カー、ハメット、ウッドハウス

主の御手が私の上にあり、主の霊によって私は連れ出され、谷間の真中に置かれた。そこには骨が満ちていた……

主は私に仰せられた。「これらの骨に預言して言え。干からびた骨よ。主のことばを聞け。……

私が命じられたとおりに預言すると、息が彼らの中に入った。そして彼らは生き返り、自分の足で立ち上がった。非常に多くの集団だった。

——旧約聖書『エゼキエル書』第三十七章第一節・第四節・第十節
〔日本聖書刊行会『旧約聖書』新改訳より〕

ジョン・ディクスン・カー（一九〇六～七七）は、生涯の大半を優れた推理小説作家として過ごした。それゆえ伝記作家としての腕前は褒められたものではなく、会話を捏造したり、状況を歪めたりしている。しかし、彼の筆による『サー・アーサー・コナン・ドイルの生涯』（邦題『コナン・ドイル』早川書房刊）の限界がいかなるものであろうと、一人の推理小説作家による同業者への批評には特別な価値があるものとしなければならない。

この時代は、いわゆる推理小説の「黄金時代」で、推理小説特有の規則や、推理小説の世界だけに通じるスノビズム、推理小説の世界独特の「チーズケーキ荘園」や、「小さな暴力沙汰」、「ぶつくさ言う巡査」、「でれでれとした長ったらしい説明」（レイモンド・チャンドラー、コリン・ワトスン、レオ・ブルース、そしてフィリップ・マクドナルドから、のちに辛辣な批判を浴びせられることになった）を形成していた。こうした特徴には、意図的ではないものの、読者に対して横柄さを感じさせるものがある。しかしその原因は、これは先祖に向けられたものであるからに他ならない。次世代に属する者は、前の世代に対する敬愛の念から、子供が親より大きくなりたいと思うように、前の世代の人々の業績を越えようとするものである。

カーはペンシルヴァニア州のユニオンタウンに生まれた。しかし、それ故にかもしれないが、彼の《恐怖の谷》で描かれている故郷の物語に対する関心は、「『バールストンの悲劇』は（中略）ほとんど完璧な推理小説である」と激賞する第一部の物語へのものほどではないようである。

ホームズとワトスンのみごとな対話で始まる、物語の幕開きである第一章から書斎における犯罪の解決に至るまで、読者は全ての重要な手がかりを与えられる。これらの手がかりは強調され、これでもかと読者に見せつけられ、更には傍線まで引かれているのである。それだけに留まらず、この作品は、推理小説に対するコナン・ドイルの貢献が最も鮮やかにくっきりと示されている例なのである。（中略）

コナン・ドイルは（中略）謎めいた手がかりを作りあげたのである。このような手がかりは、既に以前のさまざまな物語を通じて、一貫して読者に提供されているものである。（中略）

「ほかに、わたしが注意すべき点がありますか？」

「あの夜の、犬の奇妙な行動についてです」

「あの夜、犬は何もしませんでした」

「それが奇妙なのです」

これを「シャーロッキスムス」とでも、或いはもっと気の利いた他の呼び方があるならば、何と呼んでも構わないだろう。しかし、これこそが手がかりであり、しかも圧倒的に重要な手がかりであるという事実は、少しも揺らぐことはない。これは探偵が仕掛けたトリックなのである。即ち、全く公明正大に読者に対して推理する機会を与えていながら、それでいて読者の側は、いったい何のことを探偵は言っているのだろうと、すっかり煙に巻かれてしまうトリックなのである。これを発明したのは、他ならぬシャーロック・ホームズの創造者だった。偉大なるG・K・チェスタトンのブラウン神父の物語は、こうした手法に大きく影響を受けている。このチェスタトンを除くと、他の推理小説作家達はその半分ほども、この手法を使いこなしてはいないのである。

この物語での紛失したダンベルは、夜中に鳴かなかった犬よりも優れていると言えるだろう。

このようにして、黄金時代の作家は彼らの神々を讃えた。この一節は出版という市場の経済が、推理小説の形態を短編小説から長編小説へと変化させていく過程で、コナン・ドイルの作品が黄金時代の推理小説に与えた影響を当事者がどのように感じていたかを示している。《恐怖の谷》はホームズ譚の中で唯一、すっかり虜《とりこ》になってしまうような冒険と実例による説明の混合物、と言うよりも謎解き小説として完成しており、一つの模範ですらあった。推理小説の黄金時代における探偵は、全能の神であることが作品中で仄めかされるのが常だった。ジュリアン・シモンズはカーを評して「物語すべてが、謎ということを中心に書かれているので、登場人物の性格描写の入り込む余地がない。（中略）読者が記憶しているのは……登場人物では決してあり得ず、単に描かれている謎のみである」と述べている（『血まみれの殺人』第九章）。

謎を中心に据えた推理小説の元祖である《恐怖の谷》は、ダグラスのものとされた死体よりも、物語の中の他の登場人物すべてに例外的に光が当てられているところから、こうした推理小説の持つ限界を、作者は心得ていたのかもしれない。しかしこの作品は、更に追及すべき多くの謎が内包されてもいるのである。「忠実な」エイムズが、「バーカーを心から慕っているわけではない」のは、なぜなのだろうか。アイヴィ・ダグラスがバーカーと共に笑い、また死体に結婚指輪がないのを面白がっていたのはなぜなのだろうか。

レイモンド・チャンドラーは英国の推理小説に対して、意地の悪い賛辞を贈っているが、それでも「背景に実在感があって、チーズケーキ荘園はカメラの前にあるだけではなく、実際に辺り一帯に広がっているような感じを受ける」と称賛している。彼のこうした評には、《恐怖の谷》も幾らか寄与するものがある。というのは、バールストンの情景のある部分は、映画のセットから着想を得たものであったからである。コナン・ドイルは映画の発展とその虚構性に、並々ならぬ関心を抱いていた。《恐怖の谷》の発表から数年後、彼は「悪夢の部屋」（邦訳は『ドイル傑作集Ⅰ：ミステリー編』（新潮文庫）所収）という作品を書いている。この作品では、米国人の夫と妻の愛人である英国人、そして両者の間で曖昧な態度に終始する妻との三角関係を、二人の男のどちらが自殺するかをくじ引きで決めようとする場面が描かれている。そして物語は、突然見知らぬ人物が三人に声をかけて終わる。「駄目だ！　なってない！　明日もう一度、全部撮り直しだ」。《恐怖の谷》は、他のどの作品よりも、出版されてから映画化されるまでの間隔が最も短かった作品である。こ舞台の映画はサミュエルソン・フィルムの製作だった（この映画でホームズを演じたのは、舞台でもホームズを演じたH・A・セインツベリーだったが、その後《恐怖の谷》を原作にしたトーキーでホームズを演じたのは、アーサー・ウォントナーとクリストファー・リーだった。ウォントナーの映画（一九三五年制作）では、テッド・ボールドウィンの名前は「ボールディング」となっている。これはおそらく、当時の総理大臣（スタンレー・ボールドウィン、一八六七～一九四七）の不興を買うのを恐れてのことだったろう）（アーサー・ウォントナー主演の映画は『シャーロック・ホームズの勝利』、クリストファー・リー主演の映画は『シャーロック・ホームズと死の首飾り』（一九六二）である）。

デニス・ポーターが指摘しているように、古色蒼然とした領主館が醸し出すゴシック風の超自然的な影という物語の鋳型は、物語の大団円ですっかり消散し、同時に物語の第二部は過剰なほどの現実感を帯びる。「《恐怖の谷》の素材は、ハメットが自分の作品に使いそうな素材、即ち政治の世界における汚職、警察の腐敗、暴力行為、殺人、爆弾テロといったものである。それゆえ第二部では、第一部では反語的であった言葉と犯罪の関係が同調しているのである」。サミュエル・ダシール・ハメット（一八九四～一九六一）はコナン・ドイル同様、カトリックの教義を幼い頃に放棄し、ボルティモアで過ごした少年時代にあらゆる種類の推理小説を読み耽っていた。彼のその頃の文書や若書きの作品といったものは現存していないが、《恐怖の谷》やその他のホームズ譚を、読んでいなかったとは考えにくい。《恐怖の谷》が「ボルティモア・サン」紙上に連載された一九一五年に、ハメットは《恐怖の谷》に背景となるものを供給したピンカートン探偵社に入社している。ポーターが言及しているように、ハメットの最初の作品である『赤い収穫』（一九二九年）は、（物語の舞台こそモンタナへ移されているが）事実上ピンカートンの密偵によって浄化された後の、ヴァーミッサのような村の運命を描いている。《恐怖の谷》の「ヴァーミッサ（Vermissa）」という地名は、『赤い収穫』の書き出しに直接の着想を与えたように思われる「パーソンヴィル（Personville）は、そのころポイズンヴィル（Poisonville）と呼ばれていた」。両作品の主人公が採った計略は、似通っていた。即ち、悪党どもの暴力行為への加担、限られた範囲での仲裁、知謀に長けた戦略的な秘密裏になされる警告、衝突をより激化させるための舞台裏での作戦といった点が挙げられよう。ハメットは彼の作品において、コナン・ドイルが《恐怖の谷》の枠組みの中で語り得たものよりも更に突っ込んで、主人公の心の変化を読者に語っている。ハメットの作品では、読者は物語の語り手が探偵であることを知っている。しかし《恐怖の谷》では、マクマードが何者であるか、物語の結末近くになるまでは明らかにされていない。しかしこの二人にはいわば同じ血が流れていて、最も自分に近しい人々を驚愕させても恥じぬ、程を知らぬ無節操な人間だった。

コナン・ドイルは開拓者であり、ピンカートンのもったいぶった駄作と、一般に流布していた安物のスリラー小説から、米国を舞台とした犯罪小説を編み出してみせた。「ここへきて初めて自分の考えがまちがっていたことがわかった。三文小説にあるようないいかげんな話ではなかったのだ」。マクマードは自らの創造者に代わって、そして自分のようなタイプの小説の主人公に代わって、こう語っている。ハメット自身も、また彼の作品中の主人公コンチネンタル・オプも、ポイズンヴィルで同様のことを学んでいる。《恐怖の谷》でのダンの殺人事件は、現実のサンガーとユーレンの殺人事件に着想を得たものである。しかしコナン・ドイルは、事件の登場人物をばらばらに描く手法をとった。彼が描いた殺人の実行犯は、無言のままだった。ダンは、メンジースが自分を守ろうとしたことを知らぬまま死んでしまったのは明らかである。メンジースは自らの身を犠牲にしたのだが、ほとんど一人で死んだも同然だった（ユーレンはサンガーの友人であり、常に彼の傍らにいた。彼らは友情に殉じたのだった）。同様にマクマードも、ハメットの作品中の探偵オプも、いずれも人間の優しさに、特に女性の優しさに安らぎを見出したかもしれない。しかし彼らは、自分自身の孤独を癒す能力を欠いているのである。友情の典型として、ホームズとワトスンという関係を創造したコナン・ドイルは、今度はマクマードに孤独な任務を与えたのだった。

ジョン・ダグラスはホームズに対して、のちに《恐怖の谷》の第二部となる、ワトスンに手渡した自分の原稿の方へあごをしゃくってみせて、「しかし、それを読み終わらないうちに」「今までにない珍しい事件だとおっしゃるでしょうね（I've bought you something fresh）」と述べている。このダグラスの台詞は、「ストランド・マガジン」一九一五年一月号に載った。この同じ号の後のほうに、当時はニューヨークに住んでいたP・G・ウッドハウスの「不細工な警官の恋物語」が掲載されている。同じ年に、彼は「ブランディング城」物語の第一部を発表している。この作品に彼は、「新しきもの（Something Fresh）」という題を付けている（“Fresh”という言葉が米国で意味するものを踏まえると、米国ではこの題名は“Something New”としなければならない）。ハードボイルドの世界の探偵が、ホームズが活躍する聖典の世界とは、性格も展望も異なる物語の原稿をワトスンに手渡しているところに、ウッドハウスは妙味を見出したのだろう。実際、「新しきもの」は、ウッドハウスの作品の中でも、大いに画期的な作品であった。この言葉自体が作者であるウッドハウスを、それまでとは異なる新たな分野へと押し出したようにも思われる。この新しい分野で、彼は傑出した作家となったのである。それまでの彼の作品は、学校を舞台にした物語や短編小説であり、時にそれは一冊の本になるものもあった。「新しきもの」から彼は、二十世紀英国における屈指のユーモア作家としての道を歩み出すのだった。

一見したところでは、《恐怖の谷》と「新しきもの」は、それぞれ全くかけ離れた世界を描いているように思われる。しかし本文をつぶさに分析してみると、この二つの作品には多くの共通点と相違点が与えられていることが解る。

ウッドハウスの作品の中で、マクマードという名前が登場するのは「ティー上の危険」（「ストランド・マガジン」一九二七年六月号）で、その間十年以上の歳月の経過が必要だった。ここに登場するシドニー・マクマードは、「切断された耳の謎」（『シャーロック・ホームズの思い出』所収の《ボール箱》を参照のこと）に登場するゴリラ人間こと、探偵小説作家ジョン・グーチの存在を、すぐさま読者に思い出させるのである。

「ちょっとしたことで、俺はお前をこてんぱんにたたきのめすことができるんだぜ」とシドニー・マクマードは、金銭に対する強い執着心もあらわにしながら言った。ゴリラ人間は、自分の犯罪行為の代償に金銭を要求したことはなかったのだ。

「私を、だって?」とジョン・グーチはぽかんとして聞き返した。——

「そうさ。お前を、だ」と言うと、マクマードは身を起こし、大股でマントルピースに近づき、その角のところをもぎ取ると、指でこなごなにして見せた。

ここには他に、虎のコーマックがいれば充分である。マントルピースの角をこなごなにしてみせたのは、火掻き棒をひん曲げたグリムズビー・ロイロット博士(『シャーロック・ホームズの冒険』所収の《まだらの紐》参照のこと)に、敬意を表してのことだろう。

批評的な見地から見て重要なのは、もちろん名前でも、描かれている状況が何を踏まえたものであるかでもない。コナン・ドイルの初期の作品の影響を受けたウッドハウスが作家として大成するにあたって、いうなれば導火線に火をつけるマッチの役割を果たしたのがこの《恐怖の谷》であった、と明らかになったことこそが重要なのである。次のステップは、あらゆるホームズとワトスンの後継者のうちで最も偉大なジーヴスとウースタの誕生、そして発展であった。

しかし、《恐怖の谷》が産みの苦しみを経ての作品だったからこそ、その子供達とも言

訳者あとがき

「注」の冒頭にあるとおり、この長編は一九一四年九月から翌年五月までに発表された。ホームズ物語には長編が四作あり、これは《緋色の習作》(一八八七)、《四つのサイン》(一八九〇)、《バスカヴィル家の犬》(一九〇一〜〇二) に次ぐ最後の長編であるが、作品の構成は第一作《緋色の習作》によく似ている。

短編も入れての執筆順で数えれば、第四十七番目の作品ということになり、当然のことながらドイルの筆もなめらかで、ホームズとワトスンの人間関係も一定の枠が出来あがっている。

ドイルが五十五歳の時の執筆で、ホームズが三十二歳前後の時の事件、ベアリング゠グールドの説による事件発生順で数えると、第十六番目の事件ということも頭に入れておきたい。事件がおきた日時は、正典によると、一八八〇年代終わり頃か、もしくは一八九五年一月七日から八日にかけておきた事件となっているが、研究者は「天候が合わない」などの理由から、一八八七、一八八八、一八八九、一九〇〇年を主張している。

ここでは、いちおう一八八八年説を採って、シャーロッキアンがなぜそう決めるのかという楽しみ方を説明しておこう。これは、「年代学」と呼ばれて、二十年ほど前までは、シャーロッキアンの「遊び(ゲーム)」の主流であった。

本文中にある「これは一八八〇年代も終わりに近い年の」という言葉から、一八八八年もしくは、一八八九年ころであろうという見当がつく。物語にはモリアーティ教授が登場するが、彼は《最後の事件》で一八九一年五月にライヘンバッハ滝で死亡したので、当然にそれよりも前の事件となる。しかも、ワトスンはまだモースタン嬢と結婚していないから、ワトスンが結婚した一八八九年五月よりも前であろう。さらに、ダグラスはワトスンを「ホームズの伝記作家だ」と知っていることから、ホームズ物語の第一作《緋色の習作》が発表された一八八七年十二月よりも後とわかる。

ホームズがポーロックの手紙を受け取った一月七日の気候を記録で調べると、一八八九年のこの日は非常に寒くて、池の水が凍ってしまい、鉄アレイを引き上げることなどできない状態であった。したがって、天候から言えば、一八八九年よりも一八八八年のほうが当たっている。一八八八年といえば、八月三十一日から十一月九日までに五人のいわゆる「売春婦」と呼ばれる女性たちがロンドンのホワイトチャペルで殺されたあと、犯行声明が送りつけられるという劇場型殺人事件「切り裂きジャック事件」がおきた年だ。ドイルがわざわざこの年を選んだのには何か無意識の理由があるのかもしれない。

ところが、もし一八八八年だとすると、都合が悪いこともおきてくる。なぜなら、アイルランド人のマクマードがヴァーミッサ谷を初めて訪れたのが一八七五年二月四日のことだと書いてあるし、それは少なくとも二十年以上前の出来事だという記述もあるから、事件がおきたのは一八九五年以降でなければ計算が合わない。

前述のように、ヴァーミッサ谷でマクマードが殺人集団スコウラーズを壊滅させるために働いたのは、ダグラスが殺されたときよりも二十年ほど昔、一八六〇年代末のことになる。当時の米国の炭坑の様子については、ショーン・コネリー主演の映画「男の闘い」(一九六九年公開、のち二〇〇四年パラマウント・ホーム・エンタテインメント・ジャパンよりDVD化)や、アーサー・ウォントナー主演の映画「ホームズの勝利」(のちにビデオ化された)でその雰囲気を窺い知ることができる。炭坑夫たちのヘルメットの前額部には、まだ懐中電灯がなかったので菜種油か何かを燃す装置が取り付けてあり、ゆらめく炎を照明に使っているのが印象的であった。

この作品は、推理小説としては、それほど評価の高い作品ではなく、暗号解読、人物入れ替わり、隠れ部屋、鉄アレイについての推理などが興味を引く程度に過ぎない。《青いガーネット》のような初期の作品に比べると生彩を欠いている。ところが、作品の裏面には、もっと面白いことがたくさん潜んでいる。その幾つかについて、次に記すことにしよう。

年代学のブームが過ぎると、最近では、シャーロッキアンもウンベルト・エーコなどの記号学的解釈を楽しむというふうに変わってきている。物語には、主人公マクマードが「メアリよ、わたしは階段に腰かけている」を美しいテノールで歌ったことが記されているが、ドイルの母の名がメアリであって、この流行歌の主題が亡くなったメアリを偲ぶものだったことを知ると、ドイルが当時まだ生存中だった母メアリ（一八三八～一九二一）を「亡き者にしたい」と願うほどに憎んでいたことも推定できるのである。全集の他の巻に記したとおり、母は十五歳年下のブライアン・チャールズ・ウォーラー医師（一八五三～一九三二）と婚外恋愛をして、二人はメイソンギル村で一九一七年まで三十五年間、一緒に暮した〔詳細は『シャーロック・ホームズの醜聞』（晶文社、一九九九）参照〕。

また、ダグラス夫人とバーカーが婚外恋愛関係（guilty love）にあるかどうかを、第六章でホームズもワトスンが重要視している点にも、ドイルの深層心理がみてとれる。

この物語に出てくるジャン・バプティスト・グルーズが描いた絵画は、ルーブル美術館に多数収蔵されている。フランス南部のモンペリエの町にあるファーブル美術館にはモリアーティの部屋にかかっていたとされる「腕を組む少女」の絵がある。ベイカー街の南端にある美術館「ウォーレス・コレクション」には、「仔羊を抱く少女」の一つの候補とされている「無垢」、および「ソフィー・アーノルド」などが21、23、25号室にある。ドイルが大勢の画家の中からなぜグルーズを選んだのかについては、疑問が残るところだ。例えば、無意識のうちに豊満な乳房の女性を描いている画家を選んだことから、早くにドイルを捨ててウォーラーに走った母メアリの愛に対するドイルの渇望を示しているのではないか、と考えることもできるかもしれない。

この事件には、モリアーティ教授が出てくる。それにもかかわらず、これよりも後の事件であるはずの《最後の事件》で、ワトスンがモリアーティの名前を「聞いたことがない」と言っているのは矛盾している。この矛盾を解決するには方法が二つしかない。一つは、両事件のおきた順番を入れ替えること、もう一つは、双方のモリアーティが別人であることだ（例えば、兄弟とか）。モリアーティの正体は《花嫁失踪事件》に登場するセント・サイモン卿だという笹野史隆による説も出てくる。それには、付随的な問題がいろいろあるのを全部巧く解決して整合性を保つ必要があるから、シャーロッキアンの遊びとしては、かなり難しい部類に属する。

この作品には、イングランド西部で駅長をしている、モリアーティの弟が登場するが、《最後の事件》には教授の兄も出てくる。つまり三人兄弟で、しかもそのうちの二人がジェイムズという同じ名前を名乗っている。これらの矛盾した記述は、もちろん著者ドイルの不注意によるものだが、昔はそれを「ワトスンがあわて者だから書き間違えたのだ」とか、「印刷工がワトスンの読みにくい文字を判読し損なったためだ」などとこじつけて片づけていた。

しかし、最近では、「それらの矛盾にも何か理由があるのではないか」と、ドイルの執筆当時の心理状態を推定したりするようになってきた。たとえば、「その頃に、ジェイムズという人名がドイルの心を占めていたのではないか」という具合である。精神分析の創始者であるフロイトは「日常生活における精神病理」（一九〇一）の中で、「言い間違いには理由がある」と述べたが、作品中の矛盾の意味を探るのも面白い。難しく言えば、精神病跡学的手法ということになる。

ドイルが、米国のモリー・マグワイアズ暗殺事件をモデルにしてこの事件を書いたことは、一部の人には以前から知られていた。つまり、労働者の互助組織だったはずの「スコウラーズ」のモデルは暗殺者集団「モリー・マグワイアズ」だというわけだ。私たちも、一九九一年にドイル時代の米国史を調べていたところが、偶然に「モリー・マグワイアズ事件」を報じた「フランク・レスリー絵入り新聞」（一八七七年七月七日号）や、アラン・ピンカートン著『モリー・マグワイアズと探偵たち』（一八七七年）（ともに英文）を図書館で見つけた。そこに載っていたイラストを三点、児童向けの『恐怖の谷』（金の星社、一九九二）に紹介したことがあるので、ここにも再録しておこう（四六〇頁）。

しかし、この暗殺事件の本質については、市邨《いちむら》学園短期大学の久田俊夫教授（米国労働運動史専攻）の労作『モリー・マガイアズ――実録・恐怖の谷』（巌松堂出版、一九九七）によって、日本では初めて明らかにされた。

その著作によると、「モリー・マグワイアズによる暗殺事件は一八七七年に米国でおき、テロ事件だとして十九人が処刑されたが、実は労働運動弾圧にまつわる冤罪事件だ」という。ペンシルヴァニア州東部にあった炭坑地帯でひどい差別を受けながら働いていたアイルランド系労働者が、劣悪な労働条件に反対して秘密組織「モリー・マグワイアズ」を作り、一八七五年ごろに半年にわたってストを続けていたときに、このストを弾圧した鉱山会社のボス、支配人、警官数人が殺された。そのために、アイルランド移民の炭坑労働者、酒場の主人など十九人がテロ組織の容疑者として逮捕されて、処刑された。死刑になった人たちが、民族互助組織「古代アイルランド人団」に属していたことから誤解されて、秘密テロ組織「モリー・マグワイアズ」に属していたと見なされたのであった。この事件をめぐって、研究者の間では実在・有罪説と捏造・無罪説とが対立してきたが、最近では後者が有力になり、久田教授も当時の労働状況や論文などを考察して後者の立場をとった。

久田教授は、この事件の本質を、労資間の権力闘争と見なし、事件直前に「石炭相場と賃金とのスライド制」を経営者に労働者が約束させた事実があったことを重視して、鉱山買収に乗り出していたレディング鉄道の社長たちが労働組合をつぶすためにひきおこした冤罪事件だ、と考えたのである。その工作資金は総額四百万ドル（二百億円）にものぼったという（久田俊夫『ピンカートン探偵社の謎』（中公文庫、一九九八）一五〇頁による）。ピンカートン探偵社はアイルランド人探偵マクパランをスパイとして組織に潜入させて、私設鉱山警察と組んで事件をフレームアップさせた。それが、この事件の実態だというのである。ピンカートン社は十万ドル（五億円）もの手つけ金をレディング鉄道から貰っていたので、今さら「何もありませんでした」と報告できなかったので冤罪事件をひきおこした

上——《恐怖の谷》のモデル、米国ペンシルヴァニア州の鉱山地帯で暴威をふるった殺人秘密結社モリー・マグワイアズは、反抗するものたちを殺していった（A・ピンカートン『モリー・マグワイアズと探偵たち』）

中——モリー・マグワイアズの幹部六人が絞首台へ登る（「フランク・レスリー絵入り新聞」一八七七年七月七日号）

下——一八七六年六月、南モンタナで政府軍がインディアンと戦い、敗れた（同一八七六年八月十二日号）

のだろう、という説もあった（同書、一四九頁）。

　ところが、ドイルが《恐怖の谷》を書いて、いかにもテロ組織が実在して、殺人を繰り返したように描いたので、その影響によって実在・有罪説が広まってしまったらしい。つまり、労働運動つぶしに《恐怖の谷》が一役買ったことになる。ドイルはもともと保守的な考えの人だったから、事件の本質がどのようなものであったにしても労働運動を支持するようなことはありえなかった、と思われる。

　後半の米国についての部分は、推理小説というよりは、むしろ冒険小説であって、腕力が強くて勇敢な男が美女を手に入れて、悪漢を退治する勧善懲悪物語だ。しかも、この作品には、『ホームズ物語』の他の作品と同じように、「米国はかなり遅れた開発途上国だ」というドイルの偏見に満ちている。しかし、一八七六年にいたってもまだアメリカ先住民との戦いが続いており、ときどき政府軍が敗れたりしていたのだから、「米国はまだ未開で、殺人集団が渦巻いている国だ」と見られても仕方がなかった一面もある。

　ドイルは、一般の英国大衆の代表のような人で、文化人としては珍しいくらいに保守的な考えを持っていたから、これが、当時の英国人の平均的米国観だったのであろう。そのへんが、ドイルの思想的限界でもあった。大英帝国が世界一の先進国だった当時の英国大衆の自負がうかがえて面白い。ちょうど、《恐怖の谷》を書いていた第一次世界大戦が始まった頃に、ドイルが、「ドイツ人をボッシュ（ドイツやろう）と呼ぼう」と新聞に提案したり、一九〇四年には日本人を「ジャップ（くそ日本人）」と呼んだりしたのも、彼の差別観の表われである。大戦が始まった頃、ドイルは《ブルース＝パーティントン設計書》事件でも強調した潜水艦の脅威を軍部に説得しようとして大童《おおわらわ》で忙しく、執筆どころでなかったのも、《恐怖の谷》の出来映えが芳しくなかったことにつながっているのかもしれない。

さらに、ドイルの父も母もアイルランド系移民の子だったにもかかわらず、一九〇〇年にエディンバラでドイルが下院議員に立候補したときには、アイルランドの自治や独立にも反対して、それに賛成していた自由党の候補者に敗れた。しかし、一九一一年には、アイルランド人サー・ロジャー・ケースメントの影響によってドイルも自治賛成派に変わった。したがって、一九一四年執筆の《恐怖の谷》にこの転向がどう反映しているかは興味をそそられる点である。アイルランド問題については、『シャーロック・ホームズ最後の挨拶』の「訳者あとがき」に詳しく記したので、ここでは触れないことにする。ホームズ物語の中では、《恐怖の谷》にアイルランド人が最も詳しく描かれているという説があることだけをご記憶いただきたい。どこにアイルランド性が露出しているかを探すのも興が尽きないであろう。

ダグラスが住んでいたバールストン館のモデルとしては、ロンドンの中心から東南へ五十キロほど行ったところにあるタンブリッジ・ウェルズの西十四キロにあるフォレスト・ロウのブランブルタイ館、およびタンブリッジ・ウェルズの西六・四キロにあるグルームブリッジ村のグルームブリッジ・プレイス（Groombridge Place）にあるマナー（領主館）が候補に挙がっている。後者の周囲には堀がめぐらされていて、はねあがり橋こそないものの、物語の雰囲気を味わうにはふさわしい。庭には、小さな記念館があってドイルの写真などが飾ってある。私たちは本の形をした小さな消しゴムを記念品として買ってきた。タンブリッジ・ウェルズは、当時、バースに次ぐ温泉遊興町として名を馳せていたところだった。日本ならば、さしあたり熱海であろうか。そんなことがわかっていると、自転車で来た不審人物の宿を探しに行ったという記述を見ても、面白みが増してくる。

要するに、《恐怖の谷》は、読み方によっては際限なく面白い本であるということを、この「あとがき」によって幾分でもご理解いただければ嬉しい。

小林司／東山あかね

文庫版によせて

このたび念願の「オックスフォード大学出版社版の注・解説付シャーロック・ホームズ全集」の文庫化が実現し非常に嬉しく思います。今回は中・高生の方々にも気軽に親しんでいただきたいと考えて、注釈部分は簡略化して、さらに解説につきまして若干短くまとめたものを再録することにしました。これを機会にさらにシャーロック・ホームズを深く読み込んでみたいと思われる読者の方には、親本となります全集の注釈をご参照いただくことをおすすめします。

文庫化にあたりまして、注釈部分を切り離して本文と並行して読めるようにページだてを工夫していただいてあります。河出書房新社編集部の撹木敏男さんと竹花進さんには大変お世話になり感謝しております。

二〇一四年六月

東山　あかね

＊非営利の趣味の団体の日本シャーロック・ホームズ・クラブに入会を希望されるかたは返信用の封筒と八二円切手を二枚同封のうえ会則をご請求下さい。
一七八－〇〇六二　東京都練馬区大泉町二－五五－八
日本シャーロック・ホームズ・クラブ　ＫＢ係
またホームページ　http://holmesjapan.jp からも入会申込書がダウンロードできます。

The Valley of Fear, First Edition was originally published in English in 1993.
This is an abridged edition of the Japanese translation first published in 2014, by arrangement with Oxford University Press.

シャーロック・ホームズ全集《ぜんしゅう》⑦

恐怖《きょうふ》の谷《たに》

二〇一四年 八 月一〇日 初版印刷
二〇一四年 八 月二〇日 初版発行

著　者 アーサー・コナン・ドイル
注・解説 O・D・エドワーズ
訳　者 小林《こばやし》司《つかさ》／東山《ひがしやま》あかね
発行者 小野寺優
発行所 株式会社河出書房新社
〒一五一-〇〇五一
東京都渋谷区千駄ヶ谷二-三二-二
電話〇三-三四〇四-八六一一（編集）
〇三-三四〇四-一二〇一（営業）
http://www.kawade.co.jp/

ロゴ・表紙デザイン 粟津潔
本文フォーマット 佐々木暁
印刷・製本 中央精版印刷株式会社

Printed in Japan ISBN978-4-309-46617-0

緋色の習作　シャーロック・ホームズ全集①

アーサー・コナン・ドイル　小林司／東山あかね〔訳〕　46611-8

ホームズとワトスンが初めて出会い、ベイカー街での共同生活をはじめる記念すべき作品。詳細な注釈・解説に加え、初版本のイラストを全点復刻収録した決定版の名訳全集が待望の文庫化！

四つのサイン　シャーロック・ホームズ全集②

アーサー・コナン・ドイル　小林司／東山あかね〔訳〕　46612-5

ある日ホームズのもとへブロンドの若い婦人が依頼に訪れる。父の失踪、毎年のように送られる真珠の謎、そして突然届いた招待状とは？　死体の傍らに残された四つのサインをめぐり、追跡劇が幕をあける。

シャーロック・ホームズの冒険　シャーロック・ホームズ全集③

アーサー・コナン・ドイル　小林司／東山あかね〔訳〕　46613-2

探偵小説史上の記念碑的作品《まだらの紐》をはじめ、《ボヘミアの醜聞》、《赤毛組合》など、名探偵ホームズの人気を確立した第一短篇集。夢、喜劇、幻想が入り混じる、ドイルの最高傑作。

シャーロック・ホームズの思い出　シャーロック・ホームズ全集④

アーサー・コナン・ドイル　小林司／東山あかね〔訳〕　46614-9

学生時代のホームズや探偵初期のエピソードなど、ホームズを知る上で欠かせない物語満載。宿敵モリアーティ教授との対決を描き「最高の出来」と言われた《最後の事件》を含む、必読の第二短編集。

バスカヴィル家の犬　シャーロック・ホームズ全集⑤

アーサー・コナン・ドイル　小林司／東山あかね〔訳〕　46615-6

「悪霊のはびこる暗い夜更けに、ムアに、決して足を踏み入れるな」——魔犬の呪いに苛まれたバスカヴィル家当主、その不可解な死。湿地に響きわたる謎の咆哮。怪異に満ちた事件を描いた圧倒的代表作。

シャーロック・ホームズの帰還　シャーロック・ホームズ全集⑥

アーサー・コナン・ドイル　小林司／東山あかね〔訳〕　46616-3

《最後の事件》で滝底に消えたホームズ。しかしドイルは読者の強い要望に応え、巧妙なトリックでホームズを「帰還」させた（《空き家の冒険》）。《踊る人形》ほか、魅惑的プロットに満ちた第三短編集。

シャーロック・ホームズの推理博物館

小林司／東山あかね　46217-2

世界で一番有名な探偵、シャーロック・ホームズの謎多き人物像と彼の推理を分析しながら世界的人気の秘密を解き明かす。日本の代表的シャーロッキアンの著者が「ホームズ物語」を何倍も楽しくガイドした名著。

銀河ヒッチハイク・ガイド

ダグラス・アダムス　安原和見〔訳〕　46255-4

銀河バイパス建設のため、ある日突然地球が消滅。地球最後の生き残りであるアーサーは、宇宙人フォードと銀河でヒッチハイクするはめに。抱腹絶倒ＳＦコメディ「銀河ヒッチハイク・ガイド」シリーズ第一弾！

宇宙クリケット大戦争

ダグラス・アダムス　安原和見〔訳〕　46265-3

遠い昔、遙か彼方の銀河で、クリキット軍の侵略により銀河系は絶滅の危機に陥った——甦った軍を阻むのは、宇宙イチいい加減なアーサー一行。果たして宇宙は救われるのか？　傑作ＳＦコメディ第三弾！

さようなら、いままで魚をありがとう

ダグラス・アダムス　安原和見〔訳〕　46266-0

十万光年をヒッチハイクして、アーサーがたどり着いたのは、八年前に破壊されたはずの地球だった!!　この〈地球〉の正体は!?　大傑作ＳＦコメディ第四弾！……ただし、今回はラブ・ストーリーです。

ほとんど無害

ダグラス・アダムス　安原和見〔訳〕　46276-9

銀河の辺境で第二の人生を手に入れたアーサー。だが、トリリアンが彼の娘を連れて現れる。一方フォードは、ガイド社の異変に疑問を抱き——。ＳＦコメディ「銀河ヒッチハイク・ガイド」シリーズついに完結！

タイムアウト

デイヴィッド・イーリイ　白須清美〔訳〕　46329-2

英国に憧れる大学教授が巻き込まれた驚天動地の計画とは……名作「タイムアウト」、ＭＷＡ最優秀短篇賞作「ヨットクラブ」他、全十五篇。異色作家イーリイが奇抜な着想と精妙な筆致で描き出す現代の寓話集。

オン・ザ・ロード

ジャック・ケルアック　青山南〔訳〕　46334-6

安住に否を突きつけ、自由を夢見て、終わらない旅に向かう若者たち。ビート・ジェネレーションの誕生を告げ、その後のあらゆる文化に決定的な影響を与えつづけた不滅の青春の書が半世紀ぶりの新訳で甦る。

不思議の国のアリス

ルイス・キャロル　高橋康也／高橋迪〔訳〕　46055-0

退屈していたアリスが妙な白ウサギを追いかけてウサギ穴にとびこむと、そこは不思議の国。「不思議の国のアリス」の面白さをじっくりと味わえる高橋訳の決定版。詳細な注と図版を多数付す。

シャーロック・ホームズ　ガス燈に浮かぶその生涯

W・S・B=グールド　小林司／東山あかね〔訳〕　46036-9

これはなんと名探偵シャーロック・ホームズの生涯を、ホームズ物語と周辺の資料から再現してしまったという、とてつもない物語なのです。ホームズ・ファンには見逃せない有名な奇書、ここに復刊！

ハローサマー、グッドバイ

マイクル・コーニイ　山岸真〔訳〕　46308-7

戦争の影が次第に深まるなか、港町の少女ブラウンアイズと再会を果たす。ぼくはこの少女を一生忘れない。惑星をゆるがす時が来ようとも……少年のひと夏を描いた、ＳＦ恋愛小説の最高峰。待望の完全新訳版。

新　銀河ヒッチハイク・ガイド　上・下

オーエン・コルファー　安原和見〔訳〕　46356-8　46357-5

まさかの……いや、待望の公式続篇ついに登場！　またもや破壊される寸前の地球に投げ出されたアーサー、フォードらの目の前に、あの男が現れて——。世界中が待っていた、伝説のＳＦコメディ最終作。

拳闘士の休息

トム・ジョーンズ　岸本佐知子〔訳〕　46327-8

心身を病みながらも疾走する主人公たち。冷酷かつ凶悪な手負いの獣たちが、垣間みる光とは。村上春樹のエッセイにも取り上げられた、Ｏ・ヘンリー賞受賞作家の衝撃のデビュー短篇集、待望の復刊。

海を失った男

シオドア・スタージョン　若島正〔編〕　46302-5

めくるめく発想と異様な感動に満ちたスタージョン傑作選。圧倒的名作の表題作、少女の手に魅入られた青年の異形の愛を描いた「ビアンカの手」他、全八篇。スタージョン再評価の先鞭をつけた記念碑的名著。

不思議のひと触れ

シオドア・スタージョン　大森望〔編〕　46322-3

天才短篇作家スタージョンの魔術的傑作選。どこにでもいる平凡な人間に“不思議のひと触れ”が加わると……表題作をはじめ、魅惑の結晶「孤独の円盤」、デビュー作「高額保険」ほか、全十篇。

シャーロック・ホームズ対切り裂きジャック

マイケル・ディブディン　日暮雅通〔訳〕　46241-7

ホームズ物語の最大級の疑問「ホームズはなぜ切り裂きジャックに全く触れなかったか」を見事に解釈した一級のパロディ本。英推理作家協会賞受賞の現役人気作家の第一作にして、賛否論争を生んだ伝説の書。

ロビンソン・クルーソー

デフォー　武田将明〔訳〕　46362-9

二十七歳の時に南米の無人島に漂着した主人公が、自己との対話を重ねながら、工夫をこらして農耕や牧畜を営んでいく。近代的人間の原型として、多様なジャンルに影響を与えた古典的名作を読みやすい新訳で。

フェッセンデンの宇宙

エドモンド・ハミルトン　中村融〔編訳〕　46378-0

天才科学者フェッセンデンが実験室に宇宙を創った！　名作中の名作として世界中で翻訳された表題作の他、文庫版のための新訳３篇を含む全12篇。稀代のストーリー・テラーがおくる物語集。

塵よりよみがえり

レイ・ブラッドベリ　中村融〔訳〕　46257-8

魔力をもつ一族の集会が、いまはじまる！　ファンタジーの巨匠が五十五年の歳月を費やして紡ぎつづけ、特別な思いを込めて完成した伝説の作品。奇妙で美しくて涙する、とても大切な物語。

とうに夜半を過ぎて

レイ・ブラッドベリ　小笠原豊樹〔訳〕　46352-0

海ぞいの断崖の木にぶらさがり揺れていた少女の死体を乗せて闇の中を走る救急車が遭遇する不思議な恐怖を描く表題作ほか、ＳＦの詩人が贈るとっておきの二十二篇。これぞブラッドベリの真骨頂！

クライム・マシン

ジャック・リッチー　好野理恵〔訳〕　46323-0

自称発明家がタイムマシンで殺し屋の犯行現場を目撃したと語る表題作、ＭＷＡ賞受賞作「エミリーがいない」他、全十四篇。『このミステリーがすごい！』第一位に輝いた、短篇の名手ジャック・リッチー名作選。

カーデュラ探偵社

ジャック・リッチー　駒月雅子／好野理恵〔訳〕　46341-4

私立探偵カーデュラの営業時間は夜間のみ。超人的な力と鋭い頭脳で事件を解決、常に黒服に身を包む名探偵の正体は……〈カーデュラ〉シリーズ全八篇と、新訳で贈る短篇五篇を収録する、リッチー名作選。

短篇集　シャーロック・ホームズのSF大冒険　上

マイク・レズニック／マーティン・H・グリーンバーグ〔編〕　日暮雅通〔監訳〕　46277-6

ＳＦミステリを題材にした、世界初の書き下ろしホームズ・パロディ短篇集。現代ＳＦ界の有名作家二十六人による二十六篇の魅力的なアンソロジー。過去・現在・未来・死後の四つのパートで構成された名作。

短篇集　シャーロック・ホームズのSF大冒険　下

マイク・レズニック／マーティン・H・グリーンバーグ〔編〕　日暮雅通〔監訳〕　46278-3

コナン・ドイルの娘、故ジーン・コナン・ドイルの公認を受けた、ＳＦミステリで編まれたホームズ・パロディ書き下ろし傑作集。ＳＦだけでなくファンタジーやホラーの要素もあって、読者には嬉しい読み物。

快楽の館

アラン・ロブ=グリエ　若林真〔訳〕　46318-6

英国領香港の青い館〈ヴィラ・ブルー〉で催されるパーティ。麻薬取引や人身売買の話が飛び交い、ストリップやＳＭショーが行われる夢と幻覚の世界。独自の意識小説を確立した、ロブ＝グリエの代表作。